本书为广东省优秀青年教师培养计划成果
本书为韩山师范学院博士启动项目成果

歌谣与中国新诗

以1940年代"新诗歌谣化"倾向为中心

陈培浩 著

中国社会科学出版社

图书在版编目(CIP)数据

歌谣与中国新诗：以1940年代"新诗歌谣化"倾向为中心／陈培浩著.
—北京：中国社会科学出版社，2018.12
ISBN 978-7-5203-3749-6

Ⅰ.①歌⋯　Ⅱ.①陈⋯　Ⅲ.①民间歌谣-影响-新诗-诗歌研究-中国-现代　Ⅳ.①I207.25

中国版本图书馆CIP数据核字(2018)第285748号

出 版 人	赵剑英
责任编辑	慈明亮
责任校对	周　昊
责任印制	戴　宽

出　　版	中国社会科学出版社
社　　址	北京鼓楼西大街甲158号
邮　　编	100720
网　　址	http://www.csspw.cn
发 行 部	010-84083685
门 市 部	010-84029450
经　　销	新华书店及其他书店
印刷装订	北京君升印刷有限公司
版　　次	2018年12月第1版
印　　次	2018年12月第1次印刷
开　　本	710×1000　1/16
印　　张	17.25
插　　页	2
字　　数	266千字
定　　价	78.00元

凡购买中国社会科学出版社图书，如有质量问题请与本社营销中心联系调换
电话：010-84083683
版权所有　侵权必究

序

王光明

在当今文坛，培浩已经是相当活跃的青年批评家了，不仅在广东，而且在全国，人们常在一些知名刊物和评奖中看到他的名字。这对偏居一隅的青年学者来说，是不容易的。而这引起同行、同门的注意，也是自然的事：前些日子他一个师兄来北京开会，就跟我说培浩在学术与批评关系上的处理，对他有启发意义。

培浩这位师兄所说的"启发"，主要是指经院知识介入现实和如何介入的问题。在大学做学问，是与现实保持一定的距离，隔开尘世喧嚣，还是把学术当作一种当代文化建构的话语实践，主动介入时代的现实问题？在这方面历来就有不同的取舍，汉代以降所谓"今文经学"与"古文经学"之争，实际上衍化为中国学术的两种传统：经世之学与求是之学。这两种传统各有千秋且在大的历史格局中形成互补。至于是把学问当作一种历史的策略，还是作为关怀现实的言说方式，往往取决时代因素与个人的学术立场。重点并不在于把学问当作掩体或者出击的战壕，而在是否把学问当学问，无论是在故纸堆中沉醉，还是为揪心的现实问题寝食难安，都能以求真求是的态度体现精神独立、思想自由的原则。

学问这东西，有它外向的意义，也有内指的功能，因而"利物"与"遣忧"可以"各从其志"（参见章太炎《菿汉微言》）。不过，做学问可以不问古今，不择新旧，不管有用没用，却不能没有热情，没有条件，没有积累，因此虽然自己以前在报刊写过几篇文章，鼓吹疏离潮流与时尚，"在边缘站立"，却始终不主张自己的学生做隐士式的学问。

从事学术研究是需要环境条件的，但环境影响学问，人也创造着做学问的环境。我认为培浩给我们的启发首先在这里。韩山学院虽然地处潮州，是韩愈的流放之地，偏远了些，但通过诗社和诗歌写作中心，组织诗歌活动和学术活动，培浩的学问同样做得有声有色。他在边缘之地创造的文学氛围，既让他任教的学院增添了诗意，也改善了他自己置身其中的学术环境，不断获得从事批评与研究的激情与活力。

当然，说明一个学人的，最终还是学问本身。培浩是从文学批评起步的，而最近出版的《互文与魔镜》也是一本批评著作。但从《迷舟摆渡》（中国戏剧出版社2009年版）到如今的《互文与魔镜》（上海人民出版社2018年版），培浩的文学批评是不是有不小的飞跃？兴趣的宽拓、论题的丰富还在其次，重要的是视野与境界的开拓和文学观念的成熟。仅就文学观念而言，十年前的培浩愿意自己是迷舟的摆渡者，"和大量普普通通的写诗者，默默地企图用诗咬开黑暗的一角，并向本真生活探出自己的头。"（《迷舟摆渡·自序》）而现在却认识到文学不一定是昭彰本真的镜子（"即使文学是一面镜子，也不得不承认，它已经是一面中魔的镜子，从中取出的将是种种变形的镜像"），"越来越深地感受到'互文性'的诱惑和启示。"（《互文与魔镜·自序》）这里体现的，该是文学认知的深入，也是批评精神的自觉与独立。

我想说的是，摆在我们面前的这部《歌谣与中国新诗》，可能正是作者通向自觉与独立的一座桥梁。"歌谣与中国新诗"这个课题，原也与他写的《阮章竞评传》（漓江出版社2013年版）不无关系。那是一部从民歌中吸取营养，创出了异彩的时代诗人的文学传记，其中传主的代表作《漳河水》与民歌的关系，是书中最重要的章节。阮章竞是一个时代的诗人，《漳河水》对民歌因素的改造和利用，带着一个时代的鲜明印记。当代一般的文学史描述，也大多以时代的眼光平视时代。培浩却以他的"后见之明"，经由阮章竞《漳河水》对民歌的时代性改造，发现了一个非常重要却未一直未被重视和认真研究的问题："新诗"与歌谣的关系。

中国"新诗"运动与歌谣的关系，先期有黄遵宪、胡适的"尝试"，后来有中国诗歌会和解放区的"移花接木"，再有大跃进民歌和小靳庄诗歌的运动式倡导，近有校园民谣、都市歌谣的回响，可以说伴随着中国诗歌现代转型的历史进程。但一方面是权威认为"最大的影响是外国的影响",另一方面是威权曾提出古典诗歌和民歌是"新诗发展的方向","新诗"运动与歌谣的关系的研究,一直是"新诗"研究的薄弱环节。

《歌谣与中国新诗》很可能是研究中国"新诗"运动与歌谣的关系的第一篇博士论文。正如北京大学中文系吴晓东教授在论文评议中所写的那样,"开掘了一个值得学界关注的学术论题"。我认为它的头一个意义,是敞开了中国诗歌现代性转型之路的复杂性:不只是向西方寻求,也向自己的传统寻求;不只面向文人诗歌,也朝向民间诗脉;不光顺向"进化",也会逆向"寻根"。第二,重新定义了歌谣之于"新诗"的基本性质,既不是放进博物馆里的"古董",也不是必须看齐的"标准"和"方向",而是中国"新诗"运动中的一种重要资源,须要我们正确地提取和利用。第三,深入探讨了"新诗"运动取法歌谣的特点与问题。歌谣作为一种资源,并非静态自明地被启用,而是体现着具体历史语境下不同话语权力的博弈,包括美学的、学术的、民族的、阶级的诸多诉求。

从新文学的前驱者为着"学术的"和"文艺的"目的,面向民间社会搜集整理歌谣,创办专刊(《歌谣》周刊)研究歌谣,探讨歌谣对于"新诗"运动的启发意义(如增多诗体、形式与节奏的参考等);到为了"大众化"与"民族化"的需要,歌谣成为简便普及的运载工具;再到民歌因为编织现代神话而自己也成了神话,让"新诗"运动走向"歌谣化";作者脉络清晰地梳理了各种时代诉求对于歌谣的"征用"和改造,钩沉、讨论了《歌谣》等少有人关注的重要文献的价值。1940年代是一般文学史重点叙述的新诗取法歌谣的年代,也是本书讨论的"中心"。但非常值得注意的是,在许多人视为有成就的地方,作者看到了值得警觉的问题。特别是,作者将这个年代定义为"新诗歌谣化"。而所谓的"歌谣化",就是"资源"被内化为诗歌写作的标准和"规范",本真流露、一时感兴的言说成了承担重大使命的"释言之言"。

我认为应该特别重视培浩命名和梳理的"新诗歌谣化"问题,它昭彰了人们在这一历史现象中对"新诗"实践和歌谣现代化的双重误解。

而培浩之所以能够有效提出和梳理这个重要的学术问题，一是认真占有和钻研过大量历史文献，对近百年来"新诗"与歌谣的关系心中有数，用"历史的眼光"超越了一般人以时代的眼光打量时代的局限。二是他有深入辨析的热情和命名事物的理论自觉。培浩攻读博士学位期间与我讨论某种诗歌现象的定义与命名的情形，我至今依然记忆犹新；而阅读本书，再次与诸如"资源发生学""文学化的释言之言""历史透视法""粗糙的大众化""精制的政治化"等"说法"相遇时，便不由得要会心一笑。

无论从事学术研究还是理论批评，有没有历史的眼光，是否有理论与方法的自觉，成效是不一样的。

是为序。

2018 年 12 月 9 日于北京四季青

目 录

引言 …………………………………………………………… (1)

第一章 新诗"歌谣资源"的发现与发生（1918—1927）……… (15)
 第一节 1920年代新诗歌谣资源的探索 ………………… (15)
 第二节 "文艺的"与"学术的"：歌谣现代文化身份的
    生成 …………………………………………………… (36)

第二章 "新诗歌谣化"的阶级路径（1928—1936）………… (56)
 第一节 "文艺大众化"与"新诗歌谣化" ………………… (57)
 第二节 阶级文学的内在困境：《新诗歌》的两种读者反应 … (62)
 第三节 歌谣的阶级化：何谓旧形式的"改革"？ ………… (67)

第三章 "新诗歌谣化"及其多重文化动力（1937—1949）… (73)
 第一节 "旧瓶装新酒"诗歌及"民间形式"话语 ………… (74)
 第二节 不可抗拒的转型：新文学话语及其消解 ………… (88)
 第三节 人民性的召唤和歌谣体的改良：阶级民族主义话语
    催生的诗歌 ………………………………………… (102)

第四章 无法完成的转型
   ——何其芳与新诗歌谣化 ……………………………… (125)
 第一节 "虽有旧梦，不愿重温"：民间资源压力下的搁笔 …… (126)
 第二节 艰难转型："自我"和"大我"的交战 ……………… (131)
 第三节 "自我抒情"与"格式诗法"的冲突 ………………… (144)

第五章　走向山歌
——1940 年代袁水拍诗观转化的历史语境与动因 ……（150）
第一节　一次偶然的交集？…………………………………（150）
第二节　"对于歌谣，我有了偏心" ………………………（152）
第三节　重建"人的道路"：一种历史透视法 ……………（156）
第四节　人民性与歌谣的无缝对接 …………………………（160）

第六章　革命文学体制与民歌入诗
——《王贵与李香香》的阶级想象及经典化 ………（165）
第一节　过滤与重构：阶级想象与民间意识的更替………（165）
第二节　革命期待下的经典化接力 …………………………（182）

第七章　重识民歌诗的"革命"与"现代"
——《漳河水》的诗法政治和神话修辞 ……………（198）
第一节　"诗法政治"与"诗歌想象" ……………………（198）
第二节　"妇女解放"的神话修辞术 ………………………（206）
第三节　重返古典之文：革命神话的观念基础……………（214）
第四节　革命民歌诗：作为一种特殊的"现代"诗 ………（219）

第八章　歌谣：作为新诗的资源难题 ………………………（226）
第一节　"可歌性"与"去音乐化"：政治与文艺两种
　　　　立场的争辩 ……………………………………（227）
第二节　"设限"或"去限"：两种限度意识的对峙 ………（234）
第三节　"资源"的难题：新诗与歌谣的纠葛与迷思………（244）

结语 …………………………………………………………（255）

参考文献 ……………………………………………………（261）

后记 …………………………………………………………（267）

引　言

　　民歌是行走在民众口中的风俗画卷，在中国源远流长的文人诗传统之外，另有一个藏于民间、丰饶而饱满的文学传统——歌谣传统。传统社会中，歌谣一向被视为难登大雅之堂的俚曲俗讴。"五四"之际，歌谣的地位在新文化倡导者的价值坐标中发生了巨大逆转。与对古代士大夫文学传统的彻底否定不同，新文化的倡导者一直致力于借鉴和转化民间文学资源——特别是民歌、民谣资源。自"五四"起，新诗取法歌谣构成了20世纪诗歌史上一条或隐或显、或稳健或激进的思路。

一　20世纪新诗取法歌谣的四次潮流

　　20世纪新诗取法歌谣资源的第一次大规模尝试无疑当属五四前后的北大歌谣运动。1918年2月1日，北京大学校长蔡元培在《北大日刊》第一版登载了"征集全国近世歌谣"的《校长启事》。从而开启了延续至30年代的北大歌谣征集运动。1920年12月19日，北大在原本的"歌谣征集处"基础上成立了"北京大学歌谣研究会"，该会于1922年12月17日起刊印《歌谣》周刊。自1922年12月17日至1925年6月28日，共出版了97期；1925年6月28日后，《歌谣》周刊并入《北京大学研究所国学门周刊》。1936年，《歌谣》周刊停刊10年后在胡适的主持下再度复刊，至1937年6月27日二度停刊，共出版53期。因此《歌谣》周刊前后合计共出版150期。此外，围绕歌谣研究会和《歌谣》周刊，还单独出版了一系列丛书专册，朱自清于1929年至1931年写成的歌谣讲稿（后结集成《中国歌谣》）也深受《歌谣》周刊的启发，这可以看作是歌谣运动理论成果的一部分。

新诗取法歌谣的第二次大规模尝试来自1930年代的中国诗歌会。"成立于1932年、前后活动时间不到五年的中国诗歌会，无疑是1930年代在推行诗歌歌谣化方面最不遗余力、且产生了广泛影响的群体。"①中国诗歌会会刊《新诗歌》1934年6月推出"歌谣"专号，提出"新诗歌谣化"的口号，王亚平写作了长文《中国民间歌谣与新诗》；成员们创作了大量歌谣体作品，如蒲风《牧童的歌》《摇篮歌》《行不得呀哥哥》，穆木天的《外国士兵之墓》，任钧的《妇女进行曲》《祖国，我要永远为你歌唱》，杨骚的《鸡不啼》，王亚平的《两歌女》《车夫曲》等。"但其实中国诗歌会诗人的很多作品，在总体上对歌谣的套用较为随意和表面，未能考量歌谣与主题的恰适与否，因而难免趋于简单化乃至公式化。"②中国诗歌会"新诗歌谣化"尝试并未随着会刊《新诗歌》的停刊而中止，这种实践于30年代其他刊物《高射炮》《时调》《中国诗坛》中继续得到推动。1947年，中国诗歌会还在香港创办了另一份《新诗歌》，延续了30年代诗歌大众化和歌谣化的立场，该刊由薛汕、沙鸥等人编辑，共出版五期。

新诗取法歌谣在抗战背景下文艺大众化"旧瓶装新酒"的倡导下得到更广泛实践，在1940年代更在"民族形式"话语加持下演绎成广泛持久的思路，并因此形成了第三次新诗"化歌谣"乃至于"歌谣化"的实践。在此过程中，1930年代中国诗歌会"新诗歌谣化"倡导被进一步绝对化。歌谣从被视为一种可供参照的审美资源到被进一步作为诗的"体式"使用。1940年代民歌体诗歌的勃兴，自有其深刻的时代渊源，它跟共产党领袖提倡的"民族形式"有关，跟战争环境下特殊的读者接受环境有关，跟战争激发的民族主义动力有关。更深层看，跟革命如何挑选合目的性的文学资源有关。期间，包括老舍、柯仲平、艾青、卞之琳、何其芳、袁水拍、李季、张志民、阮章竞、李冰等诗人都或深或浅地卷入了这种时代性的诗歌实践中。

新诗歌谣化在1958年的新民歌运动中被进一步激进化、政治化和绝对化。民歌作为新诗主要资源的提法事实上早在40年代初萧三即提

---

① 张桃洲：《论歌谣作为新诗自我建构的资源：谱系、形态与难题》，《文学评论》2010年第5期。

② 同上。

出，却在50年代得到毛泽东的进一步确认和赋权：新诗的发展应主要以古典和民歌为资源。① 于是，民歌迎来了它在20世纪最显赫的时刻，却也演化成一场政治征用民间资源的文化悲剧：1958年的一场诗歌大跃进，自上而下大采诗、大写诗、大赛诗，人人皆可成诗人，人人皆应成诗人。多少人的命运因为写出一首诗而改变，诗歌获得巨大的社会效应，为普通民众提供机遇，为古老民族造梦，理所当然牵动着无数人的心弦，可最终留下的却不过是一批精神造假的档案。②

不难发现，在这四次运动中，五四时代主要是基于文艺立场发掘歌谣之于新诗的诗学启示；后面三次则主要是基于政治立场对歌谣形式简单所带来的表意弹性的利用。③ 相较而言，1940年代的"新诗歌谣化"是后三次潮流中持续时间最长、留下成果最多、"政治化"和"艺术化"结合最深入、作品最为丰富复杂、留给后世总结教训的学术空间最大的一次。就深广度而言，它整合了最大量的评论家和诗人参与到对诗歌"民族形式"的探讨和实践中；它覆盖了解放区和国统区，延续于整个1940年代。它上承1930年代中国新诗会乃至于五四时代刘大白、沈玄庐的写作，下启1958年的"新民歌运动"。1940年代"新诗歌谣化"倾向从简单套用民间形式的鼓词到化用民歌体式写新诗的《王贵与李香香》，再到用戏剧模式整合民间形式的《漳河水》，事实上是一个不断自我超越的接力过程。这不是一种简单的线性递进，而是时代话语与作家精神认同、文学创造力的复杂博弈和化合。

---

① 1958年3月22日，毛泽东在成都召开的一次中央工作会议上谈到诗歌问题时说："我看中国新诗的出路恐怕是两条；第一条是民歌，第二条是古典，这两面都要提倡学习，结果要产生一个新诗。现在的新诗不成型，不引人注意，谁去读那个新诗。将来我看是古典和民歌这两个东西结婚，产生第三个东西。形式是民族的形式，内容应该是现实主义与浪漫主义的对立统一。"（《建国以来毛泽东文稿》第7册，中央文献出版社1993年版，第124页）毛泽东的倡议，促成了4月14日《人民日报》的社论《大规模搜集全国民歌》向全国发出的倡议。

② 正如王光明先生所说，"新民歌最大的问题是失去了民歌质朴自然的本性，让最本真的东西成了最虚假的东西。"王光明：《现代汉诗的百年演变》，河北人民出版社2003年版，第354页。

③ 民歌的修辞、体式都较为稳定、简单，在民众识字率不高的社会环境中具有很强接受基础。起兴、因声衍义是民歌常用修辞，这些手法都便于利用歌谣装载革命意识形态内容，这种由简单所带来的表意弹性，是20世纪革命歌谣大量兴起的技术基础。

二　新诗人的三种"歌谣缘"

歌谣作为传统民间文艺资源在20世纪获得了政治和文艺的青睐。经常为人们所提及，对歌谣具有浓厚兴趣的新诗人有：胡适、周作人、俞平伯、刘半农、刘大白、沈玄庐、朱湘、朱自清、穆木天、杨骚、任钧、蒲风、老舍、柯仲平、萧三、袁水拍、李季、李冰、阮章竞、张志民等人。事实上，这份名单还可以继续开列，其中不乏冯雪峰、李金发、戴望舒、施蛰存、何其芳、卞之琳、穆旦、昌耀、海子等在此话题上很少被提及的名字。同一名单中不同诗人的歌谣立场也是判然相异。

粗略看来，新诗人与歌谣之间大概呈现了三种形态迥异的"歌谣缘"。所谓"歌谣缘"，是对新诗融合歌谣实践行为的扩大，并不限于那些在写作上较持久表现出取法歌谣实践的诗人。它既包括那些在取法歌谣上偶一为之的新诗人，也包括那些并没有把歌谣兴趣融入写作，而是融入研究、翻译和搜集整理的新诗人。如此，在"歌谣缘"的视角中，新诗与歌谣亲缘性的更多细节可以被重新勾勒。我们也似乎可以按照诗人对于取法歌谣有效性的认同度由弱至强可将其分为如下三种类型：（1）研究、翻译、搜集歌谣的新诗人；（2）在现代自由诗的基础上探索有效运用歌谣元素的新诗人；（3）将歌谣作为新诗主要体式来使用的新诗人。

五四新文化运动之初，对歌谣感兴趣的新诗人其实大有人在，从胡适、周作人到刘半农、刘大白、俞平伯等人无不对新诗取法歌谣表示乐观。后面三人更是在写作上躬亲实践。事实上，另有很多新诗人，他们并不简单认同新诗取法歌谣的有效性，他们的理论或写作都呈现出跟"歌谣化"截然不同的立场和趣味。但是这并不妨碍他们对歌谣的兴趣，研究、翻译和搜集整理歌谣成了他们"歌谣缘"的表达方式。譬如朱自清对新诗取法歌谣就颇多疑虑，但是他显然对北大歌谣研究会及其会刊《歌谣》周刊很是关注，他的歌谣研究对歌谣的起源、分类、结构、修辞等问题进行了深入研究。新诗人何植三同样对新诗取法歌谣表达疑虑，他强调新诗是一种高强度情绪压力下的产物，新诗是用"形象的表达抽象的"，"现在做新诗的人，不能因歌谣有韵而主有韵，应该知道歌谣有韵，新诗正应不必计较有韵与否"。① 然而这同样不妨碍他作为北大歌谣研究会活跃分子积极地搜集和研究歌谣。人们普遍以为李金发是象征主义诗人，20世纪30年代上海左翼社团中国诗歌会倡导大众化、歌谣化的"新诗歌"，他们对李金发及其象征诗歌有很多攻击。② 殊不知李金发对歌谣同样兴味甚浓，他对家乡梅县的客家山歌推崇备至，并且亲自搜集整理，编选出版了客家民间歌谣集——《岭东恋歌》。"据李金发自称，他在十七八岁时就有编一本客家山歌集的想法。后来留学法国，身在异域，心系故乡，便托国内的朋友将家乡的山歌收集了一些寄到巴黎，时时吟唱、诵读，倍觉亲切。"③ 新诗人通常能够在歌谣的立场上欣赏歌谣，也不乏不辞辛劳，搜集编汇者。80年代以后歌谣作为新诗资源的思路已极为边缘，但仍有昌耀编辑《青海情歌》，符马活编辑《畲族山歌》等行为。

20世纪30年代，戴望舒、施蛰存跟中国诗歌会主将在"新诗歌谣化""音乐性"等话题上有过交锋，④ 在戴、施眼中，现代诗追求的是"肌理"，必须去"音乐性"。他们对倡导歌谣化的"新诗歌"颇不以为然。然而，这同样不妨碍他们在歌谣的意义上欣赏歌谣。⑤ 戴望舒30年代就翻译过西班牙诗人洛尔加的抒情谣曲，并编成了《洛尔加诗抄》，成了第一个将洛尔加介绍到中国来的诗人。⑥ 可见，戴望舒并非简单地排斥歌谣，他反对的只是把歌谣作为新诗的体式来使用，反对把歌谣的"音乐观"移植到新诗上。同样翻译外国民歌的新诗人还有朱湘。朱湘1922年10月翻译了"路玛尼亚民歌"二首《疯》和《月亮》；1924年3月，翻译出版了罗马尼亚民歌选集，共收录罗马尼亚民歌14首，由商务印书馆出版，取名《路曼尼亚民歌一斑》，列入商务印书馆的"文

---

① 何植三：《歌谣与新诗》，《歌谣增刊》1923年12月17日。
② 比如蒲风在《新诗歌》第1卷第7期就发表评论评李金发《瘦的相思》，其中对象征诗人不无冷嘲热讽。
③ 巫小黎：《李金发和〈岭东恋歌〉》，《新文学史料》2001年第2期。
④ 参见戴望舒《望舒诗论》、施蛰存《又关于本刊中的诗》、蒲风《摇篮歌·写在后面的话》《评〈现代〉四卷一期至三期的诗》等文章。
⑤ 施蛰存曾撰文介绍了家乡歌谣词汇，显见他对民歌的兴趣。见《山歌中的松江方言》，《书报展望》1935年第1卷第1期。
⑥ 施蛰存：《洛尔加诗抄·编后记》，戴望舒译，转引自北岛《时间的玫瑰》，江苏文艺出版社2009年版。

学研究会丛书"。

　　既对搜集、翻译歌谣感兴趣，又对新诗取法歌谣持肯定态度者同样大有人在，只是内部也有"化歌谣"和"歌谣化"的区别。"化歌谣"者以自由体诗为基础融化歌谣的诗学元素，并且这种"化歌谣"实践只是其诗歌面相中的一种，譬如写作《采莲曲》的朱湘、写作《五月》①的穆旦、写作《某些双人房》的夏宇等诗人。朱湘的《采莲曲》"采用民歌的形式""有效地模拟出小舟在水中摇摆的动态";②穆旦的歌谣尝试背后则隐藏着一个重要的理论话题，新诗在不直接以歌谣为体式的前提下如何转化歌谣元素？换言之，新诗的现代性和传统的歌谣元素之间如何融合？这个问题台湾诗人夏宇在《某些双人房》中有所尝试：

　　　　当她这样弹着钢琴的时候恰恰恰/他已经到了远方的城市了恰恰/那个笼罩在雾里的港湾恰恰恰/是如此意外地/见证了德性的极限恰恰/承诺和誓言如花瓶破裂/的那一天恰恰/目光斜斜③

　　此诗的特点在于，"恰""恰恰""恰恰恰"作为句子中的拟声元素为全诗增添了一致的节奏。因此，一首书面语体的诗歌就跟一种带着强烈歌谣节奏的口语体结合起来。夏宇这首诗是现代汉诗"可能性诗学"中一次不可复制的尝试，但它却确乎是现代性跟歌谣性微妙的相遇。可资对比的是1940年代袁水拍所写的山歌体新诗《朱警察查户口》：

　　　　半夜里敲门呀，/乒乓乒乓乒乓敲。/朱警察查户口，/进来瞧一瞧，/咿啊海！

---

　　① 1941年7月21日，青年诗人穆旦在《贵州日报·革命军诗刊》发表了一首诗——《五月》，这首诗后收入《探险队》，作者在诗前注明写作时间为1940年11月。此诗发表前的十六天——1941年7月5日，青年诗人袁水拍在香港《大公报》发表一首题为《雾城小调》的诗，(后收入诗集时改名《城中小调》)。有趣的是，这两首前后脚发表的诗作，存在着某种形式的"心有灵犀"：两位诗人都别出心裁地在现代抒情诗中嵌入了山歌，创造了一种很有意味的诗歌形式。

　　② 姜涛：《新诗之新》，《中国新诗总系第一卷（1917—1927）》，人民文学出版社2010年版，第21页。

　　③ 夏宇：《腹语术》，唐山出版社1991年版。

拿起了电筒四面八方照，/咿啊海！/屋角床底都照到。/桩桩件件仔细问，/噜噜嗦嗦，/噜噜嗦嗦问端详，/咿啊海！①

此诗同样是以"咿呀嗨"这类典型的民歌拟声词调剂全诗的节奏和韵律，使诗歌具有某种民歌的调子。对于袁水拍而言，这种"拟民歌调"是他实践新诗山歌化的多种技法之一。1940年代，从自由体抒情诗转向山歌体讽刺诗是袁水拍重要的转型方向，为此他发展了一套相对丰富的山歌诗法。此诗明显属于"歌谣化"的范畴；而夏宇的《某些双人房》则是站在现代诗的立场上借用歌谣，属于"化歌谣"的范畴。

1920年代刘半农的《瓦釜集》拟写江阴民歌，《扬鞭集》中运用儿歌拟曲的形式，以至于刘大白以《卖布谣》等歌谣体摹写平民阶层意识形态。此间确乎表现出与新诗"化歌谣"不同的"新诗歌谣化"倾向。然而，此时的"歌谣化"只是作为一种个人实践，尚没有获取"政治正确"的霸权位置。1940年代在左翼文学体制中，"歌谣化"与"民族形式"的相遇使其迅速占据了诗歌形式的优先地位。这种霸权使得一贯提倡自由诗的艾青也不得不在《吴满有》中来了一段并不像样的仿民歌；使曾经在1930年代对自由体汉诗表意方式现代化有过精彩开拓的何其芳、卞之琳朝之靠近。1940年代何其芳诗歌写作几乎搁浅的密码隐藏于自由体写作惯性和民歌资源格式诗法之间的冲突。1951年卞之琳在《金丽娟三献宝》《从冬天到春天》中开始采用歌谣体式，1953年则用歌谣体表现现实劳动生活并写有《采桂花》《叠稻罗》《搓稻绳》。不同之处在于，卞之琳的歌谣体新诗与其说是革命歌谣，不如说是文人歌谣：

  莲塘团团菱塘圆，
  采莲过后采菱天，
  红盆朝着绿云飘，
  绿叶翻开红菱跳。

---

① 袁水拍：《朱警察查户口》，原载《诗歌》月刊三、四期合刊，1946年5月6日出版，又载上海《世界晨报》1946年5月18日3版，又载重庆《大公晚报》1946年5月21日2版，又载重庆《新民报晚刊》1946年5月22日。

"采菱勿过九月九",
十只木盆廿只手,
看谁采菱先采齐,
绿杨村里夺红旗。①

此诗抛去"夺红旗"这一时代性极强的政治符号之后,几乎就是一首美丽的古代文人小令。它用字的考究,趣味的雅致使得"十只木盆廿只手,/看谁采菱先采齐"这一"政治争先"的群众集体活动一褪"热火朝天"时代的集体趣味,而充盈了轻歌浅唱的传统江南氛围。这是新诗歌谣化过程中一种奇特的"杂交"成果:政治化的写作趋向、民间化的资源选择文人趣味浓厚的新诗人杂合而成的结果。50年代的文学体制中,卞之琳并没有刻意守持现代派立场,然而他对"新诗歌谣化"的口号却表现得异常的谨慎。革命诗学"歌谣化"的实质在于功利性地从歌谣资源中获取一种可复制的形式,然而,卞之琳的歌谣体写作依然拒绝了这种"可复制性"。在几首"歌谣诗"写完之后,他显然难以为继。

事实说明,现代诗或许有必要发展某些稳定成熟的体式,但这些稳定体式依然是在"可能性诗学"中的一种;单一"歌谣化"企图必将新诗拖入定型化的陷阱中,某种"可能"的无限放大窒息了其他无数"可能"。"歌谣化"最核心在于要求新诗在声响形式甚至结构体式上继承歌谣,它既赋予新诗以形式,但又把新诗形式定型化。在"增多诗体""社会宣传""政治动员"等目标下,多元的"诗质"建构被单一"诗形"确立所取代,诗形与诗质的矛盾也日益突出,最终的结果是"以旧为新"危机的全面暴露。这是新诗"歌谣化"在进入1950年代以后成为畸形肿瘤的内在原因。概言之,"歌谣化"以歌谣作为诗歌体式,有仿作歌谣的倾向,虽有所新创,但消解了格律和自由的张力而陷入了"以旧为新"的陷阱。无论是五四时期的刘半农、刘大白、俞平伯,还是40年代的袁水拍、李季、阮章竞,抑或50年代的卞之琳,将"歌谣化"作为新诗形式支配性导向的诗人们全部无法自外于这一

---

① 卞之琳:《卞之琳文集》上卷,安徽教育出版社2002年版,第148页。

陷阱。

三 歌谣与中国新诗：朝向"问题化"和"历史化"的展开

新诗取法歌谣的四次大规模潮流，新诗人与歌谣结缘的内在复杂性，都启示着歌谣与中国新诗关系这个学术话题的潜在空间。事实上，歌谣与20世纪中国新诗是一个历久弥新的话题。对于"新诗歌谣化"在20世纪文学史上的延续，王瑶先生很早就有认识：

> 从"五四"时期起，新诗作者就开始了对民歌传统的探索和汲取。刘半农提倡"增多诗体"，其中一条途径就是从民间歌谣的借鉴中创作民歌体白话诗，《瓦釜集》里的作品就是这种创作实践的收获。30年代，中国诗歌会的诗人提倡新诗的"歌谣化"。
>
> 抗战时期又有从曲艺中汲取养料来创作新诗的尝试，如老舍的《剑北篇》。《在延安文艺座谈会上的讲话》之后，解放区出现了大规模地搜集、整理和学习民歌的运动，并涌现了像李季的《王贵与李香香》、阮章竞的《漳河水》这样的民歌体叙事诗。这一趋向对新中国成立以后的诗歌创作，也产生了深刻的影响。①

"新诗歌谣化"谱系在《中国现代文学三十年》这部文学史著作中得到较详细描述。该书认为第一个十年的新诗探索中"另一些早期白话诗人则热衷于向民间歌谣传统的吸取与借鉴"，并介绍了北大歌谣学会在歌谣搜集以及刘半农、刘大白等人仿作歌谣诗的努力，"这样的努力也是开拓了新诗的一个方面传统的。"② 在第二个十年中，此书注意到中国诗歌会的"歌谣化"主张，"中国诗歌会的诗人并非仅仅关心诗的内容的革新、新意识的灌输，他们对诗的形式上的变革也同样采取了激进的态度。在历史的承接上，他们在拒斥文人传统的同时，却热心于向民间歌谣吸取资源：不仅是歌谣体的形式，更包括关注现实与民间疾苦，表达平民百姓的呼声，朴素、刚健的诗风等精神传统。"③ 对于

---

① 王瑶：《中国新文学史稿》，上海新文艺出版社1954年版，第628页。
② 钱理群等：《中国现代文学三十年》，北京大学出版社1998年版，第591—594页。
③ 同上书，第356页。

1940年代解放区新诗歌谣化实践，该书不但有较详细的概述，而且较为具体地评述了二部具有代表性的歌谣体叙事诗《王贵与李香香》《漳河水》的艺术特色。

聚焦歌谣与新诗话题的还有其他学者：张桃洲发表于2001年《社会科学研究》第4期上的文章《"新民歌运动"的现代来源——一个关于新诗命运的症结性难题》为1958年的"新民歌运动"寻找现代起源，在一个过分政治化的议题中开拓出内在的复杂性：新民歌运动并非一种完全横空出世的新开创，其大部分作品虽然粗糙，但在内在的理路上却承继了新诗歌谣化的历史脉络。同时关注这个话题的还有刘继业《大众化和纯诗化》，该书在聚集40年代"大众化"诗学时涉及了新诗歌谣化以及新诗民族形式的讨论，但主要是话题和材料的陈述，并且更多地把新诗"民族形式"理解为"大众化"。[①] 贺仲明发表于《中国现代文学研究丛刊》2008年第4期的文章《论民歌和新诗发展的复杂关系——以三次民歌潮流为中心》进一步梳理了歌谣与新诗的几次互动关系：20年代的歌谣征集运动、40年代的民歌体叙事诗创作潮流、50年代的"新民歌运动"。认为"它们是本土农民文学与现代新诗的直接交流，也蕴涵着新文学对民间文学传统的精神吁求。由于各种因素的限制，三次民歌潮流都没有取得足够的成功，甚至多是失败的教训"。[②] 张桃洲发表于2010年第5期《文学评论》的文章《论歌谣作为新诗自我建构的资源：谱系、形态与难题》以更为详尽的资料叙述了20世纪新诗歌谣化的谱系，同时补充了对30年代中国诗歌会"新诗歌谣化"实践的叙述评点。在他看来，"从新诗历史进程来看，歌谣从一开始就参与了新诗寻求文类合法性、探索风格多样化和更新文本与文化形态的过程；早在新文学诞生之初，歌谣就作为重要的民间文化和文艺样态而受到重视。"[③] 2012年6月出版的《中国诗歌通史·现代卷》第十章《面向不同的诗歌资源》则用二节的篇幅，以更丰富的材料呈现了从五

---

① 刘继业：《新诗的大众化和纯诗化》，北京大学出版社2008年版，第135—138页。

② 贺仲明：《论民歌和新诗发展的复杂关系——以三次民歌潮流为中心》，《中国现代文学研究丛刊》2008年第4期。

③ 张桃洲：《论歌谣作为新诗自我建构的资源：谱系、形态和难题》，《文学评论》2010年第5期。

四到40年代关于新诗与歌谣互动的各种理论思考和重要实践。①

已有研究已经完成了20世纪新诗与歌谣互动的谱系梳理，为将这个话题进一步问题化提供了可能。本书将聚焦如下两个大的话题：

第一，探讨歌谣作为新诗资源的历史语境和文化动力，并进而探讨新诗的"资源发生学"。歌谣入诗并非发生于真空的社会中，它的"发生"必然基于各种话语博弈构成的文化语境。五四时期歌谣入新诗部分因为"他们或许更注重歌谣的'民间'特性，进而言之即是一种民众性、平民性"。② 换言之，歌谣这种俗讴在五四获得认同，跟五四现代转型背景下民间话语的崛起有关，跟新文化话语内在的新/旧、贵族/平民的二分法有关。在这种透视法中，歌谣作为平民阶层的文化结晶获得了远高于文人传统（所谓贵族文学）的评价。它同时也勾连着发生期尚未定型的新诗到民间文学中寻求合法性资源的背景。相比之下，1930年代中国诗歌会在新诗歌谣化的倡导中，一种内蕴于"大众化"话语的"阶级化"思路非常鲜明。这种"歌谣化"并非站在扩大新诗形式来源的文艺立场，体现的是政治立场借重民歌再造文学政治动员功能的功利文学观。这种大众化的诗歌观既来源于中国文学"文以载道"、介入现实的文学传统，也跟日益严峻的社会现实相关联，成为日后不断浮现于各个时代的诗歌幽灵。1940年代的"新诗歌谣化"倾向，则不但是抗战背景下"文艺大众化"的实践，也是以文艺"民族形式"为话语中介的阶级民族主义推动的产物。新诗取法歌谣现象背后，既有坚持新文学立场，以"民族"暂时搁置"艺术"的主张；也有以民间立场取消新文学立场，将套用"民间形式"的"旧瓶装新酒"视为已完成"民族形式"的主张；更有以民族话语为外壳，以阶级主义为内核，在政治化、阶级化方向中兼顾艺术化的主张。这些不同的话语交织于新诗"民族形式"的倡导和"新诗歌谣化"的写作倾向中，相互纠缠、博弈，构成了一个诗歌与历史、时代、民间资源复杂纠缠的个案，值得认真辨析。

这意味着，将"歌谣"作为一种脱离历史的民间资源跟新诗结构进

---

① 王光明主编：《中国诗歌通史·现代卷》，该章由张桃洲执笔，人民文学出版社2012年版，第578页。

② 同上书，第571页。

行审美联结的思路是不够的。某种审美资源的激活和启用，必然内在于复杂时代话语交互投射而成的强势认知范式。因此，对于歌谣被新诗借用的话语分析，便是对新诗史上歌谣资源发生学背景的分析，它将进一步把歌谣与新诗话题问题化和历史化。1940年代"新诗歌谣化"跟"民族形式"的追求、"民族资源"的激活是一体两面，其背后的核心概念正是"歌谣"资源在"民族"的话语框架中被启用、论述被获得合法性的过程。值得追问的是：40年代"民间资源"为何必须在"民族形式"的表述框架中才获得作为一种新诗资源的充分合法性？反过来，即使人们当时就认识到"旧形式"不等同于"民族形式"，"民间形式"为何迅速地获得了对于"民族形式"的优先代表权？这种探讨或者有助于使我们认识到，对于一种时代性的探索而言，并不存在一种脱历史而发生作用的资源，从而更深把握文学资源启动背后的历史文化阈限。

第二，透视1940年代新诗歌谣化倾向的内在复杂性。已有研究往往将"新诗歌谣化"视为"政治化""大众化""民间化"的结果，而忽视其中区域差异产生的功能分化；文化动力差异产生的文本性质分化。厘清其复杂性，至少需要回答以下四个层面的问题：

第一层问题：已有的"民歌诗"哪些不仅仅是在套用民间形式，它们在文本上体现了何种超越"民间形式"的重构？也即它们在"民族形式"与"民间形式"之间拉开了什么样的论述空间？这种说法并非凭空猜测，袁水拍以城市报刊为传播媒介的"山歌"绝不仅仅是传统山歌的忠实摹本，在力求地道山歌味和整合现实讽刺功能的过程中，马凡陀山歌事实上已然实现了对"山歌诗法"的重构；同样，阮章竞的《漳河水》在采用"四大恨""开花调"等现成民歌曲调之余，事实上离不开一种来自于新文学的对照性"戏剧结构"。这一层复杂性首先必须被分析。

第二层问题：在"诗"被征用于"革命"的过程中，一种新的诗歌功能观、诗法体系同时被生产出来。在"民族形式"召唤下新诗发展了对民间资源的亲缘性，对于新诗而言则呈现为一种诗歌资源的转折。这种转折和过渡并不如革命文学史所叙述的那样顺滑。在卞之琳、何其芳、艾青等在1930年代已经积累起审美惯性的诗人身上，这种

"转折"无疑是一次"脱胎换骨"的革命"洗礼"。何其芳是革命信仰和革命领袖的忠实信徒,在理智上他认可诗歌"民族形式"的任务是创制"既通俗又艺术"的诗歌。可是,这个任务他却无法通过自身创作来完成。深入透视何其芳在1940年代"诗歌转折"时的内在挣扎,会发现革命在征用诗歌,启用新资源的过程中,事实上也遭遇着"无法完成的转型"——诗人在理性层面上能够认同新的诗歌想象——以"民族形式"想象阶级共同体,但在写作的想象中,"自我抒情"的写作机制成了他们很难摆脱的诗歌思维,虽然百般忏悔和努力,却似乎只能选择"放弃"或"搁笔",这典型体现在何其芳身上。所以,本书"新诗歌谣化"倾向的研究对象也包括那些探索未果者。透过何其芳这个个案,我们希望透视革命、自我、诗歌三者的复杂纠缠:革命征用诗歌,诗歌离不开自我,而激进革命话语却放逐自我,这种悖论式纠缠中,自我不时在诗中还魂,如40年代何其芳的《夜歌》(包括50年代郭小川的《望星空》)都在提示着:在革命"大我"宰制诗歌想象之后,诗写依然会遭遇"自我"的偷袭。

第三层问题:不同区域、文学制度在使用同一文学资源的过程中产生了什么差异。在40年代的文学环境中,新诗取法"民族资源"不但是一种解放区文学现象,同时也在国统区结出"硕果"——马凡陀山歌在当时就广受欢迎。追寻民族身份而"走向民间"毋宁说是一种1940年代重要的时代共鸣。同时,新诗"民族资源"的激活,在两个区域表现了"美"(解放区的革命赞歌)和"刺"(国统区的讽刺山歌)的功能分化。那么,时代如何悄然改变了诗人的诗歌观念?歌谣诗又如何宰制了诗人的文体认同?这是我们透过在国统区写出风靡一时的"马凡陀的山歌"的袁水拍所要追问的。

第四层问题:新诗"歌谣资源"日益激进化的使用,无疑面临着深刻的悖论,正如张桃洲在分析1958年新民歌运动时所说:

> (新诗"民族形式"的启动)导致新诗与"旧形式"之间出现了一种"怪圈":新诗的诞生本来是为了将"旧形式"挤出诗歌领域,但"大众化"的需要又使新诗不得不重新征用"旧形式"。这样,一种以建立"民族形式"为由而恢复"民间形式"("旧形

式")的力量范式,终于置换了"五四"之初以创立新语言、新形式为宗旨汲收方言俗语和"旧形式"的努力取向。①

一方面,我们既要看到1940年代"新诗歌谣化"倾向在某些作者身上具有融合"政治化"与"艺术化"的倾向。另一方面,我们也要看到歌谣体叙事诗的经典化,并非是单纯"艺术"的结果。歌谣诗的经典化过程,在解放区文艺体制与诗歌文化资本生成之间发生着怎样的互动和纠葛?这类"政治化"指导下的"艺术化"作品,又存在着怎样"反现代"的文本结构,内置了此类作品不可避免的悲剧命运?这是我们透过《王贵与李香香》和《漳河水》所要追问的。

本书第一至三章,将对"新诗取法歌谣"的历史谱系及其内在的文化动力进行深入描述;第四至七章则以何其芳、袁水拍、李季、阮章竞为个案,透视1940年代"新诗歌谣化"倾向内在的纠葛;第八章则希望从新诗取法歌谣的立场和阈限角度对这段资源纠葛史予以理论反思。概言之,将1940年代"新诗歌谣化"倾向置于新诗取法歌谣的历史谱系中,阐明它在历史语境中的位置,又敞开研究对象本身的复杂性,将构成本书展开的学术基础。

---

① 张桃洲:《"新民歌运动"的现代来源》,《现代汉语的诗性空间》,北京大学出版社2005年版,第65页。

第一章

新诗"歌谣资源"的发现与发生（1918—1927）

传统中国，歌谣流传于民间而无法纳入文化正统。虽然明代已经有"真诗在民间"之说彰显歌谣的诗学价值，但是歌谣真正被作为诗歌资源的文化契机却来自于五四。从五四前后北大歌谣运动肇始，新文化人物的歌谣情结甚深，新诗人取法歌谣资源的兴味甚浓。值得关注的是，1920年代，新诗取法歌谣有着什么样的内在轨迹？胡适、周作人、俞平伯、刘半农、朱湘等新诗人对歌谣的诗学意义有何独特认识？他们的歌谣入诗实践又体现出什么内在差异？更重要的是，歌谣作为资源被新诗发现和激活，又跟什么样的话语博弈相关？这些问题构成了本章讨论的中心。

第一节 1920年代新诗歌谣资源的探索

众所周知，新诗的发生跟取法西方资源有着莫大关系。然而，从新诗发生期开始，民间资源就参与了新诗文类合法性、风格多样化的自我建构。取法歌谣，构成了新诗史初期一道特别的景观。从理论提倡到写作实践，一直此道不孤，虽则各人取法歌谣的着眼点不尽相同。民间资源在1920年代以后的40年间对新诗一直充满诱惑和启示，并且构成了一道新诗取法歌谣的长长轨辙。追溯源头，则不能不从新诗发生期说起。此间值得关注的问题包括：发生期的新诗人们，如何理解歌谣对新诗的启示？取法歌谣在写作实践上存在着何种差异，各有什么经验教训？我们又该如何解释新诗早期"援谣入诗"的发生？

"一切新文学的来源都在民间"

1922年,北大歌谣搜集运动正热烈开展,此年12月17日《歌谣》周刊创刊号在《发刊词》中,强调了歌谣的文艺价值和学术价值:"本会蒐集歌谣的目的共有两种,一是学术的,一是文艺的。"① 此前,胡适在《北京的平民文学》一文中对新诗人忽视歌谣的启示表示遗憾:"做诗的人似乎还不曾晓得俗歌里有许多可以供我们取法的风格与方法","至今还没有人用文学的眼光来选择一番,使那些真有文学意味的'风诗'特别显出来,供大家的赏玩,供诗人的吟咏取材"。②胡适的歌谣观,跟他以白话反文言的文学观紧密相连,并在其《白话文学史》中有着更"高屋建瓴"的论断:"一切新文学来源都在民间,民间的小儿女、村夫农妇、痴男怨女、歌童舞妓、说书的,都是文学上的新形式与新风格的创造者。"③ 这种说法当时不乏同调者,胡怀琛也认为"一切诗皆发源于民歌"。④

某种意义上,胡适为歌谣诗学意义的发现提供了重要的文学史观——他从反文言文学出发建构起来的白话文学史观。为了打倒文言文学,胡适在白话诗歌领域躬亲尝试,自不待言。同时身为历史学家的胡适不能不为白话诗合法性寻求文学史法则的加持。置身于民初话语交锋频仍的文学场域,胡适屡试不爽的话语武器是"进化论":"我们若用历史进化的眼光来看中国诗的变迁,方可看出自《三百篇》到现在,诗的进化没有一回不是跟着诗体的进化来的。"⑤ 与今日学界对文学进化论的反思不同,当年胡适毫不掩饰自己对进化论的服膺:

> (与梅光迪就"诗之文字"和"文之文字"的争论)这一次的争论是民国四年到五年春间的事。那时影响我个人最大的,就是我平常所说的"历史的文学进化观念"。

---

① 《发刊词》,《歌谣》1922第1号,1922年12月17日。
② 胡适:《北京的平民文学》,《努力周报》增刊《读书杂志》1922年第2期。
③ 胡适:《白话文学史》(上),新月书店1928年版。
④ 胡怀琛:《中国民歌研究》,商务印书馆1925年版。
⑤ 胡适:《谈新诗——八年来的一件大事》,《现代评论》"双十节纪念号"第五张,1919年。

这个观念是我的文学革命论的基本理论。①

文学进化论的观念使胡适可以轻易地把五四白话诗想象成虽然幼稚,但必然代替传统文言诗歌的崭新存在。进化论思维还使胡适透视历史时获得一条明晰的文学革命进化链:

> 文学革命,在吾国史上非创见也。即以韵文而论,三百篇变而为骚,一大革命也。
> 又变为五言七言,二大革命也。赋变而为无韵之骈文,古诗变而为律诗,三大革命也。
> 诗之变而为词,四大革命也。词之变而为曲,为剧本,五大革命也。何独于吾所持文学革命论而疑之?②

这条文学进化链在胡适的论述中多次现身,今天我们当然知道不同时代文学之间不可以用进化论简单加以线性推演和价值比较。然而,重要的是,进化论的加持使"新"在胡适及大批他的同时代人那里获得了无可辩驳的历史合法性:白话替代文言,"新"替代"旧"势所必然,剩下的只是"如何战胜"的枝节问题而已。

在白话作诗逐渐站稳脚跟之后,胡适需要以更翔实的历史材料来论证"白话文学"在中国历史上被忽视、被遮蔽然而却无比辉煌的地位。这便是胡适在完成于1920年代的《白话文学史》(上)中所要做的工作。如果说此前"进化论"中的白话替代文言还某种意义上承认了文言文学在古代的地位的话,那么《白话文学史》则进一步把白话文学的领域延伸向源远流长的古代。其直接结果是胡适重新发现了古典中国的歌谣资源——在胡适那里,歌谣无疑完全可以被认定为古代的白话诗

---

① 胡适:《尝试集·自序》,《尝试集》,亚东图书馆1920年版。
② 同上。

歌——它们构成了中国古代"白话诗歌"库。①

　　胡适的论述充满了截然的二元思维和毫不迟疑的主观性:"汉朝的韵文有两条来路:一条路是模仿古人的辞赋,一条路是自然流露的民歌。前一条路是死的,僵化了的,无可救药的……这条路不属于我们现在讨论的范围,表过不提。如今且说那些自然产生的民歌,流传在民间,采集在'乐府',他们的魔力是无法抵抗的,他们的影响是无法躲避的。所以这无数的民歌在几百年的时期内竟规定了中古诗歌的形式体裁。"谈及具体诗人,他虽不得不承认"曹植(字子建,死于232年)是当日最伟大的诗人",至于为何伟大,则是"他的诗歌往往依托乐府旧曲,借题发泄他的忧思。从此以后,乐府遂更成了高等文人的文学体裁,地位更抬高了"。②

　　在胡适这里,完整的中国古代歌谣谱系还没有被建构起来,这个从"诗经—汉乐府—南北朝民歌—唐代民间歌赋—宋鼓子词和诸宫调—明代民歌—清代民歌"的完整谱系日后在朱自清的《中国歌谣》和郑振铎的《中国俗文学史》中得到建立。然而,胡适关于白话文学的论述却完成了如下三种可能:

　　1. 确认白话相对于文言的进步性,白话替代文言的必然性;

　　2. 以白话为标准建构了古典白话文学的庞大资源;

　　并且因此,更加重要的是:

　　3. 使作为古典白话文学核心的歌谣相对于新诗的诗学价值获得"文学史"确认。因此,我们可以说,胡适的白话文学观事实上打开了歌谣进入新诗的阀门,胡适为此种文化实践提供了文学史论证。值得一提的是,胡适虽对新诗多种可能性有多番尝试,对歌谣资源表示深度信赖,然而他本人在写作上其实较少取法歌谣。唯有一首写于1921年10

---

　　① 《白话文学史》(上)并未真正完成,全书分为"唐以前"和"唐朝"两部分。唐以前则从"汉朝民歌"讲起,诗歌部分还涵盖了魏晋民歌、故事诗、唐初白话诗、八世纪乐府新词、杜甫、歌唱自然的诗人、大历长庆时期的诗人、元稹、白居易。胡适为了把"白话"作为一个终极标准进行文学史建构进行了大量剪裁,如把"歌唱自然"的陶渊明、李白内容上的"自然"和身份的"民间"跟"民间文学""白话文学"进行联结;把某些文言诗中偶有的白话成分当作其作为白话诗的证明。

　　② 胡适:《白话文学史》,欧阳哲生编《胡适文集》第8卷,北京大学出版社1998年版,第182页。

月4日的《希望》:"我从山中来,/带得兰花草,/种在小园中,/希望花开好。// 一日望三回,/望到花开过;/急坏看花人,/苞也无一个。// 眼见秋天到,/移花供在家;/明年春风回,/祝汝满盆花!"此诗并无歌谣因物起兴、自由联想的特点,然而以白话作五言诗,节奏音调上却颇有民谣味道。

歌谣作为白话文学资源得以嫁接入胡适"白话诗观"之中,但歌谣却不能满足胡适以新诗锻造"国语"的现代民族国家语言构想。"在文学资源的层面,中国传统文学内部的差异性,直接为胡适的新诗构想提供了历史依据"①。但是,"当文学运动与国语运动合流,在胡适等人对'白话'的鼓吹中,最终引申出来的是对现代民族国家语言的总体构想,'白话诗'以及'白话文学'的历史价值由此得到了空前的提升"②。这就是所谓"国语的文学,文学的国语",就此而言,"歌谣"之于新诗又意义阙如。另外,胡适一直重视新诗表意方式的拓展及其对现代经验的容纳性,他评周作人《小河》说"那样细密的观察,那样曲折的理想,决不是那旧式的诗体词调所能达得出的";评自己的《应该》说"这首诗的意思神情都是旧体诗所达不出的"③。可见胡适对于新诗体对现代经验的接纳能力至为关切,而这方面同样不是歌谣的强项。这或许是胡适何以在理论上强调取法歌谣,但实践上却较少尝试的原因。

胡适的"白话文学观"在1910年代中期便酝酿和传播,影响了一时风潮。在取法歌谣一端,俞平伯的"进化的还原论"堪称胡适白话史观的回声及延伸。关于新诗的做法,俞平伯认为:

> 从胡适之先生主张用白话来做诗,已实行了还原底第一步。现在及将来的诗人们,如能推翻诗底王国,恢复诗底共和国,这便是更进一步的还原了。我叫这个主张为诗底还原论。④

---

① 姜涛:《新诗之新》,《中国新诗总系第一卷(1917—1927)》,人民文学出版社2010年版,第3页。
② 同上。
③ 胡适:《谈新诗——八年来的一件大事》,《现代评论》"双十节纪念号"第五张,1919年。
④ 俞平伯:《诗底进化的还原论》,《诗》1922年1月第1卷第1号。

俞平伯持二步还原法：一是胡适的白话颠覆文言；二是他所谓以歌谣颠覆诗。而这种颠覆，在他那里既是胡适的"进化"，也是"还原"——一种回到事物本相的想象。胡适那里，三百篇变为骚赋，骚赋变为五、七言，五、七言变为词，词变为曲，这四次诗体的大解放都是语言进化趋于自然的结果。① 而现代白话替代文言是这个进化逻辑的结果。俞平伯不反对这种"进化"，却将这种"进化"视为一种"还原"——回到原始的歌谣那里去。所以他对传统的诗歌文体观念表达强烈不满："他们只承认作家底为诗，把民间的作品一律除外。其实歌谣——如农歌，儿歌，民间底艳歌，及杂样的谣谚——便是原始的诗，未曾经'化装游戏'（Sublimation）的诗"，"就文学一方面看，无论表现在什么体裁、风格底下，依然不失他们的共相，就是人们底情感和意志。""说诗是抒情的、言志的，歌谣正有一样的功用；说诗是有音节的，歌谣也有音节；诗有可歌可诵底区别，歌谣也有这个区别。""若按文学底质素看，并找不着诗和歌谣有什么区别，不同的只在形貌，真真只在形貌啊。"②

此文中，作者特别强调了平民性作为诗的核心素质，未来的诗应当是平民的，因为远古的诗就是平民的。所以，未来诗的方向就是还原到远古诗的轨道上。如果说胡适的"进化论"为白话文学伸张了合法性，俞平伯的"进化的还原论"则为歌谣的诗学意义伸张了合法性。

在理论倡导之外，俞平伯躬亲实践的歌谣有《吴声恋歌十首》《自从一别到今朝十首》《山歌又一首》《道情词四首》。俞平伯对歌谣诗学意义的强调，显然内在于1920年前后北大歌谣学会及其歌谣搜集运动营造的文化氛围。《自从一别到今朝》的副题便是"读《歌谣周刊》见此，借用其题云"。③ 俞平伯强烈否认诗与歌谣的文体界限，他所作的"歌谣"也都颇为原汁原味，譬如《吴声恋歌》其六：

夏天荷花喷喷香，西风一起才打光；

---

① 胡适：《谈新诗——八年来的一件大事》，《现代评论》"双十节纪念号"第五张，1919年。
② 俞平伯：《诗底进化的还原论》，《诗》1922年1月第1卷第1号。
③ 俞平伯：《俞平伯文集》第1卷，花山文艺出版社1997年版，第468页。

绿荷叶变枯荷叶，苦心莲子剩空房。

此首巧妙地将民歌常用的谐音修辞镶嵌入一个连续性场景中，民歌中"莲子"谐音"怜子"的用法极为普遍，有趣的是诗人将"莲子"置放于夏天莲花—绿荷叶—枯荷叶的时间链条中，简单的谐音修辞在鲜明的场景中内涵得到了拓展。然而依然很难认为这便是"新诗"，有趣的是，即使俞平伯本人极力主张模糊掉诗与歌谣的文体界限，他所作的这些民歌在其全集中却被编进了"赋、词、曲、小调"的编目之下。①

作为《歌谣》周刊主将，周作人同样强调歌谣对新诗的资源价值。不过相较于胡适对"为何"取法歌谣进行的宏观意义论述，周作人对"如何"取法歌谣有着更具体的思考。"新诗的节调，有许多地方可以参考古诗乐府与词曲，而俗歌——民歌与儿歌——是现在还有生命的东西，他的调子更可以拿来利用。"② "民歌与新诗的关系，或者有人怀疑，其实是很自然的，因为民歌的最强烈最有价值的特色是他的真挚与诚信，这是艺术品的共通的精魂，于文艺趣味的养成极是有益的。"③ 他看重的是歌谣的"节调"和"真挚"，前者涉及歌谣优美的节奏、音调，后者涉及歌谣本真自然的意趣。周作人的歌谣视野充满洞见，因为节奏、音调固然是形式问题，却并不是定型的形式。"节调"并非"体式"，"参考"也不是"借用"。因此，其间需要更多新诗创造性的转化。周作人强调歌谣之"真挚与诚信"，也是在文艺的立场上认同歌谣，殊不同于日后甚嚣尘上、基于政治立场上对歌谣的利用。另外，周作人虽躬亲尝试过《小河》之类新诗，对"歌谣"入诗却几乎没有亲自动手。唯一的一首也许是用绍兴方言写的《题半农瓦釜集》，④ 不过恐怕他自己也并不把此视为新诗，而是一种有趣的文人应和。

---

① 参见《俞平伯文集》第1卷，花山文艺出版社1997年版，第460—471页。
② 周作人：《儿歌》"附记"，《晨报》1920年10月26日。
③ 仲密（周作人）：《自己的园地·歌谣》，《晨报副镌》1922年4月13日。
④ 该诗内容为："半农哥呀半农哥，/佮真唱得好山歌，/一唱唱得十来首，/佮格本事直头大。/我是个弗出山格水手，/同撑船人客差弗多，/头脑好唱鹦哥调，/我是只听来弗会和。/我弗想同佮来扳子眼，/也用弗着我来吹法螺，/今朝轮到我做一篇小序，/岂不是坑死俺也么哥！——倘若诺一定要我话一句，/我只好连连点头说'好个，好个！'一九二二年春夜，于北京。"刘半农：《瓦釜集》，北新书局1926年版。

值得一提的是，以浪漫主义狂飙风格的《女神》大获诗名，最强调诗是"人格底创造冲动的表现"①的郭沫若，也认为"抒情诗中的妙品最是俗歌民谣"，从语境看，郭沫若推崇的是歌谣发自本心的真挚，这跟他的诗学公式"诗＝（直觉＋情调＋想象）＋（适当的文字）"并不相悖。但他对歌谣的推重，也跟新文学的平民主义视野相关："我常希望我们中国再生出个纂集'国风'的人物——或者由多数的人物组织成一个机关——把我国各省各道各县各村底民风，俗谣，采集拢来，采其精粹的编集成一部'新国风'；我想定可为'民众艺术底宣传''新文化建设底运动'之一助。"②其中又有民族主义话语的渗入，"我想我们要宣传民众艺术，要建设新文化，不先以国民情调为基点，只图介绍些外人言论或发表些小己底玄思，终竟是凿枘不相容的"。③这里，平民主义话语跟民族主义话语的合流，使他警惕简单的外来资源，所谓"国民情调为基点"，实质是倡导一种本民族的审美。

歌谣：作为新诗的另一种资源倾向

　　1920年代，在胡适白话文学观及北大歌谣运动的影响下，歌谣的诗学意义颇为新式文人信任。④虽然不乏何植三、朱自清、梁实秋等质疑的声音。作为歌谣搜集的热心者，何植三对新诗取法歌谣的有效性表示疑虑：他强调新诗是一种高强度情绪压力下的产物，"歌谣所给新诗人的：是情绪的迫切，描写的深刻"，而不是借用西方古代诗歌格式或是中国词调格式。"现在做新诗的人，不能因歌谣有韵而主有韵，应该知道歌谣有韵，新诗正应不必计较有韵与否；且要是以韵的方面，而为做新诗的根据，恐是舍本逐末，缘木求鱼罢。"⑤

　　梁实秋同样表达了谨慎的疑惑："歌谣因有一种特殊的风格，所以

---

　　① 郭沫若：《致李石岑信》，《时事新报·学灯》，1921年1月15日。
　　② 郭沫若：《论诗三札》，《中国现代诗论》，杨臣汉、刘福春主编，花城出版社1985年版，第56页。
　　③ 同上。
　　④ 卫景周在1923年《歌谣周刊》增刊上撰文《歌谣在诗中的地位》，此文主要针对社会上对歌谣的偏见，认为歌谣不逊色于"三百，楚辞，十九，乐府，五言，七言，词，曲等等"。并具体提出六个标准："放情歌唱""诗体""诗的个性""诗的音节""诗的技术""口授保存"，认为从以上六个方面看歌谣完全可以作为"好诗"看待。这大概也是一个例证。
　　⑤ 何植三：《歌谣与新诗》，《歌谣增刊》1923年12月17日。

在文学里可以自成一体,若必谓歌谣胜之于诗,则是把文学完全当作自然流露的产物,否认艺术的价值了。我们若把文学当作艺术,歌谣在文学里并不占最高的位置。中国现今有人极热心的搜集歌谣,这是对中国历来因袭的文学一个反抗……歌谣的采集,其自身的文学价值甚小,其影响及于文艺思潮则甚大。"① 虽然梁实秋在 1930 年代观点有了一百八十度转弯,但此时歌谣在他显然"文学价值甚小"。

早在 1920 年代,朱自清即认为"从新诗的发展来看,新诗本身接受歌谣的影响很少",即使是刘半农的《瓦釜集》和俞平伯的《吴声恋歌十首》在他看来也"只是仿作歌谣,不是在作新诗"。② 朱自清的这种看法是极有见地的,他认为"歌谣以声音的表现为主,意义的表现是不大重要的","从文字上看,却有时竟粗糙得不成东西。"③ "歌谣的音乐太简单,词句也不免幼稚,拿它们做新诗的参考则可,拿它们做新诗的源头,或模范,我以为是不够的。"④

虽有这些质疑之声,但 1920 年代新诗取法歌谣在实践上确乎是此道不孤。除了在民歌搜集、写作、翻译和研究各方面都着力甚多、独树一帜的刘半农外,俞平伯、刘大白、沈玄庐、冯雪峰、朱湘等诗人在"化歌谣"写作上均有所尝试。在姜涛看来,"冯雪峰的诗则有民歌的风味,如《伊在》《老三的病》等,将曲折的情爱结合复沓的叙事中"。⑤ 而朱湘的《采莲曲》"采用民歌的形式,长短错落的诗行,配合悦耳的音调,有效地模拟出小舟在水中摇摆的动态"。⑥

这番新诗取法歌谣的进程,甚至可说是"代有传人""南北开花"。胡适、周作人、刘半农、俞平伯、刘大白、沈玄庐当然是属于新诗发生期的第一批诗人,而冯雪峰、朱湘则是第二代异军突起的佼佼者。从地域看,既有活跃于北平的胡、周、刘(半农)、俞等人,也有"当时南

---

① 梁实秋:《现代中国文学之浪漫的趋势》,《浪漫的与古典的》,新月书店 1927 年版,第 37 页。
② 朱自清:《罗香林编〈粤东之风〉序》,《民俗》1928 年 11 月 28 日周刊第 36 期。
③ 同上。
④ 朱自清:《唱新诗等等》,《朱自清全集》第 4 卷,江苏教育出版社 1990 年版,第 222 页。
⑤ 姜涛:《新诗之新》,《中国新诗总系第一卷(1917—1927)》,人民文学出版社 2013 年版,第 13 页。
⑥ 同上书,第 21 页。

方最有号召力的新诗人"① 刘大白（代表作《卖布谣》）、沈玄庐（代表作《十五娘》）。从所属文学社团看，俞平伯属于"新潮社"，冯雪峰被归入湖畔派，朱湘属于后期新月派。事实上，歌谣对于诗人的影响力之大，就是象征诗人李金发也着力搜集编汇家乡梅县的客家山歌集《岭东恋歌》。②

　　站在新诗发展的立场，我们该如何理解1920年代新诗人们对于歌谣资源的热心呢？新诗发生期歌谣资源的启动，跟新诗发展的张力结构相关。正如姜涛所言，发生期的新诗始终被本体性和可能性的两股动力所推动。彼时新诗场"尚未从文化、政治等诸多'场域'的混杂中分离出来。与此相关的是，这一时期不少诗人的写作，虽然在体式、音调和趣味上，还保留了'缠过脚后来又放脚'的痕迹，但他们似乎并不刻意去写'诗'，更多是开放自己的视角，自由地在诗中'说理''写实'，无论是社会生活、自然风景，还是流行的'主义'和观念，都被无拘无束地纳入到写作中。""这种不重'原理'只重'尝试'的态度，恰恰是早期新诗的独特性所在。""如果说对某种诗歌'本体'的追求，构成了新诗历史的内在要求的话，那么这种不立原则、不断向世界敞开的可能性立场，同样是一股强劲的动力，推动着它的展开。上述两种力量交织在一起，相冲突又对话，形成了新诗内在的基本张力。"③

　　值得关注的是，两种不同的追求事实上激起了两种不同的倾向：

> 在这种新的诗歌言说方式的建构中，胡适、沈尹默等人利用"白话"的自由和灵活胀裂了传统诗体的桎梏，是一种倾向；而刘半农等人以民间谣曲等"小传统"为资源，又是另一种倾向。民间谣曲从本源上说是一种在"口里活着"的文学，语言上是口语化的，内容上不太受正统道德规范和文人价值规范的约束，因而能给"白话诗"注入清新活泼的意趣和口语化、现实化的品格，顺应了

---

① 姜涛：《新诗之新》，《中国新诗总系第一卷（1917—1927）》，人民文学出版社2013年版，第3页。
② 巫小黎：《李金发和〈岭东恋歌〉》，《新文学史料》2001年第2期。
③ 姜涛：《新诗之新》，《中国新诗总系第一卷（1917—1927）》，人民文学出版社2013年版，第6页。

"新诗"从文人化向平民化转变的时代要求。①

在新诗可能性一端,"白话"所输送的现代经验以及源于西方的自由诗体使新诗在传统诗体之外打开了新空间;在本体性一端,新诗过于自由却也引发诸多反思,新诗本体建设于是被强调重视。新诗挣脱格律的拘束,从一种有格式的写作变为一种自由体写作,自由与诗、白话与诗的冲突便凸显出来。沈从文甚至说"这一期的新诗,是完全为在试验中而牺牲了"。②此背景下,新诗音节的焦虑和关切被激发起来:俞平伯在《白话诗的三大条件》中说:"音节务求谐适、却不限定句末用韵。这条亦是做白话诗应该注意的。因为诗歌明是一种韵文、无论中外、都是一样。中国语既系单音、音韵一道、分析更严。""做白话诗的人、固然不必细剖宫商、但对于声气音调顿挫之类、还当考求、万不可轻轻看过、随便动笔。"③

在重视新诗"音节"的背景下,民歌的"音节"很自然成了格律诗与新诗之间的桥梁。它既无格律诗的烦琐,又有优美自然的节调可为新诗参考。李思纯写于 1920 年的文章《诗体革新的形式及我的意见》,认为新诗"太单调了""太幼稚了""太漠视音节了"。"音节"的焦虑是新诗发生期具有症候性的表征,因了这份焦虑而走向对歌谣资源的亲近,则是一道近乎共享的思维路径:"为诗体外形的美起见,也不可过于漠视音节的。中国一般社会的俗歌俚谣,本无微妙之意境,深长之趣味。不过因为音节的合于歌唱,所以也就'不胫而走',显示出支配社会的大力量。"④李氏由新诗的不足谈及今后的任务,以为当"多译欧诗输入范本""融化旧诗及词曲之艺术",不管意见是否正确,却显示了草创期新诗在形式资源上的饥渴。在新诗的独特语言想象——基于现代汉语、现代经验的诗歌修辞、想象规范——尚未"正统以立"之际,新诗倡导者们不自觉表现出在资源上转益多师的趋向。取法西方资源自

---

① 王光明:《现代汉诗的百年演变》,河北人民出版社 2003 年版,第 84—85 页。
② 沈从文:《论刘半农〈扬鞭集〉》,《文艺月刊》1931 年第 2 卷第 2 期。
③ 俞平伯:《白话诗的三大条件》,《新青年》1919 年 3 月 15 日第 6 卷第 3 号。
④ 李思纯:《诗体革新的形式及我的意见》,《少年中国》1920 年 12 月 15 日第 2 卷第 6 期。

是新诗的重要法宝,取法本土资源也并不被简单排斥。只是,新诗之立,乃在于对旧诗之破。所以,"融化旧诗及词曲之艺术"便显得不易被接受。其折中结果,旧诗/词曲资源之外的歌谣资源便常常被赋予诗学启示意义。

康白情也说"旧诗里音乐的表见,专靠音韵平仄清浊等满足感官底东西","于是新诗排除格律,只要自然的音节"。反对旧诗的格律,却并不放弃旧诗应有的音节之美。因此,民歌便被视为典范:"'江南好采莲。莲叶何田田!鱼戏莲叶间。鱼戏莲叶东。鱼戏莲叶西。鱼戏莲叶南。鱼戏莲叶北。'没有格律;但我们觉得他底调子十分清俊。因为他不显韵而有韵,不显格而有格,随口呵出,得自然的谐和。"①

歌谣入诗:三种不同的实践

新诗发生期取法歌谣的实践,事实上不但文化立场不尽相同,具体的取法方向也大异其趣。此间虽以刘半农的歌谣诗最为著名,然而事实上包括刘半农在内存在着三种清晰的探索方向:以刘半农为代表,基于"增多诗体"诗学立场,主要转化歌谣体式、方言性等要素的写作倾向;以刘大白、沈玄庐为代表,基于特定党派和政治立场,"侧重书写劳动阶层的痛苦,在形式上沿袭了乐府、歌谣的传统,更多地将新诗当做一种传播便利的'韵文'"②的写作倾向;以朱湘为代表,基于诗歌审美立场,侧重将歌谣节奏、音调风格引入新诗的写作倾向。下面我们将分别对这几种倾向予以评述。

在研究刘半农的歌谣研究和歌谣诗写作的互动关系时,陈泳超指出了五四运动前后刘半农文学改革观念对他后来民歌诗写作的影响。③1917年5月刘半农在《新青年》上发表了《我之文学改良观》,论述了五个重大的文学问题,其中就"韵文之改良"问题,他提出三项意见:

第一曰破坏旧韵重造新韵

---

① 康白情:《新诗底我见》,《少年中国》1920年3月15日第1卷第9期。
② 姜涛:《新诗之新》,《中国新诗总系第一卷(1917—1927)》,人民文学出版社2013年版,第8页。
③ 陈泳超:《文艺的与学术的》,《中国民间文学研究的现代轨辙》,北京大学出版社2005年版。

第二曰增多诗体

第三曰提高戏曲对文学上的位置①

就如何重造新韵问题,刘半农提出了循序渐进的三个步骤:(1) 作者各就土音押韵;(2) 以京音为标准;(3) 由"国语研究会"撰一定谱,行之于世,尽善尽美。不难发现,"重造新韵"是刘半农站在语言学家立场上进行的思考,而"增多诗体"则是他站在文学家立场上的探索。那么,"重造新韵"其实并非某种个人探索,而是内在于"国语运动"的重要组成部分,它是属于语言学的;"增多诗体"则可以容纳文学家的个人文艺趣味和创造性,它是属于文艺的。更特别的是,站在宏观"国语"的语言学立场,他以为作者各就土音押韵"此实最不妥当之法";可是站在个人的文艺立场,他却特别强调了"方言性"的文艺效果。1920—1921年他留学法国,曾以江阴方言作"四句头山歌"体的诗作60多首,自选18首编成一集寄给周作人,并写信求序。② 信中,刘半农对于歌谣方言性的文艺价值给予了极高认定:"我们要说谁某的话,就非用谁某的真实的语言与声调不可";"我们做文做诗,我们所摆脱不了,而且是能于运用到最高等最真挚的一步的,便是我们抱在我们母亲膝上时所学的语言;同时能使我们受最深切的感动,觉得比一切别种语言分外的亲密有味的,也就是这种我们的母亲说过的语言。这种语言,因为传布的区域很小(可以严格的收缩在一个最小的区域以内),而又不能独立,我们叫它方言。从这上面看,可见一种语言传布的区域的大小,和他感动力的大小,恰恰成了一个反比例。这是文艺上无可奈何的事。"③

1920年代初留学法国的刘半农虽然学的是语言学,但远离了国内文学革命、国语运动现场的他对歌谣的着眼点则更多"文艺的"志趣。由于对方言文学价值的个人发现,他于是特别强调了歌谣这种体式中的方言性,或者内心正视之为新文学的崭新方向。

出版于1926年的《瓦釜集》包括刘半农自作的"四句头山歌"二

---

① 刘半农:《我之文学改良观》,《新青年》1917年5月第3卷第3号。
② 1926年由北新书局出版的《瓦釜集》便是此18首加上作于1924年的3首。
③ 刘半农:《瓦釜集·代自序》,北新书局1926年版。

十一首和他采集的江阴民歌十九首。自作部分包括开场歌一首,情歌九首,悲歌二首,滑稽歌二首,其他短歌、劳工歌、农歌、渔歌、船歌、失望歌、牧歌各一。在江阴方言"四句头山歌"体式中,刘半农尽量体现题材和写法上的变化。题材变化自是一目了然,写法上也融入了对话体民歌、诗剧等元素。"对歌"如第七歌作者注"女工的歌。一个女子问,一个女子答"、第十歌"三个摇船人互相对答"、第十八歌"牧歌"的对唱形式;诗剧则体现于第五歌"农歌",作者注曰"五个人车夜水,一老人,一已婚中年,一未婚中年,一少年,一童子,每人唱一节,首尾各有合唱一节。"通过五个不同年龄的农人的唱词,写出不同年龄段者的独特体验。

在情歌中,作者极好地运用了因物起兴、因境生情的歌谣修辞,把脉脉情思融于质朴真挚的民歌抒情中。如第三歌《郎想姐来姐想郎》:

郎想姐来姐想郎,
同勒浪一片场上乘风凉。
姐肚里勿晓得郎来郎肚里也勿晓得姐,
同看仔一个油火虫虫飘飘漾漾过池塘。

第二十歌《你乙看见水里格游鱼》

你乙看见水里格游鱼对挨着对?
你乙看见你头浪格杨柳头对着头?
你乙看见你水里格影子孤零零?
你乙看见水浪圈圈一幌一幌幌成两个人?

这些作品诚然原汁原味,山歌风韵十足。原因既在于刘半农对山歌体式、修辞的熟稔,更在于他对方言性的强化。为此,他便不得不对其中涉及方言词语进行注释。如第二十歌加注:

来:转语助词,其作用略同而字。
勒浪:在(彼)。

凡一片场一片地之片,均平读;一片纸一片面包之片,仍去读。

仔:着。

油火虫:或叠虫字,萤也。

这里刘半农不但要释义,而且要释音,显见了他对"方言"意义+发音的完整性强调。然而方言的悖论也正如刘半农自己意识到的:在其传播领域,感染力极大;一旦超出了方言圈,则那份感染力遭遇了不可转译之障碍。缺乏了方言母语的支撑,即使有注释帮助读者仍然很难感知方言文学的微妙。然而,刘半农回避了方言文学的这种局限性,转而强调"语言传布的区域的大小,和他感动力的大小,恰恰成了一个反比例",好像一种语言传播的区域越小,感染力就必然越大一样,其实这种感染力仅是相对于以此种语言为母语者而言。如上引第三歌中"乙"是"有没有";"格"是"的";"浪"是"上"。故"你乙看见"是"你有没有看见"之意;"水里格"是"水里的";"头浪格"是"头上的"。这首情歌因物起兴,用四个"你乙看见"串起几个"成双"或"孤单"的场景,含蓄自然地写出某种思春的少女情思,但是如果使用方言词语太多,必然严重影响非江阴方言区读者的阅读和欣赏。

《瓦釜集》中仿写的"四句头山歌"既有对歌谣方言性的强调,同时也有对歌谣体式的直接化用。"四句头山歌"的四句本身便规定了作品的体式,虽然在四句里面依然存在着不同的"结构"可能性,而刘半农对于拓展"四句头"形式也有着尝试(如上述第五歌中融入诗剧元素),但更多仍是对歌谣体式和修辞的仿作。仿写"情歌"确实内化了采集"情歌""因物起兴""因声衍义"的技巧,如第一歌:

结识私情隔条河,
手攀杨柳望情哥。
娘问女儿"你勒浪望倷个?"
"我望水面浪穿条能梗多!"

第四歌：

>郎关姐来姐关郎，
>钥匙关锁锁关簧。
>钥匙常关三簧六叶襄阳锁，
>姐倪常关我情郎。

同样出版于1926年的诗集《扬鞭集》收录了刘半农1917年以来的大部分诗作，其中包括"刘半农自己创作的十多首山歌和'拟儿歌'。此外，该诗集中还有不少诗作潜在地受到了歌谣的影响"，① 如《教我如何不想她》《一个小农家的暮》等。如果说《瓦釜集》中刘半农更多强调歌谣"方言性""体式"等要素的话，《扬鞭集》中的歌谣诗则体现了更多复杂的面向。这里包括了把歌谣节奏、风格引入新诗的《教我如何不想她》；展现民歌诗与现实短兵相接能力的《呜呼三月一十八——敬献于死于是日者之灵》《拟儿歌》；以及体现新诗平民化、现实化品格、底层民生关怀的《卖乐谱》等。

赵元任的谱曲，使《教我如何不想她》广为传唱。在诗学意义上，这首诗被认为"具有民歌那种因物起兴和情境相生的特点，它非常单纯，内容很浅显，感情是朴实的、直率的，但由于情意的缠绵和情境的开阔和谐，又与'胡适之体'白话诗的'明白清楚'、'意境平实'不同。"② 值得一提的是，相比于"四句头山歌"对山歌体式的袭用，《教我如何不想她》则是提炼了山歌的修辞和节调（节奏、音调），使新诗基于现代汉语而又呈现了鲜明的民歌风格。这是有别于新诗"歌谣化"的"化歌谣"之道，惜乎刘半农在此方向上仅此一诗。

1926年3月18日，北洋政府武力镇压集会学生，造成学生严重伤亡。随后鲁迅写作了著名的《为了忘却的纪念》，刘半农为此事件作了山歌体诗《呜呼三月一十八——敬献于死于是日者之灵》，诗中有：

---

① 张桃洲：《论歌谣作为新诗的资源：谱系、形态和难题》，《文学评论》2010年第5期。
② 王光明：《现代汉诗的百年演变》，河北人民出版社2003年版，第87页。

呜呼三月一十八,
北京杀人如乱麻!
民贼大试毒辣手,
半天黄尘翻血花!
晚来城郭啼寒鸦,
悲风带雪吹飔飔!
地流赤血成血洼!
死者血中躺,
伤者血中爬!
呜呼三月一十八,
北京杀人如乱麻!

此诗用范奴冬女士笔名发表,载于1926年3月22日《语丝》。某种意义上此诗开启的针砭现实的山歌诗路向为日后袁水拍"马凡陀山歌"所继承。同样有着讽喻现实指向的是作于1919年的《拟儿歌》:

羊肉店!羊肉香!
羊肉店里结着一只大绵羊,
吗吗!吗吗!吗吗!吗!……
苦苦恼恼叫两声。
低下头去看看地浪格血,
抬起头来望望铁勾浪!
羊肉店,羊肉香,
阿大阿二来买羊肚肠,
三个铜钱买仔半斤零八两,
回家去,你也夺,我也抢——
气坏仔阿大娘,打断仔阿大老子鸦片枪!
隔壁大娘来劝劝,贴上一根拐老杖!

此诗中,大绵羊喻指积弱的中国,争抢羊肚肠的阿大阿二喻指纷争不断的国内军阀。所以此诗以儿歌的调子唱出了对外侮不断、内争不断的现实讽喻，确乎开拓了儿歌的新境界。

　　五四新诗内在于平民文学反对贵族文学的文化逻辑，刘半农的取法歌谣也具有浓厚的平民主义、人道主义倾向。如《卖乐谱》：

> 巴黎道上卖乐谱，一老龙钟八十许。
> 额头丝丝刻苦辛，白发点滴湿泪雨。
> 喉枯气呃欲有言，哑哑格格不成语。
> 高持乐谱向行人，行人纷忙自来去。
> 我思巴黎十万知音人，谁将此老声音传入谱？

　　这首1925年9月5日作于巴黎的诗，不难令人想起刘半农1917年的《游香山纪事诗·其十》：

> 公差捕老农，牵人如牵狗。
> 老农喘且嘘，负病难行走。
> 公差勃然怒，叫嚣如虎吼。
> 农或稍停留，鞭打不绝手。
> 问农犯何罪，欠租才五斗。

　　表面上看，刘大白、沈玄庐的歌谣诗写作跟刘半农有重叠之处，同样鲜明的底层题材和民生关怀，同样较为强调对民歌体式的运用。不过他们的写作也不可混为一谈，因为刘半农写歌谣体诗歌，核心还是在"增多诗体"的诗学立场上；刘大白、沈玄庐的歌谣体诗歌，则已经是更鲜明政党政治立场对歌谣这类民间韵文的利用。① 可以说，刘大白、沈玄庐正是1930年代中国诗歌会蒲风、王亚平、杨骚、任钧等人的真正前辈，虽然后者在阶级性上更加自觉和极端。

　　刘大白著名的《卖布谣》中，虽然使用的是简单的四言歌谣形式，然而内容上却包含了鲜明的阶级及政治经济学视野。《卖布谣》写洋布进入，土布贬值；洋布放行，土布被扣。简单的形式和内容中镶嵌了呼

---

① 沈玄庐是共产党第一次中央代表大会最早几个发起人之一。

之欲出的帝国主义/封建主义压迫的左翼政经叙述。这种文化立场的歌谣彼时并非主流，在 1930 年中国诗歌会《新诗歌》"歌谣专号"上方蔚为大观。

朱湘是另一位不得不提的诗人。1922 年 10 月他翻译了"路玛尼亚民歌"二首《疯》和《月亮》；1924 年 3 月，出版了翻译的罗马尼亚民歌选集，共收录罗马尼亚民歌 14 首，由商务印书馆出版，取名《路曼尼亚民歌一斑》，列入商务印书馆的"文学研究会丛书"。

翻译之外，朱湘的民歌风新诗更加独树一帜。朱湘是胡适、周作人、刘半农之后的第二代新诗人，他的意义在于立足新诗、提炼歌谣的诗学营养。歌谣性在其诗中的融入是水乳交融的，他真正实现了周作人提倡的歌谣"节调"的参考。朱湘十分重视歌谣的诗学启示，这在他那里有着来自世界文学史参照性：在他看来，英国文学在浪漫主义兴起之际对歌谣的兴趣，源自于古典主义资源的匮竭。而 1920 年代的中国文学，同样经历着一场古典资源衰竭后向民间资源求援的情况。[①] 朱湘认为，民歌具有"题材不限，抒写真实，比喻自由，句法错落，字眼游戏"五种"特采"。[②] 事实上，他深入了民歌的文学性内部，却从未像刘半农那样希望通过山歌而提炼某种"诗体"。他将比喻、句法和谐音修辞充分地融入《采莲曲》这样的民谣风新诗中去，获得了"化歌谣"的空前成功：

> 小船呀轻飘，
> 杨柳呀风里颠摇：
> 荷叶呀翠盖，
> 荷花呀人样妖娆。
> 日落，
> 微波，
> 金丝闪动过小河。
> 左行，
> 右撑，

---

① 朱湘：《古代的民歌》（1925 年），《中书集》，生活书店 1934 年版，第 208—231 页。
② 同上。

莲舟上扬起歌声。
藕心呀丝长，
羞涩呀水底深藏：
不见呀
丝多呀蛹里中央？
溪头，
采藕，
女郎要采又夷犹。
波沉，
波升，
波上抑扬着歌声。

朱湘所谓民歌"字眼游戏"的长处，是指民歌的谐音和谐形修辞。"民歌中的字眼游戏分为两类：异形同音字的游戏，同音异义字的游戏。"如"碑"和"悲"、"莲"和"怜"、"梧"和"吾"、"题"和"啼"等；"第二类的同形异义字的游戏"是将二层意义在同一字中重叠，言此意彼，别有怀抱。如"昼夜理机缚，知欲早成匹"中的"匹"字表层是"一匹布"之意，上下文深层意义是"成双对"的意思。在《采莲曲》中，朱湘事实上把这种民歌的"字眼游戏"融合进形象的文学情境中。上引片段，"藕"与"我"，"丝"与"思"都是民歌中极为常用的谐音，只是一般民歌，限于篇幅，"谐音"表达并不具有上下文的连续性。《采莲曲》中，"藕心丝长"作为一种文学形象，被整合进女郎采藕的情境中，并获得了对采藕者内心更强的象喻能力。"藕心丝长"是女郎内心的真实流露，跟"女郎要采又夷犹"构成了有趣的张力，因此"采莲"便不仅是少女思春，而且是选择佳偶时既向往又羞涩、既举棋又不定的复杂心理。这种丰富性，并非一般民歌所有。

除了音调的"歌谣性"之外，还需注意此诗的建行建节。对称的节，节中句子错落的安排，并非没有诗学意义。一方面是此诗有意识的短句成行，如日落/微波，左行/右撑，溪头/采藕，波沉/波升所采用的二字建行就强行使二字所承载的画面获得更多的阅读体验时长。可以设想，在一个单行长句中，日落/微波所描述的情境也许将被快速跳过；而朱湘的建行方式，无疑在提示着放慢阅读速度的必要性。由此，"采莲"的那种悠闲、缓慢、晃晃悠悠、甜蜜纠结的情思才能够被模拟出来。

如此说来，朱湘对"歌谣性"的理解既有节奏韵律等"声音"层面，也有"修辞"指涉的"意义"层面，就诗歌建行建节安排看，他对于诗歌"视觉性"的要求一点没有减弱。在传统歌谣中，像《采莲曲》这样在单节内部进行的缩进或分行因无法在声音上被识别而缺乏意义。因为"歌谣"是典型的口传文学，"声音模式"往往压倒"意义模式"。即使进行"分节"基本上也是按照"声音循环模式"进行的复沓，有别于语音断句的独特建行方式在口传中无法被识别。而留心《采莲曲》，我们就会发现朱湘是多么重视这首诗视觉上的排列。这意味着，他是站在印刷体（目看）的新诗立场上来转化以声音模式为主的歌谣经验。这一点是其他所有诗人不曾尝试的。

由此，朱湘事实上触及了一个后来并未被解决的诗学命题，即新诗如何站在现代的立场上传承民间歌谣的审美经验。新诗本位的"化歌谣"之道，必然深刻地警惕"仿作歌谣"——直接把歌谣体式作为新诗的展开方式，而是考虑如何把歌谣提炼为一种节奏、音调和风格，如盐化水地融入新诗的现代汉语的语言肌理中。

站在新诗立场对歌谣诗学营养的转化最不容易，它要求解决两种体式的内在冲突，它拒绝简单将歌谣体填充新时代内容，然后将其塞进新诗方阵了事。这种写作吸引了朱湘、戴望舒、穆旦、昌耀、海子等诗人，只是由于客观困难，他们留下来可资谈论的作品并不多。但作为一种值得努力的诗学方向，依然留给后人启示。

小结

1920年代，正是新诗尚未确立正统的发生期。从格律中挣脱的新诗在白话与诗、自由与诗的冲突中面临着强烈的资源饥渴。因此，在取法西方资源之外，将目光转向本土民间的歌谣资源便顺理成章。此阶段，新诗倡导者们对歌谣的诗学意义表示了乐观和信任，只是他们亲近歌谣、关注歌谣的话语立场不尽相同。胡适主张新诗取法歌谣，与其白话诗观一脉相承。当他把"白话文学史"上推至中国古代时,自然便不难发现歌谣作为传统白话诗歌资源,进而可以作为现代新诗资源的地位。因此,胡适的"白话诗学"及"白话文学史"事实上为歌谣入诗准备了文学史认识装置。顺此,俞平伯等人所谓"进化的还原论"则通过把歌谣的"白话性"确认为原初诗歌的语言形态而论证歌谣作为新诗资源的合法性乃至于唯一性。

具体践行新诗取法歌谣的诗人中,刘半农、刘大白、朱湘构成了三种不同的面向。站在诗学立场上的刘半农,立志为新诗"创造新韵""增多诗体",他的歌谣诗体现了对"方言性""民歌体式"的偏好;然而那种借民歌针砭现实、关怀民生的写法,事实上也由刘半农始。刘大白、沈玄庐代表了一种政治立场对歌谣通俗性的借重。他们的作品不仅有着浓厚的底层视角,更有着鲜明的政治立场。由此,刘大白、沈玄庐也成为1930年代中国诗歌会成员的精神前辈。基于政治立场的采谣入诗也成了日后近三十年的强势倾向。相比之下,朱湘代表了1920年代取法歌谣的另一种倾向。同样站在诗学立场上,朱湘却并不期望创造诗体,他并不强调歌谣的方言性及体式意义,而是深入歌谣文学性内部,挖掘歌谣的修辞、节奏、音调融入新诗的可能性。朱湘的立场,也许是今日依然视歌谣为新诗潜在资源者最值得借鉴的立场。

第二节 "文艺的"与"学术的":
歌谣现代文化身份的生成

1922年,刚创刊的《歌谣》周刊在发刊词[①]中明确提出歌谣的价值支点:

> 本会蒐集歌谣的目的共有两种,一是学术的,一是文艺的。我们相信民俗学的研究在现今的中国确是很重要的一件事业。虽然还

---

① 发刊词原文未署名,一般将此发刊词归于周作人名下,有学者提出疑问。发刊词之所以未署名,应该是因为它的观点代表了刊物同仁立场,因此具体执笔者,似乎并无关宏旨。

没有学者注意及此，只靠几个有志未逮的人是做不出什么来的，但是也不能不各尽一分的力，至少去供给多少材料或引起一点兴味。歌谣是民俗学上的一种重要的资料，我们把他辑录起来，以备专门的研究：这是第一个目的。因此我们希望投稿者不必着急先加甄别，尽量的寄录，因为在学术上是无所谓卑猥或粗鄙的。从这学术的资料之中，再由文艺批评的眼光加以选择，编成一部国民心声的选集。意大利的卫太尔曾说"根据在这些歌谣之上，根据在人民的真感情之上，一种新的'民族的诗'也许能产生出来"。所以这种工作不仅是在表彰现在隐藏着的光辉，还在引起未来的民族的诗的发展：这是第二个目的。①

采集歌谣古已有之，但诗歌取法歌谣却是现代事件。传统歌谣虽出自民间，但也潜移默化、或多或少受着诗歌影响。② 然而除了诗经时代，"国风"也被视为诗，歌谣并不拥有影响诗歌的文化资本。因此发生于20世纪的四次新诗取法歌谣的大规模运动便值得特别审视。从新诗发展的角度看，处于发生期的新诗尚未定型，亟须各种审美资源的进入，歌谣资源由此被发现。然而，如果我们把文化视野拉开便会发现：新诗取法歌谣的发生，还有赖于某种现代话语的构造。在传统社会的文化想象中，诗歌/歌谣有着雅/俗的区隔，诗歌拥有高于歌谣的文化资本，援谣入诗便是一件主流文化不可想象之事。因而，新诗取法歌谣，其实是内在于五四现代话语不断为"民间"填充文化权力的文化结构。现代话语的加入，使"民间"不再是一个纯粹的社会学领域，而成了

---

① 《发刊词》，《歌谣》第1号，1922年12月17日。
② 譬如一首明代歌谣《姐儿门前一棵桑》："姐儿门前一棵桑，两个斑鸠在树上。公的点头母的叫，这枝跳到那枝上。小鸟儿也成双，它比奴家分外强。唉，它比奴家分外强！"（见《中国历代歌谣精选》第194页，贾克非编，北岳文艺出版社1987年）写的是女子由物思情；冯梦龙所辑"山歌"中有《闲来无事当院坐》一首，同样是表现闺中女性睹物思人之后的情绪波动："闲来无事当院坐，猛抬头看见一道天河。/那天河牛郎织女隔岸坐，隔着河儿过不。/天上的神仙也受折磨，受折磨，一年一次把河来过。"这两首民歌从内容到结构，显然受唐代王昌龄《长信秋词》的影响。但由于歌谣被视为不登大雅之堂的俗讴，在古代显然不具备反过来影响诗歌的文化资本。

一种价值领域。① 现代知识分子的价值推演中，由"民间"加持的歌谣，获得了截然不同于传统的文化身份。由此而言，北大歌谣运动显然并非古代歌谣搜集、研究顺延而下的产物，所谓"整理国故"，实质是知识新创。随着歌谣运动的推进，一个全新的学科——民俗学被建构起来。研究者才因此特别强调歌谣运动"新的意义"。② 显然，正是歌谣新身份的生成，使其获得了作为新诗资源的文化权力。

事实上，五四同人援谣入诗的实践同样内在于"民间"权力的上升及新创制的"歌谣"知识。在现代的文化坐标中，歌谣获得了什么样崭新的文化身份？五四知识分子对歌谣的认定中包含了一种什么样的现代认识框架？回答这些问题将有助于我们了解歌谣诗是在什么文化语境下获得并扩大其合法性的。

"文艺的"价值和"私情"歌谣的强调

五四一代取法歌谣的新诗人中，刘半农是非常突出的一个：他不但是歌谣搜集运动的中坚，更是日后写出仿作歌谣并出版新诗歌谣集《扬鞭集》《瓦釜集》之人。表面上看，他不过是按照民间的歌谣形式予以仿制；然而有必要指出，他的歌谣趣味背后有着鲜明的现代立场。

---

① 在对"民间"一词在中国古代的意义旅行进行溯源后，刘继林将"民间"的意义划分为三种类型：（1）空间意义的"民间"——"民间社会"。"主要指向以自然状态呈现的乡土中国社会，包括田间地头、桑间濮上、勾栏瓦肆、街头巷陌等等场域和空间。"（2）文化意义的"民间"——"民间文化"。"主要呈现为一种自由自在、无拘无束的边缘在野状态，身居边缘而远离朝廷，远离中心，远离主流，远离正统。"（3）社会意义的"民间"——"民众群体"。"主要以'群'和'众'的姿态呈现，处于社会和文化的底层，主要相对于贵族、官吏、富人阶层而言，是一种潜在的可资利用的社会力量。"（刘继林《民间话语和中国新诗》博士学位论文，华中师范大学，2011年）值得注意的是，五四以来，作为社会学意义上的民众群体越来越被文化意义上的"民间"所价值化。"民间"被生产出纯粹的、质朴的、生机勃勃的，有别于"贵族"的雕琢的、腐朽的、垂死的内涵。

② 刘禾在《一场难断的"山歌"案——民俗学与现代通俗文艺》中说："我在这里强调新的意义，是为了把五四的民俗文学研究，同表面上与之相似的古时历代相传的官方'采风'区别开来（毛泽东1958年春指示'搜集民歌'，亦是企图模仿古代盛之官方'采风'。它与五四时期的民间文学运动有历史上的承接关系，但意义完全不同），甚至也有必要把它同王叔武、冯梦龙、李调元等人对山歌和民间文学的兴趣作某种区分。因为一个基本事实不能忽略，那就是五四的民俗文学研究既不是由国家官方发起，也不是市民文化推动的结果。追其导因，则应回到民国初年的历史中去看，尤其是在现代民族国家、社会和知识菁英的功能与角色之变迁中去看。"刘禾：《语际书写——现代思想史写作批判纲要》，上海三联书店1999年版，第145页。

1919年刘半农回江阴故乡，顺便搜集了江阴船歌20首，本拟单独出版《江阴船歌》，却由于随后出国留学而搁置。但稿子寄给周作人还是得到了热烈的回应，周作人专门写了《中国民歌的价值》给予肯定。《江阴船歌》后来刊登于1923年《歌谣》周刊第24期。据刘半农自陈，1925年回国后又采集短歌三四十首，长歌二首。于是集合前后搜集所得，"把几首最有趣味的先行选出付印"，便成了《瓦釜集》后面附录的江阴船歌十九首。据陈泳超统计，"瓦釜集后附录了19首江阴民歌，其中第1、2、12、14、15、16、17、18首即《江阴船歌》之第1、5、15、4、16、17、18、19首"。① 刘半农所选歌谣，有的只是节选，有的则将一首头尾分拆为二。他自己辩解说："这种割裂的办法，若用民俗学者的眼光看去，自然是万分不妥。但若用品评文艺的眼光看去，反觉割裂之后，愈见干净漂亮，神味悠然；因为被割诸章，都拙劣讨厌，若一并写上，不免将好的也要拖累得索然无味了。"② 陈泳超的统计和分析意在指出，在"文艺的"和"学术的"两种歌谣价值标准中，刘半农更偏于前者。这种观点并无不妥，就是刘半农本人也说"我自己的注意点，可始终是偏重在文艺的欣赏方面的"。③

然而，令人感兴趣的是，从《江阴船歌》到《瓦釜集》附录中，刘半农保留八首、舍弃十二首，这番取舍之间究竟透露了什么信息？单以"文艺的"标准看，被舍弃的十二首江阴船歌不乏趣味盎然、颇具文艺价值的。如第十首《门前大树石根青》：

门前大树石根青，
对门姐儿为舍勿嫁人？
你活笃笃鲜鱼摆在屋里零碎卖，
卖穿肚皮送上门！

这首作品因物起兴、譬喻独特，民歌风味十足。这首歌谣调侃未

---

① 陈泳超：《学术的或文艺的》，《中国民间文学研究的现代轨辙》，北京大学出版社2005年版，第32页。
② 刘半农：《瓦釜集》，北新书局1926年版，第62页。
③ 刘半农：《〈国外民歌译〉自序》，《国外民歌译》第1集，北新书局1927年版。

嫁人的姐儿就像活蹦乱跳的鱼儿被剁碎了卖，喻指年华逝去，容颜难驻，比喻相当有趣，然而它并没有获得被保留的资格，换言之并不符合刘半农的期待。显然，刘半农采集歌谣，已经是第一次的筛选（向什么人采集、以什么样的语言提示对方、采集船歌而不是儿歌或其他类型歌谣这些都是采集歌谣设置的筛选条件）；从《江阴船歌》到《瓦釜集》，则是主观意志贯彻得更加明确、彻底的第二次筛选。细察被舍弃的十二首船歌，我们会发现刘半农"文艺的"标准其实深刻受制于"现代的"文化立场。刘半农的这种"现代的"歌谣立场有一个突出的表征，那便是对"私情"的强调。

《瓦釜集》附录的十九首船歌纯为情歌，而该集刘半农仿作的二十一首中，情歌就占了九首。① 如果注意到刘半农在二十一首中试遍了悲歌、滑稽歌、劳工歌、农歌、渔歌、船歌、失望歌、牧歌等形式，就会发现"情歌"确实是他众体兼备中的唯一心头好。所以，《江阴船歌》中有三首跟男女欢情完全无关的猜谜问答的趣味船歌便被排除进入《瓦釜集》附录资格，它们是：《舍个弯弯天上天》《舍个圆圆天上天》《舍人数得清天上星》。事实上，这些猜谜问答式船歌却是一种颇为典型的民歌形式，如第六首《舍个弯弯天上天》：

　　舍个弯弯天上天？
　　舍个弯弯水浮面？
　　舍个弯弯郎手里用？
　　舍个弯弯姐房中？

　　月亮弯弯天上天。
　　老菱弯弯水浮面。
　　镰刀弯弯郎手里用。
　　木梳弯弯姐房中。

《江阴船歌》在《歌谣》周刊刊出时，编者常惠还特地加了后记，

---

① 自作部分包括开场歌一首，情歌九首，悲歌二首，滑稽歌二首，其他短歌、劳工歌、农歌、渔歌、船歌、失望歌、牧歌各一首。

重点强调这几首歌谣的普遍性和典型性:"读到六、七、八几首问答体的,就想起北方似谜语似唱歌的极多。"他举了几例评述说,"有这类问答体的,在秦腔里有'小放牛儿'最有趣味,'神话'、'传说'、'谜语'的意味都带一点儿。"① 又复举了多个例子。有趣的是,被《歌谣》编者所重视的几首被刘半农悉数剔除,确乎表明了他内心所秉持的标准有别于"学术的"立场。

然而被排除在《瓦釜集》附录之外的船歌也有描写"私情"的:《今朝天上满天星》《郎在山上打弹弓》《门前大树石根青》《姐儿睏到半夜三更哭出来》《结识私情——》《姐儿生得眼睛尖》《姐儿生得面皮黄》《姐儿生得黑里俏》《窗中狗咬恼柔柔》九首便是。而原有四节的《手捏橹苏三条弯》在收入《瓦釜集》时仅保留第一节,删掉了(二)(三)(四)节。那么,在"私情"题材作品中,刘半农秉持的"文艺的"标准又是什么具体内涵呢?

对比新收入《瓦釜集》附录的十一首船歌,会发现"文艺的"标准颇为复杂。如被删掉的《门前大树石根青》相比于新加入的第八歌"山歌越唱越好听,/诗书越读越聪明,/老酒越陈越好喫,/私情越做越恩情"在"文艺的"技巧上其实是有过之而无不及。认真比较便会发现,对私情题材船歌的取舍依据的依然是思想标准大于艺术标准。

刘半农对于"私情"歌谣的偏好体现为:对"主情"歌谣的推崇,那些描写男女情爱微妙曲折过程的基本得到保留;那些虽涉私情,但并不直接描写男女情感波澜,或者对男女情爱持有不能被现代文化立场转化的歌谣都被删掉了。比如《姐儿睏到半夜三更哭出来》一首写少女思春,构思独特:姐儿夜哭,出语惊人,不恨无钱,不恨无物,只恨爹入娘房,兄入嫂房,触景伤情。然而,歌谣中疼惜女儿的母亲说出的却是:"你里爹娘勒十字街头替你排八字算命,/你要六十岁嫁人八十岁死,/命里只有二十年好风光!"这里,封建迷信话语对情爱话语的抵销或许是刘半农对之敬谢不敏的真正原因。

《结识私情——》一首以对话体形式讨论"大小娘"(处女)作为

---

① 常惠:《江阴船歌》附记,《歌谣》第 24 号,1923 年 6 月 24 日。

"私情"对象的优劣:

（一）
结识私情勿要结识大小娘,
大小娘私情勿久长。
歇脱三头二年你要到婆家去,
郎挂心机姐挂肠!

（二）
结识私情总要结识大小娘,
大小娘私情总久长。
歇脱三头二年花花轿子抬得去,
之说隔壁娘舅来抱外甥!

　　此首歌谣感情的奔放、面对"私情"的非道德化立场确乎充满了民间性。可是,此歌谣所使用的"处女"等男权话语也许将令刘半农这个现代知识分子不适。五四时代,民权倡导之际,也是女权勃兴之时。以处女论定情爱作为封建"贞操"观迅速被归入落伍的话语角落。因此我们不难在"文艺的"标准之外发现刘半农剔除此类歌谣的"文化的"原因。其他如《姐儿生得眼睛尖》,写的是卖酒女子贪恋年轻男子而轻视年老者:"年纪大格回头无酒卖,／年纪轻格吃子勿铜钱",但歌谣却从老年男子角度表达抱怨:"我后生辰光吃茶吃酒也勿要钱,／人老珠黄勿值钱。"这种调侃"私情"的立场跟刘半农"私情"立场显然不同；《姐儿生得黑里俏》中"你要谋杀亲夫要杀六刀"更是传统婚姻道德话语对情爱话语的正面警告,显然更难得到刘半农的喜爱。

　　如此看来,刘半农"文艺的"标准中依然混杂了相当多"文化的"思想标准。那些被各种文化立场占领的私情歌谣,在刘半农那里被提炼为集中地对"私情"进行正面价值肯定和文学想象。再看看《手捏撸苏三条弯》收入《瓦釜集》时被删掉的三节:

（二）
多谢你多情称赞我花，
你顺风顺水我难留你茶。
望你情哥生意出门三丁对，
回来讨我做家婆。
（三）
记倘生意折本勿赚钱，
那有铜钱讨妻年？
问声你里爹娘火肯赊把我？
等我生意兴隆把铜钱。
（四）
你情哥说话太荒唐！
自小火曾瓣子书包进学堂？
只有十字街头赊柴、赊米、赊酒吃，
那有红粉娇娘赊郎眠？

一笃胭脂一笃粉，
馋馋你个贼穷根！

这首对话体歌谣第一节表达的是"好一朵鲜花在河滩""采花容易歇船难"的情爱萌动和纠结无奈，确乎有趣。可是综合全首，便发现那种"纯粹"的私情想象被现实的物质考量所打破。男女借着情歌相互调情的场面诚然有趣，但"问声你里爹娘火肯赊把我"及"馋馋你个贼穷根"却又显出某种"无赖"与"刻薄"。这显然是希望借着"私情"建构纯粹爱情想象的刘半农不愿接受的。

对"私情"民歌的强调和想象显然不为刘半农一人所首创，冯梦龙的《山歌》便充斥了大量"私情"描写。冯梦龙搜集山歌作为被现代重新发掘的明代文化事件，远非客观自然的收集过程。搜集意味着某种价值标准的凸显和强化，在冯梦龙搜集的山歌中不难辨认出一种清晰的"主情"想象。"私情"在这些歌谣中获得了前所未有的肯定和超越现实比例的集中呈现。"私情"于是被发展为一种正面的价值标准发挥其文化叛逆功能。

　　刘半农没有受到冯梦龙直接影响，① 他的歌谣"主情"想象却跟冯梦龙如出一辙。情爱、欲望在其歌谣想象中得到了正面肯定，民间歌谣于是承受着他以"现代"为标尺的筛选和过滤。"情爱"的解放本身正是五四诸多现代性诉求之一，刘半农通过私情歌谣的文学想象，为"歌谣"精心编织了一件华丽的现代外衣。它既充满了一种对情爱、欲望的现代态度，又兼具了美丽精彩的文学想象。如此，"歌谣"与"新诗"文化身份的缝隙某种程度上被缝合起来。

　　1926年，刘半农接连推出《扬鞭集》《瓦釜集》两部歌谣体新诗集，反响并不热烈。然而，他观照歌谣的现代立场并非没有知音，沈从文便是其中一个："刘半农写的山歌，比他的其余诗歌美丽多了。""他有长处，为中国十年来新文学作了一个最好的试验，是他用江阴方言，写那种山歌。用并不普遍的文字，并不普遍的组织，唱那为一切成人所能领会的山歌，他的成就是空前的。"②

　　在沈从文眼里，刘半农作山歌诗是新文学"最好的试验"。使他们发生共鸣的显然是他们相近的文化立场———一种在五四新文化运动中生成的现代知识分子趣味。沈从文特别看重刘半农山歌那种自然的意趣和蓬勃的野性，对其歌谣诗中微妙的欲望书写尤其激赏。沈从文还引了一首凤凰歌谣对照强调刘半农山歌中欲望书写的文化意义：

> 大姐走路笑笑底，
> 一对奶子翘翘底：
> 我想用手摸一摸，
> 心中虽是跳跳底。

　　这首凤凰歌谣，沈从文说它"描写一个欲望的恣肆，以微带矜持的

---

　　① 刘半农山歌观并未受冯梦龙影响，陈泳超认为："冯梦龙尽可以有其卓识，但终究难以逃脱被主流话语淹没的命运，其《山歌》之书，也失传已久，直到1934年，由传经堂主人朱瑞轩觅得，而后才重现于世。刘半农生前终究未曾见到。"陈泳超：《学术的或文艺的》，《中国民间文学研究的现代轨辙》，北京大学出版社2005年版，第33页。

　　② 沈从文：《论刘半农的〈扬鞭集〉》，《文艺月刊》第2卷，1931年第2期。

又不无谐趣的神情唱着"。① 刘半农采集山歌中最接近上述凤凰歌谣的当属《瓦釜集》附录第十三歌：

> 山歌要唱好私情，
> 买肉要买坐臀精，
> 摸奶要摸十七八岁莲蓬奶，
> 关嘴要关弯眉细眼红嘴唇。

这是一种脱离道学的现代自由知识分子看待歌谣的眼光，不同于封建道学家，也不同于把山歌用于"大众化"阶级斗争的左翼革命文艺家。可资对比的是，虽然认同新诗取法歌谣，但沈从文对于左翼的大众歌谣，就颇不以为然：

> 不过，从自然平俗形式中，抓相近体裁，如杨骚在他的《受难者短曲》一集上，用中国弹词的格式与调子，写成的诗歌，却得到一个失败的证据，证明新诗在那方面也碰过壁来。②

作为援谣入诗的先驱者，刘半农在 1940 年代"民族形式"探讨中几乎没有被提及，这也许并不是一个意外的疏漏。它意味着，1940 年代文艺"民族形式"的话语框架下，新诗取法歌谣虽跟 20 年代的刘半农共享着相近的资源路径，却有着截然不同的文化动力和文学趣味。一个可资比较的例子是后来被视为解放区新诗歌谣化里程碑式成果的《王贵与李香香》。和刘半农相似，李季同样热衷于搜集民间歌谣。《王贵与李香香》正是以他搜集的近三千首顺天游民歌为语言素材写作而成，其中大量句子是对民歌的直接摘录。有趣的是，李季本人亲自记录采集的歌谣确实呈现了某种原生态的民间性——一个突出的特征便是其中大量的涉性歌谣。与刘半农对涉性歌谣的审美观赏不同，李季的《王贵与李香香》体现了将性话语转化为纯情的爱情话语，将爱情话语编排进阶

---

① 沈从文：《论刘半农的〈扬鞭集〉》，《文艺月刊》第 2 卷，1931 年第 2 期。
② 同上。

级话语的叙事策略。如果说刘半农的山歌诗在对歌谣自在性态度的观照中激发并捍卫一种现代知识分子的文化立场的话；身处革命文艺阵营的李季却表现了革命逐性的倾向。这种倾向在后来阮章竞《漳河水》的发表遭遇中被证明不仅是李季的个人立场。

作为另一部后来被列为40年代民歌体叙事诗扛鼎之作的作品，《漳河水》最初发表于1949年5月的《太行文艺》第一期，1949年12月修改稿完成于北京，1950年6月发表在《人民文学》第2卷第2期。然而在《人民文学》登场前，《漳河水》被要求做出修改。其中重要的一点，便是对作品中可能涉性场景的删除：

> 苓苓"夜训班"降伏二老怪时，有几句写他们争吵后睡觉，二老怪想和好的念头，把手放在她脸上，产生象触电似的夫妻感情。周扬同志阅修改稿后说如此写法会产生不好影响。《太行文艺》第一期（1949年5月）发表时没有触电，但有手放脸上的描写。①

革命大众文艺的歌谣趣味跟刘半农这种现代知识分子的文艺趣味判然有别。所谓刘半农"文艺的"歌谣的具体内涵是：既强调情爱乃至于欲望内容，又强调对这些内容进行"现代文艺"的提炼。这里的"文艺的"并非一般"艺术的"意思，上面诸多例子证明虽涉情爱、技巧出色但思想观念与"现代"相左的歌谣并不为刘半农青睐。因而，"文艺的"事实上包含了现代文化立场的渗透。反过来，"文艺的"同时也塑造了歌谣通行于现代话语空间的文化身份。所谓"文艺的"并不同于"趣味的""娱乐的"，而是在趣味与娱乐之外多了自足的价值内涵，"文艺的"内生于现代审美自足话语。可以在"文艺的"层面进行价值论述的歌谣，因而也获得了作为新诗资源的资格。

"学术的"价值和猥亵的召唤

显然，歌谣"文艺的"价值受到以刘半农为代表者的倡导和践行。

---

① 见阮章竞笔记，他1991年1月7日重校《解放区文学书系》中《漳河水》一篇时随手写下。

然而，为歌谣伸张价值尚有他途——"学术的"路径。强调歌谣的学术品格，这是此前中国文化所未有之创见。歌谣在中国历代扮演着不同的文化角色，① 却从未在学术价值上被强调。明代冯梦龙认为"山歌"乃

---

① 在五四以来的现代歌谣学建构中，"诗经"往往被视为中国远古时代的歌谣。然而，作为"歌谣"的"诗经"跟现代歌谣视野中的"近世歌谣"极为不同。诗经的文化功能不是文学审美，而是政教礼乐。另外，在春秋战国的"称诗"的氛围中，诗经甚至具有某种国际准则的功能。袁行霈等人的著作中对称诗有这样的解释："称诗"，包括引诗与赋诗两种形式。春秋时期，在政治、外交等场合，当人们发表意见或主张时，往往引用《诗》句，作为自己的论据，以加强议论的权威性与说服力，着就是引诗。赋诗主要是在外交之时，宴飨当中，当事的一方郑重其事地"赋"（不歌而诵）出某首诗，或某首诗的某章甚至某句，并不另加说明，对方就可以根据彼此之间的具体情况，准确地领悟到他的意思。（袁行霈：《中国诗学通论》，第23页）朱自清《诗言志辨》根据《左传》对赋诗、引诗记载做了统计，其中赋诗五十三篇，引诗八十四篇，重复者不计，合共一百二十三篇，约占全诗三分之一强。足见当时"称诗"之盛。换言之，作为歌谣的"诗经"的文化功能既关道德礼乐，又关乎政治外交。《汉书·艺文志》指出，汉代设置采诗官采诗的目的是："王者可以观风俗，知得失，自考正"，事实上，汉乐府最大的功能应该是贵族娱乐。此项功能，同样体现在南北朝民歌中。由于民众自我歌唱、自我满足的歌谣往往不被重视，这种淳朴的民间之音往往消失不存。很多学者指出，南朝民歌基本上应被视为"文人假作"。田晓菲就认为："南朝乐府不可以视为单纯的'民歌'。吴声西曲中很多歌曲都是皇帝、诸王或者贵族所作。就连那些表面看来出自民间的歌曲，我们也必须记得它们是为了娱乐贵族而表演的，而且也是因为贵族的兴趣而保留下来的。"（田晓菲《烽火与流星》，中华书局2010年版，第292—293页）关于这个判断，作者又有注释"南朝乐府虽然表面看来文字单纯，但是常常用到文学典故，也有不少散文辞华美，非'民'歌所能办，比如《子夜四时歌》就是典型例子。关于这一点，曹道衡有所论述，见《谈南朝乐府民歌》，《中古文学史论文集续编》第298—299页。如果我们承认南朝乐府有许多明显出于贵族或皇族之手，而且是通过宫廷乐师保存下来的，实在没有理由统称之为'民'歌，造成'山歌野调'的错误印象。就是歌颂商旅生活的乐府，也来自纸醉金迷的城市生活，不是来自一般人心目中的'民歌'发源地也即田野山村。而且，有些南朝皇帝喜欢扮演商贩角色，而且我们也知道刘宋时诸王从事商业活动（当然是由手下人进行实际的经营；见《宋书》82.2104），如果这样，歌颂商旅生活的乐府也就代表了贵族想象中的商旅生活。"（田晓菲《烽火与流星》，第292页下注释二）这意味着，在贵族娱乐之外，南朝民歌还具有贵族阶层构造文化身份想象的功能。如果我们把视线下移，不难发现，唐宋以降，虽有乐府，但"声诗"不断。然而"声诗"也绝非"歌谣"，而且事实上唐宋也并未形成保存歌谣集的观念。现在为我们所看到的唐"竹枝词"显然大部分为"文人假作"。而且，与其认为在刘禹锡等著名文人假作之外，存在一些被湮没的"民间真作"；不如认为，湮没的其实是"非著名文人假作"。而且，我们最好要意识到，宋代郭茂倩编撰的《乐府歌集》主要是一种音乐材料，而不是文学材料辑录。真正带着民间自觉进行山歌辑录的行为开始于明代，这跟明代特殊的文化思潮相关。如果我们注意到"性灵说"等出于明代的话，我们便会意识到产生冯梦龙的《山歌》和杨慎《古今风谣》的文化动因。而且，我们不难看到冯梦龙采/写山歌行为并非一种纯粹的审美爱好，这里包含着他"发名教之伪药"的文化叛逆动机。也许我们可以说，明代的"山歌"现象是中国文学文艺思潮史上第一次在文人集团内部一方通过"民间"话语对正统话语提出挑战。这几乎可以称为一种现代性的萌芽了，日后，借助想象的"民间"挑战想象的"正统"的话语策略，几乎成了20世纪各种文化运动习用的方式。如果我们看清代杜文澜辑录的《古谣谚》便不难发现，明代稍微有了变化的"歌谣"观在这里又重新恢复到雅正的"诗教"立场。

是"借男女之真情,发名教之伪药"①,则是在文化叛逆动机上强调山歌的艺术价值和思想价值;进入清代,冯梦龙的这种山歌思路迅速被掩盖,清代最有"学术性"的歌谣选集《古谣谚》重新站在传统"诗教"立场看待谣谚:

> 虞书曰:诗言志。礼记申其说曰:志之所至,诗亦至焉。诗大序复释其义曰:诗也者,志之所之也。在心为志,发言为诗。观于此,则千古诗教之源。未有先于言志者矣。乃近世论诗之士,语及言志,多视为迂阔而远于事情。由是风雅渐离,诗教不振。抑知言志之道,无待远求。风雅固其大宗,谣谚尤其显证。欲探风雅之奥者,不妨先问谣谚之途。诚以言为心声,而谣谚皆天籁自鸣,直抒己志,如风行水上,自然成文。言有尽而意无穷,可以达下情而宣上德。其关系寄托,与风雅表里相符,盖风雅之述志,著于文字,而谣谚之述志,发于语言。语言在文字之先。②

《古谣谚》把谣/谚并置,意味着在辑录者视野中歌谣文体性、审美性并不被重视(并不具有必须跟"谚"相区分的独特性),被强调的是与"风雅"相近的"述志"功能。杜氏基于"诗教"立场的"歌谣"观,自然不能让五四歌谣运动者满意,常惠便说《古谣谚》"是完全从古书抄摘来的:完全是死的,没有一点儿活气"。③

当《歌谣》周刊同人重新树立歌谣"学术的"价值时,其实质是"现代"再造"歌谣"的过程。其间充满了现代知识精英对"民间"的价值化和透明化想象。此间,1923年周作人发表于《歌谣》上的文章《猥亵的歌谣》值得特别讨论。

1923年——《歌谣》周刊创刊的第二年——热情高涨的同人们还在该年出版了一期增刊,对歌谣搜集运动中存在的问题予以检点及反思。在该期上,周作人拿出了一篇名为《猥亵的歌谣》的文章,对"猥亵的歌谣"予以分类和定义,并重点伸张其学术合法性。彼时,由

---

① (明)冯梦龙:《序山歌》,明崇祯刻本《山歌》。
② (清)杜文澜辑《古谣谚·序》,中华书局1953年版,第1页。
③ 常惠:《我们为什么要研究歌谣》,《歌谣》第2号,1922年12月24日。

北大发起的歌谣征集运动已近五载,《歌谣周刊》创刊也有两年,周作人在 1923 的年度盘点中对"猥亵歌谣"的关注,包含着诸多意味。周作人回顾了 1917 年歌谣征集以来标准的调整:

> 民国七年本校开始征集歌谣,简章上规定入选歌谣的资格,其三是"征夫野老游女怨妇之辞,不涉淫亵而自然成趣者。"十一年发行《歌谣》周刊,改定章程,第四条寄稿人注意事项之四云,"歌谣性质并无限制;即语涉迷信或猥亵者亦有研究之价值,当一并录寄,不必先由寄稿者加以甄择。"在发刊词中也特别声明"我们希望投稿者……尽量的录寄因为在学术上是无所谓卑猥或粗鄙的。"①

1918 年北大开始征集歌谣,然而征集要求中却有"不涉淫亵"的规定。1922 年征集标准的修改,核心内容是去除"不涉淫亵"一项。"淫亵"不但不再禁忌,周作人在《猥亵的歌谣》中旧事重提,其实是热烈期盼与呼唤,因"这一年内我们仍旧得不到这种难得的东西"。② "猥亵的歌谣"自然是存在于各地歌谣中的一种,但在传统的礼教观及歌谣观中,它是被压抑和排斥的,"文人酒酣耳热,高吟艳曲,不以为奇,而听到乡村的秧歌则不禁颦蹙"。③ 周作人的文章,代表着一种将"猥亵的歌谣"重新加以价值化的行动,这个过程中必然面临着新/旧两个价值坐标的碰撞。将这种碰撞置于歌谣运动初期蒐集歌谣的困难中会看得更加清楚。《歌谣》创刊之初有很多文章专门讨论采谣的困难及方法,侧面反映着采谣作为一种现代话语支持下的文化行动与旧话语之间的摩擦。

起初,北大歌谣学会希望借重官厅搜集歌谣,但结果极不如意。"我们第一个尝试是'凭借官厅的文书'","把简章印刷多份,分寄各省的教育厅长,利用他高压的势力,令行各县知事,转饬各学校和教育

---

① 周作人:《猥亵的歌谣》,《歌谣增刊》1923 年 12 月 17 日。此期为《歌谣》一周年纪念刊,以下不再说明。
② 同上。
③ 同上。

机关设法广为采集，汇录送来"。① 对此种"官方路线"，读者张四维很不以为然，他致信《歌谣》编辑部："这种秧歌，常被地方官禁阻，故欲求各行政官厅或各劝学所征集，那是完全无效的。他们或许以为贵会是害了神经病呢！"② 张四维所言非虚，常惠不得不承认寄望官厅策略的失败："（以为由官厅出面事情轻而易举）谁知'大谬不然'，结果，那些文书都是杳如黄鹤，未曾发生半点影响；于是我们才知道这种政策是完全失败的。"③ 运动之初，歌谣蒐集非但无法得到官厅相助，在"民间"也遭遇各种抵触。歌谣蒐集者黄宝宾讲述了自己遭遇的"困难"："我的十二岁的小弟弟尝对我说：'三哥——寿山的媳妇多会唱歌。'我对他讲：'这个只好你去请她唱'，因为在乡间年青男女对话，已足诱起蜚语，何况一个叫一个唱歌呢？我的弟弟不肯去，我又没有偶然听她唱，结果是许多新歌关在新娘肚里！"④ 刘经庵也遇到阻力："去问男子，他以为是轻慢他，不愿意说出；去问女子，她总是羞答答的不肯开口。"⑤ 为此，《歌谣》编辑常惠在回顾1922年歌谣运动的文章中专门历数各人遭遇，表彰同人精神："在这些情形之下，不惜拿出全副精神，委曲宛转于家庭反抗和社会讥评的中间，去达到收获的目的，这也足可见我们同志的热心和毅力了。何植三先生在亲戚家里，不顾他表伯母的窃笑，买橘子给小孩吃，哄他们的歌谣。黄宝宾先生则躲在他母亲爱的势力之下，请求她排除家庭中反歌谣的论调。这又是何等的竭力尽心！"⑥

　　这些材料都印证了新旧观念在歌谣蒐集过程中的交锋。尤需指出的是，困难的实质是采集者与被采集者在歌谣信息和价值观之间的错位：采集对象拥有丰富的歌谣材料，却在价值上轻视歌谣；采集者基于新的观念赋予歌谣诸种重要价值，其身份却远离歌谣产生和传播现场。对什么是最有价值歌谣的不同认知无疑也增加了采谣的困难：一方基于传统观念而隐匿歌谣中不合礼教的类型或元素；一方基于现代观念而极力追

---

① 常惠：《一年的回顾》，《歌谣增刊》1923年12月17日。
② 《研究与讨论·张四维来信》，《歌谣周刊》第5号，1923年1月14日。
③ 常惠：《一年的回顾》，《歌谣增刊》1923年12月17日。
④ 黄朴：《歌谣谈》，《歌谣》第33号，1923年11月18日。
⑤ 常惠：《我们为什么要研究歌谣》，《歌谣》第2号，1922年12月24日。
⑥ 常惠：《一年的回顾》，《歌谣增刊》1923年12月17日。

踪那些不合礼教的类型和元素。

在此背景下看周作人对"猥亵的歌谣"的召唤，便会发现"学术的"事实上正是"现代"为"民间"立法的重要法宝。站在现代性一侧的周作人，对歌谣自有另一番观照。此处表面上是以学术独立来伸张"猥亵"歌谣的合法性，实质上透露了一种崭新的歌谣观对传统的歌谣观的取缔。可以说，周作人等人不但在搜集歌谣，也在生产着一种关于歌谣的新认知、新知识。他们代表着站在新的、现代的价值坐标中重整歌谣的努力。那些传统视野中被排斥的质素，譬如在道德化眼光中必须加以放逐的"猥亵"，由于现代"学术的"眼光的加入，重新被赋予了价值。所以，"学术的"价值作为一层文化身份的获得，显然更是一种文化资本的累积。

"歌谣运动"的勃兴，正是现代价值坐标中"歌谣"文化资本骤增的表征。当其方兴未艾之际，还有人抱怨蔡元培也是晚清进士，何以放任一班人胡闹，把歌谣这样伤风败俗的内容放到大学中。[①] 可是，随着歌谣运动的开展，歌谣"学术的"价值在两个方面得到了充分展开：其一是关于"歌谣"文类的学术研究。朱自清1929年春在《大公报·文学周刊》上连续两期发表《中国近世歌谣叙录》，同年暑假过后在清华大学开设"歌谣"课程，讲稿后来编成专书《中国歌谣》（分为六章：《歌谣的释名》《歌谣的起源与发展》《歌谣的历史》《歌谣的分类》《歌谣的结构》《歌谣的修辞》）。《中国歌谣》从"历时"和"共时"两个维度对"歌谣"进行了较为全面的"学术的"考察，更重要的是，它既进入大学课堂，又进入现代报刊的公共话语空间。这意味着，"歌谣"文类研究"学术的"意义得到了大学体制和公共传播空间的双重认可。其二是以"歌谣"为研究对象而进行的民俗学、历史学研究。20世纪20年代《歌谣》周刊上最有影响的研究文章当属顾颉刚的《孟姜女故事的转变》[②]。文章梳理了从春秋到宋代孟姜女故事传说的演变和原因，是古史辨史法的精彩运用。发表之后影响极大，刘半农

---

① 常惠：《一年的回顾》，《歌谣》增刊1923年12月17日。
② 《孟姜女故事的转变》刊于1924年《歌谣》第69期；随后，作者1925年9月撰《孟姜女故事的第二次开头》；1927年初发表《孟姜女故事研究》，对孟姜女故事研究见解更成熟、更体系化。

以极其夸张的口吻说："你用第一等史学家的眼光与手段来研究这故事；这故事是二千五百年来一个有价值的故事，你那文章也是二千五百年来一篇有价值的文章。"① 顾颉刚的文章被当代研究者视为"表明了他对于开创现代民俗学的某种自觉",② 更重要的是，歌谣之类民间文学作品的学术及学科开创获得了具体研究成果的论证。伴随着歌谣运动，歌谣注音和方言研究问题得到了特别的关注。③ 应该说，歌谣的"学术的"潜能被充分地挖掘出来。1925 年，《歌谣》周刊停刊；1928 年，由钟敬文主持的《民俗》杂志继续了歌谣的学术工作。

客观地说，在歌谣"学术的"和"文艺的"两翼，"学术的"成果要明显丰富于"文艺的"成果。可是，随着"学术的"一翼的日渐丰满，它所积累的文化资本也便有了推动文艺一翼的效果。

歌谣文化资本的累积

晚清文化界，其实一直不乏征歌谣以为新用的兴趣,④ 但歌谣由民谚俗讴而成知识正统，应该是始于五四新文化运动者的倡导。1917 年《太平洋》第 1 卷第 10 期刊登《北京大学征集近世歌谣简章》，其第八条称"本项征集由左列五人分任其事：沈尹默、刘复、周作人、钱玄同、沈兼士"。其后由北大哲学门日刊社从第 141 期起专辟一章刊登《歌谣选》，在改期一篇启事中称"刘复教授所编订之歌谣已定由日刊发表自本日始日刊一章"。⑤《北京大学日刊》对歌谣的选登一直延续至

---

① 关于孟姜女故事的通信，见顾颉刚等《孟姜女故事研究集》，上海古籍出版社 1984 年版。
② 陈泳超：《顾颉刚关于孟姜女故事研究的方法论解释》，《民族艺术》2000 年第 1 期。
③ 以 1923 年《歌谣》增刊为例，关注歌谣注音和方言问题的，便有钱玄同的《歌谣音标私议》、林玉堂的《研究方言应有的几个语言学观察点》、魏建功的《蒐录歌谣应全注音并标语调之提议》、沈兼士的《今后研究方言之新趋势》。以后《歌谣》周刊上也陆续有关于歌谣注音方案及方言的探讨。如《歌谣》第 31 号（1923 年 11 月 4 日）上周作人的《歌谣与方言调查》等。概言之，正是某种投射在歌谣上的纯粹民间性想象，使得保留歌谣的方言状态成为重要问题，也由是启动了歌谣注音乃至方言研究的议题。
④ 早在 1902 年，《新小说》创办之初即用"新歌谣""杂歌谣"等新创歌谣体形式描述时事。该杂志由梁启超（发行者署名"赵毓林"）主持，最初在日本横滨出版，第二卷起迁至上海，1906 年停刊。在此期间，新创歌谣在该刊从未断绝。它某种程度上暗示了当年"歌谣"与读者阅读趣味的亲缘性。1914—1917 年，上海时报馆主办的月刊《余兴》的刊物几乎连续用 27 期刊登一种仿作"歌谣"。
⑤《歌谣选由日刊发表》，《北京大学日刊》1917 年第 141 期。

1922年专设《歌谣》周刊为止。其间带起了一股关注歌谣的风气,在1922年《歌谣》创刊之后,同样热心进行"歌谣"工作的计有《少年》(上海)、《文学周报》(上海)、《晨报副刊》(北京)、《饭后钟》(常熟)、《红杂志》(上海)、《红玫瑰》(上海)、《新上海》(上海)、《语丝》(北京)、《京报副刊》(北京)、《清华周刊》(北京)、《黎明》(西安)等多种,大部分多期刊登各地歌谣选。这些刊物的文化立场和文化趣味颇有差异,① 它们对歌谣的关注点也因文化立场而有所差异,但这反证了歌谣这一传统文学样式在现代转型的社会背景下所获取的文化资本。1928年创刊的《民俗》(广州)周刊同样热心于进行歌谣的搜集和研究,并产生了较大影响。应该说,从1917年到整个1920年代,歌谣的搜集和倡导从来没有停止过。

值得注意的是,进入1930年代以后,歌谣搜集研究某种程度上跟教育行政相结合了:1930年《河南教育》一篇《令各县教育局——抄发歌谣及稿纸》启事刊登了河南教育厅训令第256号,② 转发民俗研究会求助函,请河南教育行政方面协助提供本省各地歌谣。可见,歌谣搜集已经从学术界的倡导而至于获得了教育行政界的认同。1932年,《广东教育公报》也刊发《转令征集各地戏剧歌谣及土调》③《征集土词戏曲歌谣》④《转饬详查抄呈剧本歌谣》⑤ 等通知;《山西教育公报》转发教育部第七五二九号训令,教育部训令称:"内政部礼字第六四号函开查各地戏剧歌谣及其他各种土调关系风俗綦钜本部现拟制订歌谣调查纲要颁发各省市区详加调查以为移风易俗之辅助。"⑥ 上引1930年河南教育厅令各县搜集歌谣是由于"民俗研究学会"提请河南教育厅援助,而1932年却是由教育部下达通知,覆盖全国的一次大范围歌谣搜集活

---

① 这些刊物中,《文学周报》是新文学同仁团体文学研究会刊物;《红杂志》《红玫瑰》为鸳鸯蝴蝶派刊物;《黎明》则为左翼倾向刊物。
② 《令各县教育局——抄发歌谣及稿纸》,《河南教育》1930年第2卷第30期。
③ 《转令征集各地戏剧歌谣及土调》,《广东教育公报》1932年第203期。
④ 《征集土词戏曲歌谣》,《广东教育公报》1932年第205期。
⑤ 《转饬详查抄呈剧本歌谣》,《广东教育公报》1932年第226期。
⑥ 《令各县教育局奉部令现拟征集各地戏剧歌谣及土调》《山西教育公报》1932年第29期。

动。1933年《福建省政府公报》印行通知《部令饬调查检送抄录剧本歌谣》①；1934年则有《广东省政府公报》通知《转令搜集民间歌谣俗语》②；1934年《教育周刊》刊登《奉教部令征集各地歌谣俗语故事汇呈订正》③，其实是对教育部通令全国搜集歌谣的成果展示。

可以看出，歌谣搜集及研究从1910年代末期倡导以来，一直未有颓势。累积了十几年之后，其合法性更是从学术界转而进入教育界，获得了政府教育体制的授权和认可。歌谣既然进入教育行政体制，对于当时普通学生、教员自然存在影响。相比《歌谣》创办之际受到官厅的冷落，民国政府教育机构对歌谣的态度转化不可谓不大。《歌谣》周刊同人十年前践行失败的官方路线却在十年后得以实现，歌谣文化资本的累积由此可见一斑。

进入1930年代之后，关注刊登歌谣的刊物包括《民间月刊》《乡村建设》《文艺新地》《国闻周报》《民众教育季刊》《文学杂志》及《艺风》（杭州）等，1936年胡适主持北大《歌谣》周刊复刊至1937年中日战争爆发停刊，歌谣的倡导在二十年间（1917—1937）从未停歇，其影响力在民间一直存在，经学界努力，又获得了教育体制的认可。歌谣既然进入教育行政体制，对于当时普通学生、教员自然存在广泛影响，刊上登出的编读互动中，来函者的地域覆盖面，颇能说明这一点。

小结

开篇所引《歌谣》"发刊词"那段并不难懂的说明事实涉及三种根本上属于现代的话语：其一是学术独立话语，其二是审美自足话语，其三则是现代民族国家话语。虽然"民族的"是跟"文艺的"合而论之。然而，无论是强调审美自足的文艺观，还是将歌谣跟未来民族的诗相联结的文艺观，都有着鲜明的现代品格。正是通过将"歌谣"在价值上跟这三种话语相联结，歌谣被赋予崭新的文化身份，歌谣运动也被开拓

---

① 《部令饬调查检送抄录剧本歌谣（不另行文）》，《福建省政府公报》1933年第320期。
② 《转令搜集民间歌谣俗语》，《广东省政府公报》1934年第258期。
③ 《奉教部令征集各地歌谣俗语故事汇呈订正》，《教育周刊》1934年第189期。

出广阔的意义前景。传统观点认为，歌谣是不登大雅之堂的俚俗之作，《歌谣》却理直气壮地申述其无可置疑的价值合法性；传统社会，即使是冯梦龙等人将歌谣提到以真情反名教的高度，但显然不可能将其跟现代的民族国家话语相联系。从歌谣"引起未来的民族的诗的发展"，这里投射着五四一代学人在现代转型背景下借助各种现代性话语对"歌谣"的价值加工。强调歌谣的审美性、学术性、民族性三重标准，事实上正是一种典型的现代话语观照的结果。学术独立自不待言，学者的研究可以超越世俗的道德评价之上，这里虽然并非强调学者本人的道德豁免权，却预设了学术独立于道德的品格。此种独立性，正是现代知识分子孜孜以求的现代价值。审美自足既是一种典型的现代文学话语，同时也唯有知识者，具有更高的鉴赏歌谣的趣味。他们并不止于对歌谣曲调、内容的欣赏，往往是那种村夫野妇本人并不特别重视的"野趣"为他们所特别激赏，被视为具有特别的审美价值。因此，审美自足意味着，知识者有能力凭借自身的知识趣味将原本俚俗村野的内容和情调审美化。这显然也是一种现代知识分子立场。

　　回头再看刘半农的歌谣诗和1920年代的援谣入诗潮流，"学术"和"文艺"作为五四文化变革的两个方向影响着这场新文学取法民间资源的运动。一方面，搜集歌谣、歌谣的现代建构乃至于民俗学崛起作为新文化运动的伴生现象而存在；另一方面，学术革命的成果也影响并转移到文艺革命的领域中来。无论是歌谣搜集还是歌谣入诗实践，它们都是同一思潮背景下的产物，实践者是同一批人，因此分享着相近的思想话语。既然"歌谣"已经在现代知识分子的阐释下获得了现代品格，成了一种反旧、整故、知识再造的重要武器，我们便不难理解1920年代刘半农们何以会把歌谣入诗作为一个重要的实践路径。也不难理解他是在何种意义、立场和趣味上把"民间"接纳到新诗中去。

第二章

"新诗歌谣化"的阶级路径（1928—1936）

1930年代，新诗取法歌谣的尝试中，有延续着1920年代《歌谣》传统的，如胡适和沈从文。1936年胡适主持《歌谣》复刊，依然看重歌谣的文学启示："我们现在做这种整理流传歌谣的事业，为的是要给中国新文学开辟一块新的园地。"① 沈从文则"沿着刘半农等人的路子，自觉地将民间歌谣引入新诗，成为1930年代新诗取法歌谣的有力践行者"。② 然而真正代表了1930年代，新诗取法歌谣时代特征的却是中国诗歌会及其倡导的"新诗歌谣化"。

与五四《歌谣》知识分子们亲近歌谣所秉持的"文艺的、学术的"现代民间话语不同，中国诗歌会诗人们激活歌谣资源提取的却是新兴的阶级话语。新文学倡导者以新/旧、平民/贵族的双重框架，打倒了文言及其代表的古典文人文学传统，并为民间资源进入新文学预留了一道侧门。他们之致力文学，虽也牵涉社会文化变革目标，但与左翼诗歌团体中国诗歌会直接将"新诗歌"作为新阶级革命手段相比，他们显然为"文学"预留了更大的自足空间。本章关注的问题是：阶级论话语如何激活新诗的歌谣资源需求？1930年代阶级论的"新诗歌谣化"在跟"文艺大众化"的关联中呈现了什么样的内生性困境？

---

① 胡适：《谈歌谣》，《歌谣》第2卷第1期，1936年4月11日。
② 张桃洲：《论歌谣作为新诗自我建构的资源：谱系、形态与难题》，《文学评论》2010年第5期。

第一节 "文艺大众化"与"新诗歌谣化"

正如论者所说:"成立于1932年、前后活动时间不到五年的中国诗歌会,无疑是1930年代在推行诗歌歌谣化方面最不遗余力、且产生了广泛影响的群体。"① 1932年9月中国诗歌会成立,1933年2月11日以"中国诗歌社"主编的名义出版了《新诗歌》第一卷创刊号。其"会章"关于宗旨一条说:"本会以推进新诗歌运动。致力中国民族解放,保障诗歌权利为宗旨。"②

中国诗歌会是"左联"领导下的一个诗歌组织,他们不仅强调诗歌与时代的关系,更强调从阶级角度理解诗歌与时代的关系。他们发起的运动,创办的刊物,既以"新诗歌"为名,便预设了他们的挑战对象——新文化运动以来的白话新诗。他们以"新诗歌"挑战"新诗",其实跟当年"左联"领袖瞿秋白以"大众化""大众语"挑战"文言""五四新文言"有着紧密的同构关系。我们也时时可以在新诗歌运动者的宣言、观点中看到瞿秋白"普罗大众文艺"的影子。所以,理解中国诗歌会的"新诗歌谣化",无法离开1930年代的"文艺大众化";而理解"文艺大众化",又离不开瞿秋白在"大众文学"中所力推的"普罗"想象。普罗的阶级话语正是穆木天、蒲风、王亚平等人新诗取法歌谣实践的文化动力。

1930年代初,在中共领导层被边缘化的瞿秋白来到上海,写作了大量关于"大众文艺"的文章。从1931年到1932年,在"左联"关于"文艺大众化"问题的讨论中,瞿秋白先后撰写了《大众文艺与反

---

① 张桃洲:《论歌谣作为新诗自我建构的资源:谱系、形态与难题》,《文学评论》2010年第5期。中国诗歌会及其新诗歌运动在1930年代中期确实在全国不乏呼应者,上海总部倡议成立之后,迅速在各地也有分会,柳倩如此描述到:"自'中国诗歌会'总会1932年在上海成立以后,特别是1933—1935这三四年间,各地分会如雨后春笋般相继成立(如河北分会、广州分会、青岛分会、湖州分会、厦门分会等),他们创刊《新诗歌》《诗歌季刊》《中国诗坛》等等,会员谊及全中国,在全国各地主要的刊物和诗刊上,几乎都有'中国诗歌会'成员的作品。"柳倩:《左联与中国诗歌会》,《左联回忆录(上册)》,中国社会科学出版社1982年版,第263页。

② 柳倩:《左联与中国诗歌会》,《左联回忆录(上册)》,中国社会科学出版社1982年版,第261页。

对帝国主义的斗争》《普罗大众文艺的现实问题》《我们是谁?》《欧化文艺》《大众文艺的问题》《再论大众文艺答止敬》等文章。① 身兼政治家和文学家双重身份的瞿秋白在文章中涉及了多个议题,但都具有两个突出特点:第一是强调"大众文艺"的阶级立场,这实质是强调建构革命大众文艺的文化领导权问题;第二是把文学作为政治的直接手段,政治将文学直接、功利地对象化,文学形式资源的选择因此牢牢服务于现实政治目标的实现。

1931年9月,瞿秋白在《大众文艺与反对帝国主义的斗争》中这样写道:

> 中国大众是有文艺生活的,当然,工人和贫民不看徐志摩等类的新诗,他们也不看新式白话的小说以及俏皮的幽雅的新式独幕剧……城市的贫民工人看的是《火烧红莲寺》等类的"大戏"和影戏,如此之类的连环图画,《七侠五义》,《说岳》,《征东》,《征西》,他们听得到的是茶馆里的说唱广场上的期扮戏,变戏法,西洋钱……小唱,宣卷。这些东西,这些"文艺"培养着他们的"趣味",养成他们的人生观。豪绅资产阶级所需要的,正是这样的民众的文艺生活!②

这段论述暗示着一种既反五四新文艺,又反传统旧文艺的崭新的"大众文艺"立场。革命"大众文艺"反对五四新文学,是因为它太"欧化",形式上不够"大众",内容上又不够"革命";反对旧戏文,则是因为它沦为豪绅资产阶级塞给贫民阶层的精神麻醉品,虽然形式通俗,但内容意识上却极端"反动"。"革命大众文艺"虽以"大众"为

---

① 《大众文艺与反对帝国主义的斗争》(原发《文学导报》1931年9月第5期,署名史铁儿)、《普罗大众文艺的现实问题》(原发1932年3月号《文学》,署名史铁儿)、《我们是谁?》(1932年5月4日,根据鲁迅保存的作者手稿,初刊《瞿秋白文集》第2卷)、《欧化文艺》(1932年5月5日,根据鲁迅保存的作者手稿,初刊《瞿秋白文集》第2卷)、《大众文艺的问题》(原发《文学月报》1932年6月第1期,署名宋阳)、《再论大众文艺答止敬》(原发《文学月报》1932年9月第3期,署名宋阳)。

② 瞿秋白:《大众文艺与反对帝国主义的斗争》,原发《文学导报》第5期,1931年9月,署名史铁儿。

名,却不同于旧戏文"习闻常见"的大众性。这里,瞿秋白的分析中便内蕴着一种阶级论的意识形态分析法,他看重的不仅是形式技术(通俗或晦涩),更是创造这种形式艺术的阶级意识。按照这种思路,旧戏文虽为大众所喜爱,却不是唤醒而是麻痹了大众的阶级意识。所以,瞿秋白的"大众文艺"之"大众",不但形式上必须区别于知识分子、有闲阶层的晦涩,内容上更需要能提供想象无产阶级共同体的功能。在这里,瞿秋白事实上通过反对通俗文艺,申明了革命大众文艺跟通俗文艺不同的再造阶级主体性的意识形态功能。

1932年6月,在《大众文艺的问题》中,瞿秋白更是旗帜鲜明地指出:

> 现在决不是简单的笼统的文艺大众化的问题,而是创造革命的大众文艺的问题。这是要来一个无产阶级领导之下的复兴运动,无产阶级领导之下的文化革命和文学革命。①

革命大众文艺追求的不是一般的"大众化",瞿秋白花了大量精力来批判封建主义、帝国主义意识所宰制的通俗文艺。瞿秋白追求的是通过文学建构无产阶级的阶级主体性,或者说一种具有自觉阶级意识的大众文艺。因此,"大众化"和"阶级化"在瞿秋白这里是相互表述的。值得指出的是,瞿秋白一方面强化了文学的阶级意识形态功能,另一方面又突出强化了文学的政治功利性。在《普罗大众文艺的现实问题》这篇长文中,瞿秋白从用"什么语言""写什么东西""为什么而写""怎样写""要干些什么"五个方面论述"普罗大众文艺"的现实展开。其中"为什么而写"最能看出其政治—文学合一,为政治(阶级诉求)而文学的功利文学观。"为什么而写"包括:(1)鼓动作品:"这当然多少不免要有标语口号的气味,当然在艺术上的价值也许很低。但是,这是斗争紧张的现在所急需的,所谓'急就章'是不能够避免的。"②

---

① 瞿秋白:《大众文艺的问题》,《瞿秋白文集·文学编》第3卷,人民文学出版社1989年版,第13页。
② 瞿秋白:《普罗大众文艺的现实问题》,《瞿秋白选集》,人民日报出版社1985年版,第469页。

（2）为着组织斗争而写的作品："我们的大众文艺，应当反对军阀混战；反对帝国主义瓜分中国的战争，反对进攻苏联，为着土地、革命，为着无产阶级领导的工农民权独裁，为着中国的真正解放。"①（3）为着理解人生而写的作品。这里所谓的理解人生，便是对阅读者思想意识的阶级改造。"总之，普洛大众文艺的斗争任务，是要在思想上武装群众，意识上无产阶级化，要开始一个极广大的反对青天白日主义的斗争。"② 这里不是一般性地发挥文学的政治功能，而是把文学作为政治斗争的直接延伸，把文学作为阶级斗争的宣传、舆论、组织和思想手段。

瞿秋白论"大众文艺"的"阶级立场"和政治功利性对左联领导下的新诗歌运动及"新诗歌谣化"产生了直接影响。新诗歌运动者自觉把诗歌写作放置在反帝、反封、反资的阶级分析框架中，在创刊号上以诗歌会同人名义发表的《关于写作新诗歌的一点意见》中便将写作直接置于时代和国家的现实背景中：

> 极显明的事实：我们是生活在资本帝国主义的矛盾制度下，第二次世界大战有一触即发的可能。而中国，我们的近郊——日本帝国主义者，在"国联"（即国际联盟）的默认下，屠杀，压迫了千千万万劳苦大众，同时民众运动却受了阻碍不能充分发展，不久更开始了军阀混战，使民众受多方面的蹂躏、压迫、加重了种种负担。③

并从阶级立场出发规定了"新诗歌"写作的任务：站在被压迫者的立场，反对帝国主义的第二次世界大战，反对帝国主义侵略中国，反对不合理的压迫，同时引导大众以正确的道路。他们总结了新诗歌写作三方

---

① 瞿秋白：《普罗大众文艺的现实问题》，《瞿秋白选集》，人民日报出版社1985年版，第470页。
② 同上书，第472页。
③ 中国诗歌会同人：《关于写作新诗歌的一点意见》，《新诗歌》（旬刊）1933年2月第1卷第1期。

面的内容和九方面的题材，都有着鲜明的阶级化和政治功利性特征。①在这份内容和题材清单中，无法直接为阶级政治创造价值的题材被排斥；不从"阶级化"立场进行表述的内容也被拒绝。

值得注意的是，"新诗歌"运动取法歌谣的资源策略同样是因为阶级化和政治功利性的推动。换言之，文学形式选择是在阶级目的论指导下进行的。歌谣被阶级文学选择的原因在于，在一个识字率低下的大众群体中建构阶级主体性，阶级化和大众化不可避免地有所重叠。诉诸歌谣等民间资源，无疑将使阶级意识在普通民众中具有更强大的传播效果。因此，与五四《歌谣》同人聚焦于歌谣"文艺的"和"学术的"侧面不同，新诗歌运动者聚焦的是歌谣可歌可诵的形式，或者说形式的传播便利性。在功利文学观的形式期待中，诗的内容获得了超越形式的地位："有什么写什么，要怎么写就怎么写"，"却不要忘记应以能够适当的表现内容为主"。② 同时，改造意识的教育功能超越了文艺审美功能，"事实上旧形式的诗歌在支配着大众，为着教育和引导大众，我们有利用时调的必要，只要大众熟悉的调子，就可以利用来当作我们的暂时的形式。所以不妨是'泗州调''五更叹''孟姜女寻夫'……等等"，"歌谣在大众方面的努力，和时调歌曲一样厉害，所以我们也可以采用这些形式"。③ 诗的"可歌性"被特别强调："要紧的使人听得懂，最好能够歌唱。"④

因为"阶级"发现的是"歌谣"的传播便利，所以"歌谣"在"阶级"的文艺期待中并不具有唯一性，具有相似便利性的体式同样被热烈地尝试着：

---

① 三方面内容是：一是理解现制度下各阶级的人生，着重大众生活的描写；二是有刺激性的，能够推动大众的；三是有积极性的，表现斗争或组织群众的。九方面题材是：一、反帝、军阀压迫、阶级的热情；二、天灾人祸（内战）、苛捐杂税所加予大众的苦况；三、当时的革命斗争和政治事变；四、新势力、新社会的表现；五、过去革命斗争的史实（如陈胜、吴广以及洪秀全的革命）六、农人、工人的生活；七、有价值、有意义的"社会新闻"；八、战争的惨状；九、国际诗歌（的改作）。见中国诗歌会同人《关于写作新诗歌的一点意见》，《新诗歌》（旬刊）1933 年 2 月第 1 卷第 1 期。

② 中国诗歌会同人：《关于写作新诗歌的一点意见》，《新诗歌》（旬刊）1933 年 2 月第 1 卷第 1 期。内容超越形式是阶级功利文学观的内生物，顺延而下，则在 40 年代的延安文艺讲话中发展为政治第一，艺术第二。

③ 同上。

④ 同上。

我们对这期"歌谣专号"所持的态度是当为新诗歌运动中一部门的工作这点是不够的。我们主要的在创作方面是要致力于大众合唱诗,朗诵诗,诗剧以及一般大众诗歌的创作。①

中国诗歌会这种功利化的取法歌谣策略,在左翼阵营和青年学生中产生了巨大影响,却很难获得秉持五四歌谣立场者的同情。1936 年胡适在《歌谣》周刊复刊词中盛赞一首古代民间歌谣,强调了歌谣引发未来新诗的可能,话锋一转便有对"新诗歌"运动者的讥讽:"现在高喊'大众语'的新诗人若想做出这样有力的革命歌,必须投在民众歌谣的学堂里,细心静气的研究民歌作者怎样用漂亮朴素的语言来发表他们的革命情绪";胡适特地提到一首明代末期的革命歌谣,说"真不能不诚心佩服三百年前的'普罗文学'的技术的高明"。② 胡适虽不直接跟"大众语""普罗文学""革命情绪"等阶级话语对垒,然而他强调的"细心静气"的态度,"漂亮朴素的语言""技术的高明"却清晰显示了知识分子的歌谣趣味跟阶级化的歌谣趣味截然的分界线。

第二节 阶级文学的内在困境:《新诗歌》的两种读者反应

1933 年 7 月,朱自清对《新诗歌》及其歌谣化写作有过颇为迅速的评论。作为新诗人及新诗、歌谣研究者,朱自清自然敏感于"新诗歌"运动者的资源策略。值得注意的是,1920 年代朱自清对于新诗取法歌谣的前景并不看好,但此时他对于"大众化"却不失几分理解之同情:"那些用民谣、小调儿歌的形式写出来的东西虽然还不免肤泛,散漫的毛笔,但按歌谣(包括俗曲)的标准来说,也不比流行的坏。"朱自清批评"新诗歌"那些采用新形式的,"除了分行外,实在便无形式,于是又回到白话诗初期的自由诗派。"在他看来,"新诗歌"并未

---

① 《新诗歌》编辑部:《我们的话》,《新诗歌》"歌谣专号",1934 年第 2 卷第 1 期。
② 胡适:《〈歌谣周刊〉复刊词》,《歌谣》第 2 卷第 1 号,1936 年 4 月 11 日。

实现"大众化"的目标:"这些诗里,也许确有'新世纪的意识'①,但与所有的新诗一样,都是写给一些受过欧化的教育的人看的,与大众相去万里。他们提倡朗读,可是这种诗即使怎么会朗读的人,怕也不能教大众听懂。《文学月报》② 中蓬子君的诗似乎也是新意识,却写得好,可是说到普及也还是不成。"③

朱自清并未对"新世纪的意识""大众化"等目标提出商榷,只是对"新诗歌"文学成就评价不高,对"大众化"的落实也颇不乐观。同样是对《新诗歌》做出迅速评论,1933年《出版消息》④ 第17期上以"新书推荐"形式刊发了署名方土人的评论文章《作为烈火而出现的——新诗歌》,则表达了对"大众化"的另一种观感。

他由《新诗歌》编后提出的"是一架铁扇,还是一炉烈火"这个设问入手,将"纯诗"作品视为"电扇","大众化"作品视为"烈火",并旗帜鲜明地拥护"烈火"的写作——《新诗歌》及其代表的方向。

> 我们所要拥护的,是作为"烈火"而出现的"新诗歌"!在这本小册子里,没有一句欺骗我们的话,没有一句麻醉我们的话,没有一句想把我们的斗争情绪冷却下去的话。⑤

作者特别强调"大众的斗争情绪",特别强调诗歌"与政治形势的直接联系"。无疑是站在鲜明的"大众化""阶级化"的文学立场上,他之所以赞同《新诗歌》,是因为它的大众化、阶级化,他批评《新诗

---

① 《新诗歌》在创刊号《发刊诗》中有"我们要抓住现实/歌唱新世纪的意识",此处指阶级斗争意识。
② "左联"机关刊物之一,1932年6月10日创刊于上海,月刊,16开本,初由姚蓬子主编,第3期起有周起应(周扬)主编。同年12月15日出版第5、6合刊后被国民党查禁。共出版6期。
③ 朱自清:《〈新诗歌〉旬刊》,《文学》(上海)创刊号,1933年7月。该文作于1933年7月1日。
④ 《出版消息》是由乐华书局出版的一份介绍上海出版界、文学界动态的刊物,初定为半月刊,后来并不定期。刊物主编顾瑞民,该书局并无明显中共背景,但1932年11月开始出版的《出版消息》却有很明显的"左"倾倾向。1935年3月30日,该刊在发行了总第46、47、48期合刊之后宣布停刊。
⑤ 方土人:《作为烈火而出现的——新诗歌》,《出版消息》1933年第17期。

歌》,却是因为它还不够真正的"大众化""阶级化"。作者对《东洋矮鬼打中国》和《鸡不啼》两首提出了批评:

> 《东洋矮鬼打中国》是用道情体写的;在诗歌大众化这一点上,已有了相当的成功,是无疑的。不过,大众化最容易犯的错误——不能从旧的大众文艺的框子里解放出来——在这首诗中,依然没有被克服。例如"小子"、"正是人生不满百,常怀千岁忧"种种旧的大众文艺里的腐词,滥调,应该完全去掉。这是说这首诗的形式方面。而我认为最重要的是这首诗的意识方面的错误。就本质上讲,要来打中国(大众的中国)的并不是全部的东洋矮鬼;我们不能"好不威风凛凛,直杀得那东洋矮鬼'个个'叫饶命"。和我们势不两立的是任何帝国主义,至于任何帝国主义国家里的大众,和我们却有不可分离的联系。①

对新诗歌"大众化"的批评并不是反对"大众化",而是在消遣的"大众化"和革命的"大众化"这两种面相中强调后者,强调"大众化"内部的无产阶级身份塑造;对《东洋矮鬼打中国》"意识方面的错误"的批评,则是出于阶级国际主义反对狭隘民族主义意识的立场。这种"普罗文学"身份想象话语和阶级主义超越民族主义话语在当年大众化主将瞿秋白的论述中有着鲜明的体现。没有证据证明该文出自哪个普罗文学理论家之手,但该文站立的阶级文学制高点大概不是普通读者所能到达。

针对《新诗歌》及"新诗歌谣化"的两种立场迥异的读者反应,事实上说明:新诗歌运动及其新诗歌谣化策略作为左翼"文艺大众化"运动的一部分,同时复制了"大众化"的内在困境。前面已经提到,在当年中国民众教育程度较低的背景中创造阶级文学,阶级化与大众化必然产生历史性的重叠。"大众文艺"由此分裂出"大众"和"普罗"两副面相。具体在新诗歌谣化中,"大众"面相体现为手段"大众化",对民间形式传播便利性的借用,追求的是"通俗易懂""喜闻乐见";

---

① 方土人:《作为烈火而出现的——新诗歌》,《出版消息》1933年第17期。

"普罗"面相体现为"化大众"的目标,把大众阅读者建构为阶级主体的诉求。中国诗歌会作为左联领导下的一个组织,服务并促进无产阶级文学的产生是其宗旨。① "普罗",而不仅仅是"大众",才是无产阶级文学的内核。因此,瞿秋白才特别把"大众文艺"强调为"普罗大众文艺"。问题在于,普罗文学(或所谓无产阶级文学)的建构在特定历史中,面临着现实土壤的营养不良问题——广大的无产阶级群众,并不具备阅读的能力,遑论创造自己文学的写作能力。因此,在这种特定的现实中如何建构无产阶级文学,便产生了两种不同思路的争论。钱理群先生将其概括为两种无产阶级文学的想象和实践:一种以鲁迅为代表,认为无产阶级文学的产生必须由无产阶级作家创造,必须在工农阶级获得较好的阅读和文化能力之后方有可能;另一种则以李初梨为代表,认为无产阶级的文学并非无产阶级阶层的自然观念,所谓的无产阶级意识,不是"个个的无产者的意识",而是"全无产阶级意识",② 它是由掌握了马克思主义理论的无产阶级革命者所代表的。③ 如果说作为现实主义者,鲁迅关注的是阶级文学的现实困难的话;作为激进左派,李初梨关注的则是如何绕开现实困难而创造阶级文学的可能性。以李初梨为代表的阶级文学观,在充满困难的历史现场强行创造阶级文学,便带来了中国无产阶级文学"内容决定论"和"强力批评建构"的突出特征。

既然亲自领受阶级经验者无法自我言说,更无法为自身的阶级经验创造文学形式——阶级文学无法获得自身的形式,阶级文学必须被落实在"大众化"的现实指向中,那么判定阶级文学的标准只能从内容上

---

① 1930年3月2日左联成立大会上通过的《中国左翼作家联盟底理论纲领》便确立了阶级文学指导的方向:"我们并不抽象的理解历史的进行和社会发展的真相。我们知道帝国主义的资本主义制度已经变成人类进化的桎梏,而其'掘墓人'的无产阶级负起其历史的使命,在这'必然的王国'中作人类最后的同胞战争——阶级斗争以求人类彻底的解放。""我们的艺术是反封建阶级的,反资产阶级的,又反对'失掉社会地位'的小资产阶级的倾向。我们不能不援助而且从事无产阶级艺术的产生。"

② 李初梨:《自然生长性与目的意识论》,《思想月刊》,创造出版部1928年版。

③ 据钱理群先生研究,在日后中国左翼文学关于无产阶级文学的创制过程中,这两种想象和实践是并行推动的:"一方面,是对工人、农民出身的作家的着意培养,对工、农、兵自身创作的高度重视;一方面,则是用无产阶级意识的自觉形态——党的意识和意志来改造知识分子,创造为工、农、兵服务、为党领导服务的革命与建设服务的党的文学的持续努力。这两条线索贯穿以三十年代为开端的左翼文学发展的全过程。"钱理群:《构建无产阶级文学的两种想象和实践》,《兰州大学学报》2005年第6期。

给定。现实迫切的功利诉求，使阶级文学创作者往往搁置"阶级经验"吁求的"文学形式"，而将"阶级性内容+大众化形式"视为无产阶级文学的理想表达。因此，中国诗歌会倡导"新诗歌谣化"的诗人们，从未有人想过"歌谣"这种传统民间形式对于阶级经验的表达是否合体的问题。方土人评论《新诗歌》也并不认为"道情体"跟当代经验之间具有切身性问题，他强调的只是"思想意识"问题。换言之，内容上的立场、意识问题彻底地盖过了艺术问题。事实上，内容问题就被当成了艺术问题的核心。这种内容决定论既是由中国左翼文学的政治功利性决定，也是由左翼文学展开的现实土壤决定。对艺术本体问题的漠视，将凝结在内容上的意识、立场作为艺术分析核心的左翼批评观，在随后的几十年中愈演愈烈。

  以传统民间形式包裹阶级内容的普罗文学无疑是粗糙的，但是，阶级文学革命者却必须为其创造"先进"的文化身份。于是，"批评的强力建构"便随之而来。粗糙的民间形式只要表述了阶级内容，马上被赋予了革命大众文艺的华丽标签，被视作崭新的文艺方向。中国诗歌会"企求尚未定性的未来诗歌的不断尝试中，借着普遍的歌、谣、时调诸类的形态，接受它们普及、通俗、朗读、讽诵的长处，引渡到未来的诗歌"。① 曾经的象征主义诗人穆木天于是说："时代的不住的变化，使我们感到诗歌之歌谣化是一天比一天必要了。（自然并非主张只有歌谣诗一途）然而歌谣的创作，总是我们的努力之主要的方向之一。"②

  这种论述中，古老的歌、谣、时调具有引渡到"未来的诗歌"的潜力，这番意义的获得，其实是文学批评不断强化"普罗想象"的结果。正如一位学者指出的那样："在政治和社会实践中，'无产阶级'又指向一个沉默无声的群体，他们远离文字，被搁置于文字/文学之社会文化功能的影响之外。"但是，"在左翼人士的知识体系中，'无产阶级'是一个理想中的社会阶层，它承载着人们对未来社会形态和道德水平的美好想象。普罗文学的合法性也相应地建立在这一历史和道德的想像之

---

① 中国诗歌会同人：《关于写作新诗歌的一点意见》，《新诗歌》（旬刊）1933年2月第1卷第1期。
② 穆木天：《关于歌谣的制作》，《新诗歌》"歌谣专号"1934年第2卷第2期。

上"。① 因而，无产阶级文学的合法性正是一种文学批评强力运作的结果。具体到新诗歌谣化中，则是穆木天、蒲风、叶流等人在"阶级透视法"中不断建构的结果。

现实和想象的分裂，制造了"阶级文学"评价的困难。对于并不分享理想普罗想象的朱自清而言，他自然难以在阶级坐标系中赏读歌谣诗。他当然不能认可这样的"歌谣"具有代表新诗方向的资格；而对于把无产阶级的崛起自明地从社会扩展到文艺领域的普罗文艺信仰者，他们的阶级透视法则让他们在形式的"大众化"上解读出普罗的意义来。虽然两种解读对《新诗歌》"大众化"都有着不尽满意之处，但朱自清看到的是"大众化"的现实之难；方土人看到的却是"大众化"的理想之难。所以，这不仅是两种不同的意见，而且是两个不同价值坐标的碰撞。朱自清思考的是怎样才能让大众读懂"文学"；方土人思考的却是由"大众"出发，在"普罗"中发展出一个可以裁定文学的新坐标、新风格。这种普罗的文艺新理想1930年代瞿秋白有反复的论述，又在1940年代毛泽东的延安文艺讲话中被发挥到极致。它是某种现代思维的产物，其乌托邦性和政治功利性却悖论地将其导向了反文明的政治农民文学那里。

第三节 歌谣的阶级化：何谓旧形式的"改革"？

让歌谣这种传统民间的文学体式跻身于新文学的尖端品种之中，首先就面临着新/旧混淆的合法性质疑。因而，"新诗歌谣化"倡导者在袭旧与新创之间依然强调后者。瞿秋白就特别强调了推陈出新："要预防一种投降主义，就是盲目的去模仿旧式体裁。这里，我们应当做到两点：第一是依照着旧式体裁而加以改革；第二，运用旧式体裁的各种成分，而创造出新的形式。"② 第一种是袭用旧体而有所改革；第二种则是化用旧成分创制新形式。瞿秋白的观点在新诗歌运动的实践者那里多有回声。如穆木天认为"歌谣之制作是不宜死板地拘泥着过去的形式。

---

① 曹清华：《身份想像——一九三〇年代"文艺大众化"的讨论》，《二十一世纪》2005年第6号。

② 瞿秋白：《普罗大众文艺的现实问题》，《文学》1932年4月25日第1卷1期。

对于旧形式之利用，是不宜'削足适履'的。以往好些人，如填词似地填'五更调'、'无锡景'，结果，是没有较好的作品被产生出来。而能活用歌谣旧形式的，如石灵的几篇作品，就比较好些。诗歌之歌谣化是要去采用活的歌谣形式"。① 蒲风说"形式方面却不刻板于一门，除批判的采用或利用时调歌谣外，主要的是在创造新的方面"。② 分别是对瞿秋白两个层面观点的复述。不管"改革"还是"新创"，都意味着新诗歌运动者渴望为旧形式带来新的文化身份。

问题在于，虽然在理论上意识到对旧形式"改革"乃至新创的重要性，可在实际上，他们新制的歌谣并未能使旧形式脱旧入新。在左翼文学"内容决定论"推动下，歌谣"改革"只体现为阶级性经验的植入。1934年，《新诗歌》推出"歌谣专号"，我们不妨以此期专号为对象考察"新诗歌谣化"究竟在何种意义上实现了"改革"和"活用"。此期专号包括了"歌""谣""时调""介绍""论文"五个栏目，除"介绍"中的"民歌选"③ 带有歌谣搜集性质外，其他部分都为创作。共刊登"歌"22篇、"谣"22篇、"时调"2篇、论文2篇，全部由个人作者完成。仔细阅读这批作为新诗革新的歌谣，不难发现，这种个人新制之歌谣作品，最大的特点并不在于创造了新的歌谣形式，而在于为歌谣形式输送了合阶级目的性的底层经验。因此，旧形式改革的实质是阶级对歌谣的重构。

朱自清在《中国歌谣》中将民歌分为情歌、生活歌、滑稽歌、叙事歌、仪式歌、猥亵歌和劝诫歌七大类。④ 不难发现，这里主要是按照题材标准，间或加入了修辞标准。按照朱自清的解释，"生活歌""大抵是咏妇女的，怠多为妇女自作"。⑤ 然而，新诗歌歌谣专号的新创作品则几乎都是描写饥饿、劳苦、流离、破产的底层经验。它已经涨破了原有的分类框架，很难在上述类别中找到对应，与看似最靠近的"生活

---

① 穆木天：《关于歌谣的制作》，《新诗歌》"歌谣专号"1934年第1卷第1期。
② 蒲风：《五四到现在的中国诗坛鸟瞰》，《诗歌季刊》1934年12月15日—1935年3月25日第1卷第1—2期。
③ 分别是"四川民歌选""峡内民歌选""广东民歌选""广东情歌选""广东客家山歌选""广西民歌选""湖南情歌选""浙江民歌选""云南民歌选"。
④ 朱自清：《中国歌谣》，金城出版社2005年版，第202页。
⑤ 同上书，第205页。

歌"也是迥异其趣。少渔的《村妇歌》以村妇向丈夫诉说的口吻写道："黑妮家爸,你莫要掉泪。身上无衣真受累。阿毛叫冷,黑妮叫冷,下雪无衣苦难当。家无破片怎能睡!"蒲风的《牧童的歌》则是长篇叙事歌,以年幼家贫被父母所卖的牧童视角,自述了悲惨的身世和底层辗转的遭遇。白曙的《天未明》写"天未明,/鸡刚叫,/爸带框子田里挑。/田里挑,/雪风这么冷,/自己还得流臭汗,/有喝有吃谁傻干!"叶流的《儿歌》借用儿童视角,以家庭因贫而吵的细节折射工业破产停工背景下工人生活的困难:"妈妈夜夜哭,/哭倒不喫粥。/爸爸歇了工,/喝酒格外凶;/酒害了爸爸,/性子变可怕!/打我还不算,/打妈妈更惨!"这种过早感染悲音的"儿歌"是成人化的,正是一种有意为之的"改革"。

武蒂的《月光歌》带着浓郁的歌谣风味,以民歌常见的对照修辞强化"贫/富"对立世界的不公和反抗的必要:

> 月光光,
> 耀耀光,
> 团团出在正东方。
> 富人吃香肉,
> 穷人喝白汤;
> 富人吃的白米饭,
> 穷人吃的粗秕糠;
> 咦呀呀,
> 饿肚肠!
>
> 月光光,
> 遥遥光,
> 渐渐移到正中央。
> 富人住高楼,
> 穷人住茅坊;
> 富人穿的皮袍子,
> 穷人身着破衣衫;

唉呀呀，
风难当！

月光光，
耀耀光，
斜斜挂在西南方。
富人走一步，
穷人用轿扛；
富人摇着鹅毛扇，
穷人扛得汗汪汪；
唉呀呀，
两肩伤！

月光光，
澹澹光，
飘飘坠落西山岗；
富人坐享福，
穷人种田庄；
穷人收得稻和麦，
富人打开仓来装；
唉呀呀，
怎心甘？

柳倩借用《长相思》调，写的却是"长相思，又一春，/家中没有米和钱。/东家借豆三两升：东家没了口粮，西家一样窘。//长相思，泪满腮。/不咒命运咒天年。洋货进村农产贱；/老板仍不放松，/粮税更加紧！"值得注意的是，这曲底层悲歌中所隐含的阶级视角："洋货进村农产贱"和"粮税更加紧"，传统"长相思"中闺怨妇人被置放在"反帝""反官僚"的阶级视野中，其"怨"已经获得了某种"政治经济学"分析的支撑。她对于"贫困"的理解摆脱了宿命的命运观而获得了对中/洋对抗中资本主义体系对本土农村产品价格的压制的"政经"意识。从这个意义上说,这确实不是传统民间所可能产生的"歌谣",它对底层"民生"的关注,也截然不同于五四那种知识分子人道主义的视点。

作为左联领导下的新诗歌运动主要文学主张的"新诗歌谣化"是"文学大众化"在诗歌领域的表现,更是建构无产阶级诗歌的探索和实践。因此,歌谣化与阶级化便成为一个互为表里的过程。值得注意的是,中国无产阶级文学一直寻求着某种"底层发声"的可能,[①] 穆木天也说:"为的使各地民众发抒情感,为的使各地民众表露出其真正的要求起见制作歌谣,使民众自己去制作歌谣,是非常地必要的。"[②] 可见,新诗歌谣化包含了让民众自己制作歌谣的目标。在此过程中,我们发现"民众"作为一个"发声主体"在这些新制歌谣中不断被袭用和想象。与五四时代站在知识分子视角对底层表达悲悯不同,新诗歌运动者刻意回避了作者和底层对象之间的区隔,大量采用无产者自述的角度。少渔的"村妇歌"、蒲风的"牧童的歌"、柳倩的"长相思""舟子谣"都具有某种底层发声的感觉。然而,这种底层者抒发的带有无产阶级主体性的声音,其实质却是某种"代言"的结果。它是阶级文学倡导者基于阶级立场进行的文学投射。如在蒲风的"牧童的歌"中,便有大段对牧童心理的假设性描写。如何书写牧童哀歌,其实存在着多种立场选择。作品中,作者一直强调"不怨我的爹,/不怨我的妈。/我来时,/爹妈都流着伤心泪,/说不出半句话。"在无产阶级视角下,"悲惨"的解释并不在个体善恶那里寻求解答,而是在政治经济学的框架中导向资本批判和阶级觉醒。既然不怨爹娘狠心,那么牧童悲惨的根源何在?作者并未直接点出,却通过对牧童狠心"东家""东家娘"的描写暗示了严酷的阶级关系。可见,这种"不怨爹、不怨妈"的"心声"依然是阶级规划下的"代言"。

小结

20 世纪 30 年代新诗歌运动所倡导的新诗歌谣化实践,是左翼阵营

[①] 钱理群的文章中回顾了鲁迅和李初梨的争论,鲁迅便主张无产阶级文学必须由无产阶级作者来完成。这种观念在左翼文学实践中发展为大力培养工农兵作者的潮流。

[②] 穆木天:《关于歌谣的制作》,《新诗歌》"歌谣专号"1934 年第 2 卷第 1 期。

文艺大众化的重要组成部分。这种文学实践跟 1920 年代以五四新文化运动为主体者的新诗取法歌谣大异其趣。五四歌谣诗的兴起是现代知识分子在创制新文学过程中对"民间"资源的激活；新诗歌运动则是基于阶级功利论对旧形式的启用和改造。1930 年代的文艺大众化倡导者已经意识到在大众化路径上发展出文化领导权的必要性。然而，在将文学作为阶级政治斗争直接延伸的功利视野下，在广大"普罗"群众并不能阅读的现实上建构"普罗文学"的文化领导权，其结果只能是强行将通俗的"大众化"形式包裹的阶级化内容作为理想的"普罗文学"来想象。这种文化策略催生的作品自然难以在历史上留下足迹。但是此阶段"新诗歌谣化"表现出的政治功利性、通过文学批评强力建构"文化领导权"的文化策略，却将在日后 30 年中国左翼文学中沿袭并进一步激进化。

第三章

"新诗歌谣化"及其多重文化动力（1937—1949）

进入抗战以后，"新诗歌谣化"同样进入了新阶段。20世纪30年代初由左翼诗歌群体所倡导的"新诗歌谣化"在更大的范围中被实践。"早在抗战爆发之初，创刊于上海的《救亡日报》从第5期起，辟出板块刊载套用'唱春调'、'五更调'、'孟姜女调'、'凤阳歌'等曲调，填进宣传抗战内容的作品，穆木天、王亚平、辛劳、包天笑等参与了制作。随着1938年3月全国文协'文章下乡、文章入伍'号召的发出，一股以通俗易懂、宣传鼓动为目的，借助于谣曲、鼓词、快板等形式的创作浪潮蓦然高涨起来，甚至出现了像柯仲平的《边区自卫队》《平汉铁路工人破坏大队的产生》这样的长篇巨制。"① 新诗取法歌谣在抗战背景下强烈的文艺"大众化"诉求中产生，也由于更复杂的文化动力而在40年代开枝散叶。

延续着之前的新诗歌谣化、大众化的方向的探索，解放区诗歌出现了一大批叙事长诗，包括李季的《王贵与李香香》，张志民的《王九诉苦》《死不着》，李冰的《赵巧儿》，田间的《赶车传》《戎冠秀》，也包括阮章竞的《圈套》《漳河水》等。值得注意的是，40年代的"新诗歌谣化"并不仅是一个解放区命题，它同样在国统区产生了影响广泛的作品——袁水拍的马凡陀的山歌。将40年代具有新诗歌谣化倾向的作品等量齐观并不合适，事实上这些作品产生于不同的地理区域、艺术水准参差不齐、文化功能并不相同、文学实践背后的理论话语也判然有

---

① 张桃洲：《论歌谣作为新诗自我建构的资源：谱系、形态与难题》，《文学评论》2010年第5期。

别。总体而言，1940年代新诗歌谣化倾向中涌现了如下几类作品：（1）以大众化为诉求，大量采用旧形式的"旧瓶装新酒"式诗歌，以柯仲平、老舍为代表；（2）认可抗战背景下的大众化方向，站在新文学立场否认民间形式相对于民族形式的代表性，在革命文艺体制压力中勉为其难进行诗歌歌谣化转型。以何其芳和艾青为代表；（3）将"新诗歌谣化"作为新诗"民族形式"的具体举措，将歌谣化跟阶级化等人民性话语联结起来。这类作品内化了延安文艺讲话所建构的新的文学想象，将歌谣体视为一种创造全新文艺的探索。以《马凡陀的山歌》《王贵与李香香》《漳河水》为代表。在这几种作品类型背后，我们还得以辨认出它们跟1940年代文艺场域的"民间形式"话语、"新文学"话语和阶级—民族主义话语的相关性。

第一节 "旧瓶装新酒"诗歌及"民间形式"话语

1941年5月25日《中国文化》第2卷第6期发表了王实味的文章《文艺民族形式问题上的旧错误和新偏向》，他的文章就民族形式问题对陈伯达、艾思奇、胡风等人的观点提出质疑。在他看来，毛泽东"民族形式"问题的实质是"马克思主义中国化"。"所谓中国作风与中国气派，只是'在中国环境的具体运用'底一个注释，或其同义语。在文艺上，这作风与气派，只能在对民族现实生活的正确反映中表现出来，不能了解为中国所固有的什么抽象的作风与气派，更转而了解为抽象的中国所固有的'形式'。"① 取得实际文化影响的是他文章的两个主要论敌——陈伯达和艾思奇。值得我们今天继续追问的是：为什么在彼时的文化环境中，"民族形式"这个"中国化"（迁移化用）问题会被转换为"民间形式"（本土固有）问题，并且日渐自明化。换言之，在这场讨论中，"民间形式"何以相当大程度上获取了"民族形式"的代表权？它催生的作品体现的又是一种什么样的"新诗歌谣化"？

早在"民族形式"这一新的时代共名形成之前，新诗取法歌谣，甚至是"新诗歌谣化"这样以借用歌谣体式为主的尝试都在新诗中得到

---

① 王实味：《文艺民族形式问题上的旧错误和新偏向》，《中国文化》1941年5月25日第2卷第6期。

实践。1930年代初中国诗歌会的新诗歌谣化主要在"大众化"的阶级话语中伸张合法性。"抗战"① 以后，这种"化歌谣"的实践多了起来，较有代表性的是老舍的《剑北篇》和柯仲平的《平汉铁路工人破坏大队的产生》等长篇作品。跟新诗歌运动的阶级立场有所不同，抗战背景下"新诗歌谣化"的主要动力来自民族主义话语。这也是它们日后很容易便在"民族形式"这一表述中获得共鸣的原因。更重要的是，跟"大众化"相联结的"新诗歌谣化"中，政治动员的文化功能支配了形式资源的选择权。当创作的主要接受对象是百分之八十文盲的普通大众时，如何"喜闻乐见"为大众所接受、喜欢的问题便成为核心问题。写作者在"民族"问题面前让渡部分文艺权利，这种选择既自然而然，也自愿自发。即使是惯唱反调的王实味也说："在用这些东西（指旧文艺形式，引者注）能起预期的作用的时候，我们也应该毫不踌躇地让'艺术价值'受点委屈，因为抗战和革命有着更伟大的'艺术价值'。"②

抗战背景下的文学大众化获得前所未有的共识：

> 目下中国的大众，即老百姓，至少有百分之八十不识字，你写的宣传，鼓动，组织他们加入抗战的文字，他们认不得。因此戏剧和诗歌是宣传抗战最有力的工具：演戏，他们可以看；唱歌，念诗他们可以听。但是假如唱出的调子，尤其是朗诵出来的诗太洋化了的时候，老百姓一定不会喜欢的，一定不会接受，那么，诗歌的效应便会完全收不到。③

又如：

> 所以当前的文艺运动，若果不把大众抗战的文艺活动，抗日肃奸的政治斗争，作为自己生命所寄托的紧密的环扣，使自身逐渐的和突跃的加强起来，它将诗脱节的非战的运动，而走上残废短命的

---

① 本书所说的"抗战"是指1937年开始的全面抗日战争。
② 王实味：《文艺民族形式问题上的旧错误和新偏向》，《中国文化》1941年5月25日第2卷第6期。
③ 萧三：《论诗歌的民族形式》，《文艺突击》1939年6月25日第1卷第2期。

路途。①

以上显然是以抗战的迫切性取消文艺独立性的论述。抗战使得民族话语的合法性获得巨大扩张，秉持着不同立场的文艺家们也获得了共同的桥梁，因此，他们才得以在"民族形式"这一公约概念下对话，这侧面印证了民族话语在彼时的号召力。

这里，值得关注的是战争、民族和文学这三者的相互作用和相互变化。战争激发了强烈的民族情感，改变了作家们的生活环境和心理体验，并进而改变了作家们写作中的文化立场："作家们的生活环境根本变了，真正接触和体验了民众的现实生活，思想情感和创作观念都发生了巨大的变化，文艺创作活动在非常实际的意义上与广大民众结合，这种结合的广度与深度又是空前的。文学必须充当时代的号角，必须直接反映现实，必须为普通民众所接受，这些观念都成为众多作家的共识。"② 战争背景下民族话语的勃兴对中国文学的影响体现为：大众化的形式由此获取了无可置疑的合法性，民族危机为大众化提供了最大的文化动力，大众化在彼时中国又往往体现为民间形式依赖。因此，抗战大众化便跟民间资源的启用历史性地联系起来。

30年代前期坚守新诗现代性探索及纯诗立场的戴望舒，在抗战发生后，诗歌风格发生了重大的变化，写出了"抗日歌谣"十几首，《题狱中壁》《我用残损的手掌》等具有强烈民族情怀的作品，这些铿锵悲怆的诗歌音调中几乎不可辨别当年"雨巷"的纤细哀婉之音。特别是"抗日歌谣"的写作，更有效地说明，"歌谣"这种文体跟战争背景下大众化传播之间的亲缘性。须知，戴望舒对于"歌谣"一直抱着复杂的态度：他一方面既希望吸纳歌谣营养，但另一方面又深刻警惕照搬歌谣体式。然而，在抗日歌谣写作中，他抛弃了这种纠结。此时，所谓的诗歌文体性、审美性问题在民族危机中让位于民族话语召唤的大众化、救亡图存等现实性问题。

抗战影响了文艺家的文体选择，正如萧三所说："戏剧和诗歌是宣

---

① 黄绳：《当前文艺运动的一个考察》，《文艺阵地》1939年9月1日第3卷第10期。
② 钱理群等：《中国现代文学三十年》，北京大学出版社1998年版，第447页。

第三章 "新诗歌谣化"及其多重文化动力（1937—1949）

传抗战最有力的工具"，诗歌为抗日服务的过程，也是诗歌文体悄然改造的过程："诗歌朝广场艺术的方向发展，发表量猛增。各种诗歌体式都有往'广场艺术'靠拢的倾向，普遍追求通俗、鲜明、昂扬，还出现了墙头诗、传单诗、枪杆诗等便于鼓动宣传的形式。"① "歌谣诗"在战争背景下无疑同样极大地发达起来，几乎所有有志抗日的爱国文学家，没有谁不曾写过几首谴责日寇、歌颂本民族伟大意志的歌谣诗。如今，在各地的文史资料中可以找到不可胜数的抗日歌谣。这些歌谣有的由知名作家写作，流传过程中佚名；也有的由作家署名而明确了写作主体。它们基本具有如下特点：主题上的抗日爱国、语调上的铿锵有力、风格上的通俗化和大众化。如以下这首流传于山西芮城的抗日歌谣：

> 一更里，月正名，
> 我们要进敌兵营，
> 腰里暗藏杀猪刀，
> 快步奔跑一溜风。
> 二更里，月偏西，
> 将在山凹出主意，
> 鬼子哨兵睡着了，
> 手要麻利脚要轻。
> 三更里，月朦胧，
> 进了敌营莫心惊，
> 敌人睡得象死猪，
> 快手卸枪往出冲。
> 四更里，黑沉沉，
> 我们出了敌兵营，
> 卧倒开枪乒乒乒，
> 看你还杀中国人。
> 五更里，东方明，
> 武装起来真英雄，

---

① 钱理群等：《中国现代文学三十年》，北京大学出版社1998年版，第447页。

东西南北随意走，
打他们汽车夺县城。①

这里以民歌常见的"五更调"描写了一次杀鬼子的过程，由于直接借用民歌体，这类作品几乎难以辨别个性，跟流传于合阳地区的这首《杀东洋》实在只有歌谣调式上的不同，而无内容、主题、风格上的差异：

白叶树，箭箭高，老爷骑马掂关刀。
大刀长，杀东洋，东洋鬼子命不长。②

这种抗战歌谣与其说是"写实"，毋宁说是"抒情"。它们抒发了被侵略国家人民抗敌的意志和杀敌的愿望，对于凝聚民族情感、在广大民众中进行民族情感动员具有巨大作用。因此，它的功用并非体现在纯粹的文学性上，于是即便是老舍这样主要被视为小说家的作家也愿意牺牲个性，发挥他通俗文艺方面的特长，写出了不少以"大众化"政治动员为目标，融合"民间形式"的"新诗"。这里，也包含了老舍耗费精力极多，写作历时数月，长达万行的《剑北篇》。

早在九一八事变发生之后，老舍就经常在报纸上发表表达强烈民族情感的诗歌。1931年12月老舍在《齐大月刊》第2卷第3期发表《日本撤兵了》，讽刺国民党在外交上对国联、美国的依赖主义；1932年3月《齐大月刊》第2卷第6期发表《国葬》，哀悼为国捐躯的"爱国的男儿"；1932年12月《微音》月刊第2卷第7、8期合刊号发表的《红叶》则是带着民族创伤而抒情："流尽了西风，流不尽英雄泪""适者生存焉知不是忍辱投降；努力的，努力的，呼着光荣的毁灭！"1933年1月《东方杂志》第30卷第1号发表《慈母》抒发多难之邦子民的家国情怀："没见过比它再伟大的东西，因为它的名字叫'国'。""梦里，

---

① 中国人民政治协商会议山西省芮城县委员会编：《芮城文史资料》第1辑，1986年，第92页。
② 中国人民政治协商会议合阳县委员会文史学习祖国统一委员会：《合阳文史资料》第7辑"合阳杂咏专辑"，2003年，第270页。

常是梦里,我轻唱着乡歌,病中,特别是病中,渴想着西湖的春色,我的信仰,也许只有一点私心,离着中华不远的当是天国!""我的慈亲,就是它们的圣母,名字叫中国!"这种"积弱民族的情绪郁结"同样体现于 1933 年 10 月《论语》第 27 期的《痰迷新格》。

  1933 年老舍发表的抗战题材新诗在抒发民族创伤之情之外,还有更多讽刺诗:1933 年 2 月 20 日发于《申报·自由谈》的《长期抵抗》讽刺国民党实质不抵抗的对日政策;1933 年 3 月 13 日刊于《申报·自由谈》的《空城计》对不抵抗政策的揶揄更加直白:"日本小鬼吓了一跳,/怎么城里静悄悄!""日本小鬼亦欣然,/各得其所哥俩好。/君不见满洲之国何以兴?/只须南向跺跺脚";1933 年 5 月刊于《论语》第 16 期的《致富神咒》则讽刺那些缺乏良心,大发国难财者:"君不见满洲之国名士多,神仙不斩狼心与狗肺";1933 年 5 月《文艺月刊》第 3 卷第 11 期《谜》以"兄弟相争"为喻"讽刺外敌当前,国共相争";同月《文艺月刊》第 3 卷第 11 期《打刀曲》则是一曲"打刀者"之歌,淬火炼刀杀敌的报国情怀跃然纸上。

  "文协"成立之后,老舍成了主要领导人之一。文艺家不再安于书斋,用文艺发动民众抗日,诗歌成了极为便利的文体。1939 年 3 月 21 日《大公报》上发表的《怒》,老舍在题记中交代写作动机:"作这首小诗的动机,是文协的诗歌座谈会拟于最近出《抗战诗歌》,大家干得起劲,所以就编这么几句,仿佛是先来预贺一下。"1938—1940 年老舍创作了不少抗日诗歌,① 这些作品发挥了"大众化""通俗化""可歌可诵"的特点,与其说是新诗,不如说是"歌诗"。写于 1938 年的《丈

---

① 1938—1940 年间,老舍创作的抗战题材诗歌,除上述两首外主要有 1938 年 3 月《抗战画刊》第 7 期《雪中行军》;1938 年 4 月 4 日《武汉日报》《为小朋友作歌》,赞誉抗战的小英雄;1938 年 5 月《抗战画刊》第 11 期《流离》;1938 年 6 月《民族诗坛》第二辑《新青年》赞美抗战的新青年;1938 年 10 月 1 日《扫荡报》《保民杀寇》;1938 年 10 月 4 日《保我山河》;1938 年 11 月 12 日《扫荡报》《抗战民歌二首》《大家忙歌》《出钱出力歌》;1939 年 2 月 13 日、14 日《大公报》《成渝路上》(《剑北篇》中摘录);1939 年 4 月 3 日《中央日报》《壁报诗》;1939 年 4 月 4 日《大公报》"重庆市儿童节纪念特刊"《她记得》;1939 年 4 月 4 日《中央日报》"重庆市儿童节纪念特刊"杀敌题材的《童谣二则》;1939 年 4 月 11 日《中央日报》《打》(游击队歌);1939 年 10 月《抗战文艺》第四卷第 5、6 期合刊号《战》;1939 年《抗战诗选》,战时文化出版社出版,《为和平而战》;1940 年 1 月《政论》第 2 卷第六期《蒙古青年进行曲》。

夫去当兵》就在张曙谱曲后流传广泛。

老舍的写作以小说、戏剧为主，在抗战诗歌的大众化诉求下自然而然地走近了歌、谣、鼓词、小调等形式。如《童谣二首》之二：

> 小小子，
> 坐门桩，
> 哭着喊着要刀枪。
> 要刀枪干什么呀？
> 练刀，抵抗；
> 练枪，好放；
> 明儿个早上起来打胜仗！①

便是对北平儿歌的仿制，老舍亲自为其形式出处做了说明：

> 北平有一首极美的童歌："小小子（小男孩），坐门墩儿，哭着喊着要媳妇儿（妇儿读成分儿，可与墩儿成韵；为北方特有的'小人辰'辙）。要媳妇儿干什么呀？点灯，说话儿；吹灯，作伴儿；明儿个早上起来梳小辫儿。"事多句简，流利自然，尤为上品，不易仿作。②

即使并非直接使用歌谣等民间形式，也表现出相近的风格特点，如《丈夫去当兵》：

> 丈夫去当兵，老婆叫一声：
> 毛儿的爹你等等我，
> 为妻的将你送一程。
> 你去投军打日本，
> 心高胆大好光荣；
> 男儿本该为国死，

---

① 老舍：《童谣二首》，《中央日报》"重庆市儿童节纪念特刊"，1939年4月4日。
② 同上。

> 莫念妻子小娇身！
> 丈夫去打仗，
> 女子守家庭①

值得一提的是，老舍诗歌除了这类短小篇什之外，还有一部鸿篇巨制《剑北篇》。这是老舍1939年作为文协代表参加北路慰问团到西北慰劳抗战士兵的结果。"由夏而冬，整整走了五个多月，共二万里。路线是由渝而蓉，北出剑阁；到西安；而后入潼关到河南及湖北；再折回西安，到兰州，青海，绥远，榆林和宁夏。"原计划中，老舍雄心勃勃要写万行，实际只完成了三分之一。舒乙认为《剑北篇》特点在于："'行行押韵，一韵到底'，涉及的中国城市最多，老舍创作这部作品耗时165天，期间到过74个城市，因而也是描写各地景色最详细的作品。作品紧扣现实，是老舍先生将现实和理想高度统一的心血之作。"②写作新诗对老舍是个挑战，他也感慨"现在我要作的是新诗。真难"。因为"没有格式管着"，没有"那么多有诗意的俗字"，行行用韵如何写得自然。"有上述三难，本已当知难而退；却偏不！不但不退，而且想写成一万行！"③《致友人函》中老舍透露了写此诗的困难和坚持，是什么促成老舍这种坚持？细读此诗，不难发现不是一种创造杰作的冲动，而是一种以"记录山河"为表征的民族精神的确认。

抗战带来了民族人口的大迁徙，文学家在时代的大浪潮中被推到了被蹂躏的家国山河面前。所以，通过对山河的书写来确认一种在危机中变得强烈的民族国家情感成了抗战之后诗歌中一种带有普遍性的范式。在此过程中留下的著名作品包括艾青《雪落在中国的土地上》《北方》《手推车》《时代》，戴望舒《我用残损的手掌》，穆旦《赞美》《在寒冬的腊月里》，阿垅《纤夫》，光未然《黄河大合唱》，等等。无疑，《剑北篇》也属于这类以"山河"表征民族的诗歌类型。值得注意的

---

① 刘东方：《老舍〈丈夫去当兵〉及抗战歌诗》，《中国现代文学丛刊》2012年第7期，此词借用大鼓词，后来被张曙谱曲。
② 姜小玲：《老舍研究新发现：〈剑北篇〉创造诸多第一》，《解放日报》2011年10月17日。
③ 参见老舍《致友人函》，《老舍文集》第13卷，人民文学出版社1988年版，第316页。

是，与其他诗歌采用"自由体"不同，由于老舍本人对民间艺术形式的热爱，也由于当时已经兴起的"民族形式"讨论的影响，《剑北篇》也表现了以旧形式为民族形式的倾向：

> 草此诗时，文艺界对"民族形式"问题，讨论甚烈，故用韵设词，多取法旧规，为新旧相融的试验。诗中音节，或有可取之处，词汇则嫌陈语过多，失去不少新诗的气味。行行用韵，最为笨拙：为了韵，每每不能畅所欲言，时有呆滞之处。为了韵，乃写得很慢，费力而不讨好。句句押韵，弊已如此，而每段又一韵到底，更足使读者透不过气；变化既少，自乏跌宕之致。①

不难发现，老舍的诗歌写作一直站在新诗写作传统之外，他面对没有形式约束的新诗感到惶惑，因为民族形式问题讨论甚烈，"用韵设词"就"多取法旧规"，可见他对旧形式是否足以代表民族形式问题持正面肯定态度。他虽然感到"不能畅所欲言，时有呆滞之处"的弊端，但在时代思潮的裹挟下未能做出反思。

《剑北篇》以慰劳沿途城市风物入诗，激发的都是山河美好，民族自强的情感。就诗歌而言，由于在叙事与抒情、体式与意象等方面缺乏有效技术，诗歌过分冗长而感染力有所不足。跟老舍的努力相比，此诗并无相称的艺术回报。老舍的例子证明了，民族情感的刺激如何影响着一个作者的形式资源选择。与老舍同时期，活跃于延安的柯仲平则是同时代不同区域另一个歌谣入诗的积极践行者。作为左翼诗人，柯仲平同样表现出将民间形式跟民族形式关系自明化的倾向，这种倾向在解放区有着民族之外的阶级文化动力。

抗战之初，柯仲平被何其芳视为"利用民间形式而且有了成就的作者"，②然而他的问题意识无疑是从实际工作中来，是文艺如何更好吸引老百姓问题。"你给老百姓弄一套洋八股，弄得他们莫名其妙，他们虽然也讲你'本事大'，'了不起'的，但你的戏一唱旧了，就一定

---

① 老舍：《致友人函》，《老舍文集》第13卷，人民文学出版社1988年版，第316页。
② 何其芳：《论文学上的民族形式》，《文艺战线》1939年11月16日第1卷第5期。

'站不住'他们。"① 由现实政治动员的需求出发，很自然地把"中国化"问题转换为"民间形式"问题。

柯仲平自1920年代初便开始写诗，那时写的大部分还是浪漫主义自由诗。时代风潮激发了他少时接受的民歌资源，他又长期在群众中做文艺宣传工作，因此民族形式讨论兴起之后，他"想到诗歌的民族形式这问题，我以为有好大一部分中国民歌的形式，它比'五四'以来的大部分的诗歌形式优秀得多"②。虽然他并不否定吸收民歌入新诗需要"融化"："我们发展民歌，吸收民歌作风到新诗歌的创作中来，不只因为在政治上它有功用性，而且同时因为它是中国文化中的一种优秀的、活的、大众的艺术。它有许多优点是值得我们吸收的。当然，吸收它，也如吸收中外其他诗歌的优点一样，要加以融化。它只不过是新的大众诗歌创作中的最重要的因素和基础。"③ 然而民歌形式的"融化"问题在现实中常常被简化为"填充革命内容"问题，形式上不免牵强。何其芳承认"柯仲平同志的诗值得我们注意，佩服"，"他的写作那样大的诗篇的企图和他的题材的现实性，这两者都是很好的而且是以前的一般诗作者所缺乏着的"④，但也认为：

> 他的诗的形式，我都觉得有一部分由于利用旧形式成功了，有一部分却因利用得不适当，成了缺点。最主要的是不经济。当我刚回到延安，我读着他的《平汉路工人破坏大队的产生》，我感到象读着《笔生花》《再生缘》之类弹词一样，就是说很性急地想知道究竟后事如何，而埋怨作者描写得太多，叙述得太铺张，故事进行得太慢。其次是不现代化。自然，我在上面已经说过，他利用民歌之类在某种程度上是相当成功的，但假若他的诗的形式更现代化一些，一定会更成功一些。过度地把民歌之类利用到长诗上有时是并不适当的：或者由于各种不同的形式的兼收并容和突然变换，使人感到不和谐，不统一（《边区自卫军》给我这种印象）；或者由于

---

① 柯仲平：《谈"中国气派"》，延安《新中华报》1939年2月7日。
② 柯仲平：《谈中国民歌》，《中国文化》1940年6月25日第1卷第4期。
③ 同上。
④ 何其芳：《论文学上的民族形式》，《文艺战线》1939年11月16日第1卷第5期。

民间形式的调子太熟,太轻松,太流动得快,破坏了大的诗篇的庄严性(《平汉路工人破坏大队的产生》使我有了这种结论)。①

考察柯仲平作品,会发现何其芳所言不虚。《边区自卫军》是一部所谓"老太婆也能听懂"的作品,因此作者有意识地"利用流行民间的多种多样的调子,如民歌,民谣,小调,大鼓,小戏,各种地方戏,说书"。② 这也是何其芳所谓的"形式的兼收并容"。

> 左边一条山
> 右边一条山
> 一条川在两条山间转
> 川水喊着要到黄河去
> 这里碰壁转一转
> 那里碰壁弯一弯
> 它的方向永不改
> 不到黄河心不甘
> 有个男儿汉
> 他从左边山上来
> 他一弯一弯
> 下得山来要过川
>
> 他的身材不高也不矮
> 结结实实的一条好汉
> 他的服装上下蓝
> 腰间缠着一条黄河水色带
> 他的背上背着刀
> 右手挥着一根旱烟袋
> 鸭嘴帽儿歪歪戴
> 脚下蹬着一双麻草鞋

---

① 何其芳:《论文学上的民族形式》,《文艺战线》1939年11月16日第1卷第5期。
② 柯仲平:《边区自卫军·前记》,读书生活出版社1938年版,第1页。

第三章 "新诗歌谣化"及其多重文化动力（1937—1949） 85

> 他那派头像什么？
> 说他像从前的侠客
> 他的腰间却有小手枪一杆
> 他身上的枪疤刺刀伤不算
> 额头也曾带过彩
> 他的一生好比这条川
> 不知碰过多少壁
> 转过多少湾
> 他的方向永不改
> 他的工作比到黄河更艰难
> 他是不达目的心不甘
> 不达目的心不甘①

用民歌的调子写作，如作者所说"这诗，可以用民间的歌调唱"，有着民歌的婉转流畅，但确实很不"经济"，用民歌讲故事的倾向很明显，但故事讲得比较拖沓。然而，这样的尝试却依然被视为可贵的创新，甚至被确立为崭新的方向。因为在这种化用旧形式的时歌实践背后，存在着一种强劲的将民间形式为民族形式透明联结的话语。持此观点者一方面攻击新诗存在的"形式"问题，并反过来在歌谣、民歌等民间形式中索取解决之道。萧三便是这方面突出的代表，他这样发问"这十五六年来中国的'新诗'脱掉了济川君所批评的'矫揉造作'，'构造潦草'没有呢？"答案当然是否定的，他认为归根结底"就是新诗的形式问题"：

> 中国的新诗直到现在还没有"成形"——这是无可讳言的。这原因在哪里呢？我以为是，自从"白话"战胜"文言"以来，作新诗的一下子从古诗的各种形式和体裁"解放"了出来，于是绝对"自由"，你也"尝试"，我也"尝试"。结果，弄得毫无"章法"，没有一个完全"尝试"成功的，也就到现在还没有很多很好的

---

① 柯仲平：《边区自卫军》，读书生活出版社 1938 年版，第 5—6 页。

诗的。①

如何为新诗确定一个"形"呢？于是便涉及何谓"民族形式"的源泉：

> 发展诗歌的民族形式应根据两个泉源：一是中国几千年来文化里许多珍贵的遗产，《离骚》、诗、词、歌、赋、唐诗、元曲……二是广大民间所流行的民歌、山歌、歌谣、小调、弹词、大鼓词、戏曲。②

萧三的"古典+民歌"的二源泉说日后在50年代获得政治确认，当时也不乏支持者。署名铁夫者便在1940年的一篇文章中几乎背书般地重复了萧三的观点。③

在理论上坚持民间中心源泉说最广为人知者是向林冰，然而，当年不乏影响更大的党内理论家持相同观点，陈伯达便是其中一位。陈伯达在文艺民族形式争论之初便著文指出：

> 近来文艺上的所谓"旧形式"问题，实质上，确切地说来是民族形式问题，也就是"新鲜活泼，为中国老百姓所喜闻乐见的中国作风和中国气派"的问题。④

这里非常迅速地将"旧形式"问题提到"民族形式""中国作风和中国气派"等时代共鸣的高度来，虽然陈伯达也强调"屈服形式，使旧形式服从于新内容"的改造一面，但在现实功用的作用下，他提出以接受效果评价文艺价值："一个文艺的真价，不但应估计其内容，还应

---

① 萧三：《论诗歌的民族形式》，《文艺突击》1939年6月25日第1卷第2期。
② 同上。
③ 参见铁夫《谈谈诗歌的民族形式》，《黄河》1940年3月25日第1卷第2期。
④ 陈伯达：《关于文艺的民族形式问题杂记》，《文艺战线》1939年4月16日第1卷第3期。

估计其形式,而做这种估价,事实上应以该文艺所发生的感召力量为准绳。"①

另一个当时党内颇有影响的理论家艾思奇在民族形式争论之初的文章同样值得分析。他同样将旧形式使用视为创造民族形式的主要途径,《旧文艺运用的基本原则》一文立意便在于为旧形式使用伸张合法性,然而他并没有直接把旧形式跟强势的"民族形式"话语相联结了事。他反对把旧形式使用视为一个临时的、技术性的问题。理由是:(1)基于"历史的要求"和"必然的规律":"要从这里看出,中国今天的现实对于文艺人所提出来的历史的要求。这一个要求,指示着文艺发展的一个必然的规律,不管你个人之观点愿意不愿意,它总要推动着你走上这样的前途。"(2)基于抗战现实走进民众的需求:"真正有价值的艺术创作,都是战斗者的创作,都是社会战斗的一种特殊形式。""文艺不是要'束之高阁'的东西。它是社会的民族的,它主要的目的是要走进现在的广大的民众中间。在这样的目的前面,就必然要提起了旧形式的利用的问题。""旧形式,一般地说,正是民众的形式,民众的文艺生活。"②

写作过《大众哲学》的马克思主义哲学家艾思奇把"走进民众"设置为艺术的标准,并且将这种标准视为一种必然规律和历史要求。因此,旧形式就因为和民众的亲缘性而获得了文艺合法性。他认为我们虽有五四的新文艺,五四文艺的优点是"否定过去的与民众生活无关的旧文艺",缺点是"并不是建立在真正广大的民众基础上"。这是一种典型的左翼"五四"观,它抽空了五四的现代转型意义,把"民众"性发展为一种绝对历史标准。可见,在艾思奇的历史观和文艺观中,"民众"具有通约一切的能力。因此具有"民众性"的旧形式被提升到"民族"的高度来论述就自然而然了:"我们有新的文艺,然而极缺少民族的新文艺"。那么何谓"民族"呢?(我们需求的)"民族的,也就是大多数民众所接受的,它能被民众看做自己的东西。"正是因为通过"民众"定义文艺合法性,并进而定义"民族","旧形式"在艾思奇那

---

① 陈伯达:《关于文艺的民族形式问题杂记》,《文艺战线》1939年4月16日第1卷第3期。

② 艾思奇:《旧形式运用的基本原则》,《文艺战线》1939年4月16日第1卷第3期。

里已然获得了对"民族形式"的代表性,因此他便斩钉截铁地说:"我们的民族的东西,主要地都是在旧形式的东西。"①

如此,能在彼时背景下被广大文盲受众所喜欢的"旧形式"便自然是具有最大价值的形式,也便当然是"民族形式"。我们因此得以窥见大众化的迫切性如何在"民族形式"的时代共名中发声,成为当年拥有极大影响力的一种抗战文艺方案。

第二节　不可抗拒的转型:新文学话语及其消解

新诗歌谣化是中国新诗一条显豁的轨迹,然而诗歌取法歌谣的资源命题却必须通过具体、分裂的话语场发生作用。当老舍、柯仲平等人在抗战大众化的文化动力下认可了民间资源对于民族形式的代表权时,另一批人却对此保持疑虑。这一节的讨论将从何其芳开始,他同样认可"民族形式"的文艺方向,然而由于浓厚的新文学趣味他对这个问题的思考跟民间派却有很大的差异。

"实在无法取消这种文化上的分工"

1939年11月16日,何其芳在《文艺战线》上发表了《论文学上的民族形式》一文,较早地参与了这场讨论。这篇文章对柯仲平新诗融合民间资源的尝试进行了颇为及时的回应。然而,何其芳肯定的是柯写作"大的诗篇的企图"和"题材的现实性",对民间形式入诗表达了一般性的"佩服"之余却又批评它们的"不现代"和"不经济"。细察全文,何其芳的重点其实在后面的批评。他虽一般性地相信"既通俗又高度的艺术性"统一的可能,也认同"大众化"的必要性:"为了动员广大民众参加抗战,文艺工作者是应该做这种工作的。"② 然而此时何其芳的"大众化"立场却是新文学式的。因此,他便认为新文学不该为不够大众化负全部的责任:"新文学不够大众化不仅是形式问题,更主要的还是由于内容。而且这种责任不应该单独由新文学来负,更主要的还是由于一般大众的文化水准的低下。……中国还有着百分之八十以上

---

① 艾思奇:《旧形式运用的基本原则》,《文艺战线》1939年4月16日第1卷第3期。
② 何其芳:《论文学上的民族形式》,《文艺战线》1939年11月16日第1卷第5期。

的文盲。无论怎样大众化的作者,总不能写出不识字的人能阅读的书。"① 他甚至认为新文学不够大众化是一种客观的文化分工的结果:

> 文学的各部分,除了戏剧,和它的读者发生关系应该是通过文字和眼睛,而不是通过声音和耳朵。原始的人类的文学和音乐可能是合一的,然而由于人类文化的进步,它们分家了。到了现在,我们实在无法取消这种文化上的分工。不管诗人苦心地,反复地用着各种不同的腔调唱他的诗,我们从来没有遇见一个工人或者农民或者甚至一个知识分子记得一首朗诵诗,而且能够照样唱出,然而冼星海同志的一个普通曲子却流行在各个地方,各个阶层的人民中间。②

何其芳事实上是在含蓄地坚持以作家主体意识为核心的新文学价值,从而拒绝一种绝对化的"大众化"。对于此时的何其芳而言,"大众化"是一种手段和途径,而不是具有通约性的价值。因此,对大众化是否会降低文艺水准的问题,他的回答耐人寻味:经过作者和读者的双向提高之后"当然不会",但"假若是指目前的,以利用旧形式为主的,即为了影响文化水准较低的大众去参加抗战而采取的那种部分的临时的办法,那无疑地会或多或少地降低一些的"。③

何其芳的文章代表了一个在民族情怀感召下参加抗日,接受大众化,但依然站在新文学立场的写作者的观点。他不反对民间形式的使用,但认为过分使用也并不妥当。理论上他期盼一种"既通俗又高度的艺术性"的作品,但认为这是作者和读者双向努力的问题;他并不简单认为大众化会降低艺术水准,但又认为那种以抗战宣传、政治动员为目的,以利用旧形式为主的写作"无疑地是会或多或少地降低一些的"。"现代"依然是他判断作品的标准;同样,诉诸文字和眼睛的写作在他

---

① 何其芳:《论文学上的民族形式》,《文艺战线》1939年11月16日第1卷第5期。
② 同上。
③ 同上。

那里依然不是负面价值,① 而是一种值得坚持的"人类文化的进步"。

新文学立场的"大众化"和"民族形式"

如果把何其芳的观念放置于三四十年代之交的论争,便会发现它并非偶然,也不是何其芳独有的观念。而是当年文艺场域中带有时代性和普遍性的话语。是一种从五四立场来思考"大众化""民族形式"的典型思维。大众化的结果自然导向对传统民间资源的激活和启用。于是便产生了对大众化、旧形式、民间形式的各种不同立场;进而产生了新形势下如何评价旧形式与五四新文学、如何评价五四新文学与"民族形式"关系的争论。新文艺的文化信仰者更愿意相信"大众化"是特殊环境下的暂时、权宜之计;更不认可旧形式相对于民族形式的代表权。在"民族形式"论争中,正是这种声音跟"民间派"的论争构成了讨论最重要的两极。在1942年以前,从新文学立场出发探讨"民族形式"的主要人物包括郭沫若、茅盾、胡风、周扬、王实味等。有趣的是,这些人的思想同样存在着相当差异,彼此间也发生过争论(如胡风和周扬,王实味和胡风)。1942年之后,周扬逐渐成为毛泽东文艺路线的阐释人。然而1942年延安文艺讲话之前,他在民族形式问题上却依然保留着某种程度的新文学立场。1942年之后,"民族形式"论争的结束实质是这些异质性声音的消弭和统一。论争中的这些新文学声音揭示了1942年之前延安文艺界思想上的内部张力。

在阶级立场出发批判五四新文学是二三十年代"革命文学"论争、文艺大众化论争的主要命题。五四白话文学被斥为"新文言",承接着对新文学的阶级批判,向林冰诸人直接宣告五四文学资源在缔造民族形式竞争中的出局。然而,这种观点在30年代末、40年代初却引来了多番批驳,就是20年代革命文学论争主将郭沫若、30年代文学大众化论争主将周扬都对五四新文学持有更加客观的判断。作为五四时期文学研究会重要成员的茅盾、以五四精神传人自居的胡风对此更是展开了猛烈的批判。

---

① 对目视之诗的讨伐,从30年代的新诗歌运动就不断被重复,左翼诗歌也由此开启了歌谣化、朗诵化等诉诸耳朵和口传的诗写方式。

1940年6月9—10日两日，郭沫若在重庆《大公报》连载长文《"民族形式"商兑》，对民间形式中心源泉论拒绝外来资源的自闭倾向提出商榷。郭沫若无心"袒护新文艺，以为新文艺是完善无缺或者已经有绝好的成绩"，在他看来新文艺"最大的令人不能满意之处，是应时代要求而生的新文艺未能切实的把握时代精神，反映现实生活。""第二个令人不能满意的缺点，便是用意遣词的过分欧化。"① 在郭沫若看来，破解此两个新文学弊端的方式是作家对大众生活的亲历，"是要作家投入大众的当中，亲历大众的生活，学习大众的言语，体验大众的要求，表扬大众的使命。"② 郭沫若把作家与大众的关系定义为一种代表与被代表的关系，但前提是作家从思想到生活必须"大众化"，因此才能获得对大众生活的代表性和表述权。因此，在他这里，作家的主体性是非常明显的。他特别警惕把群众"喜闻乐见"的"民族形式"等同于中国民间固有的"习闻常见"的形式。"工厂，公司，轮船，铁道，汽车，电信，电话，电灯，电梯，自来水，学校，政党，声光化电，朵列米伐，上至大总统，主席，委员长，中华民国，那一样式'中国老百姓所习见常闻'的？如这一切都要从新来过一遍，以某种中国所固有的东西为'中心源泉'，任何人听了都会惊骇，何独于文艺而发生例外？"③ 郭沫若在社会现象跟文艺现象之间进行直接类比，虽然并不妥当，但是他显然凸显了民间形式中心论者在现代性与民族性发生矛盾时的偏执。抱着某种文化进化论的思想，郭沫若相信民间形式终究是一种落后的形式，它之使用是一种权宜之计，"我们在这时就必须通权达变，凡是可以杀敌的武器，无论是旧式的蛇矛，牛角叉，青龙偃月刀，乃至镰刀，菜刀，剪刀，都可使用"。④ 他相信落后的形式在进入正常时间轨道之后，必然会被淘汰，"抗战前差不多绝迹了的手摇纺线机，自抗战以来四处复活了。这也就是权。这种一时的现象，在抗战胜利以后，是注定仍归消灭的。我们当然不能说，将来的新纺织工业形式会从这手摇纺线机再出发。"⑤ 特殊的情势下，"不仅民间形式当利用，就是非民

---

① 郭沫若:《"民族形式"商兑》，重庆《大公报》，1940年6月9—10日。
② 同上。
③ 同上。
④ 同上。
⑤ 同上。

间的士大夫形式也当利用。用鼓词、弹词、民歌、章回体小说来写抗日的内容固好，用五言、七言、长短句、四六体来写抗日的内容，亦未尝不可"，"我们不得不把更多的使用价值，放在民间形式上面。这也是一时的权变，并不是把新文艺的历史和价值完全抹煞了"。① 显然，郭沫若的评价体系中新/旧并未发生价值逆转，旧形式只是在变/常的状态之下从"权"的结果。

郭沫若另一个贡献在于，他以历史学家的学识，通过考古发现的唐代"变文"② 证明：（1）民间形式的中心源泉事实上可能是外来形式；（2）外来形式经过充分的中国化是可以成为民族形式乃至于民间形式的；（3）民间形式本身有自身的发展。可见，即使在古代，民族和民间也不是封闭的、固定的，强行以"民间"定义"民族"并不符合文艺史复杂流变。这些论述，对于如何理解"民族形式"，如何坚持民族形式的开放性和现代性都有启发意义。

30年代曾经被鲁迅称为"四条汉子"之一的周扬，在40年代初"民族形式"讨论中显示了相对公允的态度。他反对关于五四新文艺的一种批判性意见，这种意见"赞成发展民族新形式，但是'五四'以来的新文艺却是脱离大众的、欧化的、非民族的，民族新形式必须从头由旧形式发展出来。"周扬认为："新文艺无论在其发生上，在其发展的基本趋势上，我以为都不但不是与大众相远离，而正是与之相接近的。"他承认"不错，新文艺是接受了欧化的影响的，但欧化与民族化并不是两个绝不相容的概念。"③ 这意味着，此时周扬的"民族形式"观同样是开放型的，既不主观切断跟五四新文学的联系，也不一味排斥"欧化"。

和郭沫若相近，周扬同样坚持新文学相对于旧形式的价值优势，却又批评新文学所存在的不够大众化的缺点。有趣的是，"大众化"在此时的周扬那里并不成为一种绝对的价值标准，他相信有不大众化却符合艺术化标准的作品。"例如长篇的体裁，复杂性格心理的描写，琐细情

---

① 郭沫若：《"民族形式"商兑》，重庆《大公报》1940年6月9—10日。
② 变文是一种受印度宗教文化影响而产生的一种文体，又是后来的民间形式的各种文艺的母胎。
③ 周扬：《对旧形式利用在文学上的一个看法》，《中国文化》1940年2月15日第1卷第1期。

节的描绘,这些不容易为大众所接受,但在艺术上却不成为缺点,且往往是构成大艺术品所必需的。"

由于承认"大众化"和"艺术化"存在分裂的状态,也即是认可一种并不大众化的艺术合法性,周扬在"旧形式""大众化"问题上事实上跟郭沫若一样,都认为是抗战形势的"权变"之需。所以,周扬认为抗战背景下旧形式利用的"麻烦"在于"抗战政治宣传和大众启蒙教育需要大量的旧形式,但是由于它带有时代所加于它的缺点和限制性,所以对它就不能不采用批判地利用的态度加以改造,而且这改造比新形式的改造,那意义还更不同,因为这是以最后否定旧形式本身为目的。"① 周扬虽然相信旧形式经过艺术和思想改造,可以发展为较高艺术,但是"它现在一般地还只能是较低的艺术,它能够使艺术与大众大步地接近,但并不能就是艺术与大众之最高结合"。②

民间形式中心源泉论者倡导"旧瓶装新酒",并且认为旧形式具有内在自我转化的能力,即是所谓"新质发生于旧胎中"。周扬对此颇有疑虑,"一定的旧形式是适应于一定的旧内容,产生于旧的社会结构,根基于旧的世界观,具有其旧的一套形象",他相信即使去除旧形式中的世界观,提高它的艺术性和思想性,"却不能不带来破绽,这个破绽就是由进步的内容与落后的形式相矛盾相斗争而来的"。因此,对于"大众化"和"艺术化",即是后来所谓的"普及"和"提高",周扬采用了一种分而治之的策略。他认为不能向旧形式要求艺术化,那是一种"绅士式的恶意","也不能以旧形式能博得大众的拍掌就认为是最高艺术","这太近乎一种廉价乐观与自我陶醉"。③ 他认为正当的态度是,"尽可能利用旧形式","在多少迁就大众的欣赏水平中逐渐提高作品之艺术的质量,把他们的欣赏能力也跟着逐渐提高,一直到能鉴赏高级的艺术。另一面所谓高级的限制的新文艺应切实大众化。"④

周扬的观点概述之:(1)新文艺的产生和发展,都是靠近大众的结果,虽然存在不够大众化问题,但是跟旧形式相比依然具有更高艺术

---

① 周扬:《对旧形式利用在文学上的一个看法》,《中国文化》1940年2月15日第1卷第1期。
② 同上。
③ 同上。
④ 同上。

性和进步性；民族形式跟欧化并不冲突。(2)旧形式虽然可以进行改造和提高，但由于旧形式和新内容之间的冲突，"旧"并不能自动转化为"新"。旧形式使用的最终目标是扬弃旧形式。(3)可以尽量利用旧形式，但必须辅之以对形式和观众的提高。

茅盾对民间形式中心源泉论同样提出非常郑重而有分量的批驳。他强调五四文化合法性，认为向林冰"把'五四'以来受了西方文艺影响的新文艺等看作是完全不适宜于'中国土壤'，或者是'中国土壤'上绝对不能产生外来的异物，而不知各种文艺形式乃是一定的社会经济的产物"。强调民间形式只是跟民众文化水平较低状态相适应的形式，认为向林冰"不知民众之所以能够接受民间形式，不是口味的问题，而是文化水准的问题"，"如果为了迁就民众的低下的文化水准计，而把民间形式作为教育宣传的工具，自然不坏，但若以之为将要建设的民族形式的中心源泉，则是先把民众硬派为只配停留于目前的低下的文化水准，那是万万说不过去的谬论"。①

指责向林冰把民族形式理解为狭隘的民族主义口号。"民间"未必就是活的，进庙堂未必就是死的。茅盾还以文艺史上具体的例子证明向林冰所谓"生于民间，死于庙堂"的误导性。他承认自然有很多生于民间而死于庙堂的艺术形式，"但是也有例外：民间之'皮黄'进了庙堂而成'平剧'以后，依然不死。且为老百姓所'习见常闻'乃至'乐见喜闻'。余如'鼓词'，'蹦蹦'之类，既'活'于民间，亦为新式庙堂——都市中之流行品"。② 在茅盾看来，重要的不是艺术形式究竟活跃于民间还是庙堂，而是那些经过庙堂众人沾手以后的东西，"在'形式'上是进步了呢，还是倒退了？"他认为，"杂剧"和"南曲"之间，虽然后者在民间已经不再流行，但"我们不能不说，在'形式'上后者确实胜过了前者"，"在整个形式上，不能不说'南曲'是进步的"。③

茅盾观点的重要性在于，他反对在民间/庙堂这样的二元对立框架

---

① 茅盾：《旧形式·民间形式·与民族形式》，《中国文化》1940年9月25日第2卷第1期。
② 同上。
③ 同上。

中进行简单的价值认定,反对民间形式中心源泉者逻辑的简陋及其对具体文艺现象的遮蔽性。我们会发现,民间论者通过这种二元对立的话语操作,赋予"民间"以并不恰当的价值高位,这种唯民间化的论辩逻辑在20世纪新诗史上还将继续出现。虽然40年代的"民间"论与90年代末的"民间"论在内涵上截然不同。以"民间"为发声机制的唯民间化思维,显然一以贯之。而40年代茅盾对此问题的看法,显然有着更多从事实出发的客观和公允。

茅盾从朴素的马克思主义文艺思想出发,不免要在旧形式和新形式之间进行进化论判断:"向先生所推崇的'口头告白'性质的'民间形式',则正是中国这封建社会中最落后的阶层(农民阶层)的产物,纵使其中含有如高尔基所称的长期积累的民众机智的金屑,然而其整个形式断然是落后的东西。"① 由此,茅盾显然否认民间形式具有自我转化的可能性。"除非我们不要中国进步而自愿永保其封建性,否则,中国文艺形式一定也得循着世界文艺形式发展的道路而向前发展。"他于是便否认"民间形式"对于"民族形式"的代表性,"它们所代表者,正是封建社会经济的特征,而不是什么'民族形式'的特征。""封建文艺此种病瘤式的'特征',如果拿来认作民族形式的特征,那就和崇拜长指甲、辫发、小脚,同样的可笑。"在他看来,向林冰最强调的所谓民间形式的"口头告白"性质,"无非是从封建社会的农村社会生活之迟缓、散漫、迟钝所形成。由于农民的联想力很差,感觉迟钝,所以民间形式不能不平铺直叙",传统戏剧中独白、旁白的设置,"也无非因为那时一般观众的感觉还不太锐敏,联想力也差之故"。②

因此,民间形式自身并不能完成自我转化,也不能具备对于民族形式的代表性,民间形式"名目虽多,实质上还是大同小异,其间真有独创性的,不还寥寥数种而已。""我国民间形式之众多,亦何尝与什么民间创造力有关?"③

茅盾论述的深层动机和启发性在于,他虽认为"民族形式"这一课

---

① 茅盾:《旧形式·民间形式·与民族形式》,《中国文化》1940年9月25日第2卷第1期。
② 同上。
③ 同上。

题具有深远的前程，却始终警惕"民族形式"成为一种自闭的排斥性机制，而期待其具备吸纳古今中外文化营养的开放式结构："新中国文艺的民族形式的建立，是一件艰巨而长久的工作，要吸收过去民族文艺的优秀的传统，更要学习外国古典文艺以及新现实主义的伟大作品的典范，要继续发展五四以来的优秀作风，更要深入于今日的民族现实，提炼熔铸其新鲜活泼的质素。""在民族形式一问题上，首先不得不廓清诸凡要以一种现成的什么形式作为什么中学源泉的'抄小路'、'占便宜'的苟且贪懒的念头"，因为他们的主张"不但是向后退的复古的路线，而且有'导引'民族形式入于庸俗化与廉价化的危险"。①

在文艺史规律上对"民间形式"自我转化的可能性进行深刻反驳的当属胡风。胡风纪念鲁迅逝世四周年的长文《论民族形式问题的提出和争点》第三部分标题为"关于'新质发生于旧质的胎内'，'移植形式'"，副标题"一个文艺史底法则问题"。这篇文章从马克思主义文艺社会学原则出发，深刻地揭示"新质发生于旧质胎内"在思维上的误区。

在民间形式中心源泉论者看来，民族形式的缔造必须借用民间形式。因此，胡风首先便借用 V. M. 弗里契提出的文艺原则，指出获得经济、社会、文化成功的新社会阶层从其他国家同一社会层借用某一体裁而成功的条件。他用 Ode（颂诗、颂歌）这一体裁在法俄之间的发展为例子。胡风认为"Ode 这一体裁，是在法兰西底绝对主义气氛里面繁荣了的。它适应了因为需要它所以创造了它的社会层底长音阶的气氛"。18 世纪的 Ode，百年之后，却被移植到俄罗斯并生根发芽。在他看来是因为"俄罗斯底各种条件底复合体在种种特点上和法兰西底条件是类似的"。和这种封建君王的开明专制相适应，"高度的悲怆的表现，夸张，譬喻，许多修辞上的滥调——充满了对于被称赞的英雄们的形容词，这种言语上的构造也是相同的。这样地，诗的构造底一切配合——主题、构成、风格，融为一体，形成了文艺上的一个体裁（形式）"。②

---

① 茅盾:《旧形式·民间形式·与民族形式》，《中国文化》1940 年 9 月 25 日第 2 卷第 1 期。

② 胡风:《论民族形式问题底提出和争点》，《中苏文化》1940 年 10 月 25 日第 7 卷第 5 期。

第三章 "新诗歌谣化"及其多重文化动力（1937—1949）

　　胡风特别强调文艺体裁移植的社会条件，Ode 是不同国家同一社会层在相近的政治经济文化体制下成功移植的例子。显然，40 年代"民族形式"作为无产阶级的文化创造在胡风看来并不适宜从封建社会的农民阶层那里借鉴文艺形式。

　　与移植或继承相反，胡风指出 V. M. 弗里契所提的第二个文艺原则："作为对于这以前是支配的，但现在却失去了力量的社会层底体裁和风格的否定的对立，特定的社会层形成了自己底体裁和风格。"①

　　这是一种新对旧的挑战、颠覆中凝定的新形式，这个原则无疑在伸张着五四新文学形式的进步性和合法性。胡风进而设问："为什么文艺形式底发展不能有它本身'内在'的辩证法呢？是不是辩证法不能支配到这个领域呢？"② 这实际是说为什么文艺形式不能如向林冰所谓的"新质产生于旧质的胎中"呢？

　　胡风接着便用马克思主义的存在与意识，经济基础和上层建筑理论对此予以解释。他认为，上层建筑具有对经济基础的反作用，我们可以在"上层建筑（文化形式）里面看到了历史的堕性和延长"，"特定文艺形式底崩溃就远远地落在产生它的特定社会存在崩溃后面"。③ 胡风的潜台词是，这是为何社会存在发生变化，而旧形式依然存在的原因。然而"如果文艺创作是为了真实地反映现实生活，并不能抛掉这原则去意识地发展某一固有形式，那么文艺底发展就不是用'形式本身固有的'内的辩证法平行地去对应存在底发展，而要采用'跳'的路线"。④

　　"内的辩证法"与"跳的路线"关涉的正是在民间形式中以旧纳新方案还是在新形式对旧形式的断裂和叛逆中以新反旧方案。胡风认为"特定文艺形式底力学是特定社会层的力学——气氛、情调、作风、气派底反映"，文艺形式的发展并不能进行脱社会化的主观处理。因此，旧形式"内的辩证法"既不可能，旧瓶装新酒便构成一种以旧纳新的陷阱。如何在此背景下继续坚持"新"，"尤其是当

---

① 胡风：《论民族形式问题底提出和争点》，《中苏文化》1940 年 10 月 25 日第 7 卷第 5 期。
② 同上。
③ 同上。
④ 同上。

旧的形式装作愿意接受'批判'，愿意让出一点地位给'新内容'寄居的时候（如现在的旧瓶装新酒理论），这斗争就更必要，也更艰难"。①

胡风文章的重要性，在于他以马克思主义文艺理论家的理论高度，对旧形式自我转化可能性的阙如进行了深入的剖析。他始终有着一种"新"的执着，与各种实用主义、功利主义和农民主义的文艺观作斗争，争取一份文艺家的主观战斗精神跟新形式化合的自由。正是这份来自五四，作为启蒙现代性重要组成部分的独立文艺家主体性，日后构成了跟革命功利主义文艺体制的严重冲突，也引来了胡风本人的灭顶之灾。

概而言之，坚持新文学立场者坚持：（1）五四新文艺虽存在过分欧化、不够大众化问题，但以鲁迅为代表的新文学同样也是"民族形式"的代表。在他们那里，"民族形式"是发展的、开放的体系，必须融合现代生活、现代形式，吸纳外国有益的资源，而不能退回到"民间形式"的自闭思路中；（2）在"大众化"和"艺术化"这对后来被概括为"普及和提高"的关系问题上，他们并不简单强调写作者向大众靠拢，同时也强调大众必须在教育、欣赏水平上有所提升。换言之，他们确实将抗战"大众化"看成某种临时的宣传需要，从而保持了教育大众、提高大众的精英姿态。这种知识分子的"普及—提高观"在讲话中受到严厉批评，并被一种为政治所确认的"工农兵方向"所统一起来。

艾青的转向

延安文艺讲话之后，艾青是在新诗取法民间资源方面值得一提的诗人。一贯提倡自由诗，也强调写作自由的艾青，在1942年发表过《理解作家，尊重作家》②的杂文。在延安文艺讲话之前，他从未有过援引

---

① 胡风：《论民族形式问题底提出和争点》，《中苏文化》1940年10月25日第7卷第5期。

② 该文原载《解放日报》副刊《文艺》1942年3月11日第100期，与丁玲的《三八节有感》、王实味的《野百合花》、罗烽的《还是杂文的时代》等文章一起构成了延安文艺讲话之前的解放区杂文潮。

歌谣资源入诗的念头。然而，讲话之后，他显然面临着做出调整的巨大压力。①《吴满有》便是这种背景下产生的作品。

1943年3月9日，《解放日报》"文艺副刊"整版发表了艾青的《吴满有》。这是一首以边区劳动英雄吴满有的生活、命运为题材的传记体叙事长诗。全诗共分九部分，分别是："写你在文化界的欢迎会上""写你受苦的日子""写你翻身""写你勤耕种""写你发起来了""写你爱边区""写你当了劳动英雄""写你叫大家多生产""写你的欢喜"，完整地叙述了吴满有受苦、翻身、发家、当上劳动英雄等生活经历。

更重要的是，《吴满有》作为一部转型之作包含了艾青对"大众化""民族形式"等时代共名不无生疏但又勉力为之的回应。这体现在此诗对"口语化""歌谣性"的尝试上。像"啥都是革命给我的，只要革命需要，我怎样都行""我们不多缴公粮/他们饿着肚子打球仗""婆姨吃病了，/没有钱医""全个吴家枣园大大小小都欢喜你"等句子中大量运用口头词汇、甚至粗俗语言（如"打球仗"）的使用可视为艾青以"口语化"探索"大众化"的努力。

有趣的是，在"你像一棵树，人人叫你老来红"一句中艾青使用的"老来红"一词是对口语的借重，却遭到来自吴满有的反对。"老来红"包含着轻微的调侃和善意的嘲讽，这种口语中细微的感情色彩被艾青所忽略，却被吴满有所强调。分歧的背后是艾青和吴满有对于"口语"文艺价值的不同理解。在解放区的文艺体制中，口语、群众语言被革命投射而生成了作为文艺方向、崭新人民语言的特性，当艾青努力内化这种新文艺标准的时候，作为农民劳模的吴满有却未必共享相同的价值坐标。吴满有于是敏感地感受到"老来红"这个在艾青那里作为褒义词的口语中令他不快的"嘲讽"。

《吴满有》对民族形式的应和还表现为某种程度的"歌谣化"倾向，此诗第六节便借用了"歌"的形式——一种艾青此前此后都从未使用的形式：

---

① 程光炜:《艾青传》，北京十月文艺出版社1999年版。

一个歌

黄土地呀——
黄泥水,
高旱地呀——
多风砂;
边区原是呀——
苦地方,
十年便有呀——
九年荒。
地主剥削呀——
无止境,
军阀压迫呀——
更凶狠,
不是打来呀,——
就是杀,
吃不尽的苦头呀——
是穷人!

自从出了呀——
刘司令,
咱们穷人呀——
才算翻了身,
苛捐杂税呀——
齐废除,
讲民主,
家家户户呀——
都安宁,
山也绿呀——

水也清。①

把这首歌诗调整一下，便是典型的七言山歌：

  黄土地呀黄泥水，高旱地呀多风砂。边区原是苦地方，十年便有九年荒。
  地主剥削无止境，军阀压迫更凶狠。不是打来就是杀，吃尽苦头是穷人。
  自从出了刘司令，咱们穷人翻了身。苛捐杂税齐废除，家家户户都安宁。

艾青通过"呀"语气词断句，以"——"提示语气的延长，更强烈地把朗诵体山歌转换为歌化之诗。革命诗乞灵于"歌"，这是由"革命"与"诗"的内在冲突造成的：诗要求语言可能性的充分实现，而革命则要求发挥最大的群众动员作用，要求诗歌在思想内容上与党保持一致，在语言风格上与工农兵趣味保持一致。所以，在政治正确的同时，便有着诗性匮乏的危险。而此时，"歌"则成了在革命与诗之间搭建的桥梁，维系着革命诗歌政治性与文学性的某种平衡。正是由于此种内在矛盾，解放区诗歌对"歌"的借用不绝如缕，从《吴满有》的尝试到《王贵与李香香》的成功，再到《漳河水》的超越，都有着清晰的以歌为诗的倾向。

  这样的大众化山歌显然不能发挥艾青独有的诗歌想象和意象造型方面的天才。它折射着艾青在延安寻求写作转型的努力、焦虑和纠结。② 一方面，艾青已经不再是那个写作《了解作家，尊重作家》的象征主义诗人，他早年的写作经验在延安的新标准下亟须更新，他的焦虑促使他呼应和内化了正热烈讨论着的"民族形式"倡导。但文本本身，政治正确与艺术缺席同在，即使是艾青付出了巨大努力，也无法弥合这道缝隙。他找到了方言（民族语言形式）包裹革命主题的方式。但显然，

---

 ① 艾青：《艾青全集》第1卷，花山文艺出版社1991年版，第641—642页。
 ② 值得补注一笔的是，《吴满有》作为艾青转型之作，既为艾青带来了革命阵营的认可和赞誉，却因为后来吴满有诡异的"政治失贞"而不再被提及。

他还无法处理好歌谣入诗"大众化"之后的"艺术化"问题。这跟他的生活经验和内化了的艺术经验有关，跟他在延安的生活状态有关。①

人们一直疑惑这样一个问题：30年代便已享有诗名并有丰富写作经验、稳定个人风格的诗人何其芳、艾青为何不能在40年代引领风骚，反而是李季、阮章竞等籍籍无名的业余诗人②在诗歌"民族形式"探索中留下更深足迹？一个极为重要的原因便是，何其芳、艾青在面对新的文艺体制和写作资源时，原有的新文学立场始终无法完全退却。延安讲话之后，五四新文学话语已经被左翼革命话语分解和消化，文艺舞台换了新天地，革命文学迎来新坐标。原来的优点，迅速地成了写作中需要克服的局限性。40年代，何其芳和艾青并非没有面对新的民间资源的诱惑和压力，其结果却是何其芳的失声和艾青的硬写。这些诗人看似并未在新诗歌谣化的舞台上粉墨登场，却以缺席的方式印证了文艺体制的建构和制约。

第三节　人民性的召唤和歌谣体的改良：阶级民族主义话语催生的诗歌

日后常被作为40年代歌谣体新诗代表的诗人包括袁水拍、李季和阮章竞等人，"马凡陀的山歌"、《王贵与李香香》和《漳河水》等作品也迅速经典化。正是这些影响巨大的作品，奠定了歌谣诗作为新诗重要体式之一的地位。日后的诗体研究者把现代歌谣体跟现代自由体、现代格律体并列主要依据的也是这些作品。③那么，这些主要产生于抗战胜利之后的歌谣诗，它们之间有何内在差异？跟抗日时代以大众化为动力的诗歌相比，又有何实质不同呢？

歌谣诗传播、功能的区域分化

对于解放区文学而言，新诗取法歌谣跟战争时代陕北的口传文化

---

① 跟李季、阮章竞、李冰等长期作群众文艺工作的写作者不同，艾青是作为职业作家生活在延安，他对民歌资源并不熟悉，接触群众是通过下基层"体验生活"的方式完成。
② 业余是指他们在革命阵营中具有其他身份，写作并非他们的主业。
③ 吕聚周等：《中国现代诗歌文体的多维透视》，山东人民出版社2009年版。

环境紧密相关。汪晖就指出:"在进行广泛的抗战动员过程中,抗战时期的文学形式已经不仅仅是书面文学形式,而且还大量地包括了各种戏剧、戏曲、说唱、朗诵等表演形式。在广大的乡村,印刷文化不再是唯一的主导文化。"① 不过,这个判断显然并不能推广至整个1940年代的新诗歌谣化实践。一个显豁的事实是,来自国统区并产生巨大社会影响的"马凡陀的山歌"显然具有跟《王贵与李香香》《漳河水》等作品截然不同的传播形态和文化功能。虽然同样首先刊登于报纸,但这些报纸的属性却极不相同。《王贵与李香香》由典型的党报《解放日报》发现、指导、发表和阐释;《漳河水》首发于《太行文艺》,1950年再次发表于《人民文学》。这两部作品都是在革命文艺体制内部浮出水面;相比之下,"马凡陀的山歌"则主要刊登于商业性质极浓、以普通知识分子及广大市民为主要受众的城市报纸。本书第六章"革命文学体制与民歌入诗"将聚焦党报及党属出版机构如何通过发表、出版平台和文学批评阐释和建构《王贵与李香香》的文学意义。跟这种"体制性"极浓的传播方式不同,袁水拍虽有不少作品发表于《新华日报》等具有浓厚党报性质的报纸,但1946年他创作"马凡陀的山歌"最旺盛时期,却更多将其发表于上海《新民晚报》等带有都市报性质的媒体。

  作为共产党员,② 袁水拍1940年代中期的诗歌写作带有鲜明的"政治性",但这种政治性的发挥,却通过了都市媒体的中介。1946年,袁水拍在《新民晚报》任编辑,该报并非是共产党直接创办的刊物,但共产党员诗人袁水拍却充分运用了诗歌的现实介入和讽刺功能,将政党政治需求跟传播效果、市场需求紧密结合起来。

  1946年的《新民晚报》是一份极受欢迎、非常市场化的报纸,这从它所获得的广告投放量可见一斑。以1946年11月20日为例,八开四版的报纸上共有大小广告109种。

---

  ① 汪晖:《地方形式、方言土语与抗日战争时期"民族形式"的论争》,《现代中国思想的兴起》,生活·读书·新知三联书店2008年版,第1503页。
  ② 袁水拍于1942年由夏衍介绍加入中国共产党。参见韩丽梅编著《袁水拍研究资料》,中国国际广播出版社2003年版,第20页。

《新民晚报》各版广告投放情况

版次	广告大小	内容	数量
第一版	配大图广告，占用空间大	大来饭店、上海余再记茶号五层楼酒家、吴锦昌西服号消治龙（药品）、红金香烟	6
第二版	简短文字广告	华士舞所、仁大茶号、永得胜派司套、宝宝衬衣、正章干洗店、中医师张慎夫疯科、黄兴记床厂、大陆眼科医院、皮肤花柳专科、晨风高级口琴、精美床厂大减价、眼科专家魏光财、发记·真真乔家栅（小吃）女科宋光泰医生、源昌商店①	34
第三版	中（文字广告，占用空间较大） 中（文字配图广告，占用空间较大） 小（文字广告，占用空间小）	大中银行上海分行、四川农工银行、金城银行、羊毛围巾庐山汽车出租行、飞云汽车公司、安泰汽车公司、永孚汽车公司、②共舞台、大舞台、兰心、光华、光陆、国际、丽都、上海③	59
第四版	大（文字配图广告）	金狮牌香烟、回力牌鞋子、四川建设银行、亚西宝业银行、谦泰豫兴业银行上海分行、和成银行、四川美丰银行、火炬牌围巾、三猫牌香烟、通亿信托公司	10

从广告投放看，1946年的《新民晚报》是一份充分商业化的报纸，投放的广告包括以下行业：银行、服装、医疗、日用百货、汽车、影院剧场、饮食饭店、金融信托、家具乐器、教育招生、租屋寻人。商家选择一份报纸投放广告，包含了他们对报纸受众的市场预判。换言之，商家相信，其产品的消费群体主要来自于这份报纸的读

---

① 其余广告还有："黑人毛巾、中华工商补习学校招生、金牌清鱼肝油、宝塔糖、宝成提庄（高价收购皮货、西服）、妇产科郑推先女医生、妇科、花柳科陈愈衷医生、朱少云癫痫丸、打字机转让、最新运到好莱坞千余种花色纽扣、马永记饭店、征求住屋、遗失声明、祖传肺痨治疗丸、新德茂寿衣、爱亨钟表行大减价、疯科中医生杨九牧、五龙园饭店、王永泰炉灶行、茂利炉灶行"。

② 其余包括"祥生汽车公司、六新汽车公司、大华汽车公司、沪东汽车公司、东华汽车公司、银色汽车公司、五一汽车公司、通利汽车公司、沪南汽车公司、拉都汽车公司、银色汽车公司、公大汽车公司"。

③ 其余包括"杜美、巴黎金门、金城、金都、新光、浙江、虹光、沪东、百老汇、蓬莱、新新、东海、泰山、民光、海光、大光明国泰、美琪、南京、大上海、大华、沪光、皇后、新光、国联、平安、上海文化会堂、西海、大沪、汇山、亚蒙、山西"。

者。从大量的广告投放可以推断出《新民晚报》在当年的受欢迎程度；从产品所属的领域和档次看，我们也大概可以推想这份报纸主要以城市中等收入人群和具有一定知识的大众群体为受众。这样一个具有一定经济能力（银行、信托的客户群、饭店、汽车）、具有一定欣赏趣味和娱乐需求（乐器、电影）的群体，他们对报纸的阅读需求是最全面的。既包含了资讯，更包含娱乐。某种意义上说，"马凡陀山歌"这种"讽刺文体"正是左翼政治要求、特定社会现实和读者媒体需求构成的共振。

《新民晚报》不是《中央日报》《解放日报》，也不是《新华日报》，它必须巧妙地在政治禁忌中为读者提供更多跟他们的现实体验共鸣的信息，才能占领市场。对于左翼政治而言，只有把政治性弥散到市场需求中，才能在斗争中居于有利地位。1946年11月15日，《新民晚报》第一版最大标题新闻《国大今晨揭幕：主席致辞望还政于民》，第二版副刊漫画标题为《他不要演戏的》，实在是饶有趣味地彰显了媒体的发声艺术。同时也说明在当年政治高压时代漫画、讽刺诗这类隐晦而具有表达弹性的艺术形式广泛流行的内在因由。

同样服膺于延安文艺讲话和革命文艺体制的文化设计，同样选择歌谣化这种资源路径，袁水拍和李季、阮章竞的山歌诗却由于不同政治地域而体现出截然不同的文化功能。在前者，歌谣诗则主要体现为"刺"功能；在后二者，歌谣诗主要体现为"美"功能。左翼文艺在解放区和国统区的功能分化，其实在延安文艺讲话中已经被规划了。

1940年代初延安曾经爆发过一场"歌颂或暴露"的争论，毛泽东在延安文艺讲话中如此总结道："只有真正革命的文艺家才能正确地解决歌颂和暴露的问题。一切危害人民群众的黑暗势力必须暴露之，一切人民群众的革命斗争必须歌颂之，这就是革命文艺家的基本任务。"他对1942年延安的"杂文时代"倡议提出批评：

> "还是杂文时代，还要鲁迅笔法。"鲁迅处在黑暗势力统治下面，没有言论自由，所以用冷嘲热讽的杂文形式作战，鲁迅是完全正确的。我们也需要尖锐地嘲笑法西斯主义、中国的反动派和一切

危害人民的事物，但在给革命文艺家以充分民主自由、仅仅不给反革命分子以民主自由的陕甘宁边区和敌后的各抗日根据地，杂文形式就不应该简单地和鲁迅的一样。我们可以大声疾呼，而不要隐晦曲折，使人民大众不易看懂。

如果不是对于人民的敌人，而是对于人民自己，那末，"杂文时代"的鲁迅，也不是嘲笑和攻击革命人民和革命政党，杂文的写法也和对于敌人的完全两样。对于人民的缺点是需要批评的，我们在前面已经说过了，但必须是真正站在人民的立场上，用保护人民、教育人民的满腔热情来说话。如果把同志当作敌人来对待，就是使自己站在敌人的立场上去了。我们是否废除讽刺？不是的，讽刺是永远需要的。但是有几种讽刺：有对付敌人的，有对付同盟者的，有对付自己队伍的，态度各有不同。我们并不一般地反对讽刺，但是必须废除讽刺的乱用。①

这段著名的论述应视为毛泽东为延安文艺"拔刺"的体制规划。讽刺作为一种手段只留给"敌人"；而歌颂才是面对"人民"的可行手段。毛泽东以鲜明的敌/我思维对革命文艺家面对不同写作对象的写作手段也做出限制。这是革命立场对写作自由选择的进一步收编，它使产生于解放区《王贵与李香香》《漳河水》都倾向于表达阶级革命带来的巨变，而产生于国统区的"马凡陀的山歌"则倾向于揭露现实黑暗。"马凡陀山歌"触及了大量现实问题，如物价飞涨、外交软弱、警察横行、税负高企、残暴镇压学生等。袁水拍30年代末40年代初开始接受共产党左翼思想影响，1942年加入共产党。他的写作是跟共产党在国统区的文化政策、统战工作密切联系的。所以，马凡陀山歌所体现的现实性，其实更是政党文化斗争的政治性。可是，马凡陀山歌的政治性跟解放区民歌诗的政治性并不相同，后面两者是典型的革命文艺体制下的包办发表—批评；前者，则是一种更直接跟读者、现实和媒体发生作用的作品。如果说解放区歌谣诗体现了更多体制性的话，国统区的歌谣诗

---

① 毛泽东的《在延安文艺座谈会上的讲话》，包括1942年5月2日作引言和23日作结论两部分。1943年10月19日发表于《解放日报》。此处引自《毛泽东论文艺》，人民文学出版社1992年版，第61页。

则体现了左翼诗歌政治功能跟现实生活、媒体市场的互动。我们既要看到这两种歌谣诗相近的左翼属性,也要看到左翼诗歌即使采纳相近资源路径,依然呈现出不同的传播和功能分化,并构成了歌谣体新诗的内部差异。

歌谣诗技艺的改良

需要指出的是,"马凡陀的山歌"、《王贵与李香香》《漳河水》等歌谣诗之所以被经典化,既因为它们呼应了革命文艺体制的需求,也因为它们在技艺上有所改良。正是在这方面,它们体现了跟抗战时期"旧瓶装新酒"式歌谣诗的区别。文学史家已经指出《漳河水》对《王贵与李香香》在歌谣体式上的改进。① 如果对比《漳河水》的叙事技巧和柯仲平《边区自卫队》、老舍《剑北篇》,会发现前者的剪裁技术大大降低了这类长篇叙事诗原有的冗长感。本书第七章《重识中国新诗的革命与现代》对《漳河水》中高超的剪裁技艺有专门分析。此处不妨对"马凡陀的山歌"的技艺改良进行一点分析。袁水拍山歌写作同样是一个摸索而臻于完善的过程,他诗歌的见证者、诗人徐迟这样说:

> 在1944年的马凡陀山歌里,开始出现了向民歌转变的痕迹,但还不明显,民歌形式的应用还不熟练。到1945年,马凡陀山歌的形式和风格渐渐确立起来,写出了《黑和白》、《亲启》、《一只猫》等民歌风格很纯的东西。……然而也仍然是形式掌握得还不够熟练之故,所以有的山歌没有采用民歌的形式。

马凡陀山歌到了上海,回到诗人自己的家乡吴语地区,语言的

---

① 在比较《漳河水》和《王贵与李香香》的诗歌技艺时,研究者指出:"这是用民歌体反映更为复杂的现实生活的一个新的尝试,不同于《王贵与李香香》的单一情节的直线发展,《漳河水》同时写了荷荷、苓苓、紫金英三个妇女不同的婚嫁遭遇,三条故事线索平行、交错发展,在更为广阔的背景下展现了妇女解放的时代主题的丰富性和复杂性。在艺术表现上,也因为同时借用了漳河地区流行的多种民歌、小曲(如《开花》《割青菜》《四大恨》等),杂采成章,比之《王贵与李香香》单用信天游格式,更自由灵活,富于变化。"钱理群等:《中国现代文学三十年》,北京大学出版社1998年版,第594页。

运用更加自由了。

> 他写了新诗、自由诗、格律诗、儿歌、山歌、歌曲,不为形式所限制了,而其中民歌形式显然是主流。①

"山歌"的创制并非一蹴而就,1944年以马凡陀之名创作的作品中很多还只是顶着山歌之名的自由诗。马凡陀的处女作《老王求婚记》后来就甚少收入作者的各类选本,这一年写得比较出色的几首,如《致黄泥浆》《冻结》等虽然幽默机智、通俗直白,显示出讽刺文学的才华,但语言却更接近自由诗:

> 黄泥浆,黄泥浆,你从那里来?
> 你要什么时候才走?
> 每天你折磨我的破皮鞋,
> 幸亏他的脸皮像你一样厚。
>
> ——《致黄泥浆》

这里借对重庆马路的黄泥灌浆的呼告,来讽刺国民党统治。这种对物呼告的拟人写法以后发展成马凡陀山歌中非常成熟的手法,但在语言上并无山歌味,"幸亏他的脸皮像你一样厚"完全是一种自由口语松散的节奏。这大概是徐迟"民歌形式的运用还不熟练"的所指。

1945—1946年,马凡陀山歌不但数量大增,山歌味也渐浓。但作者却很少直接使用山歌常用的七言句式,如《一只猫》:"军阀时代水龙刀,/还政于民枪连炮。/镇压学生毒辣狠,/看见洋人一只猫:妙呜妙呜,要要要!"七言仅仅是获得民歌的外部节奏,马凡陀有时在七言中还杂以其他民歌手法,比如"嵌数"②:"大男打仗死前方,/二男挨打死后方,/三男去吃日本炮,/四男去挨美国

---

① 徐迟:《重庆回忆(三)》,转引自韩丽梅编《袁水拍研究资料》,中国国际广播出版社2003年版。

② "嵌数"是朱自清《中国歌谣》中列出的歌谣修辞"嵌序"中最常见的一种,指歌谣中通过数字叠加来推进的手法。朱自清:《中国歌谣》,金城出版社2005年版,第265页。

第三章 "新诗歌谣化"及其多重文化动力（1937—1949）

枪。//五男掘地觅草根，/六男观音土当饭，/七男投身当警察，/八男失踪永不回。"（《一胎八男说因由》）嵌数手法在各地民歌中都极为常见，在袁水拍的《加薪秘史》《赫尔利这老头》中也有相似手法的运用。

　　七言句式虽能带来山歌节奏，却也不免对句子的展开造成限制，马凡陀于是常突破七言句式，综合运用各种民歌句式，使自由口语获得节奏；有时则以凑"拟声词"的方式创造某种民歌曲调。比如这首非常有名的《朱警察查户口》："半夜里敲门呀，/乒乓乒乓乒乓敲。/朱警察查户口，/进来瞧一瞧，/咿啊海！拿起了电筒四面八方照，/咿啊海！屋角床底都照到。/桩桩件件仔细问，/啰啰嗦嗦，/啰啰嗦嗦问端详，/咿啊海！"

　　《朱警察查户口》以活泼的形式嘲弄查户口警察狐假虎威的吆喝，"咿啊海"这种无意义的拟声词语起到调剂节奏的作用，使口语节奏转变成歌谣节奏。这种手法在马凡陀山歌并不少见。又如这首《人咬狗》对南方"稀奇古怪歌"①的化用："忽听门外人咬狗/拿起门来开开手/拾起狗来打砖头/反被砖头咬一口！"有时则运用讽刺民歌常用的谐音格，如《万税》："这也税，那也税，/东也税，西也税，/样样东西都有税，/民国万税，万万税！"有时则通过"叠字"②手法创造民歌味，如《活不起》："要吃饭，吃不起；/要穿衣，穿不起；/要坐车，坐不起；/要租房子，顶不起；/养小孩，养不起；/爹娘死了，棺材买不起；/乡下难过活，城里住不起；活不起呀，死不起！"全篇每句句末都是"×不起"，通过重叠这个句式，并置各种当年的底层热点民生话题，形式和内容，都极容易引起共鸣。

　　又如《发票贴在印花上》，这首诗讽刺国民党命名繁多的印花税，印花贴在发票上，贴得太多，竟如"发票贴在印花上"，作者于是对"×××在××上"的句式进行重叠推衍："发票贴在印花上，/蔻丹搨在脚趾上，/水兵出巡马路上，/吉普开到人身上。//黄埔众到阶沿上，/房

---

　　① 又称"颠倒歌"。
　　② 朱自清在《中国歌谣》中将"叠字"归入"重章叠句"之一，见《中国歌谣》，金城出版社2005年版，第226—242页。

子造在金条上,／工厂死在接收上,／鸟巢做在烟囱上。"①

可以发现,马凡陀越来越熟练地用民歌体来提炼生活经验,克服了日常口语松散节奏。为了用"旧瓶"合体地承载新生活经验,它要求作者某种程度上的技艺新创。马凡陀山歌其实也创制了很多传统山歌中所没有的讽刺手法,比如戏拟。

在《民国三十五年的回顾和民国三十六年的展望》中,诗人戏拟了国民党领袖的讲话:"呃——嘿!／今天!／我们!／兄弟!／为了节约!／诸位的!／宝贵光阴!／时间!／呃,这个,／今天的讲话!／就算,／这个,／告一段落!"这里通过对空洞无物、支支吾吾、颠三倒四的语言形式的戏仿讽刺了国民党的八股式讲话。《毛巾选举》题记以"霜莱"之名戏拟雪莱的名句而作"毛巾已经送去了,选票还能远吗?"讽刺国民党把持的所谓民主选举的虚伪性。《施奶》中有"人无分老幼,／地无分南北,／美国给你吃,／美国给你穿"的句子,前两句显然来自蒋介石抗战演讲著名句子,把这两句慷慨激昂的话跟后面极度谄媚亲美的话并置,产生讽刺效果,这是另一种意义的戏仿。

拟人这种常用的手法在"马凡陀的山歌"中也常有创造性的运用。《皮鞋》《致古巴皮鞋》《王小二历险记》《发疯的枪》等作品都是通过对物告白的拟人式写法来引入现实经验:"欢迎你们,古巴皮鞋,／我们的亲爱的表兄弟!／你们大概累了吧?／老远从南美来到这里!／也许你们的脸皮已经磨去不少,／啊,那真是对不起!／／一百万双军鞋,／穿在我们兵士的脚上,／打起仗来也要勇敢些。／日本刀,美国枪,古巴皮鞋,／这也是三位一体?／我们几乎忘了这块中国脸皮!"(《致古巴皮鞋》)

此诗写于1945年,讽刺当年国民党某要人在古巴定制皮鞋。这里

---

① 鸟巢住在烟囱上讽刺国民党接受工厂之后工厂荒废。同时,此诗还是对民歌中"颠倒格"的运用,这里属于朱自清在《中国歌谣》中所说的"情理颠倒",在各地民歌中多有所见,如潮汕民歌有《老鼠拖猫上竹竿》:老鼠拖猫上竹竿,和尚相打相挽毛。担梯上厝沽虾仔,点火烧山掠田螺。老鼠拖猫上竹枝,和尚相打相挽辫。担梯上厝沽虾仔,点火烧山掠磨蜞。(丘玉麟选注:《潮汕歌谣集》,香江出版公司2003年版,第160页)朱自清在《中国歌谣》中举吴歌例证"情理颠倒":四句头山歌两句真,后头两句笑煞人;蜘蚣出扇飞过海,小田鸡出角削杀人。(乙集第109页)小人小山歌,大人大山歌。蚌壳里摇船出太湖:燕子衔泥丢过海,螃蟹跳过洞庭山。(甲集第4页)朱自清:《中国歌谣》,金城出版社2005年版,第290页。

的写法未免直露,语言也稍缺山歌味,但这种拟人式写法在传统歌谣中较为少见。它包含了袁水拍对山歌修辞的创造性发挥。对物呼告的拟人手法可以追溯到《卫风·硕鼠》首章云:"硕鼠,硕鼠,无食我黍!三岁贯女,莫我肯顾。誓将去女,适彼乐土。"这里是人对鼠的呼告,袁水拍则是通过中国皮鞋致古巴皮鞋,"拟人性"更加突出。

随着技艺的纯熟,这种手法在袁水拍手中也不乏精彩的表达:1946年写的《王小二历险记》讽刺当年物价的上涨,此诗写王小二加薪回家,妻子拿着钱乐滋滋去买食物,不料家中的各式物品都纷纷发话,要求加薪:

> 忽然屋里有声响,/好像有人在演讲,/细听原来是煤球,/"我的薪水也要涨!"//煤球说话还未了,/肥皂的声音也不少:/"我的薪水也要加,/再不加薪不干了!"//碗里猪肉蓝里菜,/橱里豆腐桌上蛋,/他们一齐高声喊:"加薪,加薪,快快快!"①

这里的拟人用得贴切隽永,更有趣的是,王小二妻子并未买得食物归来:

> 搀起老婆问缘由,/老婆气得双泪流:/"你的钞票不值钱!/年糕不肯跟我走。"//"店里东西都笑我,/大家骂我眍扁头②,/大家都说涨了价,/昨天的钞票大不了今天的油!"

不说买不到东西,却说"年糕不肯跟我走""店里东西都笑我",显出非常节制而高超的讽刺艺术。民间歌谣同样有相近的拟人式写法。如《吴歌》中的一首:跳虱有作开典当,壁虱强强作朝本,白虱末当破衣裳,跳虱白虱打起来。白虱话:"你这尖喷黑壳,东戳西戳,惹起

---

① 民间歌谣同样有相近的拟人式写法。如《吴歌》中的一首:跳虱有作开典当,壁虱强强作朝本,白虱末当破衣裳,跳虱白虱打起来。白虱话:"你这尖喷黑壳,东戳西戳,惹起祸来连我一道捉。"跳虱话:"你这小头大肚皮,说话无情理,自家判得慢,倒委怪我小兄弟。"这里从头至尾是动物之间的对话,不如《王小二历险记》中小二老婆突然遭遇"店里东西"耻笑来得更有突如其来的趣味。

② 眍扁头,上海话"睡傻了""太糊涂"的意思。

祸来连我一道捉。"跳蚤话:"你这小头大肚皮,说话无情理,自家判得慢,倒委怪我小兄弟。"这里从头至尾是动物之间的对话,不如《王小二历险记》中小二老婆突然遭遇"店里东西"耻笑更有突如其来的趣味。

马凡陀山歌诗法是一个从简到繁,从生疏到熟练的过程。这个过程,并非简单的"旧瓶装新酒",它要求某种程度的技艺创新。值得探讨的是,这种"创新"及其带来的"艺术化"是否足以弥合政治立场写作的内在危机?如果答案是否定的话,那么这种政治推动下的"艺术化"的危机又是什么?本书第七章将以《漳河水》为例,探讨革命民歌诗在弥合"政治化"和"艺术化"的裂缝之余重返"古典之文"的文本属性。

"今天和明天的文艺"

1940年代,对于袁水拍而言最有意味的是他完成了从自由体抒情诗人向山歌诗人的转变。在读了一首纯对白的歌谣诗《两个鸡蛋》后,袁水拍惊叹道:"这短短二十行许的新的山歌分明是篇杰作,太巧妙,太迷人","假如没有人责备我过火的话,我会说它是中国新诗的希望。"[①]1944年在诗论《人的道路》中,他更是在中国诗歌传统中梳理出"人的道路"和"笔的道路"的对立。在他看来,文人诗代表的是"笔的道路",而只有歌谣才代表了"人民",也代表了"人的道路"。因此,歌谣便是新诗未来的不二方向。[②] 本书第五章将聚焦袁水拍诗观转变的历史语境和动因。值得关注的是,在袁水拍确立山歌认同的过程中,将山歌与新诗的同一性确认为新诗全新方向的动机清晰可见。这种创造全新文艺的文化动机,事实上为国统区和解放区新诗歌谣化实践者所共享。

1947年,《王贵与李香香》被周而复、郭沫若等人确认为"给我们提供了人民文艺创作实践的方向"[③],"人民意识中发展出来的人民文

---

① 袁水拍:《冬天,冬天·前记》,桂林远方书店1943年版。
② 参见袁水拍《人的道路》,《中原》1944年3月第1卷第3期,以"李念群"的笔名发表。
③ 周而复:《〈王贵与李香香〉后记》,《王贵与李香香》,香港海洋书屋"北方文丛"第二辑,1947年4月。

艺"及"今天和明天的文艺"。① 这当然是革命文学批评对大众文艺的意义阐释和建构，不过革命文学批评坐标的确立，却必须追溯到1942年的延安文艺讲话。

延安文艺讲话论述的内容很多，关键的问题却是如何确立以阶级民族主义为内核的革命大众文艺的文化领导权。前面的两节中，我们看到了1939年文艺"民族形式"论争发轫之际新文学话语和"民间"话语之间的对垒。在新文学立场的支持者那里，"大众化"只是一种手段，而非一种价值；在民间形式派那里，"民间形式"虽被直接赋予对"民族形式"的代表权，但这种"返古"的策略显然无法打败新文学话语。事实上，在这场论争中获得最终胜利的既不是新文学派，也不是民间形式派。作为论争的仲裁者、文艺体制的设计者，毛泽东在延安文艺讲话中的任务是为"大众文艺"论证出超越性价值——阶级文学的文化领导权。

"民族形式"论争之初，左派理论家黄绳提出的"高级文艺"问题无疑在某方面成了"讲话"的先声：

> 在从文艺的大众化到大众的文艺这过程中，或迟或早，在先在后，必陆续的产生优秀的作品。——所谓高级文艺。而这高级文艺史以前没有的，和现在那样的所谓高级文艺是不同的。②

黄绳的观点之所以值得重视，是因为它在日后被整合进延安文艺讲话，被提炼成符合工农兵方向的正确"提高观"。它通过对知识分子"大众化"观念的批判，确立了无产阶级立场上的"大众化"路径。其实质，是赋予了建构大众文艺的价值合法性和阶级主体性。

"民族形式"论争之初，即使是周扬这样的左派批评家，对于"大众化"的文艺价值也并不乐观。因此，大众化和艺术化是分开的。大众化是抗战的需要，以知识分子为主体，以大众为对象；艺术化则是艺术的需要，以知识分子为主体，以在知识、趣味上努力向知识分子靠近者

---

① 郭沫若：《序〈王贵与李香香〉》，香港《华商报》1947年3月12日。
② 黄绳：《当前文艺运动的一个考察》，《文艺阵地》1939年8月16日第3卷第9期。

为对象。这种观点相当普遍，所以何其芳才特别强调大众知识水平提高的必要性。

某种意义上，发生于1941年解放区的"大戏风波"，昭示的正是这种将大众化和艺术化分而治之的知识分子思维被体制取消了合法性的事实。1940年，随着抗战进入相持阶段，解放区文艺界不满足于"大众化"作品而呼唤文艺精品。在此背景下，演出技术复杂的"大戏"成了一股从延安鲁院到各前线解放区的热潮。这股风潮迅速被叫停，鲁院院长周扬等人进行了深刻的反省。① 毛泽东的文艺讲话无疑具有对这种解放区文艺现象的鲜明针对性。"大众化"和"艺术化"被他提炼为"普及"和"提高"问题。更重要的是，他指向的不是"普及"和"提高"的双重迫切性，而是"普及"和"提高"的阶级立场：

> 提高要有一个基础。比如一桶水，不是从地上去提高，难道是从空中去提高吗？
>
> 那末所谓文艺的提高，是从什么基础上去提高呢？从封建阶级的基础吗？从资产阶级的基础吗？从小资产阶级知识分子的基础吗？都不是，只能是从工农兵群众的基础上去提高。也不是把工农兵提到封建阶级、资产阶级、小资产阶级知识分子的"高度"去，而是沿着工农兵自己前进的方向去提高，沿着无产阶级前进的方向去提高。②

普及和提高不可分离并不是毛泽东讲话的核心，核心是把知识分子立场的普及—提高观改造为无产阶级立场的普及—提高观。"大戏"热潮体现的是一种知识分子本位的普及/提高观：在技术上提升剧本难度，让一般群众去跟着相应提高，知识分子扮演的是启蒙者和引领者的角色；毛泽东希望为革命文艺植入一种工农兵本位的普及/提高观：普及是为了革命需要，为了工农兵，而提高也必须是在工农兵方向上的提

---

① 陈培浩：《大戏风波中的延安文艺走向》，《粤海风》2012年第8期。
② 毛泽东：《在延安文艺座谈会上的讲话》，《毛泽东论文艺》，人民文学出版社1992年版，第47—48页。

高。不是把工农兵趣味改造为知识分子趣味,而是要革命文艺从相对粗糙的工农兵趣味走向相对艺术化的工农兵趣味。所以,普及和提高事实上依然是"讲话"关于"我们的文艺是为什么人"问题的延续,是文艺"工农兵方向"的延续。

通过阶级立场对"大众化—艺术化""普及—提高"问题的重构,毛泽东事实上确认了"大众""工农""群众"的价值优先地位。它们指向的不是一些现实对象,而是被价值化的历史主体。[①] 在文艺方面,跟"大众""工农""群众"具有亲缘性的"民间形式"也分享了前者的价值光晕。虽然对"民间形式"的简单套用("大众化")并未获得革命文艺的至高荣耀,但只有沿着"大众化"的方向进行的"艺术化"才具有被肯定的资格。

"讲话"确立的这道文艺边界,产生了两个直接结果:其一是以阶级为内核的"大众化"文艺获得了作为最进步文艺的可能性和召唤性。文艺体制发挥了对写作的生产性:"大众化方向的艺术化"被先验地预设为最诱人的价值位置,而后便"生产"出在某种程度上统一了"大众化和艺术化"的作品,这些作品反过来进一步确认了革命文艺体制的稳固性。

在袁水拍、李季、阮章竞这些作者那里,都有一种创造全新文艺的自我感觉。与抗战期间的"民间派"以民间形式代表民族形式不同,他们自觉已经完成了对民间形式的改造和超越。写于80年代的回忆录中阮章竞如此评价了抗战期间的民间形式派:

[①] "大众""工农""群众"还有"人民",被价值化并赋予的历史主体地位,这从毛泽东的这段讲话中表露得淋漓尽致:"在这里,我可以说一说我自己感情变化的经验。我是个学生出身的人,在学校养成了一种学生习惯,在一大群肩不能挑手不能提的学生面前做一点劳动的事,比如自己挑行李吧,也觉得不像样子。那时,我觉得世界上干净的只有知识分子,工人农民总是比较脏的。知识分子的衣服,别人的我可以穿,以为是干净的;工人农民的衣服,我就不愿意穿,以为是脏的。革命了,同工人农民和革命军的战士在一起了,我逐渐熟悉他们,他们也逐渐熟悉了我。这时,只是在这时,我才根本地改变了资产阶级学校所教给我的那种资产阶级的小资产阶级的感情。这时,拿未曾改造的知识分子和工人农民比较,就觉得知识分子不干净了,最干净的还是工人农民,尽管他们手是黑的,脚上有牛屎,还是比资产阶级和小资产阶级知识分子都干净。这就叫做感情起了变化,由一个阶级变到了另一个阶级。""脏""干净"这类革命卫生学词汇带着鲜明的道德色彩,工农何以比知识分子"干净"并不需要论证。这里更回避具体个体的比较,这是一种集体化、抽象化、本质化的想象投射。毛泽东:《在延安文艺座谈会上的讲话》,《毛泽东论文艺》,人民文学出版社1992年版,第38—39页。

抗战初期，老舍的"旧瓶装新酒"曾时髦了一阵、抗日根据地的赵树理同志也做过尝试，但都不成功。赵树理同志当时主持《黄河日报》太南版副刊《山地》等刊物的编辑出版工作。在利用旧形式的过程中，有不少问题往往是生搬硬套，甚至无批判地接受其中落后和庸俗的东西，或者将旧形式和新内容极不调和地结合在一起，抗日将士迈着方步，妇救干部合手道万福，是很滑稽的。一些敢力于通俗文艺的提倡，并作出一定成绩的通俗读物编刊社都存有很大偏差。抗日战争已不是当年抗辽抗金抗元抗清的斗争，我们是站在民主革命的基础上从事反侵略斗争的。对于利用旧形式的错误，《新华日报》上曾有人著文批评，认为"盲目地采用旧形式"，结果反而会被"旧形式所利用"，出现"开倒车"的现象。①

很难说这里没有新时期文学观念影响下的修补性记忆存在，但是作者对"民间形式"派的不屑却并不奇怪。毛泽东虽然主张主要以民间形式为资源，但讲话的核心，更包含了超越"民间形式"派，将"工农兵方向"文艺建构为具有文化领导权的崭新文艺的指向。因此，顺着民间形式派的道路前进和超越，正是当年阮章竞们的自觉努力。

第二个结果则是知识分子及其文艺形式被确认为需要改造的对象。"工农兵方向"的确立和"知识分子的自我改造"显然是解放区文艺体制的一体两面。早在"民族形式"论争发轫的1939年，陈伯达、艾思奇便提出了知识分子接受群众教育的观念，同样成了日后知识分子"思想改造"的先声：

> 文艺家同时也是教育家，但是却不要以为自己不必受教育，马克思有句名言："教育家本身也要受教育。"你要成为大众化的文艺家来教育大众吗？你首先应当向大众方面去受教育。②
> 我们的文艺人，一方面是民众的教育者，而另一方面却又要同

---

① 阮章竞：《异乡岁月——阮章竞回忆录》，文化艺术出版社2014年版，第96—97页。
② 陈伯达：《关于文艺的民族形式问题杂记》，《文艺战线》1939年4月16日第1卷第3期。

时向民众学习。①

知识分子接受大众的教育,知识分子的文艺立场也必须接受大众文艺立场的教育。关于作家向群众学习,事实上 1931 年瞿秋白早就提出了:

> 甚至于有人说:不能够把艺术降低了去凑合大众的程度,只有提高大众的程度,来高攀艺术。这在现在的中国情形之下,简直是荒谬绝伦的论调。现在的问题是:革命的作家要向群众去学习。现在的作家,难道配讲要群众去高攀他吗?老实说是不配。②

只是瞿秋白的阶级文学观内蕴的改造知识分子功能要等到 40 年代的解放区才得以实施。在"工农兵方向"确立为革命文艺唯一正确方向之后,一代文艺家的小资原罪意识和一代文艺家的无产阶级主体自豪感也被建构起来。换言之,一种以大众化、民族化为表征的党性、人民性、阶级性的新的文艺价值观被建构起来。因此,"讲话"之后,何其芳便有过这样一段文字:

> 我们常常以为我们的艺术趣味高,而人家的低。比如我们能够欣赏契诃夫而群众却不大能够。这真似乎是一个精粗之别。但这高与低,精与粗,到底是一个什么关系呢?假若我们以为两者是两种不同的东西,那就错了。它们不过是一个东西的不同的程度而已。假若两者成了两种东西,而且互相抵触,那就是我们的高和精有了毛病,即不是真正的高和精,而是一种变态的东西了。③

回视 1939 年,何其芳还认为一味大众化将或多或少导致文艺水准的下降。如今却反过来将知识分子立场的"高和精"视为"变态的东

---

① 艾思奇:《旧形式运用的基本原则》,《文艺战线》1939 年 4 月 16 日第 1 卷第 3 期。
② 瞿秋白:《普罗大众文艺的现实问题》,《文学》1932 年 4 月 25 日第 1 卷第 1 期,署名史铁儿。
③ 何其芳:《杂记三则》,《草叶》1942 年 9 月 15 日第 6 期。

西"。这无疑是接受了革命新文艺观之后的结果。正是在这样一种新的文艺价值观的照耀下,一代文艺家开始了艺术上大众化、民族化的艰难蜕变。最初,他们也许以为他们是以艺术为抗战做出牺牲;之后,他们被革命洗礼而在新的文艺价值坐标中获取了身份认同,并相信自己正代表着真理的方向在创造一种全新的文艺。这是何其芳、丁玲、周立波、袁水拍等从新文艺立场上转化的革命文艺家的心灵写照,也是李季、阮章竞等从战火中成长起来的文艺工作者的切身体会。

阶级民族主义的胜出

某种意义上说,延安文艺讲话的"工农兵方向""普及—提高"既是对民族形式争论中某些观点的改造和整合,也是30年代瞿秋白"大众文艺"建构无产阶级主体性的延续。① 何以瞿秋白在30年代大众文艺方案中颇惹争议的阶级化立场,在40年代能借助延安文艺讲话而取得文化领导权呢?抛去革命政权机器的赋权不说,单就两个方案而言,毛泽东的阶级民族主义在中国的具体现实中体现了瞿秋白的阶级世界主义所不具备的优势。

关于三四十年代之交的民族形式讨论,一个研究者认为:"值得注意的是,毛泽东所说的'中国作风和中国气派'是在国际/中国的关系中提出的,即在民族战争的背景下,国际共产主义运动应该与被压迫民族的民族斗争结合起来。民族问题,而不是阶级问题,成为抗日战争时期中国共产主义运动的主导性问题。"②

换言之,在其纲领性论述中诉诸"民族"话语,在中国共产党之前并未出现。以往无论是中国共产党的官方论述还是某些代表人物的个人文章,国际问题、民族问题和国内矛盾都被诉诸"阶级性"解决方案。30年代的国共之争,在文化上便呈现为国民党的文化民族主义和共产

---

① 1932年,瞿秋白在《大众文艺的问题》中写道:"现在决不是简单的笼统的文艺大众化的问题,而是创造革命的大众文艺的问题。这是要来一个无产阶级之下的文艺复兴运动,无产阶级领导之下的文化革命和文学革命。"提出的正是大众文艺的革命立场问题。最初发表于1932年6月《文学月报》第1期,署名宋阳。此处据瞿秋白《瞿秋白文集 文学编 第三卷》,人民文学出版社1989年版,第13页。

② 汪晖:《现代中国思想的兴起》,生活·读书·新知三联书店2008年版,第1496—1497页。

党的阶级世界主义之争。20 年代末开始，阶级论的思想和文学开始兴起，革命文学论争及 30 年代的文艺大众化实践努力以新型的无产阶级文化产品构建阶级的想象共同体。这种阶级文学实践中包含着鲜明的世界主义倾向，这在瞿秋白的一段论述中表露无遗：

> 我们的大众文艺，应当反对军阀混战；反对帝国主义瓜分中国的战争，反对进攻苏联，为着土地革命，为着无产阶级领导的工农民权独裁，为着中国的真正解放，而努力的一贯的去贯彻反对武侠主义和民族主义的斗争，宣传苏维埃革命，宣传社会主义和反帝国主义的国际主义。①

中国的大众文艺的战斗目标包含着"反对进攻苏联"②，瞿秋白已经明白无误地用"国际主义"予以解释。正是这种"反对民族主义"的阶级国际主义成了国民党重点攻击的对象。1930 年 3 月，左联成立促使国民党做出的应对便是由潘公展、朱应鹏等人召集发动的"民族主义文艺运动"。出版了《先锋周报》《前锋月刊》，要求铲除多型的文艺意识，而统一于"民族主义"的中心意识。民族主义文学虽未取得像样的成果，但"民族主义"话语在 30 年代对于部分右倾或自由主义知识分子并非没有影响。这从梁实秋发表的《如何对付共产党》和《我为什么不赞成共产党》中可以看出：

> 我最不满于共产党的是它对于民族精神的蔑视。共产党的理论，重视阶级，而不重视民族。他们的革命的策略是世界上的无产

---

① 瞿秋白：《普罗大众文艺的现实问题》，《文学》第 1 卷第 1 期，1932 年 4 月 25 日，署名史铁儿。现据《瞿秋白选集》，人民日报出版社 1985 年版，第 470 页。

② 反对"进攻苏联"的口号是中共六大提出的。1929 年，蒋介石密令张学良以东北军名义收回"中东铁路"主权，随后引发跟苏联争端。7 月 20 日，苏联宣布断绝跟南京国民政府外交关系，并命加仑将军出兵三路进攻东北军，中东战争爆发。战争从 7 月 20 日打到 11 月 24 日，后在英、美等国调停下结束。反对"进攻苏联"便是在战争结束后召开的中共六大上提出的。当时共产党很多领导人都写了文章，如李立三《进攻苏联与瓜分中国》、挥代英《反对国民党向苏联挑战》、罗绮园《帝国主义进攻苏联瓜分中国要开始了》，还有以中央名义发表的《中央通告第 41 号中东铁路事件与帝国主义进攻苏联宣言》《中央通告第 42 号动员广大群众反对进攻苏联》《中央通告第 49 号拥护苏联与反对军阀战争》等。

阶级联合起来推翻资产阶级。这"世界革命"的理想，本身即是 Imperialism（此处不能翻译为"帝国主义"。此字原义是：势力的扩张，引者注）其是否合理姑且不具论。我们立在中国人的地位，我们应该知道我们的需要。我们受着各种帝国主义的压迫，唯一的出路是抵抗帝国主义，而抵抗帝国主义者应该是"国家主义"或"民族主义"，或更抽象的说，"爱国主义"。我们当外患当前的时候，应该各阶级的人都联合起来抵御外侮。而共产党人告诉我们，工人的祖国是苏联！我在上海的时候，奉系军队与苏联为了中东路开战，我在租界里看见电线杆上墙壁到处贴有"武装拥护苏联"、"反对进攻苏联"的标语，写这标语的人如其是用卢布雇来的倒也罢了，如其是青年们自动干的，那可真是令人痛心。我对于奉系军人并无好感，他们的领袖之骄奢淫逸，是很可恶的，然而这是我们国内的事，一旦和外人开起战来，外国的军队踏进了我们的领土，无论敌人是谁，我觉得中国人只有一心一力的对外，怎能说出"反对进攻苏联"的话来？现在中国需要的是大量的国家主义或民族主义的意识，不承认国家的共产主义我们现今还承受不起。中国共产党不是中国国内的一个单纯的革命党，它是听命于第三国际的，它是世界革命的一环，它是为阶级斗争，不是为国家民族而斗争。①

这里以"民族主义""国家主义""爱国主义"反对阶级国际主义（或者"阶级世界主义"）的倾向是非常明显的。虽然梁实秋也承认"十年来，左倾的出版品多如春笋，其影响于一般思想未成熟之青年至深至巨。官方固然也有宣传，然而那宣传脱不了官气，绝对不能取得青年的同情。""整个的思想界，出版界，最活跃的分子几乎完全是倾向共产的分子。"②可见30年代中国社会左翼思潮的崛起已势不可挡，然而在民族危机深重之中"民族主义"的感召力绝对不可能逊色于"阶级主义"。所以，不但国民党借重民族主义攻击"共产主义"，共产党

---

① 梁实秋：《我为什么不赞成共产党》，《宇宙旬刊》1936年第5卷1期。
② 同上。

的共产主义运动中也不可避免地跟民族主义产生了合流。① 梁实秋也观察到共产党借重民族话语的变化：

> 现在中国共产党的理论似乎稍稍改变一点了。一九三五年八月一日中国共产党中央发表的宣言有这样的句子："同胞们起来：为祖国生命而战！为领土完整而战！为民族生存而战！为国土完整而战！为人权自由而战！大中华民族抗日救国大团结万岁！"一九三六年三月十日"中共中央北方局"受中国共产党与红军领袖朱德毛泽东的委托发表宣言，又有这样的句子：
>
> "为着集中全国人民的力量实现抗日救国的目的起见，中华苏维埃工农共和国宣告：特将自己改为苏维埃人民共和国。并将苏维埃人民共和国政策的许多部分改变到更加适合于民族革命战争的要求，更加表明苏维埃政府不只是代表工农利益的政府，而且是代表全民族利益的政府。"②

梁实秋将此视为缺乏诚意的策略性调整，"决不能用一纸宣言遮掩住那只认阶级不认国家的色彩"。③ 梁实秋将民族—国家的目标完全排除在中国共产主义运动之外，并不完全符合事实。但也是某个阶段的现实，1933年夏季，十九路军将领发动"福建事变"，提出反蒋抗日。以王明为首的中共中央公开反对，"王明集团在'九·一八'事变后对中国政治形势的分析是，日本帝国主义侵占我国东北三省，是各个帝国主义瓜分中国，进攻苏联的一个步骤，提出了'保卫苏联'的行动口号，

---

① 汪晖认为："共产主义运动成为民族主义运动的一个组成部分，或者，民族主义成为共产主义运动的一个组成部分，是现代中国历史中值得注意的现象。""包括中国在内的许多第三世界国家，共产主义运动历史地成为民族主义运动的一部分，并逐渐摆脱共产国际的控制和操控，在共产主义运动内部形成'民族自主权'。在这个意义上，共产主义运动本身也成为创建民族—国家的政治和文化的动力之一。"（《现代中国思想的兴起》，第1497页下注释，生活·读书·新知三联书店2008年版）事实上，最后的结论如果倒过来，民族主义创建民族—国家的目标成为共产主义运动的助力也许更符合历史事实。

② 梁实秋：《我为什么不赞成共产党》，《宇宙旬刊》第5卷第1期，1936年。

③ 同上。

不强调保卫祖国，一致抗日"。① 这个分析由共产党员吴奚如做出，说明阶级国际主义跟民族主义的内在冲突确乎事实。

只是，民族—国家诉求同样在中国共产主义运动中被进行了阶级化的安排。所以，这决定了主要借重民族主义话语的状态在抗战结束之后就必然迅速地改变。在抗战中发展起来的阶级民族主义策略的侧重点在二次内战中迅速调整为阶级上。

明了"民族形式"作为中日民族战争背景下中国共产主义运动诉诸民族话语的部分结果，我们便明白"民间资源"的启用，三四十年代"歌谣入诗"其实有着民族话语、阶级话语的双重动力。在抗战的背景下，民族话语和阶级话语共享着以激活民间资源为特征的文艺大众化目标。在民族话语的视野中，民间资源凝结着约定俗成的中国文化符号。它以习闻常见的"大众化"为民族抗战服务；在阶级话语的视野中，新的"大众文艺""群众语言"有别于古典文言和五四新文言，也有别于传统白话。它的"大众化"的群众俗语为基础执行着建构阶级想象共同体的功能。在具体的实践中，抗战期间的民间资源启用更多体现为民族话语下的大众化；内战期间的民间资源启用则更多体现为阶级话语下的大众化。

毛泽东的方案将五四的现代性诉求和抗日的民族性诉求整合进阶级论叙述中，借助于进化论观念，通过社会主义/新民主主义/旧民主主义的递进式概念，规划了阶级论的合法性。相比之下，瞿秋白的方案猛烈攻击五四新白话的欧化倾向，其世界主义缺乏了对民族问题的关注、其阶级论推出的大众俗语对五四现代性的通盘否认很难为五四培养起来的知识阶层所认同。40年代左翼革命阵营的追随者中，既有"爱国主义者"卞之琳、艾青，也有五四信徒、鲁迅精神传人萧军，也有30年代的个人主义作家何其芳，自由作家丁玲。通过特立独行的萧军的眼睛，我们不难发现毛泽东及其文化方案在当年知识者心目中的形象，并进而理解其感召力的来源。1943年7月13日的日记中萧军记道：

---

① 中国社会科学院文学研究所《左联回忆录》编辑组编：《左联回忆录》（上册），中国社会科学出版社1982年版，第338页。

把信写给毛泽东，事后又有点后悔，但这是不必要的。我不应以市俗的见解来放弃真正的工作。对于他们提供意见，这是我的义务，也是权利。我应一切以革命利益为前提，见到就说，万一它们对革命有些用处，总是好的。我应绝对打破一类"明哲保身"以及"知好歹"的庸俗观念。国家是人人的国家，革命是人人的事业，任何人决取消不了一个人革命的权利。①

萧军是带着距离感来看毛泽东的，他论述革命时是从"一个人的权利"这种启蒙现代性的自由话语出发的，革命的远景在他是"人人的国家"，而不是"阶级的国家"。萧军在革命阵营中的存在，意味着40年代毛泽东文化方案对共产主义边沿的思想者的吸纳能力。这些人包括民族主义者、爱国主义者。在为家国让渡个人权利的民族主义情怀中，一种进化论的阶级想象往往被成功地确立和巩固，这在何其芳身上突出地表现出来。而毫无疑问，30年代瞿秋白的大众文艺方案是不能丝毫影响到当时正写着《预言》《画梦录》的何其芳。

因而，支撑这种写作的话语动力并不仅是民族的，同时也是具有某种现代性特征的左翼进化论话语———一种兼容了新型民族国家想象，以线性时间观为基础的阶级论话语。在五四新文学那里，它继承了一种现代的线性时间观和革命的求新意志；在马克思主义文艺中，它转化了阶级论和大众话语。因此，它成了当年最具说服力的国家—民族—文艺的巨型话语。

与瞿秋白旗帜鲜明地在语言上反五四新白话不同，40年代革命文艺以"消化"的方式消解和重构了五四。它接过了鲁迅这面五四的旗帜，传承了五四的影响力遗产。但以阶级论为内核的文学观取代了以现代性人道论为内核的文学观。无论是瞿秋白还是毛泽东，他们的文艺规划中都包含着建构一种全新文艺的意图。所以，革命"大众文艺"截然不同于沉淀着旧思想的通俗"大众文艺"；工农兵方向的文艺精品也并非仅止于为不能阅读的无产者提供娱乐这样的大众化诉求。建构革命大众文艺的文化领导权这个硬币的另一面是改造知识分子、再造无产阶

---

① 萧军：《萧军全集》第19卷，华夏出版社2008年版，第166页。

级主体性的意识形态功能。从民族形式的争论中不难看到，阶级民族主义话语在政治整风的助力下逐渐取代了文化领导权。

小结

抗战背景下，民族话语获得了无可置疑的感召力。文学"大众化"也跟民族主义产生了时代性合流。因此，民族化和大众化催生了以战争动员为目标的旧瓶装新酒式诗歌，这种诗歌实践得到了当年"民间形式"话语的助力。文艺民间资源趋向的甚嚣尘上，给秉持新文学立场和作家主体意识的写作者带来了巨大压力。新文学话语主要在延安文艺讲话确立的体制中被瓦解和消化。在延安文艺讲话中获得主导权的是阶级民族主义方案。毛泽东为"民族形式"注入了阶级论内涵，从而论述了兼容"人民性"和"民间性"的革命文艺作为全新文艺方向的合法性。1940年的"新诗歌谣化"实践在多重文化动力的支撑下，便呈现趋同的资源趋向和差异的文学面貌。1945年之后，当政治形势从中日战争转为国内战争之后，阶级矛盾超越了民族矛盾，此时的革命文艺迫切地需求着更多为阶级文学方案服务的作品。在诗歌领域，《马凡陀山歌》《王贵与李香香》《漳河水》等正是这种已经酝酿多年的阶级民族主义话语的衍生物。特别是后两者，它们的叙事特征明显、民间形式运用方面更加娴熟，被作为"今天和明天的文艺"来建构。

第四章

无法完成的转型

——何其芳与新诗歌谣化

在20世纪40年代的新诗歌谣化话题下，袁水拍、李季、阮章竞等人当然是值得考察的对象，但另有一些诗人也跟这个话题构成了隐秘的联系。比如何其芳、卞之琳、艾青等诗人。这几个在30年代成名、抗战之后投奔延安、写作面貌发生巨大变化的诗人，并不能自外于以诗歌"民族形式"的时代共名出现的歌谣化倾向。作为新诗人，他们之理解歌谣、接受歌谣、消化歌谣呈现为另一种形态：何其芳主要是在理论上肯定歌谣，在生活中搜集并出版歌谣集，歌谣资源始终没有改变并融进他原有的写作惯性中；卞之琳在《慰劳信集》中进行了"大众化"尝试，与他30年代那些充满智性自审和句法转折的诗歌相比，《慰劳信集》无疑是清晰明了。但跟同时代的抗战诗歌相比，《慰劳信集》依然显得过分缠绕。①30年代以象征手法和嘶哑喉咙歌唱苦难土地，有着较为自觉自由诗信仰的诗人艾青，反而是以上三人中最早进行歌谣入诗实践者。1943年写出并发表的《吴满有》便是他在延安文艺讲话后进行写作调整的结果。值得注意的是，《吴满有》虽然主要是自由体，但其中无疑实践了口语、方言和歌谣化等尝试。此诗给艾青带来了现实的肯

---

① 卞之琳一定意识到这种两边不靠的不合时宜，40年代搁下诗笔十年很难说跟此没有关系。然而，40年代没有写作民歌体的卞之琳，却在50年代写出了《采菱》《采桂花》《叠稻罗》等歌谣诗，民歌的明快晓畅彻底替换了他自由诗写作那种曲折多姿。卞之琳终究以迟来的民歌体对时代的召唤和压力做出了正面的回应。

定和荣誉,① 但一首因政治因素而被肯定的诗歌,也迅速地因政治因素而贬值。②

显然,40年代"民族形式"和新诗歌谣化倾向对诗坛的影响并不仅体现在那些成功的代表者身上,同样体现于那些受着诱惑和压力,却终于未能成为代表者的诗人身上。前者是袁水拍、李季、阮章竞等人,后者便是何其芳、卞之琳、艾青等人。有趣的是,当后面三位诗人名满天下时,前面三位依然籍籍无名。表面上看,"诗歌历史"寻找了新的代言人;实质上,值得我们追问的是:何以30年代这几位怀着真诚的左翼信仰和家国情怀的成名诗人,无法在新的写作规范中完成转换。假如说取法歌谣构成了40年代左翼文艺阵营中政治正确的诗学路径的话,是什么导致这些技法纯熟、风格独特的诗人难以转化新的写作资源?在这个新旧对接的过程中,卞之琳的诗写发生了长达十年的停顿,何其芳则是且写且停声声慢,艾青的"强写"后来自己也承认并不成功。这三人的特殊性在于,他们在理智上并不排斥新的写作规范。那么,在诗歌写作的内部,是什么构成了理智无法调停的冲突并导致写作的难以为继呢?本章拟主要以何其芳为考察对象,对歌谣资源压力下这一新/旧对接过程中的写作冲突现象进行研究。

第一节 "虽有旧梦,不愿重温":民间资源压力下的搁笔

歌谣与20世纪新诗这个话题绕不过何其芳,不仅因为他对新诗如何取法歌谣提出了很好的理论意见。1958年,在民歌作为新诗资源已

---

① 1945年,艾青在"边区群英大会"上被评了"甲等奖",成为甲等劳动模范,中央党校劳动英雄模范工作者选举总筹委会在评语中说:"艾青……被选为甲等模范工作者的表现:1. 在整风以来,执行毛主席的文艺方向,于去年赴吴家枣国调查,写了《吴满有》的诗篇,并给吴满有朗诵,走向调查研究、为工农兵服务的新文艺方向。这首诗在艾青同志自己是一个转变,即由写小资产阶级而转变为写劳苦群众。这首诗在《新华日报》发表以后,影响许多大后方的青年向往延安,宣传了我党在边区的经济建设。"见程光炜《艾青传》,北京十月文艺出版社1999年,第395页。

② 1947年,在胡宗南部队攻打延安时吴满有被捕,后国民党登出吴满有"投诚"新闻,(多年后证实为假新闻)吴满有成了政治上的失贞者。《吴满有》也随之迅速贬值。

经得到政治确认的时候，何其芳却亮出不同立场，直陈歌谣体的限制。① 事实上，早在1950年的《陕北民歌选》代序《论民歌》中，他已经意识到歌谣的作用不在为新诗提供一种统一的体式，而在于"具有优美的节奏"。② 可是，这些真知灼见还不是何其芳与新诗歌谣化这个话题的真正核心。核心问题也许在于：作为一个真诚响应革命召唤，郑重其事进行自我精神和艺术改造的诗人，在40年代新诗"民族形式"探求的大氛围中，何以写作上竟没有片鳞只甲的歌谣化痕迹。

1939年11月，在"民族形式"讨论刚刚兴起之际，刚到延安的何其芳便撰文参与了讨论，理论上认同"既通俗又艺术"的诉求："我很希望我们写出一些这样的作品，既通俗又高度的艺术性（这两者并不是不可统一的矛盾），而且读给不识字的人听。"③ 如果考察40年代何其芳的理论文章，会发现他对"民族形式""民间文学""歌谣"等40年代热门而强势的诗歌资源简直是热心得很。

1942年在《杂记三则》其三谈"旧文学与民间文学"中，何其芳再次重申了民间文学与大众化的重要性：

> （民间文学）对于民族形式的建立更有特殊的重要作用。文学上的民族形式的提出已经三年了。有的人主张利用旧形式，至于利用一些什么与如何利用则并没有进一步去研究，实践，检讨。有的人又主张外国的东西可以搬过来，而且说现实主义的口号已经可以解决一切。他不曾想到为什么谈了这样多年的现实主义，而在它的大旗之下仍然不断地搬运着非现实主义的货品。他更不知道我们的新文艺应该更中国化，也就是更大众化，正是现实主义的一个极其重要的问题。④

他又特别强调了民间传说、故事、歌谣作为文学资源的重要性：

---

① 参见何其芳《关于新诗的百花齐放问题》，《何其芳文集》第5卷，人民文学出版社1982年版。
② 何其芳：《论民歌》，《何其芳文集》第4卷，人民文学出版社1982年版，第291页。
③ 何其芳：《论文学上的民族形式》，《文艺战线》1939年11月16日第1卷第5期。
④ 何其芳：《杂记三则》，《何其芳文集》第4卷，人民文学出版社1982年版，第8页。

其次，那些还活在民间的传说，故事，歌谣，我们也要算入我们的财产单内。它们也许比那些上了文学史的作品更粗更低一些吧。然而恐怕也更带着中国人民大众的特点。①

1944年在《谈写诗》一文中，他提出了拒绝欧化语言，提倡方言口语等观点，事实上也是对当时主流观点的回应：

> （讨论一首叫《厌恶和诅咒》的诗）这首诗的表现形式是太像某一类型的诗了：就是那种相当欧化的，便于知识分子用来表达曲折与错综的思想情感的自由诗。一个最显著的缺点是它和一般群众的语言实在距离得太远。
>
> 然而这篇诗的作者在信上说，他感到把许多口语写进作品，不像一篇诗。我想这恐怕是因为他对于诗，先有了一个定型的概念的缘故。他也许觉得这些口语从来没有上过诗篇，因此写出来不大像诗的语言。但是我们现在正是要打破那种定型的诗的概念，改变那种知识分子的语言的传统。
>
> 当然，文学作品里运用地方语言还是有些问题存在着的。一种地方语言，对于自己也说这种语言的读者是亲切而又生动；但对于不熟悉的人便成了一种困难。但假若不是为了用来装饰作品，为了猎奇，而是出于描写某种生活、人物的必要，地方语言还是应该大胆地使用。地方语言可以丰富文学的语言，而反过来，文学作品又可以使地方语言普遍化。还没有普遍化的时候，可以加上注释。②

这里，何其芳对于欧化自由诗脱离群众提出批评，对于方言口语入诗则持乐观态度。"地方语言可以丰富文学的语言，而反过来，文学作品又可以使地方语言普遍化"化用胡适"国语的文学，文学的国语"的表述逻辑则是"方言的文学，文学的方言"。

1946年，何其芳再次谈及"民族形式"问题，观点仍不脱主流的人民性阐释框架："民族形式问题实际是一个文艺与中国广大人民结合

---

① 何其芳：《杂记三则》，《何其芳文集》第4卷，人民文学出版社1982年版，第9页。
② 何其芳：《谈写诗》，《何其芳文集》第4卷，人民文学出版社1982年版，第64页。

的问题",① 又重申了民间形式的重要性:"大量地利用各种民间形式,如唱本,说书,章回小说,旧戏(地方戏在内)等等,也是很必要的。这不但为了适合众多的文化程度较落后的读者,而且这种利用经过一定时期的提高,改造,还可以给中国的文艺带来新的创造,如陕北的秧歌剧就是一个最显著的例子。"②

不难发现,1940年代的何其芳的文学观念,在左翼革命文艺话语诸如民族形式、人民性、大众化、反知识分子气等批评实践划定的范畴中延展,对于"民族形式"表露了充分的关切,对于民间形式相对于民族形式的代表性也持逐渐认同态度。这种整体性的文学观落实在诗歌中,便是对歌谣入诗的肯定和信任。写于1946年的《从搜集到写定》中,何其芳透露了他的歌谣情结以及这个情结的北大渊源:

> 北京大学从民国七年二月起就开始征求歌谣,并曾经出过两次《歌谣周刊》。第一次从民国十一年十二月出到民国十四年六月。第二次是民国二十五年四月复刊。我曾经看过三十多期。他们搜集的歌谣在数量上的确不少。但凭我的印象来说,还是民谣儿歌居多。真正艺术性高的民歌还是较少。③

20年代的北大歌谣征集运动,对何其芳构成了某种若隐若现的影响。40年代,他的歌谣情结没有汇入具体诗写,却转化成歌谣的采集和辑录行动。1948年,由何其芳和张如选编《陕北民歌选》,由哈尔滨光华书店出版。1950年何其芳为《陕北民歌选》写的代序便是那篇《论民歌》,其中提出民歌对新诗的启示在节奏这个很好的见解。

对于新诗取法歌谣的问题,50年代的何其芳表现了更清醒客观的观察和分析,这或许正是他在1953年一次讲座中所谓的"最近一二年我才有了一个比较确定的看法"。④然而在40年代,他的观点却颇同于

---

① 何其芳:《略论当前的文艺》,《何其芳文集》第4卷,人民文学出版社1982年版,第112页。
② 同上。
③ 同上书,第148页。
④ 同上书,第467页。

左翼主流，对于歌谣入诗表露的是纯然的乐观：

> 已经快三十年了，在新文学领域内最早出现的新诗却似乎到现在还最成问题。一般的意见是既不好读，又不好记。这个弱点刚好是民歌的优点。也许有人说，民歌多七言四句，像旧诗，用口语来写恐怕很多束缚吧。其实北方的民歌就不是死板板的七言，而只是音节大致差不多。比如陕北的"信天游"，就二句一首，表现生活与情感很自由。……并且我们也不一定要死套民歌体，我们还可加以改变与提高的。①

其乐观程度，令人不免疑惑：作为一个不乏感性表现力的诗人，何其芳这样的理论认识为何不能指导自身的诗歌创作呢？问题也许在于，40年代的何其芳显然陷于一种理论和写作的分裂状态：在理性思考、理论倡导上他尽可以说出最政治正确的观点，但一写诗他又甩不掉那种令他沮丧又不断忏悔的"小资"音调。理性认同和写作惯性的冲突在40年代的何其芳这里成了一种症候性的表征。

1942年前后何其芳的诗写一定经历着一场巨大的冲突和内在消解。这指的还不是他写作风格的转折，早在1938年的《成都，让我把你摇醒》中，何其芳诗歌语言已经发生了巨大的变化；1937—1939年这几年，他的写作虽发生变化，数量也在减少，但进入1940年之后，夜莺虽已变声，歌唱并未停止。当年有《夜歌》七首，《我们的历史在奔跑着》《快乐的人们》《叫喊》《解释自己》《〈北中国在燃烧〉断片（一）》；1941年有《革命——向旧世界进军》《给T.L.同志》《给L.I.同志》《给G.L同志》《让我们的呼喊更尖锐》《黎明》《河》《郿鄠戏》《我为少男少女们歌唱》《生活是多么广阔》《虽说我们不能飞》《我看见了一匹小小的驴子》《从那边路上走过来的人》《我把我当作一个兵士》14首；1942年写作数量大幅减少，只有《〈北中国在燃烧〉断片（二）》《平静的海埋藏着波浪》（3月8日）、《这里有一个短短的童话》（3月13日）、《什么东西能够永存》（3月15日）、《我想谈

---

① 何其芳：《谈民间文学》，《何其芳文集》第4卷，人民文学出版社1982年版，第146页。

说种种纯洁的事情》（3月15日）、《多少次呵我离开了我日常的生活》（3月19日）6首。随后的三年中，他没有任何诗歌作品面世。及至1945年以后，他偶尔提笔，但数量极为稀少：1945年发表《重庆街头所见》，1946年发表《新中国的梦想》，1949年发表《我们最伟大的节日》，1952年开始写作《回答》，1954年完成并发表，却遭到了各种质疑。

不少人从转向实际革命工作等角度解释何其芳诗笔的停顿，然而事实并不这样简单。1953年何其芳在一次关于诗歌的讲座中，描述了40年代写作不畅的心理过程：

> 要我说真心话，我还是很想写诗的，而且我相信，如果能够再写的话，大概总可以比过去稍微写得好一点。那么到底又为什么很久不写呢？真是有些说来话长。整风运动以后我对于自己过去的诗作了批判，认识到无论在内容上还是形式上都不能照那样写下去了。我认为首先应该改造自己的思想感情，然后是改造自己的诗的形式。后来好几年都忙于做别的事情，连业余的时间都轮不到用在诗歌上。由于没有时间去研究和实践，诗的形式问题也长期得不到解决。一直到最近一二年我才有了一个比较确定的看法，因此很想按照这种看法重新写诗。①

没有写并非不想写，恰恰相反，"我还是很想写诗的"。问题在于整风后照旧写是不行了，可是改造与求新却不能一蹴而就。所以，所谓诗笔的停滞表面上是忙——"连业余的时间都轮不到用在诗歌上"；实际上是迷惑——"诗的形式问题也长期得不到解决"。正是"欲旧不愿，求新不能"的纠结导致了何其芳诗笔的停顿。

第二节 艰难转型："自我"和"大我"的交战

考察三四十年代何其芳写作的转变，不难发现他一直处于"摆脱旧

---

① 何其芳：《关于写诗和读诗》，《何其芳文集》第4卷，人民文学出版社1982年版，第467页。

风格，寻找新语言"的挣扎中，这种"新语言"在特定背景下指的是群众语言———一种新的阶级语言。

在《画梦录》代序中他曾经说过"对于人生我动心的不过是它的表现"，然而现实环境很快改变了他的写作题材、文体和风格倾向。1935年，当何其芳从校园走向社会之后，先后到天津南开中学和山东莱阳省立第二简易乡村师范任教。在此，他和一个朋友常在附近的堤上散步，"呼吸着不洁的空气，那位朋友告诉我这片洼地里从前停放着许多无力埋葬的苦人的棺材：常有野狗去扒开它，偷食着里面的尸首"，令何其芳"感到我们也就是被榨取劳力的工人"。环境的变化改变了他写作的文体偏向："在这种生活里我再也不能继续做着一些美丽的温柔的梦，而且安静的用心的描画它们。"① 于是，"我再也不想写所谓散文。我感到只有写长篇小说才能容纳我对于各种问题的见解，才能舒解我精神上的郁结"。②

长篇小说的写作计划虽没有完成，但1936年他的诗歌题材和风格开始发生悄然的变化。从醉心于精雕细琢梦的镜像和感觉营构中退出来，此时他的诗歌更多了对现实尖锐的讽刺和愤怒。《送葬》中他便喊出了"燃在静寂中的白蜡烛/是从我胸间压出的叹息。/这是送葬的时代。""我再不歌唱爱情""在长长的送葬的行列间/我埋葬我自己"；《醉吧》副标题是"给轻飘飘地歌唱着的人们"，针砭现实的动机非常清晰，他要写的是"如其酒精和书籍/和滴蜜的嘴唇/都掩不住人间的苦辛"。于是，"苍蝇""死尸""西瓜皮"等跟何其芳以往"画梦"之诗格格不入的语象纷至沓来。

1937年的《云》标示着纷纭复杂的现实经验在何其芳的诗中吁求着位置，并催生了他诗歌转型的自觉性。"我走到乡下。/农民们因为诚实而失掉了土地。/他们的家缩小为一束农具。/白天他们到田野间去寻找零活，/夜间以干燥的石桥为床榻。//我走到海边的都市。/在冬天的柏油街上/一排一排的别墅站立着/象站立在街头的现代妓女，/等待着夏天的欢笑/和大腹贾的荒淫，无耻。""我走到"表征着"行走"和

---

① 何其芳：《〈还乡杂记〉代序》，《何其芳文集》第2卷，人民文学出版社1982年版，第126页。

② 同上书，第127页。

"足迹"所获得的现实经验对写作的支配性作用,此诗以何其芳诗歌前所未有的及物性彻底打破了他画梦之诗"倾心感觉、自我完美"的封闭格局,转而呈现出在跟现实对话中确认自身文化位置的努力。这种努力的结果是对以往写作的清算:"我情愿有一个茅草的屋顶,/不爱云,不爱月,/也不爱星星。"

顺着这个逻辑下去,才有了1938年的《成都,让我把你摇醒》。战争打响,国土沦陷,何其芳不能满意的是"然而我在成都,/这儿有着享乐、懒惰的风气,/和罗马衰亡时代一样讲究着美食,/而且因为污秽、陈腐、罪恶/把它无所不包的肚子装饱,/它在阳光灿烂的早晨还睡着觉"。诗人以峻急的家国意识对仍沉溺于日常生活的"睡着"的人们发出大声呼告。何其芳的风格转向呈现了诗歌与时代的复杂张力关系:在大时代的动荡乃至于倾颓中,背对时代、自我表现的诗歌空间总是不自觉地被民族情怀等社会性因素所挤压和征用。1936年至1938年,何其芳诗歌从内倾向外倾的转换,正是调适诗歌与时代张力关系的结果,它也是何其芳40年代诗歌发生更巨大转折的桥梁。

从写作主体的角度看,40年代何其芳诗歌写作的体验可以概括为"惊醒和彷徨"。一方面,他自觉地采用了革命的文艺透视法来审视写作,因此发现了自身的"落后性";另一方面,他的思想"惊醒"却进一步加剧了写作上的"彷徨"。这种矛盾的"惊醒与彷徨"在何其芳身上悖论而纠结地存在着。

日后在回忆40年代初的延安文艺讲话和自身思想转变时,何其芳一再强调了对"自我改造"极为必要的"觉悟":"它使我第一次感到和认识到小资产阶级知识分子必须经历从一个阶级到另一个阶级的变化"①"听了毛主席在延安文艺座谈会上的讲话,我才恍然大悟,原来我虽然参加了革命,参加了党,我的世界观还没有改造,我的资产阶级和小资产阶级的思想感情还没有经过改造。我写的诗和散文虽然是歌颂延安、歌颂革命、歌颂中国共产党、歌颂工农兵的,但我的歌颂都带有浓厚的资产阶级和小资产阶级的思想感情,还并不能代表工农兵,并不能真实地反映他们的生活和斗争,还不过是一种革命的小资产阶级的

---

① 何其芳:《毛泽东之歌》,《何其芳文集》第3卷,人民文学出版社1982年版,第76页。

'自我表现'。"① 内化了革命文艺的阶级论透视法，何其芳并不缺乏改造自身写作的自觉性。然而，过程却很曲折。日后他这样描述道：

> 我当时的文艺思想也存在着许多问题，也还是资产阶级的文艺思想。我抗战初期上前方，不是深入敌后军民的斗争生活，而是采用单纯搜集材料写报告文学的做法，结果写的作品不能吸引人、感动人，自己也不满意。回延安以后，读到一篇苏联的反概念化的文艺论文，我一下子就接受了其中的观点。我从一个极端走到另一个极端，完全否定了搜集材料的方法，向文学系学习写作的同学们提出这样的创作主张："写熟悉的题材，说心里的话。"对没有到工农兵中去、没有改造思想感情的小资产阶级知识分子来说，这样的创作主张只能引导他们去写旧社会的生活，去写个人小天地里的生活，而且表现出大量的小资产阶级的思想感情。我那时写的诗歌和散文很多都是属于这样的范畴。②

这段话是何其芳站在无产阶级革命立场，以一个改造好思想的知识分子的立场进行的自我忏悔。然而抛去这种主观透视法，依然不难辨认出何其芳初到延安时期写作上那种进退维谷的困境：用具体的材料写抗战题材的报告文学，内容上没有问题，却苦于"不能吸引人，感动人，自己也不满意"，就是没有文学感染力。期间也有所调整和变化，从苏联文论中接受了"反概念化"的观点，写熟悉的生活，于是又回到了"个人的小天地"，"表现出大量的小资产阶级的思想感情"。这正是何其芳当年"欲旧不愿，求新不得"纠结过程的绝佳注脚：求新，却无感染力；求变，则又不自觉用激活了原来的文学手段和审美趣味。

证之以具体作品，不难更深入体察何其芳的挣扎。

显然，1939年的《一个泥水匠的故事》便是那种"报告文学"式的写法，它的对象和内容并不来自诗人的内在体验，而是来自于战争中

---

① 何其芳：《幸福的回忆》，《何其芳文集》第3卷，人民文学出版社1982年版，第150页。
② 何其芳：《毛泽东之歌》，《何其芳文集》第3卷，人民文学出版社1982年版，第58页。

涌现的英雄事迹。《一个泥水匠的故事》写的是一个叫王补贵的泥水匠的抗日事迹。如果从写作抒情机制角度看，这首诗虽然保持着抒情主人公"我"（"我就讲一个泥水匠""我的故事还没有完"等）的声音痕迹，但这并不是一首"自我抒情"的作品。由是，何其芳诗歌产生了"抒情"和"讲故事"的博弈。须知，在1936—1938年间的诗歌中，虽然题材、风格和写作功能发生了巨大变化，但是，"自我抒情"作为何其芳最擅长的写作机制并没有变化。"自我"始终是诗歌处理内外关系（写作主体和写作对象）、统摄诸种材料的转轴；写作对象在自我的观照下获得审美内涵。然而在《一个泥水匠的故事》中，"我"已经转型为一种讲故事的人，"我"的主观体验不再具有意义。

我们不难在解放区文学中辨认出大量和《一个泥水匠的故事》相同类型的作品，某种意义上，艾青写于1943年的《吴满有》和《一个泥水匠的故事》走的是相同道路（至于卞之琳的《慰劳信集》则虽然努力明白晓畅，依然打上了深深的卞之琳语言印记）。诗歌的故事化、对"自我抒情"机制的舍弃成了这类诗歌的共同特征。① 然而，值得特别注意的是，何其芳显然极度不适应对"自我抒情"的放逐。他自己便明确说"作品不能吸引人、感动人，自己也不满意"。② 因此，他迅速地做出了调整，写于1940年的《〈北中国在燃烧〉断片（一）》虽然写的是抗战，但那个"自我"视角又回来了：

> 听呵，我们的土地在怒鸣！
> 我们的土地在颤抖着，而且发出吼声，
> 如同受着一阵沉重的打击，
> 一面大鼓发出它的号召，
> 号召我们去迎接战争。
> 今天，来到这里一个礼拜后，
> 我第一次听见了战争的声音。
> 今天，当我们和司令员正用着早餐，

---

① 在此背景下还发生了徐迟"放逐抒情"和穆旦提倡"新的抒情"的争论。
② 何其芳：《毛泽东之歌》，《何其芳文集》第3卷，人民文学出版社1982年版，第58页。

> 吃着青色的菠菜，
> 军号象受了惊似地叫了起来。
> 而现在，司令员正站在城墙上，
> 叫他的警卫员找一个隐身的地方，
> 准备用照像匣子给日本飞机照像。
> 但天空里一直没有它们的影子出现：
> "他妈的，日本飞机瞎了眼睛，
> 找错了岚县城！"

  这里也写战争的惨烈，也写司令员的镇定，然而，那种讲故事式的"客观"叙述被一个"我"视角所替代，虽然"我"是以复数"我们"的形式出现。换言之，"自我抒情"中，"自我"虽然被"大我"化，但相比于《一个泥水匠的故事》那种"讲故事"方式，抒情的框架却得到了保留。

  《北中国在燃烧》写的是何其芳的前线见闻，1940年和1942年他两次尝试处理相同的题材，足见他对这次上前线经验的重视。然而，他大概也并不甚认可这些诗歌，于是又回到了"写熟悉的题材，说心里的话"那里去，1940—1942年延安讲话前创作的大部分作品中，他又熟悉地运用起"自我抒情"来"说心里的话"了。

  《夜歌》七首和《解释自己》，我们看到的是何其芳强烈的自我剖析、自我对话的愿望，对他而言，"诗"与"自我抒情"如此紧密地联系着，抒情宰制了他这个阶段的诗歌想象。

> 你呵，你又从梦中醒来，
> 又将睁着眼睛到天亮，
> 又将想起你过去的日子，
> 滴几点眼泪到枕头上。
>
> ——《夜歌（一）》

  《夜歌》清楚地标示了小资"旧风格"对在新旧地带来回徘徊的何其芳的诱惑：只有早期诗歌那种忧郁、寂寞的情绪才让他的心灵有不可自禁的悸动（这种情绪被命名为"小资产阶级情调"，成了何其芳日后千方百计驱除的感情）。某种意义上，《夜歌》和《解释自己》提供的不是理想诗歌的范本，而是一个真诚渴望在革命的美丽新天地中完成自我蜕变的青年诗人困惑和挣扎的心灵切片。

《夜歌》的人称显得尤其有趣。不同于30年代诗歌中经典的"自我抒情"句式，"告诉我，用你银铃的歌声告诉我，/你是不是预言中的年轻的神？"（《预言》）"告诉我，欢乐是什么颜色？/象白鸽的羽翅？鹦鹉的红嘴？"（《欢乐》）那时抒情主人公的困惑通常通过和一个难以确指的"你"的对话来展开：《预言》中的"你"具体的所指是麋鹿，但麋鹿却又是神秘自然的意象化。所以，"我"跟意象化的"你"的直接对话，是何其芳所找到的跟神秘世界对话的桥梁。"你"有时又是一个有意虚化的现实对象，"你的脚步常低响在我的记忆中，/在我深思的心上踏起甜蜜的凄动"，《脚步》中的"你"便是一个具体爱恋对象。"你"作为一个对话型人称，有效地使抒情主体"我"的情绪获得了比第三人称叙述更内在、有温度的抒发可能。借助"你"来导引和辅助"我"的抒情，是何其芳30年代诗歌就颇驾轻就熟的技法。对话型人称还体现在《雨天》《罗衫》《楚歌》《花环》《月下》《夏夜》《祝福》《赠人》《再赠》《圆月夜》《岁暮怀人（一）》《岁暮怀人（二）》。有趣的是，1934年之后何其芳诗歌中极少采用"你""我"对话抒情模式。

如此说来，上引《夜歌（一）》的开篇便有了更多意味了。被何其芳搁置多年的对话抒情模式重新被激活了，对话式抒情大概是辨认和抒发某种混杂着困惑情绪的最贴身工具。它的重新启用，意味着何其芳在革命阵营中积聚着大量困惑的情绪需要借助诗歌来处理。只是，诗歌重新出现的"你"在内涵上已经发生了巨大的变化。30年代的诗中，"你"往往是昔日恋人、神秘自然的人称化；而《夜歌》中的"你"，同样有着不同指称对象，但主要指称对象变成："抒情自我"的另一个分身、现实中的战友。

换言之，《夜歌》的"你"绝大部分情况下是诗人跟自己的对话，是一个"革命新我"（在诗中往往以复数形式的"我们"出现）跟一个"小资旧我"的对话。"革命新我"占据了诗歌中的"抒情主体"位置，

"小资旧我"却被安排在"你"称谓之下,成了与"我"有着密切关系,又需要被"我"辨认、审视、引导和批判的对象。因此,在人称中,我们发现了《夜歌》中何其芳诗歌"自我"强烈的新旧交战。

> 但你这个年青的孩子,
> 你说你在人间的宠爱中长大,
> 你又有什么说不出理由的理由
> 有时也不能好好地睡?
> 你说你是一团火,
> 那你就快活地燃烧吧。
> 你说知道自己聪明便多痛苦,
> 知道自己美丽便多悲哀,
> 不,聪明的人不应该停止在痛苦里,
> 美丽的人不应该只想到自己美丽。
> ——《夜歌(一)》

在诗歌的话语位置中劝解、批评、引导着"你",为"小资"的"你"提供更正确的思想方向的主体,显然不可能由何其芳的真实"自我"来充当。于是,《夜歌》在激活了昔人对话抒情模式之后,又为这个模式增添了一个作为主体的"我们",只有集体化的主体"我们"堪当救赎小资旧我的革命导师重任:

> 我们不应该再感到寂寞。
> 从寒冷的地方到热带
> 都有着和我们同样的园丁
> 在改造人类的花园:
> 我们要改变自然的季节,
> 要使一切生活都更美丽
> 要使地上的泥土
> 也放出温暖,放出香气。
> 你呵,你刚走到我们的队伍里来的伙伴,

> 不要说你活着是为了担负不幸。
> 我们活着是为了使人类
> 和我们自己都得到幸福。
> 假若人间还没有它，
> 让我们自己来制造。

这种带着真理口吻的革命说教跟"抒情自我"并不属于同一个话语系统，但跟"集体大我"却有着内生性关联。《夜歌》是何其芳在黑夜中面对自己内心汹涌而出的真实声音和不可抑制的忧郁情绪的产物，诗人的身体同时被"忧郁者何其芳"和"革命者何其芳"所占据。这两个不同的主体被安排进一个弗洛伊德式的"自我"人格结构中：忧郁的"本我"生产着源源不断、跟革命要求并不合拍的情绪；而革命的"超我"便负责调教和规训"本我"的非理性情绪。本我和超我的交战、对峙和胶着中，何其芳式的"革命抒情"得以形成。不能不说，1940—1942年初的何其芳，在内心的焦灼、挣扎，"惊醒"和彷徨中，已经极少有余暇来关注那种关切现实、书写英雄的报告文学式写作。（《我们的历史在奔跑着》《革命——向旧世界进军》仍是以搜集来的材料为主要内容）他必须先处理内心那个"旧我"的捣鬼，因此，此阶段的写作便成了他心灵波折、慕新弃旧、"虽有旧梦，不愿重温""欲旧不愿、求新不能"的绝佳展现。

我们几乎可以说，何其芳的"自我"向"大我"蜕变着，然而他的诗歌却始终必须置于"抒情"框架中才能展开。所以，《快乐的人们》《让我们的呼喊更尖锐一些》《我为少男少女歌唱》《生活是多么广阔》《虽说我们不能飞》《我把我当作一个兵士》中的"我"已经完全可以换用为"我们"，它们事实上开启了 50 年代贺敬之、郭小川那种"政治抒情诗"的先声：抒情主人公自觉地占据着阶级和历史的主体位置发声，那种真理在握、发号施令和为历史、革命、人民献身的热情交织在一起，构成了一支气壮山河、不容置辩的革命交响曲：

> 我们使荒凉的地方充满了歌唱。
> 在寒冷的夜晚我们感到温暖。

我们开垦出来的山头突起而又丰满
来装满了奶汁的乳房，
从它们，我们收获了冬天的食粮。

——《快乐的人们》

而我们却喊着
"同志们，前进！"
我听见了我们的队伍的整齐的步伐，
我听见了我们的军号的声音。

我们是幸福的。
我们知道我们要去的是什么地方。
我们知道那里是什么状况。

——《叫喊》

起来！起来！
所有并不梦想逃避到火星上去的人！
今天我们是自己的民族的子孙，
也是全世界的公民，
今天轮到我们来为历史的正常前进而战斗了，
我们要以血去连接先驱者的血，
以战争去扑灭战争！

——《让我们的呼喊更尖锐一些》

当抒情"自我"钻进了"我们"的位置中，在革命透视法加持下获得的历史正义感可以克服"自我"暗涌的忧郁小气泡；可是，何其芳不同于50年代的贺敬之、郭小川之处在于，阶级大我的主体想象在彼时依然是一种理想期待而非获得政治文化多重支撑的制度现实。白天太阳照耀下，何其芳努力在诗歌中发出虎啸龙吟，可是当夜晚月上林梢，昔日夜莺歌唱的清丽之声依然不时来寻找他、折磨他。因此，在一片磅礴的阶级大我之声中，那种忧郁的、寂寞的声音依然不时冒头，写于1941年的《河》便可视为30年代《预言》的重光：

第四章 无法完成的转型

> 我散步时的伴侣，我的河，
> 你在歌唱着什么？
> 我这是多么无意识的话呵。
> 但我知道没有水的地方就是沙漠。
> 你从我们居住的小市镇流过。
> 我们在你的水里洗衣服，洗脚。
> 我们在沉默的群山中间听着你
> 象听着大地的脉搏。
> 我爱人的歌，也爱自然的歌，
> 我知道没有声音的地方就是寂寞。

当何其芳独对一条小河时，他的想象方式又从阶级、历史、社会的进化论透视法中退出来，"自我"重新从阶级"大我"中释放出来，与天地自然对话的想象盖过了社会阶级文化想象。此时，群山听得见河流，"我们"自然也听得见"大地的脉搏"。"我们"被循唤为"自我"，阶级革命话语为"自我"话语所替代。"无意识""沉默"的"寂寞"又回来了，取代了集体劳作的光荣、历史奔跑的喧嚣。

于是，我们在1940—1942年初的何其芳诗歌喉咙中听到三种截然不同的声音："大我"的"叫喊"、"自我"的迷醉和"自我"的忏悔。有时候，则是"大我"在抒情主人公位置上对"自我"的批评和引导。《快乐的人们》这种"前政治抒情诗"无疑便是"大我的叫喊"；《河》则是较为少见的"自我"的偷袭和迷醉之声；《多少次呵我离开了我日常的生活》则显然是"大我"审视下"自我"的忏悔。再没有任何一首诗如此诗般清晰地勾勒了何其芳彼时分裂纠结的精神结构：他在本能感受上体验着新生活带来的不适："那狭小的生活，那带着尘土的生活，那发着喧嚣的声音的忙碌的生活"。他必须"离开"——"走到辽远的没有人迹的地方"——必须从集体的"大我"回到"自我"的园地中透口气。而重归"自我"对于他居然也有着"新生"的作用：

> 我象回到了我最宽大的母亲的怀抱里，
> 她不说一句话，

只是让我在她的怀抱里静静地睡一觉，
然后温柔地沐浴着我，
用河水的声音，用天空，用白云，
一直到完全洗净了我心中的一切琐碎、重压和苦恼，
我象一个新生出来的人……

可是迎着"自我"往回走在何其芳更像是一个精神假动作，"本我"的诱惑迅速地被"超我"建构的革命主体想象所制止。于是，在"折返"几步之后，诗人的主体认同又经历着朝向革命的二度"折返"：

但很快地我又记起我那日常的生活，
那狭小的生活，那满带着尘土的生活，
那发着喧嚣的声音的忙碌的生活，
我是那样爱它，
我一刻也不能离开它，
我要急急忙忙地走回去，
我要走在那不洁净的街道上

有趣的是，在诗歌的修辞想象中，"日常生活"一方面被分配给了革命，那个"自我"空间于是便具有了幻想和不真实的性质，它使自我"新生"的功能显出不可靠的意味。另一方面，日常生活虽然二次被指认为"狭小""带着尘土""喧嚣""不洁净"，但在诗人的认同朝向中，这种现实的"不洁"反而获得了背反性的道德效应。在左翼的革命道德卫生学中，身体/精神的洁/不洁始终存在着背反关系，它被提炼为"劳动人民的手是脏的，但灵魂最干净"。在一番忏悔式的表白中诗人写道：

呵，我是如此愿意永远和我的兄弟们在一起，
我和他们的命运紧紧地连结着，
没有什么能够分开，没有什么能够破坏，
尽管个人的和平很容易找到，

> 我是如此不安，如此固执，如此暴躁，
> 我不能接受它的诱惑和拥抱！

此诗由重回"自我"开始，却以公开表态抵制"自我"的诱惑结尾。它意味着何其芳其实处在不可抑制的双重纠结中：当他的主体认同结构被革命阶级自我所完全占据时，他的"自我"在强烈地要求着空间；当他的"自我"获得了些微透气的缝隙时，他又陷入了深深的忏悔和自省中。

由此，1940—1942年何其芳的写作便主要是一种"解释自己"的写作，在虽有旧梦，不愿重温、欲旧不愿，求新不能的纠结中，何其芳在"说心里的话"的苏联理论支撑下，内心未必十分否定这种"解释自己"的写作。只是，延安文艺讲话无疑打破了他这种以忏悔维系的脆弱写作平衡。在习得了"我虽然参加了革命，参加了党，我的世界观还没有改造，我的资产阶级和小资产阶级的思想感情还没有经过改造"[①]之后，他的写作便难以为继了。

进入革命阵营之后，何其芳在题材、风格上都有了明显的"革命化"，但从对"报告文学"式写作的排斥中，可以发现他对诗歌抒情框架的珍视乃至依赖。更重要的原因还在于，何其芳的认同结构中始终存在着冲突和纠葛，他的审美体验惯性吁求着"自我"的空间，他的写作观念使他更愿意"说心里的话"，其结果是启用抒情的写作框架，呈现了一个革命青年主体"求进步"过程中思想周折。概言之，在写作的革命化过程中，何其芳对抒情和自我体验的重视几乎到了顽固的程度。"讲话"之前，他的写作始终在维系自我情感体验和政治正确的平衡中来落实"革命化"诉求。可是，这一切在"讲话"之后显得不再合适。用他自己的话说，是意识到"思想改造"的长期性和艰巨性。事实上，是艺术趣味改造相对于思想倾向改造的滞后性。此时的何其芳，大概有某种无能为力的感觉吧！于是停顿，从1942—1949年近八年时间，仅有《重庆街头所见》（1945）、《新中国的梦想》（1946）、《我们最伟大的节日》（1952）三首诗面世。

[①] 何其芳：《幸福的回忆》，《何其芳文集》第3卷，人民文学出版社1982年版，第150页。

中华人民共和国成立后，写于1952—1954年间的《回答》，显示的不是何其芳写作上的"蜕化"，而是某种固有症候的复现。那种后来被批为具有"小资情调"的诗句，[①] 在写作上依然是他以自我体验为出发点的观念导致；在主体认同上却又显示了已到中年的何其芳依然不能摆脱内心"自我"的诱惑。

第三节 "自我抒情"与"格式诗法"的冲突

在革命进化论的趋新召唤中，何其芳已经成了最忠诚的思想新人，可以不断发表理论见解并胜任到重庆宣讲"讲话"的重任；可是诗歌写作上他却依然是个尴尬的旧人，导致他不断地自我忏悔乃至停笔。这份思想/文学的趋新程序中，文学改造相对于思想改造的滞后性的实质何在？以写作惯性言之似略嫌笼统，那么什么才是这种"惯性"的真正内涵呢？又是什么造就了这种惯性？什么是何其芳思想之脚迈进革命新天地，文学之脚却被绊留在小资旧风格的真正玄机呢？

在何其芳一生的诗歌写作中，下面这首是非常特别的：

> 满天的星斗长庚星最明，（满天星斗长庚明）
> 古来的诗人李白杜甫最知名。（古来诗人李杜名）
> 如今的诗歌谁作得最好？（如今诗歌谁最好？）
> 千千万万个劳动人民。（千万万劳动人民）
>
> 　　　　　　一九五八年十一月十四日，河南登封二官庙村

这是何其芳极少见的歌谣诗，虽然作者努力用一种现代汉语的松散节奏来表达，但诗歌依然可以极其容易地转换为七言民歌体。比兴、问答手法的运用，同样使此诗显出浓郁的民歌特征。在1958年的"新民

---

① 《回答》第一节写道："从什么地方吹来的奇异的风，/吹得我的船帆不停地颤动；/我的心就是这样被鼓动着，/它感到甜蜜，又有一些惊恐。/轻一点吹呵，让我在我的河流里/勇敢的航行，借着你的帮助，/不要猛烈得把我的桅杆吹断，/吹得我在波涛中迷失了道路。"这种具有不确定情绪的诗句在1949年后的批评体制中自然迅速地被批判消毒。

歌运动"氛围中，何其芳终于完成了一次诗歌的"民歌化"。这首并不高明的民歌诗，① 再次激起我们的疑问：在袁水拍、李季、阮章竞等更年轻的诗人那里很快完成转换的新诗歌谣化，何以在何其芳这里显得困难重重、一拖再拖？诡异的是，正是这首普通得不能再普通的歌谣诗，更清晰地镜照出何其芳过往写作的动力坐标，并成为回答何其芳1940年代诗写困境的钥匙。

王光明先生认为戴望舒、何其芳30年代诗歌"较为成功的是把象征主义思维和想象手段跟中国抒情传统结合起来的戴望舒、何其芳等人，这种结合使他们写出了最优秀的抒情诗，同时也丰富了现代汉语诗歌的表现力和接纳比较复杂的现代经验的能力"。② 这里敏锐地把握了30年代现代诗歌取镜象征主义和古典诗学的倾向，具体到何其芳，似乎仍有话可说。30年代何其芳诗歌在中西交融、新旧汇通的努力中，发生着散文诗和分行新诗的不同功能配置：何其芳习惯用象征和自我抒情的诗写方式，前者运用更多"对话"以容纳各种不同的声音；后者却直接诉诸写作者本人的情感，只是相比于早期浪漫主义诗歌，何其芳的新诗添了些晚唐诗的忧郁温润和绮丽想象。就此而言，何其芳的散文诗把象征主义和古典诗传统结合；他的分行新诗则把新诗浪漫主义的自我抒情框架跟古典诗传统结合起来。

换言之，"象征""抒情"这两个30年代何其芳诗歌的关键词需要加以进一步辨析。它们不仅作为写作的修辞手段而存在，有时还上升为写作动力意义上的话语机制。在《预言》这样的新诗中，我们诚然可以读到"象征"，但这种"象征"却可以落实为意象、修辞层面；而在《楼》《岩》这样的作品中，"象征"却上升为全篇的动力结构和话语机制。我们不妨说，《预言》采用了象征修辞，在写作动力上却依然以"自我抒情"为框架；《岩》《楼》《弦》显然同样有某种抒情色彩，但写作动力上却以"象征思维"为框架。于是我们不难辨认出何其芳写作上的某种突出的个性特征：在分行新诗中，不管何其芳借用象征主义

---

① 1961年第3期的《诗刊》刊发了一首民歌诗《在一起》："星星和月亮在一起，珍珠和玛瑙在一起，庄稼和土地在一起，劳动和幸福在一起。"这是一首当年群众作者创造的革命民歌诗，跟这些作品放在一起，很难辨认出何其芳民歌诗的特质。话说回来，民歌诗正是以"去个人性"为特征的。

② 王光明：《现代汉诗的百年演变》，河北人民出版社2003年版，第287页。

还是晚唐诗的营养,"自我抒情"框架已经成为他写作极难摆脱的潜意识。以至于你极难在何其芳的新诗写作中,发现有几首不是以"自我抒情"为话语中枢来展开的诗歌。新诗史上,郭沫若的《女神》将"自我抒情"提升为一种写作动力意义上的话语交流机制:

  (郭沫若诗歌)这种以"自我"抒情为出发点的诗歌话语交流机制,改变了传统诗歌对情境关系的重视。在诗歌"说话者"、"听者"、"说的事物"三重关系中,强调的已不是言说者的感情对事物的融入,追求物我关系的和谐;诗人考虑的也不是在"言不尽意"的宿命中,面对语言与事物的亲与疏离的辩证,如何言说事物,如何进入、分辨诗歌的"有我之境"或"无我之境",而是把"说话者"的主观感情抬高到了压倒一切的高度。①

一个研究者在评述王光明对新诗"自我"问题的洞见时说:

  "自我"在这里成为一个自觉的考察范畴和比形式更为内质的动力角度。它与时代精神、现实社会、个人意识、形式艺术、语言策略等等因素都有着复杂的纠结。更是作为"新诗"区别于古典诗歌一个内质的、根本的话语据点,要求语言与形式采取相对应的策略来抒发感觉与想象。也就是:倘若没有"自我"作为内核,"新诗"就不能成其为"新诗"。②

  从写作动力机制的角度看,40年代何其芳写作转换的核心困境其实是如何把诗歌从"自我抒情"框架转移为"格式诗学"框架。"自我抒情"诗和"歌谣诗"分属于两种截然不同的写作发生学的话语机制。前者以"自我"作为整合、统摄各种感觉、意象和想象的中心,物象和语象被"自我"所观察、侵入并主观化。整个文本结构中,"自我"及其"感情"居于绝对的支配地位,意象和感觉为"自我抒情"所选择、裁剪,并在其规定的方向中发挥作用。以自我抒情为写作话语机制

---

① 王光明:《现代汉诗的百年演变》,河北人民出版社2003年版,第96页。
② 王芬:《论新诗中"自我"问题研究现状》,《绥化学院学报》2011年第5期。

的诗歌，基本上以自由体为主。相比之下，"歌谣体"是一种以外在形式为主要参照物，并在此基础上进行艺术运思、意象选择的写作话语机制。诗歌形式和格律当然并不绝对排斥隐喻、象征等诗歌思维，然而这些思维只是在诗歌的局部发生作用，并不能获得支配诗歌展开的核心地位。阮章竞总结《漳河水》的写作经验时说"像曹氏父子作乐府民歌，依曲添词"，① 事实上透露了"歌谣体"乃至一切有律诗歌的运思机制。

事实上，新诗史上反思新诗之弊的一种重要声音，便是倡导为新诗创造相对固定体式。1926年饶梦侃连发《新诗的音节》②《再论新诗的音节》③ 两文，认为新诗必须有好的"音节"，他所谓的"音节"，包含格调、韵脚、节奏和平仄等诸方面，他认为"格调"即"一首诗里面每段的格式"；还推崇"韵脚"，他认为"韵脚"的功能是"把每行诗里抑扬的节奏锁住，而同时又把一首诗的格调缝紧"，"一首诗里要没有它，读起来决不会铿锵成调。"饶梦侃认为"节奏"是新诗的音节里面最难操作的因素。节奏分两种，一种"由全诗的音节当中流露出的一种自然的节奏"，另一种是"作者依着格调用相当的拍子（Beats）组合成一种混成的节奏"。前者浑然天成，"简直没有规律可言"，后者却能靠诗艺的磨炼而成，他认为《死水》便是后一种的成功之作。"平仄"在新诗中一般被视为残骸，饶梦侃却认为它是中国民族文字的特色。它决定了诗中文字的"抑扬轻重"，没有它就没有了诗的节奏和韵脚，一首诗就只剩下"单调的音节"。30年代鲁迅在《致窦隐夫》中所说的"新诗先要有节调，押大致相近的韵，给大家容易记，又顺口，唱得出来"④，说的是新诗的形式问题。

新诗格律化的探索，更体现在从闻一多、徐志摩、陆志韦以及后来何其芳、卞之琳、吴兴华等人的探讨中。这些探讨聚焦于新诗的形式秩序探索，并不一律强调用一种古诗、歌谣体的形式来统一全部新诗。然而，就诗歌的写作动力学而言，这种强调形式依凭的"格式诗学"显然截然不同于从郭沫若那里肇始的"自我抒情"诗学。

---

① 阮章竞：《异乡岁月——阮章竞回忆录》，文化艺术出版社2014年版，第188页。
② 饶孟侃：《新诗的音节》，《诗镌》第4号，1926年4月22日。
③ 饶孟侃：《再论新诗的音节》，《诗镌》第6号，1926年5月6日。
④ 鲁迅：《致窦隐夫》，《鲁迅全集》第12卷，人民文学出版社1981年版，第555页。

40年代的革命阵营中，关于新诗发展方向问题上，"民间资源"和"格式诗学"显然受到了更多的鼓励。"民族形式"论争中，萧三在反思新诗之弊时便旗帜鲜明地要求新诗必须有一个成型的形式。这种"格式诗学"思维虽然受到反驳，① 但并不妨碍它在革命阵营中获得体制的加持。

所以，在写作上阻碍何其芳的真正原因是他无法从"自我抒情"的写作思维中切换到"格式诗学"的写作规范中来。这番困扰，导致了他在五十年代专门对"现代格律诗"进行了理论探讨。有趣的是，30年代同为自由诗诗人的卞之琳，50年代同样在现代格律诗问题上用力颇多。这似乎意味着，革命诗歌体制在自由和格律问题上的偏向加诸他们的压力。值得思考的是，无论是何其芳还是卞之琳，他们可以写出自由诗经典，也可以对现代格律诗进行有益的理论探索。然而，具有丰富创作经验的诗人，他们却并未在自己创设的现代格律诗理论指导下写出优秀诗歌，这或许并不仅是意外。显然，新诗并不排斥形式秩序对经验的提炼，然而一旦"形式诗学"被强化到排斥"自我体验"的程度，单纯的"形式"很难激活和启动诗人的写作能量。

小结

40年代的何其芳，虽在理论上强调了民歌的重要性，然而他本人的写作如果要吸纳歌谣资源，甚至转化为"歌谣体"——把歌谣作为诗歌展开的体式，实质性的问题是如何从一种"自我抒情"的话语机制转移到"格式诗学"的话语机制。40年代何其芳"写作困境"在于，他对于自我抒情型写作有着某种无法摆脱的依赖，以至于他根本无法转换另一种话语机制来运思歌谣诗。有趣的是，中年以后的何其芳却写了很多近体诗。这或者说明，何其芳并非不能写作"形式依凭"的诗歌，而是"自我抒情"宰制了他对新诗的历史理解，至少在新诗写作上，他极少有非自我抒情型以外的写作。

显然，并非何其芳排斥歌谣，更不是他漠视诗歌的声音问题。在何

---

① 力扬便认为"对于民间文学的吸收，只限于受它的影响而已，若要按它的字数，句数，象古人填词那样去填，由形式而求内容，决不是办法吧"。力扬：《关于诗的民族形式》，《文学月报》第1卷第3卷，1940年3月15日。

其芳这里，我们看到了一种形式资源进入作家的运思结构过程中存在着的"自我"中介。何其芳的诗歌写作显然特别依赖于"自我"这个资源整合器。在前期，"自我"是他诗歌中的感觉收集器；在后期，"自我"虽成了革命话语的传声筒、投影屏，然而，"自我"依然是诗歌的情感发射器。何其芳的诗歌，始终无法卸下"自我"这个发动机，唯有通过"自我"，感觉、激情、民族认同，甚至革命口号，才能够在他的诗中具体化。

第五章

走向山歌

——1940年代袁水拍诗观转化的历史语境与动因

1940年代初，国统区青年诗人袁水拍的诗名并不盛，他写着的那些自由体抒情诗虽然在小圈子中获得肯定，却不能广为人知。1942年前后，他对于歌谣产生了强烈兴趣，几年后更是写出了风靡一时的山歌诗——马凡陀山歌。本章以袁水拍为个案，探究他从自由体抒情诗人到山歌诗人这一诗体认同转变的发生学问题。换言之，在何种话语术和透视法中，1940年代的袁水拍得以完成山歌诗学对抒情诗学的替换。

第一节 一次偶然的交集？

1941年7月5日，青年诗人袁水拍在香港《大公报》发表一首题为《雾城小调》的诗（后收入诗集时改名《城中小调》），其中有这样的段落：

> 夜街的灯火跳动，移行，奔驰，摇晃，
> 从上坡到下坡，轿子，人力车，消失到黑影中去，
> 电灯，植物油灯，豆油灯，蜡烛，有芒的光电，
> 交叉，冲突，干涉，琥珀色，酒的颜色，
> 投影，旋转，汽车头灯，扫射，延长，闪电……
> 正月里来去交情，
> 郎提礼物上姣门，
> 郎说不才如粪土，

姣说人义值千金。①

16 天后——1941 年 7 月 21 日，另一位青年诗人穆旦在《贵州日报·革命军诗刊》发表了一首诗——《五月》（这首诗后收入《探险队》，作者在诗后注明写作时间为 1940 年 11 月），起头就给人新奇之感：

> 五月里来菜花香
> 布谷流连催人忙
> 万物滋长天明媚
> 浪子远游思家乡
>
> 或是爆进人肉去的左轮，
> 它们能给我绝望后的快乐，
> 对着漆黑的枪口，你就会看见
> 从历史的扭转的弹道里，
> 我是得到了二次的诞生。
> 无尽的阴谋；生产的痛楚是你们的，
> 是你们教了我鲁迅的杂文。②

有趣的是，这两首前后脚发表的诗作，存在着某种形式的"心有灵犀"：两位诗人都别出心裁地在现代抒情诗中嵌入了山歌，创造了一种很有意味的诗歌形式。③ 上引仅为两诗的小部分，但不难看出，在自由体部分，他们都表达了某种现代的紧张感。袁水拍把各种不同时代、不同阶层的"灯光"搅拌在一起，其中"汽车头灯""有芒的光电"这些"现代"器具显得特别突出。诗歌内蕴了"现代"（由"汽车头灯""光电"等所代表）凝视下的城市晕眩主题。穆旦则是用"枪"来表达

---

① 袁水拍：《城中小调》，徐迟选编《袁水拍诗歌选》，人民文学出版社 1985 年版，第 100—102 页。
② 穆旦：《五月》，李怡编《穆旦作品新编》，人民文学出版社 2011 年，第 35—37 页。
③ 穆旦和袁水拍两诗的相似，得自北京大学姜涛老师启发，特此致谢。

这一相近的"紧张",穆旦的紧张来自于对"历史"巨兽和现实纠缠中"自我"位置的追问——似乎他对于历史赋予的"二次诞生",依然带着"鲁迅杂文"那样的尖刻和狐疑。

在"现代的紧张"背景下来看诗中的"民歌"就显得别有意味:民歌悠扬的音节、前现代乡村集体化生活图景无疑在诗中稀释着那种现代的紧张和撕裂。换言之,"民歌"跟"自由体"被有意识地进行差异化使用(不同于日后"新诗歌谣化"以"歌谣体"取消"自由体"内在的弹性和紧张)。这可以说是一种具有"现代"立场上对歌谣的有趣使用。日后袁水拍对于山歌愈益执着,却不但放弃了"自由体抒情诗",而且放弃了"自由体"内蕴的"深度自我";穆旦则虽然还有《摇篮曲》这样歌谣化的作品,但对于在历史和现实纠缠中"自我"位置的执着,使他1940年代的写作并未真正被裹挟进"走向民间"的民歌潮中。

至于这一次诗歌上的相遇,很难说存在着相互借鉴的可能:穆旦成诗在1940年,袁水拍成诗时间不可考(从当年他的发表渠道而言,很可能完成于1941年);发表时间相差仅十六天,袁水拍在先,但穆旦既然已经成诗于1940年,便不存在模仿袁水拍发表诗歌的可能。从当年的传播条件和二人的交往情况看,似不存在发表前相互借鉴的可能。那么,这种相似也许意味着一种相近的文学思维在诗歌实践上的小小"投影"。这种思维,概言之,大概是"诗歌取法歌谣"的观念,它发端于五四,而后又在1930年代经中国诗歌会的"诗歌歌谣化"倡导和1936年之后胡适主持的《歌谣》学会再倡导。

第二节 "对于歌谣,我有了偏心"

1940年代初,袁水拍已经有了对歌谣的爱好和翻译,但此极他的写作仍以自由体抒情诗为主,虽然他的写作有明显从自我表现向关怀时势转化的"大众化"趋向,但他尚没有找到很好的"化歌谣"之道。他的山歌写作是在1944年11月之后才渐渐多起来的,并在1946年达到了高峰。1946年是袁水拍全力写作山歌的一年,翻译、杂谈、书评、小说一概让道,此年他发表作品178篇,其中译诗28首,杂感、文章等 19 篇，自由体诗 10 首，其余皆为山歌，共 121 首。1947 年他全年发表作品 67 篇，山歌 32 首，自由体诗 9 首。更重要的是，山歌写作突起之后，袁水拍的自由体抒情诗，所抒之情已经很难区分于他那些山歌了。

1940 年代中期《马凡陀的山歌》的出版使袁水拍完成了从抒情诗人向山歌诗人的转变，这种转变使他在彼时获得了来自左翼文学界热烈的赞美和对普通读者巨大的影响力。① 时过境迁，在 1980 年代以来的启蒙主义话语和纯文学诗歌想象中，"山歌"之于新诗的合法性大大削弱，以至于很多研究者在袁水拍的抒情诗人和山歌诗人两种身份间，不自觉地强化前者淡化后者，② 甚至于否认 40 年代袁水拍的写作存在从抒情诗人向山歌诗人的转折。③ 然而我们不能因为对于"山歌"与"抒情诗"的价值偏好，而模糊了对历史现场的叙述。上述实证的材料可以说明，1940 年代中期袁水拍的写作道路确实存在从自由体抒情诗向山歌诗改向的"转折"。

假如进入 1940 年代袁水拍的写作和思想脉络中，我们会发现，从 1940 年起，他已开启了走向歌谣、认同歌谣的进程。他不但是诗人，同时也是翻译者、理论爱好者，1940 年代他发表的很多文章解释了他的山歌认同建立的过程。抛开抒情诗与山歌孰高孰低的判断，去辨认袁水拍在复杂诗歌观念的变换中民谣认同的发生，会更有意义。

写于 1942 年的《冬天，冬天》前记，就多处表达了袁水拍对歌谣

---

① 茅盾在日记中记着 1947 年 2 月 16 日他出访苏联，随身就带着袁水拍的《马凡陀的山歌》，这反证了当年袁水拍山歌的影响力。查国华、查汪宏编《茅盾日记》山西教育出版社 1997 年版，第 73 页。李广田的文章《马凡陀的山歌》《再论〈马凡陀的山歌〉》中称收到很多读者来信，请求解答关于"马凡陀山歌"的问题。当时《文艺生活》社编辑部，甚至组织进行马凡陀山歌研究，并整理了《〈马凡陀山歌〉研究大纲》，都是其影响力的证明。

② 譬如诗人徐迟，作为袁水拍的密友和诗歌见证者，徐迟在 80 年代的回忆中表示他当年并不赞同袁水拍的山歌尝试，同时认为袁水拍抒情诗成就远高于山歌。徐迟认为在袁水拍的抒情诗、山歌和政治讽刺诗三者中，他最看重袁的抒情诗。"袁水拍本能写出很多很好的抒情诗，然而终究不能写出更多更好的抒情诗，是无可奈何的。"见徐迟《袁水拍的诗歌》，《读书》1984 年第 11 期。

③ 刘继业在《新诗的大众化和纯诗化》中认为："可以这么说，对于袁水拍，自由体抒情诗和山歌，都是大众化新诗创作的尝试和努力，这只是一个诗人在同一时间之中的两种不同面貌，并不存在山歌代替抒情诗、袁水拍转变为马凡陀的明显事实。"《新诗的大众化和纯诗化》，北京大学出版社 2008 年版，第 266 页。

的心仪。此文中,他提及写作认同的悄然变化:

> 之所以出版《冬天,冬天》,是因为很多旧作随迁徙而丢失,让他特别想念的是几首"政治诗",试作的民谣,和一首《米》,一首自己所喜欢,也为一个友人所爱好的《火车》。此外又删去了几首,其中《士兵,士兵,你肯不肯娶我?》那一首也删了。别的试作的歌谣既然找不到,也不愿留下这一首孤单不太现实的东西。因为,对于民谣,我有了偏心。①

这意味着,1941年发表的那首《雾城小调》确实是在一种取法歌谣的思路下产生的。只是,1940年代初,他尚未找到新诗取法民谣的稳定方式。可以肯定的是,他的民谣信念萌芽生根了,因为他"有了偏心"。"有了"的意思是以前还没有,是刚产生的意思。身边朋友,不乏同好者,比如徐迟:

> 徐迟也是一个民谣的信奉者。他也主张搜集民谣,歌唱它们,制作它们;附带要搜集各地的方言,学习它们那些不靠书本而能把话说得明白动人的人(也许只有不靠书本才行);他说从歌谣到史诗是我们的诗歌的道路,我同意他。②

他还提到刚读过一首全用对白写就的通俗叙事短诗《两个鸡蛋》,认为"这短短二十行许的新的山歌分明是篇杰作,太巧妙,太迷人",一番激赏之后说"假如没有人责备我过火的话,我会说它是中国新诗的希望"。③ 这里显示了诗人探索诗歌方向的思考,在他看来,这个方向就是歌谣。同时也说明这种思考其实已经在朋友圈中渐获共识。正因为视歌谣为新诗的希望,所以才有所谓他对歌谣有了偏心。又因为把歌谣视为"新诗的希望",在写作中便开始化用歌谣,《关于米》《士兵,士兵,你肯不肯娶我?》都借鉴了对话体歌谣的形式。

---

① 袁水拍:《冬天,冬天·前记》,桂林远方书店1943年版。
② 同上。
③ 同上。

袁水拍歌谣认同的发生，其实关涉着一个更加重要的话题，即两种差异很大的诗歌想象如何在同一个诗人身上更替。虽说歌谣作为新诗资源的合法性在五四以来就不断累积着，但是歌谣和新诗之间其实存在着深刻的差异，甚至是难以弥合的缝隙，对此朱自清一直有很清醒的认识："歌谣的音乐太简单，词句也不免幼稚，拿它们做新诗的参考则可，拿它们做新诗的源头，或模范，我以为是不够的。"① 朱自清敏锐地抓住了"仿作歌谣"与"作新诗"的差异，歌谣与新诗之间的差异显然比当年很多人认为的要大得多，它不仅是有韵体跟自由体的区别，也不仅是诗歌修辞、意趣上的不同。极重要的一点，还在于歌谣的书写主体是集体化的，即使像李长之所说，歌谣的写作者是个人而不是集体，②这个"个人"在观物时采用的也基本是一种集体化的视点。所以，歌谣中并不存在一个"深度自我"。而这个"深度自我"却是自由体抒情诗的内在动力，对于现代诗而言，就更其如此了。

1937年抗战爆发之后，一大批诗人政治观念急速左转，这同时影响着他们的诗学立场。但是，真正完成从现代抒情诗学向大众化山歌诗学转变的，事实上仅有袁水拍一人。抗战以后，大批诗人奔赴延安，这里面最著名的三位大概当属卞之琳、何其芳、艾青了。众所周知，卞之琳在《慰劳信集》之后"大众化"诗歌就有点难以为继，并且很快离开了延安；何其芳和艾青都留在了延安，并且得到延安从文学到政治上的认可。1942年延安文艺讲话之后，他们无疑都以自我更新乃至于自我改造的姿态面对旧日写作。③ 何其芳在1939年文艺"民族形式"讨论刚开始时，马上就著文指出："我很希望我们写出一些这样的作品，既通俗又高度的艺术性（这两者并不是不可统一的矛盾），而且读给不

---

① 朱自清：《唱新诗等等》，《朱自清全集》第4卷，江苏教育出版社1990年版，第222页。
② 参见李长之《歌谣是什么》，《歌谣》第2卷第6期，1936年5月9日；《论歌谣仍是个人的创作》，《歌谣》第2卷第12期，1936年6月20日。
③ 两人情况略有不同，何其芳在"讲话"前对文艺大众化就表示衷心认同，在"讲话"发表现场及之后迅速做出正面回应，写作了《改造自己，改造艺术》等文章；艾青在"讲话"前有自由派作风，甚至写作了《理解作家，尊重作家》，但"讲话"后，在延安"工农兵方向"的文艺氛围中，迅速进行写作调整和转向，并发表了受到认可、歌颂边区劳模吴满有的长诗《吴满有》。

识字的人听。"① 革命化、大众化如何不以牺牲艺术为代价,革命大众化的方向如何创制艺术精品?这个问题的提出与解决,事实上伴随于整个40年代新诗歌谣化的实践过程。很难说作为诗人的何其芳没有在"大众化""民族形式"的追求方面的自我期待,可是他并没有成功;相比之下,艾青的解放区时期作品似乎比何其芳"成功"一点,他至少写出了歌颂边区劳动英雄的长诗《吴满有》——一部融合了口语、方言和谣曲的作品。1943—1948年间,《吴满有》一直是艾青"成功转型"的例证。② 然而,《吴满有》毕竟只是"大众化",还很难被解放区文艺批评列为"民族形式"方向的典型。对于在自由体抒情诗中积累了相当稳定审美惯性的诗人而言,从自由体到歌谣体转变之困难在于,一个"深度自我"及其相匹配的象征、隐喻等诗法随着"歌谣体"的到来而被遮蔽、退场之后的表达空白。

那么考察袁水拍山歌认同的建立,就不是一种现象描述,更重要的是探究出,"抒情诗学"在他那里是如何逐渐丧失合法性的,作为同一个过程,山歌诗学是如何迅速地从诗法诗体之一而获取了诗歌想象的霸权的。这背后的话语机制是什么?

第三节 重建"人的道路":一种历史透视法

袁水拍歌谣认同的确立,跟他对"书本诗"的批判有关。1943年,他在《冬天,冬天》前记中写道:

> 如果我们再不加倍地留心我国的民谣,将他们记录下来,歌唱它们,诱发新的作品,加进新的血液进去,也许我们的民谣传统会慢慢衰亡。诗人们只顾自己做"书本诗",欧美资本主义社会末期的那种再也不能生长下去的诗,那么诗人们和他们的作品会越来

---

① 何其芳:《论文学上的民族形式》,《文艺战线》第1卷第5期,1939年11月16日。
② 1947年,国民党胡宗南部队攻打延安,边区劳动英雄吴满有被捕。其后国民党的报纸、电台制造吴满有"投诚"的新闻,吴满有一时成了政治"失节者"。曾经热烈赞美吴满有的大批文艺作品随之迅速贬值,这部很长时间被视为艾青向革命转型的作品,自然没有进入周扬在第一届文代会上列出的解放区文艺成果单。

离开人民，越来越和本国的土地隔膜的吧。①

在上面这段不无忧心的呼唤中，我们窥见歌谣得以植入袁水拍诗歌观念的话语框架：一种把"书本诗"/歌谣进行二元对立的"正本清源"的文学话语。这种回归歌谣的思路，在袁水拍发表于1944年3月的一篇叫《人的道路》的文章中有更充分的表达。该文以笔名"李念群"发表于《中原》第1卷第3期，某种程度上隐藏着袁水拍诗歌观念迁移的密码。此文原是对徐迟提起的"放逐抒情"话题的回应。1939年徐迟提出过在新的环境下必须"放逐抒情"的观点，穆旦随后提出"新的抒情"予以反驳。袁水拍的这篇文章则希望超出"叙事""抒情"的对立，进入中国诗歌史去寻找答案，然而他却因此建构出了"人的道路"和"笔的道路"的对立。

在袁水拍看来，从《诗经》以来，中国诗歌的叙事和抒情从来就是交叉而不可分的，叙事诗有存在的必要，同时也没有简单放逐抒情的可能。但是，在梳理中国诗歌传统时，他却提出一个"人的道路"和"笔的道路"的区分，他开篇明义指出"写诗是人的道路不是笔的道路"，所谓"人的道路"是指：

> 当人与人之间还没有筑起高墙，当人对待自然的态度还没有被已成的情操和观念所曲解和变性的时候，人的兴趣的对象不仅是自己而常常是直接所接触的过程。所谓生活，在这里应该有人与对象之间的交流的意义，物质上，精神上。感情在诗里往往是一种直接而自然的拥抱，无论对象是什么，无论那感情里是怒还是乐。在这里，情与事之间不能分出明白的条件。②

这种人/物未分的状态，在作者看来就符合文学中"人的道路"，它保存于民间文学传统中，其间人与人，人与物之间有未受扭曲的交流。而文人书面写作传统的兴起，是所谓"笔的道路"的兴起，它是对

---

① 袁水拍：《冬天，冬天·前记》，桂林远方书店1943年版。
② 袁水拍：《人的道路》，《中原》1944年3月。

"人的道路"的扭曲和背叛,所以袁水拍做出了如是判断:

> 士大夫阶层的形式,人间的墙建立起来,这是人的苦难,因此也是诗的灾祸,从这儿开始,笔渐渐代替了人,写代替了生活,歌唱变成了职业。诗到了曹子建手上以后,就失掉了世界,失掉了人,从而失掉了诗人自己。①

在他看来,之所以有叙事和抒情的分野,其实正是因为诗歌写作"笔的道路"背叛了"人的道路",抒情主义和叙事主义的截然划分,表现的正是知识分子写作传统乏力的精神状态。由于对民间歌谣文学中的人/物关系投射着一种近乎乌托邦式的美好想象,歌谣就被建构为文学应该回归的本源。既然写作中存在着"人的道路"和"笔的道路"的分裂,那么诗歌的任务显然就在于缩小或颠覆这种分裂,重回"人的道路"。而诗歌中的"人的道路"——无疑正是由歌谣来代表的。在这种话语运作中,袁水拍已经为歌谣寻找了充分的理论合法性了。

如果把袁水拍这番"笔的道路"与"人的道路"的论证放置在五四以来的新文学歌谣论述中,就会发现,它们不是冲突而是共振。1922年,北大《歌谣》周刊同人在论述《我们为什么要研究歌谣》时,采用了一种几乎相同的文学史透视法。文章认为,从古至今只有两部书跟歌谣有点儿关系:一部是《诗经》,一部是《古谣谚》。"《诗经》怎么就能够说是一部好书呢?因为他是从民间采集来的,不根据什么书。《古谣谚》呢?是完全从古书抄摘来的:完全是死的,没有一点儿活气。"这里已经非常典型地采用了书面/民间等于死/活的二元对立框架。同样是民歌,作者赞同《孔雀东南飞》,"因为他是真正的民众的艺术"。《木兰辞》却"不能引起大家的同情","因为文人动笔太过了,句法非常拘泥"。将文人诗传统和民间传统相对立并贬此扬彼的思路同样被使用于对"文学史"经验的推导中:

> 到了后来,拟古诗的多了,和个人的吟咏多了,就不注重民众

---

① 袁水拍:《人的道路》,《中原》1944年3月。

的艺术。最显明是唐朝李白把民众的乐府尽量模拟,从他手中把民间的意味葬送了,即是结了一笔清帐。杜甫又给不自然的诗翁开了个新纪元,更把民俗的诗人排斥得净尽。所以学杜的人成了癖,就能作首伤心的诗,什么"舍弟江南没,家兄塞北亡"。像这样的人,他能作得出民歌中的"黑夜听着山水响,白日看着山水流,有心要跟山水去,又怕山水不回头"吗?①

这里对李杜的评价之低,对民歌评价之高,跟作者使用的那套书面文学/民间文学,文人传统/歌谣传统之间的死/活之辩有着密切的关系。正是在这种典型的排他性、过滤性的元叙事论证中,民间文学、歌谣文学被赋予了前所未有的合法性。这套论证法,胡适当初在为白话诗争取合法性时使用过,《歌谣》同人为歌谣争取合法性时也使用着,后来又汇入了 1940 年代袁水拍为歌谣论证优越性的论述之中去。

视诸 1940 年代,这种思维不乏同调者,某种意义上说确乎成了一种时代性的思考路径,时人王楚材在一篇介绍歌谣及诗歌的源流的文章中说:

> 迨至帝尧,始联缀成文,谓之尧典,内中所载歌谣,不讲音韵,随口吟成,系自然的音响,心中郁结,得以发泄而舒畅,咸谓天籁。庄子云:女闻人籁,而未闻地籁,女闻地籁,而未闻天籁,此即歌谣的滥觞,而诗的始形也。②

该文并未直接在歌谣与诗歌之间进行价值判断,但把歌谣与庄子的"天籁"相提,其潜在的价值倾向却很清晰。所以,"歌谣"的某种本源性、自然性便被建立起来,它区别于文人诗的"异化"、人为和扭曲。即使不能说这种思路在 40 年代初已经获取了诗歌领域的"文化领导权",歌谣作为新诗核心资源,甚至是以歌谣体替代自由体的观念显然具有相当民意基础。

---

① 常惠:《我们为什么要研究歌谣》,《歌谣》第 2 号,1922 年 12 月 24 日。
② 王楚材:《谈歌谣与诗》,《中国文艺》1940 年第 5 期。

第四节　人民性与歌谣的无缝对接

如果说在书面/民间，文人诗/歌谣之间进行二元对立从而在死/活之辩中确立歌谣合法性的思路自五四以来就不断强化的话，那么不难发现：袁水拍的歌谣认同的突出特点就是一种左翼艺术视角的渗透。1940年，袁水拍在香港时经常参加一个左翼读书会，读书会由胡乔木主持，经常研读马克思《资本论》等著作。①

左翼文艺论有一种典型的意识形态思维，文艺被视为对某种社会形态或某个阶级意识形态的直接反映。这种左翼阶级论文学论述在1920年代创造社诸君批判鲁迅及后来"革命文学"论争中开始引入中国。袁水拍《冬天，冬天》前记中对"书本诗"的批判，会发现其中镶嵌着一个左翼意识形态批评的框架：

> 诗人们只顾自己做"书本诗"，欧美资本主义社会末期的那种再也不能生长下去的诗。

《歌谣》周刊的同仁也批"书本诗"、文人诗，也推崇歌谣，可是他们并不使用"欧美资本主义社会末期"这样的左翼分析框架。他们尊民众的、平民的艺术，却并不借重左翼的"人民性"话语。袁水拍利用刚刚接触到的左翼思想方法，把诗歌置于马克思主义批判资本主义的透视法中，因此推演出"欧美资本主义社会末期"的诗歌病灶——"书本诗"，一种脱离土地和人民的诗歌。它不但"脱离人民"，而且作为"行将没落"的资本主义社会的意识形态而显示其没落性。在这里，"人民性"认同的内核，并不是一种五四式的人道主义；而是一种左翼的阶级论。作为最先进的阶级主体，"人民"在左翼话语中拥有裁定一切的权力，"人民性艺术"也便拥有了最至高无上的历史正当性。

在左翼文艺观的推动下，袁水拍进一步把"人民性诗歌"跟

---

① 三四十年代之交的袁水拍在中国银行工作，偶尔派驻香港，经常参加戴望舒、徐迟等人组成的左翼读书会，平时会写些不俗的抒情诗。在这种犹豫和摸索中，他对歌谣开始有了不一般的情感。参见徐迟《我的文学生涯》，百花文艺出版社2006年版。

"现代派"及"个人抒情"进行切割,对于"个人抒情",他甚至有这样断然的判断:

> 在诗歌方面,我们明显地觉得,那种半明半掩的个人抒情的东西,那种主要是从西洋近代诗歌所模拟来的东西,再也不能受到赞美或鼓励了。甚至我们可以大胆地说一句,这一种西洋种的接木已经实实在在到达了垂死的阶段,很难再有妙手回春的指望。
>
> 这次战争中,值得注意的英美的诗歌,也不是现代派的作品,而是过去被认为粗俗的,不是真正的诗的作品。①

可见,"个人抒情"在袁水拍歌谣认同确立之后被遮蔽并非偶然。左翼的意识形态分析框架,把"现代派"跟"资本主义"相连,把"个人抒情"视为"现代派"的内生物,视为"人民性文学"的对立面。因此,"(艺术家)的理想是具有希腊古代乐人般的纯洁,摆脱了自我,来蒙上吹遍人间的集体的热情……一百五十年来,个人抒情主义的过度的发展,已经有了病态的成份"。②

理直气壮地宣判了"现代派"及"个人抒情"的死刑,必然导致对"诗的道路"的追问。袁水拍在某种歌谣氛围中,沿着左翼思路坚定了以歌谣代替自由抒情诗的诗写方案。他所使用的这种左翼分析框架,40年代初的穆旦也曾某种程度上采用,穆旦当年反思的不是"抒情",而是现代派诗歌的智性倾向:

> (在20世纪的英美诗坛上,以机智来写诗就特别流行起来)我们知道,在美英资本主义社会发展的现阶段中,诗人们是不得不抱怨他们所处在的土壤的贫瘠的,因为不平衡的社会发展,物质享受的疯狂的激进,已经逼使得那些中产阶级掉进了一个没有精神理想的深渊里了。在这种情形下,诗人们没有什么可以加速自己血液的激荡,自然不得不以锋利的机智,在一片"荒原"上苦苦地垦殖。③

---

① 袁水拍:《通俗诗歌的创造》,《文联》1946年6月10日第1卷第7期。
② 同上。
③ 穆旦:《〈慰劳信集〉——从〈鱼目集〉说起》,香港《大公报》1940年4月28日。

穆旦在论证"新的抒情"时也认为,卞之琳1930年代写作的智力化倾向是受英美现代派影响,而英美现代派诗歌是资本主义社会发展阶段下的产物。穆旦1940年代的写作并未被左翼话语所定型化,而是充分融合了民族认同、历史省思、生命野力和个人玄思。但他写于1940年的这篇文章的分析法,部分说明了左翼思维在当年的某种文化影响力。

需要进一步说明的是,人民性与歌谣常被进行无介质对接:歌谣的民间性被视为其人民性的充分条件;日益强大的"人民性"话语转而反证了歌谣的绝对正当性。进而,"歌谣性"跟"人民性"便成了化合不分的一体两面。歌谣被30年代左翼文学和40年代革命大众文学所选择,有其文体上的原因:即歌谣作为一种老百姓"习闻常见""喜闻乐见"的文学形式,更适合于政党政治在广大民众中进行社会动员。同时,歌谣作为一种屏蔽"深度自我"的文体,符合革命阵营对文艺家"自我"的改造需求。因而,歌谣性便获得了对人民性的充分代表性,并且被革命话语有意识地自然化。一个带有左翼倾向的论者这样说道:

> 因着文艺是属于大众的,而歌谣又是代表了大众朴实的语言;代表一个民族的心声,作为一个文艺工作者,就应该而且必须积极地对人民的声音底"歌谣"加以深切的体味,研究和学习的。①

袁水拍同样是这样在"人民—歌谣"之间进行无缝对接的:

> 我们的广大的人民大众并没有受到过现代派诗歌的坏的洗礼,尽管中国的象征派,什么派出版了多少册诗集,我们的老百姓还是只懂得山歌,小调,京戏,鼓词……他们的胃口没有吃坏过,还是健全得很!②

"胃口没有吃坏"这种健康修辞加诸文艺分析,转喻出"山歌"对于人民性的绝对代表性。时风所及,30年代另一个"汉园诗人"李广

---

① 荷林:《歌谣——人民的文艺》,《文艺展望》1946年第1卷第2期。
② 袁水拍:《通俗诗歌的创造》,《文联》1946年6月10日第1卷第7期。

田在 40 年代一篇谈歌谣的文章中，也不自觉地在"人民性"话语的感召下，表达了对"为人民的文学"特别是"人民的文学"的衷心向往。在这篇文章中，李广田由一首叫《酸木瓜》的歌谣谈起，他设问道："为什么这首诗——我们把这首歌谣也称之为诗——会作得这样的好呢？简单的回答：就因为它是人民自己的作品。"①"人民自己的作品"被视为写作优胜性的充分条件，"人民性"话语的致幻性显露无遗。"歌谣"因此堂皇地占据了"诗"的位置，而歌谣的合法性，来自于它作为"人民自己的作品"的绝对民间性。可见，民间性与人民性已经被无缝对接，绝对透明化及自然化了。

小结

一个不容回避的问题是，1940 年代初的袁水拍诗学观念并非简单的"大众化"诗学所能囊括。袁水拍具有一种比较突出的"态度诗观"②，"态度诗观"有几个要点：（1）诗歌以人为本位；（2）诗歌致力于精神生活改善、灵魂改造；（3）诗歌恢复个体的敏感，缩短人际距离。这些观点可以视作五四灵魂改造话语的回声，虽非卓尔不凡，但跟山歌诗学并不一致。然而，袁水拍的"态度诗观"内部却存在迁移空间。"态度诗观"强调以诗歌改造灵魂，"山歌诗学"强调诗歌针砭时政，虽侧重点各不相同，但是它们之间也存在着对接的接口：这是两种本质化思维在"人"话语中的相遇。"态度诗观"并不直接强调文学的大众化，它对诗歌丰富和恢复人的内心以及人际关系充满了相当乌托邦的想象。袁水拍歌谣认同背后的"人的道路"想象，对于民间文学中的人/物关系的理解也非常乌托邦化。二种截然不同的文学理解，对接于一个"人"字。"态度诗观"强调以诗育"人"心，既然袁水拍已经认定只有歌谣代表了"人的道路"，那么歌谣写作，在袁水拍那里，与其说是对"态度诗观"的背叛，毋宁说是一种延续。

有必要指出的是，袁水拍所写的山歌未必是他内心"理想的诗"。

---

① 李广田：《从一首歌谣谈起》，《作家杂志》1947 年第 2 期，文章发表时李广田正在天津南开大学任教，1948 年入党的他此时显然已经受到人民性话语的热烈感召。它颇能说明人民性话语及其致幻性在 40 年代歌谣认同建立过程中的作用。

② 参见刘继业《新诗的大众化和纯诗化》（第 268 页）以及陈培浩《走向山歌：四十年代袁水拍歌谣认同的建立》[《两岸新诗博士论坛论文集（2012）》] 的分析。

他并不认为"马凡陀的山歌"已经符合了他"态度诗观"倡导的那种可以恢复人心的敏感、恢复人际关系、改进精神生活、改造灵魂的诗歌要求。这里也许关涉着袁水拍内心一种"理想的诗"和"现实的诗"的区分。"态度诗观"是他对"理想的诗"的追求，而山歌诗学及其反讽则是某种"现实的诗"的形式。他虽然也设想了一种诗人和人民良好互动的乌托邦状态："在知识分子可以和广大人民无牵无碍地结合的地方，诗歌正在正常地活泼地生长。专门写作的人和并不是专门写作的人，他们之间正有着一种最有益的来往。真心的人民诗歌在编写，真正的人民诗人在出现。"① 但上述境界尚不能实现，"这一幸福的境界是难以达到的，在人民的自由受着酷烈的威胁和摧残的今天，人为的灾荒、内战、恐怖，使人民救死不暇，那里还谈得上精神生活，谈得上诗歌了，我们来不及哭泣、呼号，那里还谈得上歌唱？一只无形的手，扼住了千万人的咽喉，几乎连呼吸也不可能了！"② 这就为所谓的人民的诗歌设置了特定任务："我们要和受难的人们一起歌唱！我们要歌唱人民的受难！我们要为受难的人民写诗！我们要写受难的人民的诗！我们要和争取民主的人民一起争取民主！"③

这种"理想的诗"和"现实的诗"的分隔，可以在李广田的观念中找到呼应。李广田推崇歌谣，因为它代表着绝对的"人民的文学"——由人民自己创造的文学。但是他也认为，在"人民的文学"尚不可求的情况下，"为人民的文学"不失为值得追求的目标。④ 这里显然正是一种"理想的诗"和"现实的诗"切分的思路。

争取民主，歌唱人民的苦难在 40 年代的国统区有着特有的形式——政治讽刺。山歌刚好是最适合担负这种功能，袁水拍本人的幽默讥讽才能，诗歌歌谣化的时代思潮，40 年代社会场域中创造出来的诗歌政治批判功能，使"山歌"在袁水拍手中被妙手偶得了。

---

① 袁水拍：《诗人节有感》，《文汇报》1946 年 6 月 4 日。
② 同上。
③ 同上。
④ 李广田：《从一首歌谣说起》，《作家杂志》1947 年第 2 期。

第六章

革命文学体制与民歌入诗

——《王贵与李香香》的阶级想象及经典化

《王贵与李香香》无疑是解放区最早获得经典化地位的民歌体叙事诗。值得注意的是，革命民歌诗首先包含了革命对民歌的改造，在这部作品中，合革命目的性的阶级想象如何完成对民间意识的更替？另外，革命民歌诗的经典化绝非审美自为的过程，它跟现实政治需求指引下革命文学体制的介入、引导、建构密切相关。从发表、出版到经典化，《王贵与李香香》只用了三年时间，这一切又是如何发生的呢？

第一节 过滤与重构：阶级想象与民间意识的更替

文学体制的生成通常是由文学批评实践建构的，解放区的文艺边界正是由 1942 年前后批判王实味、批判丁玲"杂文时代"论、延安文艺讲话、整风等批评实践完成的。文学批评不仅对已有作品进行臧否，而且通过对文学标准的建构行使文学再生产的功能。其结果是作家们在渐趋定型的文学体制中习得了批评的规范，并以写作过程中的自我过滤、自我规范的方式为特定文艺体制提供合目的性的产品。

从写作的角度，李季的《王贵与李香香》其实提供了一个关于"过滤"的范本。《王贵与李香香》是契合革命文学期待视野的作品，它事实上也是文学批评标准通过作者的自我过滤机制反复遴选的结果。在《王贵与李香香》大获成功之后，李季的写作几乎从未在"政治正确"问题上稍有差池。然而，"优秀革命作家"李季也并非从来如是，在成熟定型之前他也经历过一番挣扎和彷徨。透过对革命作家尚未定型的"心灵前史"的分析，我们得以窥见革命法则如何在作家的心灵现场发生作用。

"知难而退"：革命规则的内化

李季坦陈："虽然学习了《文艺座谈会讲话》"，"但是，对人民的文艺，对民歌，在感情上却总是瞧不起的，顽固地认为'只不过就是那么回事'。""这之后，不是由于在文艺思想的学习上，而是在政府工作中，所遇到的一件事例，初步地纠正了我对民歌的看法。"①

李季对"事例"的回忆，提供了他作为一个解放区写作者创作心理的切片和样本：

> 一九四六年下半年，我在《三边报》工作时，还曾想过以盐池县的一首民歌《寡妇断根》为题材写一个东西。这是在我到三边工作以前，发生在盐池县的一个真实故事，主要情节是：一个贫农（原先是破落地主，他自己又是一个抽大烟的二流子），只有一个寡妇老母和妻子，其妻嫌贫爱富，同一个地主通奸，终而同他离婚，并同地主结了婚。贫农告到区上，县上。由于主管干部丧失立场，犯了严重的阶级路线错误，贫农被判输了。这个贫农气愤之余，就跑到白区。一次，当他又返回边区境内准备偷骑地主的马，逃往白区途中，被地主赶上，打死在河滩里。事后，有个名叫王有的民歌手（他是个有名的民歌作者，盐池乡下到处传唱他的民歌，王有本人又是极其贫苦的放羊老汉），就这件事，编了《寡妇断根》，这首民歌批评县上、区上的干部。县上知道了，就把王有捉起来，关在监狱里，说他辱侮了政府。放出去以后，王有继续唱这首民歌，后来又被关押。这个案件和这首民歌，当时在三边是很出名的。凡在三边工作的人，一般都知道一些。我当时想从王有编民歌坚持真理、同坏干部进行斗争这个角度来写，并想过一个题目《三代》，和一些零星的片断设想。但考虑到这个题材很难处理得好，因之后来也就放下了。当时主管处理这个案件的干部名叫孙

---

① 李季：《我是怎样学习民歌的》，《李季文集》第4卷，上海文艺出版社1986年版，第405—406页。

璞,的确犯了错误。解放后,听说在银川工作时,又犯了同样丧失立场的严重错误,受到纪律处分,并在全党通报过。王有这个民歌作者,解放后仍在盐池乡下劳动,他的儿子据说是生产队的支部书记。就现在记得的情况,我当时感到难以处理的,一个是这个贫农原先是个破落地主,他自己又抽大烟,又是个不爱劳动生产的二流子,事情发生后,他又逃往白区。再一点是,怕为真人真事所局限。因为当时盐池群众中和许多干部都有许多不满此事的议论,但党内还没有传达过组织上对此事的最后结论。要写这个故事,即令把名字换了,也会使人一下就知道这是写的"寡妇断根"。第三,我当时感到这是一个很复杂的案件,牵连很多党的具体政策,按照我那时的政治思想水平,是很难处理得好的。所以,最后也就知难而退,把这个题材的写作打算,放了下来。①

这段自述提示了,一个革命写作者如何自觉在革命文艺视域中运思,使之成为一个合革命目的性作品的过程。李季写作动机被民歌手王有所唤起,王有的歌唱立场是批判性的——对政府错误处理手法的辛辣批评;同时也是现实主义的——"真切地描述了案件的起因、过程和本质的矛盾所在。当时,我正担负着调查这个案件的任务,这首歌,大大地帮助了我的工作。"民歌手王有以朴素的民歌形式承载鲜明的批判现实主义立场,给了李季巨大的震撼——"我还从没有见过如此单纯易解,而又深刻感人的东西。从此,我对民歌产生了强烈的兴趣。"②

然而,"民歌"并不能透明地在李季的写作中发挥作用——以什么立场和方式使用民歌是一个更重要的问题。很快李季就意识到,他不能习用王有的民歌立场,因为这种角度呈现出来的东西具有超出革命期待的"杂质"。表现在:(1)受迫害者贫农身份的复杂性(曾是地主,不爱劳动),缺乏那种热爱劳动、三代赤贫的典型贫农所有的政治和道德

---

① 李季:《我的写作经历》,《李季文集》第4卷,上海文艺出版社1986年版,第508—509页。

② 李季:《我是怎样学习民歌的》,《李季文集》第4卷,上海文艺出版社1986年版,第406页。

纯洁性；（2）矛盾性质的复杂性。李季原定写王有对抗坏干部，这种矛盾无法在阶级矛盾、民族矛盾等重大的政治话语空间获得价值，反而有"反政府"的嫌疑。1942年前后解放区关于文艺应该"歌颂"还是"批判"的争论以后者的失败告终，这种批评实践的现实效应在李季的写作选择中显示出来。党内没有传达过组织上对此事的具体意见，没有组织定论，又牵涉太多具体人事，这是李季感到困难之处。这种困难的实质是：写作者仅仅作为一个写作工具存在，而在如何判断现实、采取何种观照立场这些价值论问题上不能自作主张，必须严格与"组织上"一致。在此过程中，我们发现写作素材在写作者内化革命视域之后有了如下的改写。

歌颂性对批判性的改写。王有的民歌是批判政府工作人员的，为此甚至还坐了牢；李季被王有感动，希望保留王有的批判性，表达"坚持真理，和坏干部作斗争"的主题，最后自觉放弃，一定是意识到这种"批判方向"存在问题。换言之，当现实素材所具有的批判指向无法跟革命要求合拍时，现实是必须被舍弃的。

纯洁性对暧昧性的改写。人物的身份必须没有任何政治上可以质疑的地方，为了更强烈、更集中，"贫农"的政治身份一定会被强化，并且使政治身份跟道德进行联结。李季的自述暗示了他已经逐渐认同了这样的写作标准。

李季被王有民歌那种现实批判性所感染，但他所继承的民歌激情，却在革命文艺视域中自觉调整到了赞歌的方向。王有及其《寡妇断根》这个素材无法过滤并升华出具有革命意义的作品，但在合目的性的"过滤"法助力下，李季很快就在《王贵与李香香》中获得了成功。

自在"民间"："猥亵"和"私情"

1946年9月22—24日，《王贵与李香香》在《解放日报》发表之后就迅速经典化，其诗歌文本分析众多。人们多知李季创造性地用信天游体入诗，却甚少知道李季本人所搜集的两千多首信天游在1950年结集出版,这便是《顺天游二千首》一书。①李季事实上延续了始自五四歌谣运动的歌谣搜集工作,这种工作自 1939 年文艺"民族形式"提出后在解放区同样获得了制度授权。②事实上,这些顺天游歌谣,构成了《王贵与李香香》重要的形式经验;有很多句子甚至被直接用于诗中。因此,将李著《王贵与李香香》跟李季搜信天游民歌进行对读,便显得极有必要。流传于民众之口的歌谣如何被革命诗人特定的意识所转化和改造,在此过程中显露了何种话语形态的转换,都是值得考察的问题。

这个转化过程中,一种极其重要的现象便是"猥亵歌谣"的过滤及其背后民间意识的阶级化。《顺天游二千首》中收录了这样一首民歌:

> 大盒子洋烟你不抽,
> 你只在妹子的红鞋上扣。
>
> 你要扣来尽你扣,

---

① 该书辑录了李季 40 年代收集的顺天游民歌,共分二辑:第一辑主要是民间流传的革命顺天游;第二辑则是以歌唱私情为主的民间顺天游。该书还附录了李季的《关于陕北民歌"顺天游"》《我是怎样学习民歌的》《"顺天游"曲谱》三篇文章,1950 年 9 月由上海杂志公司出版。

② 搜集民歌是自文艺"民族形式"讨论开始以后延安鲁艺的重要工作,以下几段材料可以佐证延安鲁艺在这方面的成果:"鲁艺在民族音乐创作方面取得的成功,是与其对民歌和民间音乐的广泛搜集、认真整理和研究分不开的。""鲁艺对民歌和民间音乐的搜集、整理和研究,大约是五四以后规模最大、持续的时间最长、最有成就的一次。""1939 年 3 月 5 日,音乐系音乐高级班发起成立了民族研究会,19 名会员均为音乐系学生。成立后的民歌研究会,把民歌的采集、出版和研究工作,作为自己的主要任务。他们先是主要在延安地区进行民歌采集活动,出版过吕骥记录、整理的《绥远民歌集》。研究会的成员郏天风还写了《论绥远民歌的旋律和调式》《绥远民歌的节奏和曲体》等研究论文。""民歌研究会的工作在 1940 年以后,出现了一个新的局面。这一年初,参加鲁艺赴前方实验剧团的安波和张鲁,随团回到延安,带回了他们在前方根据地收集到的近 200 首民歌。6 月,吕骥从华北联合大学返回鲁艺,带来了华北联大学生采集的 50 多首河北和山西民歌。7 月,马可和庄映到边区民众剧团担任音乐教员,研究会委托他们在随团赴陇东、三边一带演出时,采集当地的民歌。研究会于 10 月召开第三次会员会议,决定改名为中国民歌研究会。之后,研究会采用吕骥设计的民歌记录纸格式,对会员以前搜集到的民歌加以重新整理,计约 400 余首"(1943 年)赴绥德、米脂地区开展工作,"这次活动收获很大。慰问团从 2 月初出发,5 月下旬才返回延安,历时近四个月,共采集民歌 400 多首。"王培元:《抗战时期的延安鲁艺》,广西师范大学出版社 1999 年版,第 142—143 页。延安鲁艺的民歌搜集运动,对音乐、文学都产生了影响,显然也对文化人的文学观产生影响。

你不嫌"日脏"妹不害羞！①

这是非常大胆的调情歌谣。"扣红鞋"在这里有性的隐喻，这个隐喻的内涵被下面直接赤裸的"你不嫌'日脏'妹不害羞"所揭开。这样直接的"情色"是民间作品的一大特色，在《顺天游二千首》第二辑中可谓比比皆是：

> 叫一声哥哥摸一摸我，
> 浑身上下一炉火。
>
> 谷楂糜楂黑豆楂，
> 想起哥哥浑身麻。
>
> 你麻你麻尽你麻，
> 还敢在人前水喳喳。②

这一段同样非常直接地描写了某种饥渴的性心理，"对话"的运用把这种性话语引入某个戏剧情境中。其大胆与直露，正属周作人所谓"猥亵的歌谣"。还有描写两人亲热场景的：

> 一把拉住妹子的手，
> 拉拉扯扯口对口。③

"亲嘴"的表达并不忌讳，更热烈直接的表达也比比皆是：

> 一进大门没拉上话，
> 心上揣了个大疙瘩。

---

① 李季辑录：《顺天游二千首》，上海杂志公司1950年版，第42页。
② 同上书，第123页。
③ 同上书，第124页。

一心捉住妹妹奶，
心上疙瘩才能解。①

以下描写的则是偷情撞到女性生理周期：

迟不来你早不来，
刚才你来妹子身上来。②

"月经"在男权文化中被视为不洁之物，然而这里的"月经"烦恼却源于它对一场突如其来幽会的破坏。表达的不是性的压抑，而是性的自在，流露的是相当质朴的民间意识。相似的民歌有：

迟不来你早不来，
单等妹妹红花开。③

红花开开不要怕，
拿上烧酒鲜红花。④

民间性在意识内容上往往体现为某种自在和混杂，在本能层面上的自在自足，在意识立场上的混杂。上引顺天游民歌中涉及了民间大量存在的"偷情""交友"现象。丈夫出门日久，或者出门人长期在外，此种背景下缔结了极多并不在婚姻爱情框架之内的"交友"现象。它并非通往婚姻的"恋爱"，却是极为常见的传统民间社会的情爱现场。李季辑录的顺天游便记录了大量"偷情"文学，其中不乏有趣的场面：

半夜里来了窗子上叫，
满口白牙对我笑。

---

① 李季辑录：《顺天游二千首》，上海杂志公司1950年版，第112页。
② 同上书，第59页。
③ 同上书，第111页。
④ 同上书，第112页。

>叫一声妹妹快开门,
>西北风吹的冻死人。①

黑咕隆咚、寒风冻骨的夜里,男人爬到女人的窗口发出暗号,里应外合的女人看到的是满口白牙的笑脸;站在门外的男人急喊(一定又是低声的)"快开门",猴急样子决不仅因为北风"冻死人"。以下唱的却是幽会天未明的离去:

>满天星星没月亮,
>叫一声哥哥穿衣裳。

>鸡叫三次天大亮,
>叫一声哥哥穿衣裳。②

如果说半夜来,天未亮即去的幽会,同样适用于未婚男女,下面的描写就是典型的婚外偷情了:

>我有心留你吃上一顿饭,
>你看我男人毡眉眼。③

下面则是光棍汉与有夫妇的交往:

>你赚的银钱都给我,
>一辈子不要娶老婆。④

这是女人对光棍汉子说话的口吻,暗示某种婚外交易。既是交易式

---

① 李季辑录:《顺天游二千首》,上海杂志公司1950年版,第75页。
② 同上书,第63页。
③ 同上书,第64页。
④ 同上书,第77页。

交友，便有搞掰的时候：

> 半夜里叫门门不开，
> 你把我的大洋拿过来。
>
> 你的大洋有你的在，
> 我把我的名誉收回来。
>
> 我的大洋不要了，
> 你的名誉我不收了。①

在李季辑录的《顺天游二千首》中，关于偷情及"交友"的歌唱俯拾皆是，甚至有这样的说法：

> 山地麻子叶叶稀，
> 好人都有些干妹妹。
>
> 胡麻开花五颗颗，
> 好人都有些干哥哥。②

很多信天游对带有交易性质的"交友"便抱着一种直白、赤裸的正面态度，显示了民间话语对私情行为的非道德姿态。以"交友"这类极为中性的词语来描述婚外的情爱交往，本身便是此种非道德化的证明。道德越界的性交易在这些民歌中往往得到正面的表达：

> 榆林城来四面洲，
> 不卖屄溜子吃什么。③

---

① 李季辑录：《顺天游二千首》，上海杂志公司1950年版，第77页。
② 同上书，第124页。
③ 同上书，第123页。

> 大路畔上种蓖子，
> 一心想我小姨子。①
>
> 马茹长在深沟崖，
> 有些好婆姨好摸牌。
>
> 摸牌输下没钱开，
> 解开裤带做买卖。②
>
> 家鸡叫明野鸡听，
> 家汉子没有野汉子亲。③

《顺天游二千首》中民间话语的非道德化还常常表现为对及时行乐的强调，显示了对门户、婚姻道德规训的无视，对瞬间、越界的性的追求：

> 白葫芦开花头对头，
> 因要爱玩交朋友。④
>
> 为人不把朋友交，
> 阳间三世枉活了。⑤
>
> 管他班辈不班辈，
> 只要你对我有情意。
>
> 管他久长不久长，
> 交上三天两后晌。

---

① 李季辑录：《顺天游二千首》，上海杂志公司1950年版，第68页。
② 同上书，第96页。
③ 同上书，第101页。
④ 同上书，第74页。
⑤ 同上书，第126页。

管他久长不久长,
偷的东西味口香。

几时我到了你的身,
旱蛤蟆浮水蹬几蹬。

你要好来咱就好,
你要不好拉毬倒。①

民间性与其说表现为绝对的"非道德化",毋宁说表现为一种"混杂性",譬如既有"好人都有些干哥哥"的"交友"观,也有相反的:

半夜里想起我的妻,
交朋友顶他个妈的屁!②

有趣的是,歌唱者虽然不甚支持"交朋友",却不是从道德立场出发的"反对",很可能是在"交友"中吃了一点亏,受了一点骗,才猛然想起家里"我的妻"的好来。第二句爆出的粗口再次证实了这句信天游在思想意识上的民间性。

考察李季辑录的《信天游》,敞开的显然是自在自为的民间话语空间。然而,这种"非道德化""混杂性"的情爱话语必然要在革命文艺中被"过滤"掉。李季将这些充满民间野趣的歌谣收录进《顺天游二千首》中,但在《王贵与李香香》中始终不敢保留这份"猥亵"。1923年,周作人特别在《歌谣》周刊上著文,呼吁采集歌谣者重视"猥亵的歌谣"。在周作人那里,猥亵正是民歌民间意识"自然"的一部分,它需要被还原而不是被改造;值得注意的是,同样强调民歌的民间性,但革命阵营重视的民间性更侧重于为群众喜闻乐见的民间形式。而那份"猥亵",通常会被视为落后的思想内容在新制作品中过滤掉。民间话

---

① 李季辑录:《顺天游二千首》,上海杂志公司1950年版,第125页。
② 同上书,第76页。

语的崛起，民间的神圣化是五四以来不断持续着的文化思潮。然而，五四和左翼对于民间却有着不同的期待视野。周作人与李季对猥亵的不同态度，佐证了这一点。

重构"民间"：阶级想象的胜利

五四以来，"现代"重构"民间"的进程中，歌谣获得了崭新的文化身份。歌谣的猥亵在知识分子眼中也有份别样的学术和审美价值。然而，淳朴的民间性并不能被革命完整接纳，对民间性的改造成了李季"民歌入诗"所需完成的工作。一个突出的表现便是，《顺天游二千首》中直接的"情欲"歌唱在《王贵与李香香》中被完全放逐，仅保留"顺天游"中同样丰富的"爱情"歌唱——主要表现思念。

"大路畔上的灵芝草，
谁也没有妹妹好！"

"马里头挑马不一般高，
人里头挑人就数哥哥好！"

"樱桃小口糯米牙，
巧口口说些哄人话。"

"交上个有钱的化钱常不断，
为啥跟我这揽工的受可怜！"

"烟锅锅点灯半炕炕明，
酒盅盅量米不嫌哥哥穷。"

"妹妹生来就爱庄稼汉，
实心实意赛过银钱。"

"红瓢子西瓜绿皮包,
妹妹的话儿我忘不了。"

"肚里的话儿乱如麻,
定下个时候,说说知心话。"

"天黑夜静人睡下,
妹妹房里把话拉。"

"——满天的星星没月亮,
小心踏在狗身上!"①

这是《王贵与李香香》中《掏苦菜》一节中王、李二人的爱情对话,大部分句子直接来自于民间顺天游的"集句"。李季对于自己收录的顺天游谙熟于胸,信手拈来。但在句子的选择中,"天黑夜静人睡下,/妹妹房里把话拉"跟上引"满天星星没月亮,/叫一声哥哥穿衣裳"相比,显然更加含蓄,更突出二人爱情的"纯洁性",或者说"纯洁无性"。

《王贵与李香香》第三部第二节《羊肚子手巾》有大段李香香思夫的描写:

羊肚子手巾一尺五,
拧干了眼泪再来哭。

房子后面土坡坡,
瞭见寨子外边黄沙窝。

沙梁梁高来,沙窝窝低,
照不见亲人在那里?

---

① 由于《王贵与李香香》具有多个不同版本,本文所引《王贵与李香香》文本以1946年9月22—24日发表于《解放日报》的初版为准。

房子前边种榆树,
长的不高根子粗。

手扒着榆树摇几摇,
我给你搭个顺心桥。

隔窗子瞭见雁飞南,
香香的苦痛数不完。

"人家都说雁儿会带信,
捎几句话儿给我的心上的人。"

"你走时树木才发芽,
树叶落尽你还不回家。"

"马儿不走鞭子打,
人不能回来捎上两句话。"

"一疙瘩石头两疙瘩碑,
你不知道妹妹怎么难。"

"满天云彩风吹乱,
咱们的婚姻叫人搅散。"

  相思情歌是顺天游非常突出的题材,《顺天游二千首》中不乏细腻的思夫描写:"端起饭碗想起了你,/眼泪滴在饭碗里!""柴湿烟多点不着火,/知心的朋友你想死我。""前沟里糜子后沟里谷,/那哒想你那哒里哭。""白天想你对人说,/到夜晚想你睡不着。""前半夜想你点着灯,/后半夜想你天不明。""擦着洋火点着灯,/长下个枕头短下一个人。""对对枕头三五毡,/好比孤雁落沙滩。""倒坐门沿丢了一个盹，/忽然记起了心上人。"① 但是，《王贵与李香香·羊肚子手巾》与顺天游民歌的思夫描写一个巨大的差别在于：前者把思念置于崔二爷"抢亲"的情节结构中，因此，李香香的思念便显出了阶级话语上的意义：香香所盼不仅是丈夫情感上、生理上的慰藉，更是希望丈夫作为一个阶级代表对另一个阶级代表崔二爷的打倒，并对自己实施的解救。就此而言，顺天游民歌的民间情欲描写已经被纯化为爱情描写，而爱情思念描写的意义又在诗歌的叙事语境中获得了阶级化的意涵。因此，《王贵与李香香》在民歌的转化过程中，就内置了民间意识的阶级化程序。这在《王贵与李香香》中突出体现为婚恋观的阶级化。非常有趣的是，在李季《顺天游二千首》中，婚恋择偶的标准是多种多样的。最符合本能的是一种容貌标准：

不交你的银子不交你的钱，
单交哥哥好容颜。②

这种以外貌为核心的交友标准符合人的生物性本能，审美作为一个可能被社会价值标准渗透的指标，并非自足，鲁迅说"焦大就决不爱林妹妹"标示着审美趣味的阶级分化。然而，在无产阶级想象并不获得文化领导权时，民间更艳羡着一种劳心者的审美，如：

黑老鸦落在床跟底，
胡子八岔谁要你。③

这里嘲笑男人皮肤黑、胡子拉碴，看似是一种基于容貌的审美标准，其实对"黑"和"胡子八岔"这种带有劳动者特征的鄙视，出示了一种很普遍的以劳心者为贵的审美，这种民间的审美趣味截然不同于后来兴起的无产阶级审美。

又如以财富为核心的交友标准：

---

① 李季辑录：《顺天游二千首》，上海杂志公司1950年版，第49—50页。
② 同上书，第117页。
③ 同上书，第71页。

> 大绵羊皮袄丝绸缎，
> 哥哥倒像有钱汉。①

以勇力为核心的交友标准：

> 吃蒜要吃紫皮蒜，
> 寻汉要寻杀人汉。②

以名望为核心的交友标准：

> 沟里石头山里水，
> 人有名望也可以。③

顺天游中这些混杂的民间"交友"标准在《王贵与李香香》中被统一于一种阶级标准之下。事实上，《顺天游二千首》中并非没有相似的标准：

> 二道蔴子混三餐，
> 我自小就爱庄稼汉。④

然而，交友择偶的阶级标准在《王贵与李香香》中被绝对化。诗中，阶级仇恨嫁接于"杀父夺妻"的现实伦理仇恨中介，由是获得了更强烈的直接性和冲击力；而人物的情感模式也得以进行阶级化编排——情感逻辑必须与阶级逻辑保持同构关系。农民家女儿香香获得阶级叙事的全面价值支撑——长得美，并获得一份自发的阶级立场和阶级审美观：

---

① 李季辑录：《顺天游二千首》，上海杂志公司 1950 年版，第 119 页。
② 同上书，第 118 页。
③ 同上。
④ 同上书，第 74 页。

> 香香的性子本来躁，
> 自幼就把有钱人恨透了
>
> 二道糜子碾三次，
> 香香自小就爱庄稼汉。

这里显示出革命文学合阶级目的性的叙事："十六岁的香香顶上牛一条，黑死挣活吃不饱"，然而贫困和高强度的劳动并没有减损香香的美丽，"山丹丹开花红姣姣，香香人材长得好"，"一对大眼水汪汪，就像那灵水珠在草上淌"。

贫寒美少女（虽贫犹美）是阶级叙事合目的性的第一步，美少女只爱庄稼汉是阶级叙事合目的性的第二步。这种叙事策略执行的正是上述女性婚恋观的阶级化指令。在这样的阶级爱情叙事中，爱情的意义在于为阶级话语添砖加瓦，所以，诗中虽然写王李二人的如胶似漆：

> 沟湾里胶泥黄又多，
> 挖块胶泥捏咱两个。
>
> 捏一个你来捏一个我，
> 捏的就像活人托。
>
> 摔碎了泥人再重活，
> 再捏一个你来再捏一个我。

但终成眷属在叙事上承载的依然是论证阶级革命合法性的任务：

> "不是闹革命穷人翻不了身，
> 不是闹革命咱俩也结不了婚！"
>
> "革命救了你和我，
> 革命救了咱庄户人。"

"一杆红旗要大家扛，
红旗倒了大家都糟糕！"

顺天游民歌为李季的写作提供语言、形式，乃至于直接的语句。更重要的是，它使《王贵与李香香》在1940年代解放区文艺"民族形式""人民性"的阐释空间中获得文学批评提供的增值效应。显然，从顺天游民歌到顺天游体《王贵与李香香》，是一个写作的过滤过程。革命文学体制完成了李季的主体塑造，使得"过滤"作为一个自觉的过程贯彻于他的构思之中。通过放逐顺天游中"猥亵的歌谣"、将情歌的思念话语内置于阶级叙事框架中，对人物的情感结构进行阶级化处理等手段，《王贵与李香香》成功地把顺天游这种民间形式改造为承载革命内容的形式中介；把青年婚恋这样的通俗主题改造为承载"革命历史"大叙事（三边解放）的叙事中介，建构了一个合目的性的革命歌谣文本。

第二节　革命期待下的经典化接力

1946—1949年短短三年间，《王贵与李香香》就推出了十六个版本并迅速地完成了自身的经典化。这显然和某种期待视野相关，通过对《王贵与李香香》经典化步骤的分析，我们尝试把握这种文学期待对文学经典的生产。

被忽略的"原创性"

1946年，李季给《解放日报》副刊编辑黎辛回信答复投稿修改意见，随信"作者寄来《三边报》时他搜集的数千首'顺天游'"。[①] 这个举动被黎辛视为"热爱学习"和"诚恳坦率"的表现："作者的学习与写作态度诚恳感人，他向我们介绍'顺天游'并坦率地说，作品里的诗句有不少就是民间传诵与歌唱的。"[②]

---

① 黎辛：《〈王贵与李香香〉发表的前前后后》，《纵横》1997年第9期。
② 同上。

"热爱学习"与"诚恳坦率"固然无疑,不过如果考虑到当年的印刷条件,李季此举无疑还包含另外两个信息:其一是对在《解放日报》发表作品的极端重视;其二是对自己投稿作品《红旗插上死羊湾》(即后来的《王贵与李香香》)缺乏把握的心态。寄去亲自辑录的"信天游"既是自我坦白,也是自我证明。那么,李季没有把握的是什么呢?

李季自称"诗句有不少就是民间传诵与歌唱的",说到底,他担心着作品的"原创性"问题。虽然文艺"民族形式"的倡导早在1939年就已开始,"民族形式"也常常被直接理解为"民间形式";1942年"讲话"之后,"大众化"和"工农兵方向"更成为主流。在这种背景下,他用信天游写作当然是"进步"的;可是,他却没有报纸非用不可的自信。否则,又何必冒着辑录民歌丢失的危险寄去歌谣呢?对照李季辑录"顺天游"和《王贵与李香香》,也许稍微可以理解他的没有把握的心情:

《王贵与李香香》	《顺天游二千首》
"小曲好唱口难开, 樱桃好吃树难栽。"	樱桃好吃树难栽, 朋友好交口难开。①(第46页)
"樱桃小口糯米牙, 巧口口说些哄人话。"	樱桃小口糯米牙, 爱得哥哥没办法。(第122页)
"红瓢子西瓜绿皮包, 妹妹的话儿我忘不了。"	红瓢子西瓜包绿皮, 想死想活不能提。(第65页)
"烟锅锅点灯半炕炕明, 酒盅盅量米不嫌哥哥穷。"	灯锅锅点灯半炕炕明, 酒盅盅量米不嫌哥哥穷。(第52页)
"庄稼里数不过糜子光, 人里头数不过咱凄惶!"	庄稼里数不过糜子光, 人里头数不过咱凄惶!(第85页)
山丹丹花来背洼里开, 有那些心思慢慢来。	山丹丹花背凹凹开, 有那些心思慢慢来。(第52页)
"——满天的星星没月亮, 小心踏在狗身上!"	满天星星没月亮, 小心踏在狗身上。(第57页)

---

① 这是常见歌谣,刘半农《瓦釜集》附录江阴船歌第十九歌便是"山歌好唱口难开,樱桃好喫树难栽。白米饭好喫田难种,鲜鱼好喫网难抬"。刘半农:《瓦釜集》,北新书局1926年版,第83页。

《王贵与李香香》	《顺天游二千首》
"马里头挑马不一般高， 人里头挑人就数哥哥好！"	马里头挑马一般高， 人里头挑人数你好。（第60页）
"大米干饭羊腥汤， 主意打在你身上。"	大米干饭羊腥汤， 主意打在你身上。（第70页）

上面仅举九处，事实上《王贵与李香香》中还有大量直接使用民歌词句入诗的例子。换在现代诗学的视野中，这是一种不可思议的原创性缺失。在作品没有经典化以前，李季对此也许依然不无担心。他把几千首信天游民歌（自己辑录抄写，一定费了大量功夫）寄给编辑，与其说是坦率，不如说是希望用在40年代解放区的文艺体制中已经具有相当文化权力的"民歌"来为自己撑腰——这是一种真正来自乡野民间的写作。在此之前，还没有人这样写过，李季对于能否获得认可还没有信心。

但是，在后来的接受过程中，我们发现，"原创性"质疑几乎从来没有被提起过，甚至谈不上迅速地被忽略。对于李季大量使用民歌原句的做法，编辑黎辛认为"当然这并不妨碍作品是创作，中外许多来自民间的名著的先例是不少的"。① 这里，写作和阅读双方共同认可了一种更宽泛的"原创"标准。

《王贵与李香香》从《解放日报》出发，其经典化路线图并不难给出：（1）发表和来自报刊的价值认定；（2）收入"北方文艺丛书"过程中的意义建构和"增值"；（3）收入"中国人民文艺丛书"并完成经典化。其间，"阶级话语"与"人民文学"相互借力，意义不断被期待视野所发明、掩盖、扭转和重写，共同完成一个阶级定义经典的接力故事。

"改名"和"发表"：党报编辑的文学期待

经典化的第一步是进入话语场域，在主流文学体制划定的权威舞台

---

① 黎辛：《〈王贵与李香香〉发表的前前后后》，《纵横》1997年第9期。

上粉墨登场。40年代的解放区，文学舞台多不胜数，但党报《解放日报》才是权威舞台。① 在此之前，李季以不同笔名在《解放日报》上亮相过，发表了三篇作品，分别是报告文学、民间故事和短篇小说。②

这一次，李季投的依旧是一个"民间故事"，特别的是他尝试把内容镶嵌于"民间形式"的表达法中。编辑黎辛如是描述："《红旗插在死羊湾》是以故事发生的地点取名、采用说唱形式、分行写的长诗。可以唱，道白可以说与讲，像北方的评书与南方的弹词。"李季自己拟定的题目是"红旗插在死羊湾"，副标题为"三边民间革命历史故事"。民间形式的价值很快就被编辑黎辛辨认出来了："这是一种创造性的、前所未有的新形式，不仅精彩，简直是神奇。显然，这是作者的一次新的尝试，也是一次大的飞跃。"但也有不满意的地方："可是作品太长，说唱部分情节重复，说的部分篇幅更长，故事行进速度缓慢。"③

这里的实质问题是：民间说唱形式与报纸的传播空间之间形成了某种借力和冲突。一开始，李季作品完全是按照口头说唱艺术来设计的，在"可以唱""可以说与讲"与通过眼睛读之间，前者显然更具"民间性"和"大众性"。其传播形式是"口头传播"，口传具有更强的信息承载力。不难发现，李季具有革命意识、大众化意识和民间化意识，可是却没有媒体意识——包含了大量说唱内容的作品跟"报纸"这种媒体并不兼容。于是，黎辛从编辑的视角重新规划了李季作品，这种规划甚至堪称二度创作：

> 写信给李季，说我感到作品太长、标题缺乏力度。李季复信，说他把作品改为叙事长诗，题目改为《太阳会从西边出来吗?》，不久寄来。这样，作品精彩和利索多了，但诗题这句口语被使用得

---

① 作为共产党最高领袖毛泽东不但时时关注、亲自修改这份报纸的社论，也曾亲自委托多位重要人物为这份报纸副刊组稿。《解放日报》在革命政治结构中的重要地位可见一斑。见《〈解放日报〉第四版征稿办法》（1942年9月20日），《毛泽东论文艺》，人民文学出版社1992年版，第68页。

② "李季1943年4月12日在副刊头题位置发表过题为《在破晓前的黑暗里》的报告文学。1945年7月20日在副刊发表过题为《救命墙》的民间故事，署名里计。1945年9月12日又在副刊头题位置发表题为《老阴阳怒打虫郎爷》的短篇小说，署名李寄。"黎辛：《〈王贵与李香香〉发表的前前后后》，《纵横》1997年第9期。

③ 黎辛：《〈王贵与李香香〉发表的前前后后》，《纵横》1997年第9期。

过多，有陈旧感，我一直被作品中王贵与李香香这两个人物的精神力量所感动，就索性把它改为《王贵与李香香》，副标题"三边民间革命历史故事"仍保留着。为了尊重作者，我又写信征求李季的意见，并请他对作品作最后的修改。李季同意改后的标题（建国后出书，李季把副标题也去掉了），这个标题一直沿用下来。①

黎辛的修改意见实际上是在民间化与媒体化之间进行某种协商和平衡：一方面，民间化是此诗的创造，必须保留并突出；另一方面，没有经过"提炼"的民间形式难以进入媒体空间并分享现代革命媒体提供的意义增值服务。在1942年以后的解放区语境中，"民族形式"已经成为一种强势的时代共名，而"民间形式"又在某种程度获得了相对于"民族形式"的代表权。但是，我们不能不看到，在从《红旗插在死羊湾》到《王贵与李香香》的转化中，强化民间性和改造民间性是二个同时存在的过程。这意味着，革命文艺推崇的民间，并非民间意义上的民间，而是革命文艺体制期待的民间，民间形式由此被革命期待所渲染和具体化。

从《红旗插在死羊湾》到《王贵与李香香》的题名变化，同样颇堪回味。在《红旗插在死羊湾》《太阳会从西边出来吗?》《王贵与李香香》三个题目中，第一个直接采用"红旗"这个革命符号。"红旗插在死羊湾"是革命胜利的直接表述，但更像是一个通讯报道的标题（这或是李季以往报告文学写作思维使然），作为文学题名便显示出某种不足，也许这便是黎辛所谓的"缺乏力度"。论革命意义的直接性，"红旗插上死羊湾"完胜。黎辛之所以觉得"乏力"，应该是从文学角度的考量。过于政治口号式的作品，因为缺乏艺术性，也便影响了政治性的表达。对口号式文学的反思，事实上左翼文学内部并非没有。这个标题的修改也可以说明40年代解放区文学跟十七年以至于"文革"时期的文学政治性既有延续性，也有区别。

《太阳会从西边出来吗?》依然延续着从革命意义进行命名的方式。原作两条线索：红军打败白军，农民斗倒地主，解放死羊湾的历史叙

---

① 黎辛：《〈王贵与李香香〉发表的前前后后》，《纵横》1997年第9期。

第六章 革命文学体制与民歌入诗

事；王贵报了杀父抢妻的仇恨，并和李香香终成眷属的个人叙事。就作品的展开而言，寓历史叙事于个人叙事之中，将"个人的仇恨同阶级的仇恨交织在一起"，① 个人仇恨和阶级仇恨的对接是革命文学的通用表达式，其实质是政治性对文学性的使用。黎辛和李季的区别在于，李季急于"点题"，而黎辛却愿意使作品显得更像"文学"。用人物进行命名，作品便摆脱了某种"通讯"性质而多了份文学性质。王贵与李香香这两个名字都非常具有乡土气息、非常大众化，一个男名和一个女名的并置激发了通俗阅读心理的爱情想象。在解放区的文学氛围中，以人物名字命名作品的极为常见，如艾青的《吴满有》，贺敬之执笔的《白毛女》，李冰的《赵巧儿》，等等。另外，我们应该注意的是，"王贵与李香香"这个名字，跟新文学体制中的"诗题"是有距离的，1941年，丁玲不会把《我在霞村的时候》命名为《贞贞》；"王贵与李香香"这个非常没有"诗性"的命名，昭示着解放区文艺体制中"诗性"想象的变更。"故事性""通俗性"成了这个时代诗歌文体可以兼容的文体特征。这意味着，所谓的"文学期待"，并非对一般"文学品质"的期待，更是对"合目的性文学品质"的期待。

可是，这难道不是跟"讲话"的"政治标准第一，文学标准第二"冲突了吗？何以更政治口号化的题名被党报编辑视为"乏力"？这是否意味着"文学性"相对于"政治性"获得了某种释放和胜利呢？不难发现，李季对作品的设定是"民间故事"，而黎辛却把它作为"优秀文学"来期待。必须指出的是，黎辛和李季在政治观、文艺观上是共享的，他们的差异不是文学立场与政治立场的差异，而是在政治性文学期待中"民间故事"和"伟大新诗"的不同设定。李季既将副标题定为"三边民间革命历史故事"，并未自觉在写诗，不过是写个"革命民间故事"罢了；黎辛却惊叹"发现一部非常好的诗"，② 因此必须竭力去除作品中那种"通讯"气息、"故事"气息，而赋予更强的文学气息。

于是，我们便在革命文艺编辑黎辛的期待中感到了1940年代中期，抗战胜利之后革命文学体制内部对文学经典的饥渴。相对于抗战初期对

---

① ［苏］尼·特·费多连柯：《中国文学》第7章《诗与歌》第8节，转引自赵明、王文金、李小为编《李季研究资料》，知识产权出版社2009年版，第415页。

② 黎辛：《〈王贵与李香香〉发表的前前后后》，《纵横》1997年第9期。

街头剧、活报剧、秧歌剧、街头诗、报告通讯等利于革命宣传的速成品饥渴而言,抗战胜利之后的革命文艺饥渴点发生了转移。转入国共对峙以后,左翼文艺的政治迫切性不再表现在为抗战的革命宣传服务,而转化到为左翼政党及其政治纲领的优越性服务。前者的话语是民族主义的,后者的话语是阶级主义的。前者对文艺的要求是急切而速成的,后者的要求却是创造经典。前者的功用性表现为论证抗战的重要性,后者的功用性则表现为论证左翼政党的优越性。前者主要是中/日较量,后者则是国/共较量,从前一种较量转入后一种较量的过程中,对政治文化产品提出了不同的要求。前者要求输出宣传品,后者则要求输出文艺经典,唯有文艺经典足以完成建构进步政党形象的意识形态功能。1939年在关于文艺"民族形式"问题的讨论中,何其芳率先提出"既通俗又艺术"的命题,如果说解放区文艺在1942年前后通过"讲话""整风"等文化程序完成了主体的改造,并主要突出了"通俗""大众化""工农兵方向"的话;那么,在进入1945年之后,解放区文艺的迫切任务便是在通俗、大众化和工农兵方向这一路径中辨认、发现和建构文艺经典。某种意义上,在抗战尚未真正胜利的1945年初,身在鲁艺的周扬便敏感地意识到这一即将发生的转化。因此,倾全鲁艺之力打造中共七大的献礼之作《白毛女》。须知在1941年延安鲁艺还曾因为倾心"大戏"而受到批评,周扬后来还作了严肃郑重的自我检讨。① 然而,《白毛女》却是另一种意义上的"大戏"。它是解决了立场问题和普及问题之后合目的性的"提高"。

　　转入国共对峙后,解放区亟须用具体的文学成果来证明讲话确立的文艺路线的正确性。这甚至已经成了某种革命文艺的文学性焦虑——通讯作品或各种粗糙的急就章并不少,大众化方向的"文艺精品"成了稀缺品。因此,编辑在《红旗插在死羊湾》身上发现了某种大众化视域中文学精品的潜质,便努力改变其身上存在的"通讯性"。"政治第一,文学第二"固然深入人心。然而,在具体的历史情境中,阶级政治却迫切地需要文学经典的背书。因此,1945年以后,在政治正确的同时,某种精品化的文学期待隐含在解放区文艺规划之中。《王贵与李香

---

① 陈培浩:《大戏风波中的解放区文艺走向》,《粤海风》2012年第4期。

香》无疑呼应了这种规划,才得以迅速经典化,从1946年至1949年的短短三年间,便出了十六个版本。并被列入了"北方文丛""中国人民文艺丛书"两个极为重要的丛书系列。

正是在革命文艺的经典饥渴中,黎辛以党报文艺编辑的敏感促成了从《红旗插在死羊湾》向《王贵与李香香》的转化,这个过程的实质便是带通讯性质的"民间故事"向更便于建构成文学经典的新诗体的转化。值得再提一笔的是,在此转化过程中,"民间故事""通讯报道"跟"新诗"之间的价值等级及文化资本上的微妙关系。1940年代中期的解放区文艺体制中,假"民族形式"之名的"民间文艺"价值日渐自明化。然而,在《王贵与李香香》的文化阐释过程中,值得注意的并非论述者对其"民间性""民族性"的强调,而是他们都选择把民歌体作为"新诗"来阐释。因此,不但民间形式具有了对民族形式的代表权,革命歌谣也获得了相对于新诗的代表权。其间深长的意味在于:革命文艺的"民族形式"话语不但在阶级框架下征用着民间资源,同时也在对新文学的批判和改造中汲取新诗从五四以来在现代文化空间中沉淀的文化资本。①

事实上,写作《红旗插在死羊湾》时,李季几乎没有意识到他是在创作甚至创造"新诗"。在此之前,他几乎没有写过新诗,至少是没有新诗发表或保留下来。四卷本的《李季文集》中,除《王贵与李香香》外,写作时间最早的是写于1949年冬的《三边人》。这意味着,在文学阐释者把《王贵与李香香》阐释成"新诗"之后,李季的新诗认同才被真正建构出来。

李季在对作品进行"改名"等修改后获得了"发表"。这里,"发表"代表的不仅是作品从手写变成铅字跟更多读者见面。更意味着,它将在一个具有巨大象征资本的话语空间中获得了持续的增值效应。《王贵与李香香》连载的第一天,编辑黎辛以"解清"的笔名发表了一篇

---

① 在中国古代,"诗"这种文体一直享有比其他文体更为尊崇的地位;唐代"以诗取士"更是彰显了这种文体高于其他的文化资本。进入现代以来,诗的这种价值优先地位并没有被取消,胡适亲自尝试新诗变革,就是为了拿下文学革命最后一个堡垒。显然,在他那里,没有诗歌革命的成功,是谈不上文学革命的成功。从1930年代的中国诗歌会起,左翼阵营一直致力于建构歌谣对于新诗的代表性,以及歌谣和新诗的同一性。这里,既征用歌谣的通俗性,又征用新诗继承和创造的文化位置的双重征用意图非常突出。

推荐文章《从〈王贵与李香香〉谈起》，在文中黎辛强调了作品的民间性，40年代的"民族形式"话语是这种强调的背景；同时也在革命文艺体制的诉求中强调着作品内容上的政治正确性（"对土地革命时期边区农民斗争的真实描绘"，"革命的曲折性和胜利的必然性"）。但是，《王贵与李香香》虽是"值得我们学习的作品"，但"希望李季同志今后创作出更多更好的作品，也希望产生出更多的像李季同志这样的作者"这种表述却意味着，在当时的编辑眼中，《王贵与李香香》并非不可超越，李季也并非不可复制。黎辛事实上还指出了《王贵与李香香》的一点缺点："某些应该展开描绘的地方，却不经意的忽略过去了，这不能不说是遗憾。"① 此时黎辛虽然把它当成优秀新诗，却并未意识到它在未来会成为不可替代的解放区经典。日后他在回忆文章中说"诗的优美堪与我读过的中外名诗相比"，"这是一种创造性的、前所未有的新形式，不仅精彩，简直是神奇"，② 显然是在《王贵与李香香》经典化之后的修补性回忆。

时任中共中宣部部长的陆定一对此诗的迅速回应，成为此诗经典化过程中的重要一步。"当时的中央宣传部部长陆定一26日送来文章《读了一首诗》，称赞《王贵与李香香》是'用丰富的民间词汇来做诗'，是'内容形式都好的'一首诗，说它是'披荆斩棘、开出了道路'的'新文艺的开路先锋的各位同志'中的一项成果。无疑这使了《王贵与李香香》更加为人重视。新华社请美国专家李敦白先生译成英文，连同《读了一首诗》一文在1946年冬向外广播。据我所知，这是延安时期第一次用英语对外广播文艺作品。"③

值得关注的是，陆定一开篇就道出了他特殊的观察角度："我以极大的喜悦读了《王贵与李香香》。因为这是一首诗。"显然，陆定一是第一个特别强调《王贵与李香香》"诗体"胜利意义的人。在他看来，"文艺座谈会"以来，戏剧等文体已经取得了成就，"比较来得最迟的，就是诗了"。民族形式新诗，"在外面有袁水拍先生，现在我们这里也

---

① 解清：《从〈王贵与李香香〉谈起》，《解放日报》1946年9月22日。
② 黎辛：《〈王贵与李香香〉发表的前前后后》，《纵横》1997年第9期。
③ 同上。

有了"。①

　　陆定一虽然强调"诗"，但却并非本体意义上的诗，而是被革命目标对象化了的"诗"。此时的诗是作为一座"讲话"指导下革命文艺必须攻克的城堡而获得意义的。当年胡适作白话诗，说"白话文学的作战，十仗之中，已胜了七八仗。现在只剩下一座诗的壁垒，还须用全力去抢夺"。② 以文学为社会政治文化革命的中介，此种思维在五四之初便已如此。1920年代现代汉诗开始了从"主体的诗向本体的诗的位移"，③ 但在1930年代以后深重的民族矛盾中，"诗"再次被政治目标工具化。只是此时的诗被用以论证的是"新民主主义文艺运动对于封建的、买办的、反动的文艺运动的胜利。新的文化在一个一个的夺取旧文化的堡垒"。④

　　陆定一文章中有一句话值得特别注意："反动的文艺，因为它有'民族形式'，虽然内容反动极了，但在人民之中据有地盘，毒害人民。""民族形式"与"反动的文艺"被联系起来，这在1939—1941年文艺"民族形式"大讨论中并不常见，虽然"民族形式"被加了引号。"民族形式"并非解放区文艺体制希望丢弃的武器，却显出了某种微调的必要性。"民族形式"的提法有其特殊的政治文化背景，不可忽略的便是抗战中缔结的民族统一战线。"民族形式"在"民族主义"的话语空间中释放的不仅是大众化的诉求，更是民族尊严和民族凝聚力的诉求。因此，左翼文艺的"民族形式"出现了阶段性的阶级性隐匿。当陆定一不但强调"民族形式"，更强调革命进步内容的"民族形式"时，意味着其说话的语境中，民族性的内部必须提供一种兼容的阶级性内涵。这正是当年的革命文艺体制的期待视野，《王贵与李香香》提供了在这种期待视野中进行意义建构的要素，于是被选择并派定在革命歌谣体新诗的新位置上。

　　另需要注意的是，《王贵与李香香》连同《读了一首诗》一文在

---

① 陆定一：《读了一首诗》，《解放日报》1946年9月28日。
② 胡适：《逼上梁山——文学革命的开始》，《胡适文集1》，欧阳哲生编，北京大学出版社1998年版，第155页。
③ 王光明：《现代"诗质"的探寻》，《现代汉诗的百年演变》，河北人民出版社2003年版。
④ 陆定一：《读了一首诗》，《解放日报》1946年9月28日。

1946年冬被用英文向外广播。英文广播在此清晰地表述了延安当局在国际社会中建构延安形象的诉求。事实上,从1930年代起,一种面向全国乃至全世界,可以称为"延安形象学"的左翼政治宣传策略便在不断实践中。埃尔加·斯诺、史沫特莱等西方左翼文化人士来到中国,向西方输出中共左翼政权的正面形象。延安的选举、文化、妇女解放、土地改革等现实社会材料是这种形象的重要部分,① 文艺作品中的解放区也是这种延安形象学的重要组成部分。从英文广播起,《王贵与李香香》已经被选择作为建构延安形象学的材料,在解放区文艺经典化之路上进一步前进。

两套"文艺层书"的意义建构

1947年,《王贵与李香香》又被"北方文艺丛书"所选择。"时任中共华南分局文化工作委员会副书记的周而复等,从1946年初开始在上海、香港主编并于同年4月起,先后由上海的作家书屋及香港海洋书屋、谷雨社陆续出版发行的'北方文丛'、'万人丛书'及'文艺理论丛书'等系列延安文艺作品书籍。"② "北方文丛"的宗旨在于"把《延安文艺座谈会上的讲话》前后的发表和出版的文艺作品介绍给国民党地区以及香港和南洋一带广大读者"。③ 据张学新描述,"《北方文丛》包括西北、华北、东北各个解放区的各类文艺作品,由周而复主编,用海洋书屋名义出版,实际由党领导的新中国出版社负责印刷、出版与发行。1947年内,共出版三辑。每辑十册书"。④ 显然,"北方文丛"正是共产党所主导下的文化输出和形象建构工程。

《王贵与李香香》被选入"北方文丛"第二辑,作品体裁包括"小说(长篇、中篇、短篇)、戏剧(话剧、平剧、秧歌剧)、诗歌(长诗)、散文、报告、说书、论文"。第一辑选入艾青1943年发表的作品

---

① [美]爱泼斯坦、高梁主编:《解放区文学书系·外国人士作品》,重庆出版社1992年版。

② 王荣:《宣示与规定:1949年前后延安文艺丛书的编纂刊行》,《陕西师范大学学报》(社会科学版)2012年第3期。

③ 周而复:《〈北方文丛〉在香港》,吉少甫主编《郭沫若与群益出版社》,百家出版社2005年版,第245页。

④ 张学新:《周而复与"北方文丛"》,《新文学史料》2008年第4期。

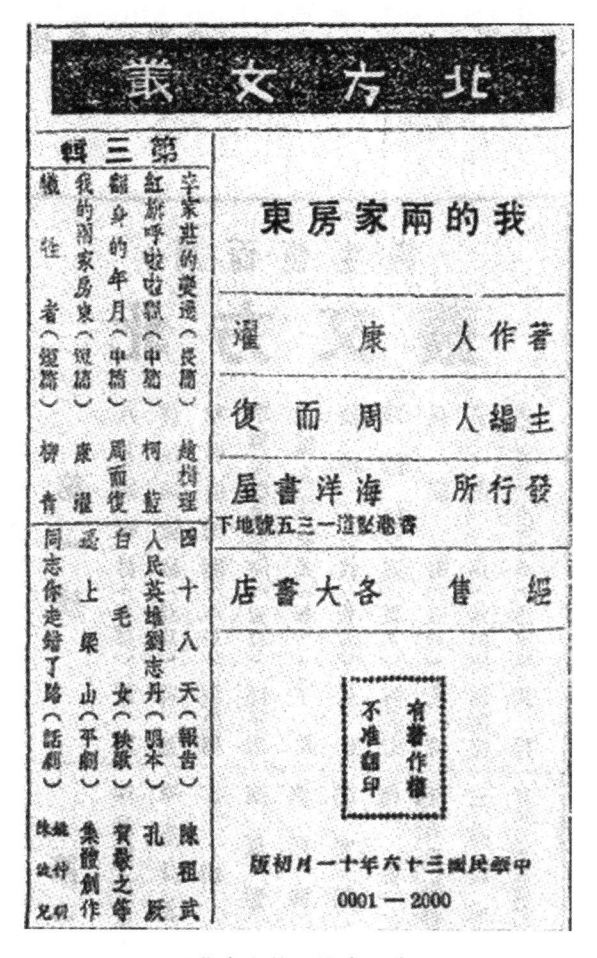

"北方文丛"图书预告

《吴满有》，第二辑选入《王贵与李香香》，第三辑没有诗歌入选。这里折射的恰恰不是诗的歧视，而是陆定一指出的革命文学对诗的渴求。

"北方文丛"还专门邀请了郭沫若为《王贵与李香香》作序，周而复则为该书写作后记。正是在"北方文丛"版中此诗被提升为"一颗光辉夺目的星星，从西北高原上出现，它照耀着今天和明天的文坛"。① 如果我们明了该文丛的目的在于建构解放区文艺对于中国文艺道路的代表性和指导性，我们便能明白，关于《王贵与李香香》的论述也必须

---

① 周而复：《王贵与李香香·后记》，香港海洋书屋1947年版。

服务于这个出发点。具体而言，则是把此诗作为中国新诗的最新、最具指导性道路来论述。这个原则，被郭沫若和周而复牢牢地遵守着。周而复明确把《王贵与李香香》称为"中国诗坛上一个划时代的大事件"，他强调"李季不是文艺工作者"，"他是在群众当中做实际工作的"，认为此诗"从第一行，到最后一行，洋溢着丰富的群众的感情，生动而富有地方色彩"。在解放区文艺体制中，"在群众当中做实际工作"，"群众的感情""地方色彩"都是一种鲜明的正面价值。作者把"工农兵方向"发展为"人民性"话语，把诗歌划分为"诗人的诗"和"人民的诗"，并以此论证上述的"划时代"论断：

> 如果说过去中国反映人民生活的诗篇，绝大多数的成果，是诗人的诗；这意思是说，是诗人站在旁观的同情的立场，通过诗人自己的感情，对人民生活的歌唱。那么，这儿是产生自人民当中的诗篇。它的思想，它的感情，它的生活，它的语言，完全是人民的，是发自人民内心的真实声音。①

民间性也许可以某种程度代表"人民真实的声音"。然而，如上所述，《王贵与李香香》的修改过程呈现为一个"民间性的强调和民间性的改造"的双重过程。此处自明地把《王贵与李香香》指认为"人民内心"的绝对代表，其诉求，乃是在解放区以外建构起人民性写作方向的合法性。

"诗人的诗"和"人民的诗"的二元对立建构事实上被放置于落后/进步的线性历史逻辑中，这种论述方式在五四时代的"贵族/平民""文言/白话"的划分中已被广泛采用。为《王贵与李香香》作序的郭沫若同样熟练地运用着此种话语策略，他把"贵族/平民"的五四命题直接改装为"贵族/人民"的左翼命题，并发展出"金莲/天足"这样的比喻性批评概念："今天在解放区以外的'金莲'文艺依然占着支配势力"，"而解放区的文艺确实是到了天足的阶段了。""今天我又看见

---

① 周而复：《王贵与李香香·后记》，香港海洋书屋1947年版。

这首长诗《王贵与李香香》。我一律看出了天足的美,看出了文学的大翻身。"①

如果说 1942 年的"讲话"要在解放区范围内完成的是无产阶级主体的构造和塑形的话,"北方文丛"则力图向国共内战期间的国统区、香港、南洋等地区的华人宣告以人民性为价值感召的"无产阶级主体"和"无产阶级写作"的历史进步性。因此,周而复在后记的一段话确实深刻地把握住了解放区以外那些既为新的、独立民族国家所感召,又希望保持自由的"小资产阶级知识分子"的心理纠葛,从而巧妙地唤起了他们在"进步历史"压力下的忏悔意识:

> 小资产阶级出身的知识分子作家,经过思想改造以后,曾经是,现在也还是为一个问题所苦恼着:旧的人民大众的思想感情否定了,新的人民大众的思想感情还没有完全确立起来。在这个新陈代谢之间,青黄不接之时,旧的那一套思想感情自己是很熟习了,现在是弃之唯恐不尽;对新的,虽然相当陌生,却要努力学习去掌握。这就是为什么作家经过思想改造,都纷纷到群众当中去,到人民大众当中去,有些作家甚至暂时沉默了的道理。只有实际在人民斗争生活当中,自己不再有高高在上的优越感,而成为人民大众当中的一员,和他们共呼吸,共患难,共荣辱,这样才能够写出人民伟大的诗篇,而人民的诗篇也只有在人民大众当中方能产生出来,亭子间和窑洞里的艺术之宫和他是无缘的。②

这段话鲜明地标识了周而复乃至整个"北方文丛"的目标受众,在新与旧,人民与小资,国族与个人的多重二元划分中,周氏的论述法(也是左翼通行的论述法)以历史进步的名义向"小资知识分子"发出了主体改造的要求。同时又敏锐地把握到了他们那种"欲旧不愿、欲新不能"微妙心理——这种"小资知识分子"在延安事实上也是比比

---

① 郭沫若:《序〈王贵与李香香〉》,香港《华商报》1947 年 3 月 12 日。
② 周而复:《王贵与李香香·后记》,香港海洋书屋 1947 年版。

是，何其芳正是其中突出的一位。

必须指出，正是因为被选择成为左翼政党形象工作的造型材料，并在新/旧、进步/落后的线性历史逻辑中，事实上依然粗糙的《王贵与李香香》才得以被充分经典化并建构为划时代的事件、人民诗歌道路的新方向。

可资比较的是：国统区的袁水拍的马凡陀山歌就没有获得如此被历史建构的机缘。袁水拍于1944—1946年完成了他抒情诗学向山歌诗学的转变，我们还记得陆定一在评《王贵与李香香》的《读了一首诗》中说到民歌诗"外面有袁水拍先生，现在我们这里也有了"时那种欣喜与释然。可是，陆定一的话难道不也暗示了国统区/解放区之间有着他们/我们的分野，即使所谓的"袁水拍先生"早就是"我们"的人。这里深刻地暗示着革命文艺体制内部的区域政治：同为民歌诗，产生于国统区的马凡陀山歌、产生于延安解放区的《王贵与李香香》以及产生于太行山解放区的《漳河水》日后都被经典化了，但唯有《王贵与李香香》得以被表述为"划时代的大事件"，人民诗歌道路的新方向。这里不是创作先后问题，也不是艺术精良与粗糙问题，而是由现实政治牵扯着的文化政治问题。

必须补叙一笔的是，无论是郭沫若的序，还是周而复的后记，都服务于一种整体性的左翼文化动机。"丛书取名'北方文丛'，是因为当时党中央军事委员会以及解放军主力部队都在西北、华北和东北，'三北'，实际上是代表解放区的称谓。不言而喻，《北方文丛》即是《解放区文丛》。"① "北方文丛"由香港海洋书屋出版，海洋书屋即是香港群益书店分店，郭沫若本人跟"左倾"的群益书店有着极深渊源。② 因此，郭序对《王贵与李香香》的评论立场，不是一种个人判断标准，而是作为一个代言人宣告的集体标准。

在回忆"北方文丛"的往事时，周而复提到1948年随着国民党的节节败退，内战形势日渐明朗。"不久，周扬同志为首主编的'中国人

---

① 周而复：《〈北方文丛〉在香港》，吉少甫主编《郭沫若与群益出版社》，百家出版社2005年版，第247页。

② 参见吉少甫主编《郭沫若与群益出版社》，百家出版社2005年版。

民文艺'丛书出版,《北方文丛》完成了历史使命,便不再出版。"①"北方文丛"和"中国人民文艺丛书"各自承担着左翼革命不同的历史使命,前者完成的是内战胶着状态下对港澳、南洋进行的解放区形象建构和输出;后者的意识形态功能体现为在国家政权建立以后对左翼革命起源及合法性的确认,以及面向国内人民宣示革命文艺体制唯一正确性。周扬描述为"选编解放区历年来,特别是一九四二年延安文艺座谈会以来各种优秀的与较好的文艺作品,给广大读者与一切关心新中国文艺前途的人们以阅读和研究的方便"。②

作为此套丛书最初的编辑陈涌回忆道:"早在解放战争初期,毛泽东就曾对周扬讲要把解放区的文艺作品挑选一下,编成一套丛书,准备全国解放后拿到大城市出版。"③ 1948 年初,时任华北局宣传部长的周扬着手组织这项工作并担任丛书主编。"人民文艺丛书"日后成为1949年后最重要的文学丛书,既跟它所承担的历史使命的长期性有关,也跟丛书主编周扬1949年后长期执掌文艺界帅印有关。于是,在"北方文丛"中已经被建构为人民诗歌新方向的《王贵与李香香》,理所当然获得资格,在"人民文艺丛书"中占据一席之地,完成其经典化过程中最重要的造型。中华人民共和国成立之初的当代文学史对此诗的评定,意味着其经典地位在左翼文学史高度上的成型。

---

① 周而复:《〈北方文丛〉在香港》,吉少甫主编《郭沫若与群益出版社》,百家出版社2005年版,第249页。

② 周扬:《中国人民文艺丛书·编辑例言》,李季《王贵与李香香》,新华书店1949年版。

③ 萧玉:《中国人民文艺丛书:开启文学新纪元》,《石家庄日报》2009年9月19日。

第七章

重识民歌诗的"革命"与"现代"

——《漳河水》的诗法政治和神话修辞

一直以来,《漳河水》被视为1940年代民歌体叙事诗的收官之作,也是艺术上的巅峰之作。跟那种"旧瓶装新酒"地套用民歌体的作品不同,《漳河水》确实在某种程度上使民歌元素融会贯通。因此,这不是一般意义上的"大众化"作品,而是"大众化"方向的"艺术化"之作。只是,有必要看到《漳河水》的"艺术化"并无法被当代所共享。作为革命文学创作的妇女解放神话,它的神话修辞术值得深究。本章追问的是:(1)《漳河水》在文本上创造了什么样的"艺术化"?(2)《漳河水》的妇女解放主题,跟罗兰·巴特意义上的神话修辞术有何关系?(3)《漳河水》如何回复某种"古典之文"的性质,以支持革命阶级神话的成立?

第一节 "诗法政治"与"诗歌想象"

众所周知,散文和诗歌有着不同的语言使用方式,散文遵循的是"语法",而诗遵循的则是"诗法"。正如王光明教授指出的那样:(诗歌)"更重视语言要素的综合运用,更注意语言的音、意、象,更注意通过形式与技艺的运用突破语言的限制,抵达言外之意,弦外之音的境界。可以认为,诗歌语言和形式上的诸多传统惯例,包括重视感觉和相像,以及分行建节、意象的寻找、结构的安排和节奏的注意,在某种意义上说,都是一种完善语言和增加语言活力的追求。也正是这种追求,诗歌语言才成为民族语言的宝石，诗歌才有了提升语言的功能。"①

值得进一步探讨的是，"诗法"虽有其共性，但"诗法"也在不断地变动与"博弈"。换言之，"诗法"与其说是同质的，毋宁说是差异、分裂，甚至是"你死我活"的。更恰当说，"诗法"同样处于自身的文化政治中。50年代冯至反思自己20年代的作品，认为"基本的调子只表达了小资产阶级知识青年的一些稀薄的、廉价的哀愁"，②而1941年写的27首"十四行诗"，"受西方资产阶级文艺影响很深，内容与形式都矫揉造作"。③ 这里触目惊心地标识出在"革命诗法"视域中"现代诗法"的失效和罢黜。

诗歌技艺显然并不是一个意识形态隔离区，恰恰相反，诗法去意识形态的背后藏着另一种隐蔽的意识形态性。何种诗法将被目为主流正宗，被强势话语激活并委以重任；何种诗法将被废黜流放，丧失其在诗歌领域的存身之地，这始终并非一个单纯的审美问题。因此，"诗法"与"奠基性话语"之间，便存在着一种诗歌体制意义上的"诗歌想象"。诗歌想象通过对诗歌功能的界定规划了诸如自律或他律、诗歌与现实、诗歌与自我等核心范畴，在功能被裁定之后，"诗法"的选择便不再自主，"诗法"只能在诗歌功能划定的范围中生成。左翼革命将诗歌界定为"承载沸腾革命的容器"，那么静观内敛、苦思通神的自律性现代诗法必被罢黜，首当其冲的便是折射内心瞬息波澜的象征诗法了。反之，当诗歌被界定为内心经验的凝聚和语言转化时，与他律性相适应的语言法则便显得苍白无力。革命诗法最常见的排比、呼告顿时显得其"土"无比。

既然诗法同样存在着自身的文化政治，那么，我们必须警惕的便是站在一种诗法的价值坐标中臧否另一种诗法。30多年前，当现代诗学作为异端邪说的时候，诗法政治呈现为革命诗法对现代诗法的压制；而90年代以后，当现代诗学蔚为大观并进而成为主流诗歌想象的时候，诗法政治则呈现为现代诗法对革命诗法的排斥。今天，很多研究者对于革命诗歌总难免显示出某种审美上的优越感。很难说革命诗歌对于当代

---

① 王光明：《现代汉诗的百年演变》，河北人民出版社2003年版，第142页。
② 冯至：《西郊集·后记》，作家出版社1958年版。
③ 冯至：《冯至诗文选集·序》，人民文学出版社1955年版。

诗歌具有审美共享性，但对于研究者而言，在历史化的背景中审视革命诗歌的艰难探索则似乎是一种必需的职业伦理。因此，对于《漳河水》这样一部经典的革命民歌体叙事诗，我们有必要先以足够的耐心，探究其诗法的独特性。

某种意义上说，阮章竞是由于对戏剧写作指手画脚的人太多而转向诗歌写作的。1940年代，他的写作热情有过起伏和转移。1941—1943年他在太行山剧团任职，作品频出，并且以戏剧为主。但1944年他参加了太行山的思想整风，这让他意识到知识分子在革命阵营中的尴尬地位，遂强烈要求离开文艺战线，参加其他革命工作。直到1947年他任太行边区戏剧部部长，才又重新执笔，并写出了广受肯定的新歌剧《赤叶河》。但是，痛感戏剧写作提意见的人太多，"好菜太多，消化不了"，他的写作热情悄然转移到诗歌上。①

《漳河水》②是长篇歌谣体叙事诗，契合了当年"民族形式"的时代诉求，它"常常既被当作解放区诗歌的实绩，又被当作新中国成立后的收获，在不同的场合加以论述"。③可以说，"民族形式"这个典型的

---

① 陈培浩、阮援朝：《阮章竞评传》，漓江出版社2013年版，第64页。
② 《漳河水》最初发表于1949年5月的《太行文艺》第1期，1949年12月修改稿完成于北京，1950年6月发表在《人民文学》第2卷第2期。关于《漳河水》的创作过程，阮章竞这么说："1949年3月，我开始写《漳河水》，前后共写了一个多月，修改了一年多。""从5月到12月，可以说是行踪无定，（漳河水）稿带在身边，修改过多少次记不住，差不多磨了将近一年，但我感到并未离开太行山。"（阮章竞回忆录《异乡岁月·太行山》，未刊手稿）。
全诗分为《往日》《解放》《长青树》三部分，第一部分写解放前漳河边某村三个闺中密友荷荷、苓苓和紫金英婚后回乡在河边哭诉彼此婚姻的不幸。三人婚前对婚姻都抱着美好的想象，但由于"封建"婚姻不自主，"爹娘盘算的是银和金"，婚后生活很不幸福："荷荷嫁了个半封建"，"苓苓许了个狠心郎"，"紫金英嫁了个痨病汉，一年不到守空房"。第二个部分《解放》写的是解放之后，婚姻自主、妇女翻身。诗歌分别叙述荷荷、苓苓和紫金英三人在新政权新政策的影响下，寻求自由婚姻、独立地位的故事。三人中，勇敢能干的荷荷率先与"半封建"丈夫离婚，并和一个"政治好"的对象结婚。再婚后，荷荷还积极帮助那些为旧风气所压制的姐妹们"翻身"：苓苓在荷荷的帮助下，对家里的狠心郎"二老怪"进行斗争，并最终改造了"二老怪"，获得了独立地位。丧夫的紫金英带着儿子艰难度日，平时里难免接受一些男人有目的性的帮助。这让她感觉抬不起头来，但由于对妇女自身独立性认识不足，她又接受了这种帮助。在荷荷的帮助下，紫金英勇敢地和那些有不良目的的男人断了关系，靠自己的能力在新社会中赢得尊严。第三部分《长青树》由"漳河谣""翻腾""牧羊小曲"三组套曲组成，写"二老怪"在思想解放的妇女改造下，思想觉悟过来，主动与散布谣言的封建妇女张老嫂思想决裂，获得妇女们的欢迎和认可。第三部分在叙事同时侧重于抒情，以妇女政治解放、思想解放点国家解放之题，以"长青树"暗喻革命事业的胜利。
③ 洪子诚：《当代文学史》，北京大学出版社2000年版，第87页。

40年代文学命题成了阮章竞以歌谣体入诗最重要的背景。① 因此,《漳河水》并非其艺术谱系的先行先试者,而是一种艺术潮流的臻于完善者。它某种意义上正是对之前民歌体叙事诗《王贵与李香香》的艺术传承和超越。

《王贵与李香香》把歌谣体发展为叙事诗,用以叙述当时解放区文学相当流行的"农民反抗地主"的革命母题。在写作的局部,它又保留了较有民间风味的民歌比兴手法。因此,李季的《王贵与李香香》解决了歌谣体诗歌与革命叙事之间的融合问题(一般歌谣诗在大处难以包裹住革命的宏大叙事,在小处又常失却民间歌谣独有的风味和精致的句法、修辞)。但《王贵与李香香》显然并不完美,钟敬文就指出它结构上存在的缺陷:"顺天游在诗体上的主要特点,第一是两行一首,第二是首句惯用的比兴法。这种小形式的民谣,一般是用来即兴抒情的。"而李季的写作过分拘泥于"信天游"以"两句为单位安排句意和押韵的惯例","在整段叙事的地方"没有节制地"连用比兴法"。② 这就使得叙事的展开缺乏更有效的形式。

《漳河水》正是从《王贵与李香香》止步的地方出发,它着力解决的正是长篇叙事诗和歌谣体抒情短制之间的矛盾。为此阮章竞事实上从戏剧上迁移来了一种多重对比结构。笔者在另一篇文章中已经指出,《漳河水》的成功有赖于一个新—旧对照、总—分交叉的戏剧结构。③

和当时的很多解放区文艺作品一样,《漳河水》有一个预定的主题,那就是革命之光普照下人民的解放和翻身。只是,《王贵与李香

---

① 事实上,40年代的民族形式实践不过是新诗歌谣化的谱系中的一环,方涛(《新诗民歌化的路径选择》海南出版公司2005年版)、张桃洲(《论歌谣作为新诗自我建构的资源:谱系、形态与难题》,《文学评论》2010年第5期)等人已经详细地描述了从五四以降新诗歌谣化的谱系。新诗在扩大自身的合法性过程中,在平民/贵族之辨中,民间被赋予了巨大的文化价值。民歌被以各种各样的方式化用到新诗中,创办于1920年的北大歌谣学会刊物《歌谣》周刊对此新诗与歌谣的话题已有颇多讨论;20年代对民歌表露兴趣并有所实践的就包括刘半农、朱湘、沈从文等人。30年代左翼文学团体中国诗歌会在"大众化"的阶级论视野中提出"新诗歌谣化"的倡导,并出版了《新诗歌》"歌谣专号"。1936年由胡适主持复刊的《歌谣》周刊同样主张新诗以歌谣为资源。1939年以至1940年代文艺民族形式的讨论成了新诗歌谣化在40年代延续的现实动因。

② 钟敬文:《钟敬文学术论著自选集》,首都师范大学出版社1994年版,第722—723页。

③ 陈培浩:《民族形式和革命美学的创制》,《文艺理论与批评》2013年第1期。

香》写的是农民翻身,《漳河水》写的则是妇女翻身。相比之下,《漳河水》人物线索更多,人物形象更鲜明生动,荷荷、苓苓和紫金英三个妇女形象各有特点,二老怪这个中间人物和媒婆张老嫂这个反面人物同样令人印象深刻。设若没有一个合适的结构,长诗的内在张力必将无以附着。

戏剧化结构、多种歌谣形式解决的是叙事诗歌的大框架问题,此外,阮章竞还解决了叙事诗大结构和小细节的融合问题、叙事性跟民歌体式相融合问题、诗歌篇幅有限性跟多线人物的复杂性相协调问题、故事讲述与人物塑造问题、诗歌如何进行心理描写问题。必须承认,在一首诗中把所有这些问题都解决并非易事,然而《漳河水》却进行了努力的尝试,并且成功了。所以,解放区革命文艺大众化并非是粗糙化的代名词。

这里首先涉及叙事诗中叙事与诗的矛盾,这个矛盾可分为两方面:一方面,诗歌在叙事过程中如何保持语言品质;另一方面,诗歌的有限篇幅如何容纳叙事的伸展性内容。《漳河水》在这方面都表现出极好的艺术感觉。

叙事诗如何既把故事讲清楚,符合诗歌的体式,又不损诗歌的语言魅力,这方面,阮章竞借鉴了《王贵与李香香》的经验,采用了民歌体。民歌有固定的句式,相当于曲谱;民歌中又有非常丰富的修辞,让语言更加生动风趣。茅盾在眉批《漳河水》时,提得最多的是韵律之美和语言的生动,这两方面都是诗歌语言的特点。显然,民歌体帮助阮章竞解决了如何既讲故事,又保留诗歌语言魅力的问题。诗第一部介绍三位女性:"漳河水,水流长,/漳河边上有三个姑娘:/一个荷荷一个苓苓,/一个名叫紫金英。"这一节,由于民歌体的采用而朗朗上口,二句一韵,具有民歌的韵律效果。而像"漳河水,水流长/漳河边上有三个姑娘""河边杨树根连根,姓名不同却心连心"中民歌的固有节奏防止了白话的散漫无度;比兴手法的运用,又使诗歌展开叙事而不失其语言魅力。像这种例子在全诗中俯拾皆是,又如诗中写到荷荷离婚后和热恋中的新情郎相思情急的场面:"干蒿草,偏偏和烈火碰,/热得个心儿扑腾腾。/他心藏个猴,她心拴匹马,/去找主席公开了吧!"

这一段写荷荷离婚后和"政治够"的心上人热恋中炽热难耐的情

爱:"窗棂棂开花用纸糊,/相思的心儿关不住",男青年偷跑来会荷荷。诗歌写得热烈而不低俗,"干蒿草,偏偏和烈火碰,/热得个心儿扑腾腾。"民歌常见的比兴描活了两人的情难自禁。如果仅止于此,也不过是一个普通比兴的用法,阮章竞的诗笔再次为两人的相思加码:"他心藏个猴,她心拴匹马,/去找主席公开了吧!"这里把"心猿意马"这个习见的成语拆开,还原为两种充满动感、生猛有力、活蹦乱跳的动物,巧写二人之心潮澎湃、情热难耐,下面这句"去找主席公开了吧"更使两人情热中烧的急切溢于言表。后两句诗突破了亦步亦趋的比兴,从对心理的比喻转入直接表露心声的言语,真是神来之笔。难怪茅盾在眉批本中情不自禁地点评这四句:前"二句活用成语,极好。"① 后两句"极有风趣",连用二"极"字,在茅盾的眉批中并不多见。

如何处理诗的篇幅有限性和叙事的延展性矛盾,《漳河水》展示了一种高超的剪裁艺术。诗歌第一部写到旧时代的包办婚姻:"断线风筝女儿命,/事事都由爹娘定。/媒婆张老嫂过河来,/从脚看到天灵盖。/爹娘盘算的是银和金,/闺女盘算的是人和心。"这是第一节中对三个姑娘婚姻不自主的叙述,如平铺直叙、过分展开,不但缺乏感染力,且为篇幅所不允许。所以,第一、二句运用民歌和古诗中常用的比兴,概述婚姻的不自主;第三、四句,进入场景描述,是对事件的具体展开,但又不可能充分展开,所以便选取了典型细节。媒婆过河来,从脚看到天灵盖,写得实在是形象生动,不过十几字,人物情态毕现;第五、六句又转入爹娘、闺女不同心思的对照。短短6行47字,却有三个不同的角度,是概述和具体展开的结合,是形象化和典型化的结合,是多角度叙述的结合。

"媒婆张老嫂过河来,从头看到天灵盖。"茅盾的旁批是:"此章用经济的笔墨,故事骤然开展,换韵也好。"② 茅盾是小说家,关注叙事如何展开,"骤然"说的是第一、二句跟第三、四句之间的跳跃:从第一、二句的客观议论中,迅速地转入第三、四句的叙事推演。而这种"骤然"又并非"断裂","事事都由爹娘定"正是"媒婆过河来"的

---

① 茅盾:《中国现当代文学茅盾眉批本文库·诗歌卷4》,中国国际广播出版社2007年版,第22页。

② 同上书,第10页。

铺垫。值得注意的是，第一、二句议论转入三、四句的白描，同时也由概述转入了细节描述。媒人张老嫂见面的场景、寒暄、家长里短全部省去，单表一个"从头看到天灵盖"的动作，此一句中媒人的神情样貌跃然纸上，被审视的年轻女子那种羞涩和忐忑隐于纸背，却又不难想象。整一节体现了叙事诗非常高超的跳跃之美、省略之美，对典型场景的剪裁之美和细节的形象美。

《漳河水》还探索了叙事诗如何进行心理描写的问题。叙事诗在进行人物刻画时，一定会面临心理描写的难题，诗歌没有空间展开小说意识流般的绵延，剪裁和视角调度便是解决之道。诗中写到旧式包办婚姻中女性的惶恐心理："不知道姓，不知道名/不知道是老汉是后生。/押宝押在那一宝，/是黑是红鬼知道！//偷偷烧香暗许愿，/观音菩萨念千遍。/心操碎，人愁死，/三天没吃完半合米！"

第一节描写被指婚的女儿心理，用的是年轻女子的主体视角；接下来一节同样写被指婚者对未来的焦虑不安、担心忧愁，但已经悄然转换为客观叙事人的叙述。两种叙事视角的结合和转换，如电影中主观镜头和客观镜头的结合，相互补充，这里可以很明显看到诗人写作时的匠心独运。

视角转化与调度事实上也是一种剪裁（类似电影上的蒙太奇），值得指出的是，不管视角如何转换，诗人始终把握了细节的形象性，没有生硬的说理、议论，把人物的心理蕴含在形象的细节中。茅盾在这几句旁边写下："妙在此处不用细描。"① 说的是诗歌不事铺陈的剪裁之妙。

以形象化、典型化动作外化人物心理，使诗歌叙事显出喜剧性，也是此诗成功心理刻画的一部分。诗第二部分写苓苓斗争二老怪，在家里闹"罢工"，二老怪回家没饭吃，气急败坏，诗歌通过分解二老怪进院、揭锅、躺炕上的过程，极其形象地刻画了夫权思想浓重的二老怪回家吃不到饭暴跳如雷的心理过程。二老怪于是决定使出他的老法宝："寻根棍，找条绳，/半夜打老婆是老规程。/一根蔴绳抛上梁，/吊住她头发才揍他娘！/数这玩意儿最利索，/二老怪是老手旧胳膊。/哎呀呀，不能够，/她娘早剪成短发头！"

---

① 茅盾：《中国现当代文学茅盾眉批本文库·诗歌卷4》，中国国际广播出版社2007年版，第11页。

此段写二老怪准备打妻过程中的心理活动，老规程遇到新事物。"吊住她头发才揍他娘"是二老怪心声的生动流露，可是他却遇到新事物"哎呀呀，不能够，／她娘早剪成短头发"。这里以一种漫画式的笔调刻画二老怪的气急败坏又无可奈何的心理。

《漳河水》的群像刻画也相当成功：第三章二老怪被改造后，要讨好获得解放的妇女们，新女性荷荷趁机教育他："'男女本是连命根，／离开谁也万不能。去给苓苓陪个情！'／荷荷笑着下命令。／／举手额前脚立正，／二老怪今天像个民兵。／苓苓捂嘴低声啐：／'出什么洋相讨厌鬼！'／／'出什么洋相讨厌鬼！'／孩孩们学着苓苓嘴。／人人都笑出欢喜泪，／惹来山雀转圈飞。"

第三部分叙事上主要就是几个群像场面，认错的二老怪、得胜的荷荷、起哄的众人和又喜又羞的苓苓都在这个群像场面中得到展示。本来复杂的叙事场面被整合进疏朗的勾勒和清新的诗歌节奏中，"出什么洋相讨厌鬼""孩孩们学着苓苓嘴"都极其形象生动，把叙事内容、人物个性、心理活动都化进了快乐的诗歌节拍中。

从"诗法"角度看，民歌体激活了民歌比兴手法，又体现了对古典诗诗法的亲缘性。如"河边杨树根连根，／姓名不同却心连心"这种源于诗经的起兴在文人诗中无以存身，在欧化白话诗、新诗的浪漫主义传统以及现代诗学传统中都没有获得存在和转化的机缘，却在歌谣体新诗中获得了精彩的发挥。另外，《漳河水》对于"剪裁、炼字"的重视，直接源于古典五、七言诗的传统。由于中国古体诗篇有定句，句有定字，语言体制有限使得语言的活力必须落实在"字"层面上的千锤百炼；相比之下，现代汉诗当然也强调精致，但语言活力更诉诸诗歌想象，凭一字活全诗的例子极为罕见。《漳河水》的"诗法"既包含了与传统民歌、古体诗的亲缘性，也包含了将边缘文类技法整合进民歌诗法的鲜明特征。上面已经分析，表现为对于戏剧化、叙事性（以故事性为核心，殊不同于90年代诗歌中的"叙事性"议题）、人物塑造等艺术手段的使用乃至于依赖。

不妨说，在解放区文学体制的建构过程中，革命诗歌想象不断催生着跟它相呼应的诗法体系——一种革命视域中的艺术化。因此，我们实在不可简单以革命诗歌是"简陋"的而打发之。毋宁说，"简陋"与

"晦涩"是不同价值坐标间的对峙，就"诗法"内部而言自然都有其复杂性。① 阮章竞说，"我没有天才，我四行诗写一个星期"，② 并不仅仅是谦虚。它表明一种既大众又艺术的革命文艺的内在难度。

第二节 "妇女解放"的神话修辞术

对于《漳河水》诗法丰富性的阐述，并非简单地为其经典性张目。革命诗歌中的精品，虽不"简陋"，但也需要重新反思。革命诗歌独特的诗法建构始终被现实"政治性"严格定义，它更应该被视为一种罗兰·巴特意义上的神话文本。而《漳河水》建构的神话，正关涉解放区文学重要的母题——妇女解放。

罗兰·巴特的"神话"是相对于"现实"而言的，其实质是现实性的虚构和自然化。为了戳穿资产阶级意识形态的神话修辞术，巴特提出了这样的模型：

语言	1.能指	2.所指	
神话	3.符号 / I 能指		II 所指
	III 符号		

在巴特看来，"神话"是一种符号学建构，神话符号包含着两个层级：第一层级是语言层级，它的能指和所指共同构成了第二层级神话层级的能指，并生成其所指，这个二级所指便是被建构出来的"神话"。巴特说"可见神话当中有两种符号学系统，其中一个分拆开来与另一个发生关联：一种诗语言系统，即抽象的整体语言（la langue，或与之相

---

① 值得指出的是，从五四以来新诗取法歌谣的谱系中，一直存在着"化歌谣"和"歌谣化"两种趋向。前者以歌谣资源为新诗重要参照，然而并不把歌谣作为新诗形式的地位绝对化、唯一化。譬如朱湘、穆旦，他们在某些诗歌中借鉴和转化歌谣的审美经验，但并不导向一种排他性的"歌谣体"。后者则把歌谣作为新诗的体式来使用，并将其视为践行文艺民族形式的唯一方式。在李季、阮章竞、李冰、袁水拍等人40年代的诗中，"民歌体"已经成为一种带有霸权性的自明文体了。因此，民歌体叙事诗实在是一种"不可万一，不能有二"的新诗坛奇迹，"万万不能学也不必学的。"（苏雪林：《〈扬鞭集〉读后感》，1934年《人间世》第17期）苏雪林用以评价刘半农山歌诗的话用在这里，同样是有效的。

② 阮章竞、刘增杰：《走向诗歌的漫长旅途——阮章竞谈话录》，《许昌学院学报》1985年第3期。

类似的表象方式），我称之为作为对象（工具、素材）的群体语言（langage-objet），因为神话正是掌握了群体语言才得以构筑自身系统。另一个系统就是神话本身，我称之为释言之言（meta-langage），因为它是次生语言，我们以次生语言谈论、解释初生语言。"① 巴特以一张黑人青年行军礼的照片分析了神话学的建构模型：

> 现在看另外一个例子：我在理发店里，店员给了我一期《巴黎竞赛报》。封面上，一位身穿法国军服的黑人青年在行军礼，双眼仰视，显然在凝视起伏的三色旗。这是这幅图片的意思。但不管是否自然流露，我都领会到了它向我传达的涵义：法国是个伟大的帝国，她的所有儿子，不分肤色，都在其旗帜下尽忠尽责，这位黑人为所谓的压迫者服务的热忱，是对所谓的殖民主义的诽谤者最好的回答。如此，我在此还是发现我面对的是增大了的符号学系统。②

巴特给我们的启示在于，我们完全应该把解放区的革命诗歌视为一种按照神话修辞术操作的语言。在这个意义上，它显然截然不同于巴特所谓的作为"逆行性符号系统"的现代诗。如果我们将《漳河水》看成是一个按照神话学修辞建构的符号，那么，可以认为：所有诗歌词语、民歌体式等语言元素构成了一级能指，它们分别构成了"三女哭诉""荷荷离婚""荷荷再婚""苓苓训夫""紫金英自强"等以事件形式出现的一级所指；而一级能指和所指又合起来构成了二级符号的能指，指向了"在共产党领导下，随着国家民族阶级问题的解决，妇女群体也得到了全面解放"这一具有神话性的二级符号所指。

正是在这个意义上，《漳河水》绝非革命文学所宣称的"再现现实"，而是"建构现实"。通过对现实材料的文学化，使文学化的现实既具有对现实的指涉性，又具有对现实的价值阐发能力，从而把一种建构的现实（神话）确认为比现实更现实的最高现实，使建构现实充分自然化。神话修辞中的"现实"，常常将一种主观性话语植入以"现

---

① ［法］罗兰·巴特：《神话修辞术·批评与真实》，屠友祥、温晋仪译，上海人民出版社2009年版，第175页。
② 同上书，第176页。

实"面目出现的叙述中。比如《漳河水》第一部叙述三女悲惨的婚姻"现实":

> 漳河水,水流长,
> 三人的心事都走了样:
> 荷荷配了个"半封建",
> 天天眼泪流满脸!
> 苓苓许了个狠心郎,
> 连打带骂捎上爹娘!
> 紫金英嫁了个痨病汉,
> 一年不到守空房!

在神话修辞的视野中,这节诗就不是某种"现实"的叙述,而是某种"现实"的建构。诗中"半封建"一词被打上引号,原著中还加以注释。"半封建"注为"封建富农"。按照巴特的符号学观点,"半封建"的一级语言所指是荷荷被指配的丈夫——思想传统的富农;二级符号所指,却隐含着对这个人进行批判的阶级话语。"荷荷配了个半封建"在上下文中意味着悲惨,它因此成为一个引而不发的"阶级婚恋神话",一个关于嫁给什么人是幸福的阶级论定义。"半封建"成为一个典型的文化性符码,① 既指思想状况又暗示其阶级身份。通过"半封建"这样的文化符码的植入,阶级话语透明地附着于某种"现实"叙述中。叙述中的阶级视野一旦被视为现实本身,"神话"便得以建立。"半封建"在诗歌上下文中形成的价值判断,事实上包含着对于一个民女婚恋观的阶级论改写,其深层则是革命对于女性身体及爱情的改造。

革命的重大议题是"身体的集体化",身体是为革命的崇高性所征用的对象,与身体相关的恋爱、婚姻也成为必须绝对服从革命规划而不容半分个人的僭越的范畴。因此,规范人民的身体和婚恋观往往成为革

---

① 罗兰·巴特的《S/Z》中用五种符码分析巴尔扎克小说《萨拉辛》的情节单元,其中第五种便是文化符码,"一切符码实在说来都是文化符码"。它是文所涉及的诸多知识或智慧的符码。

命文学乐此不疲的议题。① 婚恋观的改造意味着，革命力图把阶级论渗透到由生理、审美、情感、精神和世俗等标准综合定义的情爱领域，将阶级化表述为一种与女性本能和审美一致的需求。阶级与婚恋的联结，意味着阶级在较为生物性的层面上被充分自然化了。革命文学中，身体是革命的本钱，恋爱必须组织批准。阶级进步性必须是婚恋中最具感召力的价值，女性角色热爱的是某种阶级性身份，而忽略他们身体上、财富上的条件：

> 自由要自由个好成份，
> 荷荷待见的是庄稼人；
> 自由要自由个好劳动，
> 荷荷待见的是新英雄；
> 自由要自由个好政治，
> 能给群众办好事。

"好成份""好政治"定义了"新英雄"，荷荷的阶级化爱情观、择偶观当然不是阮章竞的独创，毋宁说是一种革命文学长期凝固下来的传统：《白毛女》中，喜儿的爱情只属于相同阶级的大春；相关研究证明，最初的故事中，喜儿并非对嫁入黄世仁家不抱幻想。② 这种不符合阶级目的性的婚恋观当然必须被过滤和改装。因此，在外国作者杰克·贝尔登所写的关于延安生活的《妇女的故事》中、在孔厥写的《一个女人的翻身故事》等作品中，女人都以嫁给一个政治进步者为荣，即使

---

① 在一部表现革命信仰的当代大陆电视剧《潜伏》中，革命者的爱情和婚姻同样必须服从于革命的调配，由组织根据革命需要予以安排。这种非人道性由于主角从事间谍工作的特殊性而被相对合理化。剧中，由于工作需要，游击队长王翠平被派到天津潜伏在国军的共产党员余则成身边，假扮他的妻子。即使二人日久生情，他们也自觉地把爱情、性关系乃至婚姻的确立与否交由组织决定。剧的最后，余则成和王翠平在组织上安排的假婚姻中成了真夫妻，翠平甚至已经怀孕。可是，由于工作需要，1949年后余则成又被组织安排进另一场婚姻中。婚姻作为革命的绝对附属品意在衬托革命者信仰的纯洁性，却无意间反衬了革命爱情观的神话性。在另一部电影《色·戒》中，导演李安无意遵循"革命"意识形态，演绎的却是革命征用女人身体和女人身体对革命的反击这样一出革命爱情伦理片。片中，间谍王佳芝最后放走汉奸易先生，便是对于革命完美改造女性婚恋观神话的绝佳解构。

② 参见孟悦《〈白毛女〉演变的启示——兼论延安文艺的历史多质性》，唐小兵编《再解读：大众文艺与意识形态》，北京大学出版社2007年版。

他们是残疾的、大龄的。《王贵与李香香》中,李香香永远钟情于自己的阶级情人王贵,地主当然必须是一个好色淫邪的爱情破坏者和贪婪阴险的阶级迫害者。

  在阶级民族国家政权尚未全面确立,阶级成分尚未转化为现实的利益和价值补偿的 40 年代,革命对女性婚恋观的实际效力有多大,我们暂且搁置。值得注意的是,把女性的生命价值置于阶级民族国家话语的价值空间中,对女性的婚恋观进行阶级化改造绝非自来如是,而是一个历史化的结果。1941 年丁玲写《我在霞村的时候》的时候,其启蒙话语和女性话语触及了革命征用女性身体的复杂性。小说中,贞贞作为一个被日本兵侮辱而染病的女性,在家乡遭到各种鄙夷。换言之,贞贞承受着民族、性别和封建礼法的多重压榨,阶级压榨却不甚明显。尤为有趣的是,贞贞向"我"说:"人家总以为我做了鬼子官太太,享富贵荣华,实际我跑回来过两次,连现在这回是第三次了,后来我是被派去的,也是没有办法,现在他们不再派我去了,听说要替我治病。""后来我是被派去的"隐晦地触及了革命对女性身体的征用这一议题的复杂性:革命需要贞贞到那边去,可是在使用了贞贞的有用性之后,那种世俗的鄙夷却加剧地涌向贞贞。我们可以说,《我在霞村的时候》中,丁玲不是站在阶级民族国家立场,而是站在女性立场来思考问题。但 1942 年以后,丁玲的"女性话语"却作为革命病症被驱邪疗愈了。① 因此,"荷荷待见好成分"就绝不是作为一个诗人对现实进行的透明再现,而是阶级论塑造婚恋观,革命的主流叙事渗透进诗歌写作的一种神话性折射。

  在将合阶级目的性的现实自然化过程中,"刻板印象"和"过滤"成了"神话"建构的重要手段。不妨看一下《漳河水》中某个通过"刻板印象"创造的负面神话:

    断线风筝女儿命,
    事事都由爹娘定。
    媒婆张老嫂过河来,

---

 ① 参见黄子平在《病的隐喻与文学生产——丁玲的〈在医院中〉及其它》中的分析,唐小兵编《再解读:大众文艺与意识形态》,北京大学出版社 2007 年版。

从脚看到天灵盖。

请关注四句诗中的"张老嫂",从一级语言所指看,它在汉语语境中暗示了一个传统社会的中老年妇女形象;但从二级符号所指看,它事实上塑造并强化了解放区文学关于年长女性刻板印象的负面神话——在将青年妇女主要作为受性侵者、劳动者来进行再现的同时,一个伴生的现象便是解放区文学中老妇人形象的负面化。不难发现"张老嫂"在此延续了革命文学中的年长女性的"无名"存在。妇女解放多是由青年女性来代表的,在丁玲、赵树理的诸多作品中,年长女性是不具有名字的。她们的出场依然延续着丈夫命名(张老嫂)、儿子命名(如赵树理《传家宝》中的李成娘)等方式。在解放区文艺中,老妇人往往是妇女解放的障碍,在《漳河水》中,张老嫂同样是作为革命的负面形象出现的。她对妇女解放不理解,在二老怪面前嚼舌头。年长女性往往被置于妇女解放命题之外甚至反面,很大原因在于她们对于革命有用性的阙如。年轻的女性可以作为受辱者建构阶级革命的合法性,也可以作为忠诚的劳动者提供对新时代优越性的诠释,年老女性却显然并不具备这些功能。

关于老妇人的刻板印象内在化于革命文学的阶级民族国家神话,这个宏大叙事神话需要想象性地把妇女再生产为革命解救的对象(喜儿、李香香)、革命的劳动者(孟祥英、荷荷)、革命的支持者(水生嫂);因此,它也需要脆弱的革命反对者。由"老妇人"充任这一符号的重任,既暗合于革命钟情未来的癖好,("老妇人"当然属于"过去"),又暗含了革命的父权制视点("革命母亲"是十七年文学方真正产生的形象,解放区文学中并未创制出这一符号位置)。

如果说"张老嫂"表露的是"神话"建构与"刻板印象"的关系的话;"苓苓驯夫"呈现的则是"神话"建构跟"过滤"的关系。"驯夫"情节既是长诗重要的关节,也是支撑妇女解放神话的关键。然而,这个叙事却是建立在各种"过滤"的基础上。"苓苓驯夫"具有诙谐的戏剧趣味,但为了"驯夫"成功,某种"现实性"也被过滤了。因此,二老怪打妻的老规程在剪了头发(代表"革新"和"解放")的苓苓面前束手无策便显出了脆弱的现实性:

> 寻根棍，找条绳，
> 半夜打老婆是老规程。
> 一根麻绳抛上梁，
> 吊住她头发才揍他娘！
> 数这玩意儿最利索，
> 二老怪是老手旧胳膊。
> 哎呀呀，不能够，
> 她娘早剪成短发头！

在这个戏剧情境中，看上去似乎二老怪打妻只有把头发吊起来打这种方式，跳出这种方式，二老怪就束手无策了。但作者显然并不甚担忧这种情节脆弱性，而且这种从"现实感"出发提出的疑问似乎从来没有受到过批评。周扬等人曾对《漳河水》提出各种修改意见，却从未在这类现实脆弱性问题上停留。这意味着，解放区文艺的"现实"确乎是一个被革命编码的"现实"，只要合政治目的性，情节的戏剧化和脆弱性是可以被批评者进行"假定性"配合的。

二老怪凭什么迅速被苓苓"改造"？答案很明显，因为妇女有了革命政权的支持，有了自己的组织。这当然是有真实的历史法律依据的。① 然而，妇女在家庭内部的性别平权斗争并不因为法律的颁布而自

---

① 妇女解放作为国家解放的重要内容，在苏区政权建立过程中即受到法律的保护。"1928 年 8 月，闽西革命根据地在永定县溪南区苏维埃政府首先颁布了《婚姻条例》。随后，龙岩、上杭、永定县及闽西苏维埃政府也先后颁布了《婚姻条例》。1931 年 3 月，湘鄂赣苏维埃政府制订了《结婚、离婚条例》。""在各根据地颁布《婚姻条例》的基础上，1931 年 11 月由苏维埃共和国主席毛泽东签署的《中华苏维埃共和国婚姻条例》正式颁布实行（以下简称《条例》）。此《条例》共分 7 章 23 条，包括总则、结婚、离婚、离婚后小孩抚养、财产处理等内容。毛泽东在这个《条例》的前言中提出了'偏保女子'的方针。他说：'女子刚从封建压迫下解放出来，她们的身体许多受了很大的损害（如缠足）尚未恢复，她们的经济尚未能完全独立，所以关于离婚问题，应偏于保护女子'。"1934 年 4 月 8 日，中华苏维埃共和国执委会对《条例》进行了修改，补充了保护军婚、承认事实婚姻、解决离婚妇女土地问题等内容后，正式颁布了《中华苏维埃共和国婚姻法》。其基本内容是：（一）确定男女婚姻自由的原则，实行一夫一妻制。（二）离婚问题上偏于保护妇女。（三）保护军婚。这一系列保护妇女的条文，解除了妇女对封建家庭的人身依附关系，把长期以来妇女对婚姻自由和经济独立的要求第一次用革命政权的法律条文固定下来，为妇女获得自身解放创造了条件。"据湖南省妇女联合会、湖南省妇女学研究会编《毛泽东与中国妇女解放》，湖南教育出版社 1994 年版，第 117—118 页。

动完成，它在实际中常常诉诸暴力手段。在杰克·贝尔登以婚姻解放为主题的调查报告《妇女的故事》中，华北女性金花在旧婚姻制度下，不得与心爱男青年李宝结为伴侣，却被许配给一个年龄长她二十有余、长相丑陋的男性为妻，婚后还常常受到丈夫和家翁的虐待。1945年8月，八路军小分队在金花村成立了妇女会，宣布妇女解放获得了组织支持。妇女会到金花家对金花家翁"做思想工作"，遭到驱赶。随后，妇女会成员对这个"顽冥不化"的老头动了武：

　　一个姑娘走开了，其余的不作声。不一会儿工夫，那个姑娘带着十五个妇女回来，人人都带着棍棒和绳子。老家伙见势，大吃一惊。

　　……

　　老头子刚要举起胳膊，四个妇女冲上去一把抓住他。不一会儿工夫，他像网里的鱼一样两只胳膊被绳子捆了起来。金花在一旁惊愕地看着。她生活中的这个灾星被乖乖地制服了。①

在斗争了家翁之后，斗争丈夫成了更重要的任务。外出回家的丈夫发现了妻子的改变，非常愤怒，夫妻间爆发了剧烈的争吵。金花把丈夫的反动思想报到了妇女会，妇女会领导黑玉胸有成竹："首先派干部去找你丈夫，尽量劝他坦白。如果他不肯坦白，就用绳子捆着他拖到会场上来。"

实际的斗争场面也并非和风细雨：

　　妇女们动了起来，有一个人拿来一根草绳，上前要捆张，他后退了一下，喝道："滚开！"黑玉和另一个女的冲上去扇他的耳光。

　　黑玉恶狠狠地说："你要是敢乱动，我们当场打死你。"

　　金花的丈夫一时给愣住了。妇女们迅速将他捆了起来，不容分说，七手八脚、推推搡搡地将他弄到街上，然后把他投进妇女会的

---

① ［美］杰克·贝尔登：《妇女的故事》，［美］爱泼斯坦、高梁主编：《解放区文学书系·外国人士作品编》，邱应觉等译，重庆出版社1992年版，第53页。

一间屋子里。黑玉砰的一声将门关上,上了锁。

"先饿这瘟猪三天饭!"她说。①

作者杰克·贝尔登是40年代国际左翼人士,她从妇女命运的角度力图证明"中国革命合法性"命题。然而,她无意间透露了妇女解放中一种更符合常理的暴力问题。暴力法则是革命文艺重要而获得合法性的表达法,②但它却没有出现在赵树理、阮章竞等人的妇女解放主题的作品中。毋宁说,它是作为一种杂质而被革命再现过滤了。这里呈现了一种有趣的纠结:一方面妇女解放问题被透明化地跟民族国家问题和阶级压迫问题相联系,另一方面关于它的再现策略却显然没有遵循阶级压迫的内在法则。暴力合法化正是阶级解放再现法则的重要教条,可是妇女解放的再现法则却被作者们自觉地赋予新的表述方式。笔者当然绝非鼓励妇女解放的再现必须诉诸暴力法则,正是暴力法则的现实性及其在文艺作品中的选择性分配问题,确实耐人寻味。以暴力法则获取女性解放无疑将使这些女性形象的"理想性"打些折扣;更重要的是,象征性的"弑夫"必将引起与父权体系同构的革命政权主体的不安。即使过滤了暴力再现法则,《漳河水》事实上依然遭遇了各种父权文化立场的反弹:周扬要求删去初版中"大总统女人也能当"的话,作者申辩说"这是列宁原话",但最终删去。并且不断有人向他抗议,说《漳河水》是在"提倡女人不要男人也能过"。③

《漳河水》"过滤"了各种不利于神话建构的杂质,从而使叙事按照合政治目的性的方式严丝合缝地组织起来,由此建构的是典型的"神话"文本。

第三节　重返古典之文：革命神话的观念基础

上面已经论述了《漳河水》的神话文本属性,那么革命神话运作的

---

① ［美］杰克·贝尔登:《妇女的故事》,［美］爱泼斯坦、高梁主编:《解放区文学书系·外国人士作品编》,邱应觉等译,重庆出版社1992年版,第65—66页。

② 参考钱理群《一种新的小说的诞生》中对丁玲《太阳照在桑干河上》和唐小兵《暴力的辩证法》对周立波《暴风骤雨》中革命暴力场面的分析。

③ 阮章竞:《异乡岁月——阮章竞回忆录》,文化艺术出版社2014年版。

观念条件是什么？其社会条件又是什么？在上面的分析中，我们清楚地看到，《漳河水》的表征承载着各种自发和外来的过滤，我们不得不问：究竟是什么让它某些"脆弱的真实性"在文学接受过程中被读者省略，共同完成了神话意义的建构呢？

在罗兰·巴特看来，神话具有历史性："我说过神话概念不会一成不变：它们可以形成、改变、解体，乃至完全消失。恰恰因为神话概念具有历史属性，使得历史能够轻而易举地消除它们。"① 神话的历史性意味着神话并不自然运作，神话修辞的运作必然跟时代的话语机制、文学体制建构相关。因此，"神话学修辞"的微观模型是一方面，这种修辞如何在作者、读者和批评者之间成为一种稳定的尺度则是另一个同样重要的问题。何以妇女解放这个脆弱的神话没有被戳穿？最直接的原因是40年代初的文学话语和思想整风已经构筑了一道稳固的革命文艺防火墙，读者、作者和批评者之间已经分享了基本相近的"观看"方式。文学批评与文学想象乃至于文学体制关系问题，已经有了相当多的讨论。抛开这一层，"文体性"在"神话"建构中也发挥了作用。

在"神话"的建构中，作为文学性的民歌体无疑扮演了重要的角色。还是回到《漳河水》中苓苓驯服二老怪的场景，从真实性上说，很难相信一个惯于家暴的男人会因为妻子剪了短发，不能将她头发吊到屋梁上打而束手无策。显然，此处的二老怪被丑角化、漫画化。然而，作为可唱的诗歌，民歌诗用一种读者熟悉的节拍冲淡了人们对真实问题的关注，而进入到文学欣赏的假定性情境中。我们知道，文学作为一种真实性和假定性的统一，常常能够以其文学性部分而强化读者对其假定性的配合。人们看旧戏，并不因为角色并未真正骑在马上而无法进入一场马上打斗的戏剧情境。恰恰因为它的艺术性，使观众进入了一种假定性的接受认同中。所以，也许恰恰是因为《漳河水》对民歌体的谙熟使用，转移了读者对于具体情节真实性的注意。从而使神话的意义建构得到顺滑的推演。

然而，"文学性"并不是全部，值得继续追问的是：在革命选择合目的性的文学性时，为何民歌体叙事诗被委以重任？显然，这跟"革

---

① ［法］罗兰·巴特：《神话修辞术·批评与真实》，屠友祥、温晋仪译，上海人民出版社2009年版，第181页。

命"对于文学的功能期待有关。革命规划的文学不仅是宣传动员的工具，而且是神话建构的手段。只有"古典之文"的表征形态，才提供了神话建构的观念基础。

所谓古典之文，不妨借助周宪提供的一组概念辨析来界定。周宪从表征范式角度对古典、现代、后现代进行了辨析：古典艺术中，"人们相信，符号和意义之间存在着阅读的一致性，而艺术和现实之间也存在着同样的一致性。""古典审美文化的意义范式的几个基本特征：第一，艺术和现实的关系十分密切，作为日常生活的一部分的艺术，其诸多规则要明显地受到现实的制约，所以，人们对审美话语的理解和解释是在日常经验的范围内进行的，艺术符号意义解释的基本规则是对日常世界的参照。换言之，人们用以解释艺术文本的内在意义的参照系，往往并不是艺术自身，而是艺术所指涉的那个外部世界。某种意义上说，关于古典艺术意义的'元叙述'不是别的，正是人们的日常经验；第二，由于以上原因，在对艺术符号的解释构成中，实际上有一个从艺术符号向日常生活的还原过程，即是说，艺术的文本并不是自我指涉的封闭系统，它是作为实在世界'摹本'或'镜子'而存在的，所以，对它的解释规则也就是把艺术的符号再次还原为人们日常经验中的实在世界，即使是那些带有非写实倾向的文本也是如此；第三，在古典文化范围内，由于艺术符号解释规则的确定性和普遍共识，在艺术家和普通欣赏者之间存在着相当一致的共识。"[①]

以模仿说为基础的艺术表现（"现实主义"）、现实指涉性（强烈的现实政治性）、共享的批评规则（民族形式、大众化、工农兵方向）提供了解放区文学作为古典型文学的典型指标。《漳河水》作为一种"古典型神话文本"，古典型的表征范式是其神话性建构的观念基础；而神话性则是革命文本政治动员功能的内在诉求。

现实主义内蕴的模仿论观念支撑了革命神话的建构。革命需要人们相信：文学叙述的世界具有跟现实世界的同一性和超越性；因此，文学世界既具有对现实世界的代表性，又具有高于现实世界的话语权力属性（"源于现实，高于现实"）。模仿论、现实主义和古

[①] 周宪：《古典的、现代的和后现代的——关于话语的意义形态学》，《文艺研究》1996年第5期。

典表征范式预设了文学对现实的指涉能力；神话建构则让革命得以通过文学建构操控现实。因此，合革命目的性的神话（在《漳河水》中是妇女解放、妇女解放跟阶级民族国家的透明关系）便得以通过文学建构而被确认为一种"更高级的现实"。简言之，"模仿论"保证了"神话"的"现实化"。只有以模仿论为基础的神话建构会被直接指认为现实。

建构革命神话便要求把革命之文循唤为一种可以进行内容形式两分，可以方便地存放意识形态神话，同时这种神话性又会被透明化，并指认为"现实"一部分的文体。这种合革命目的性的文体于是具有了如下特征：（1）以模仿论为基础的古典之文；（2）具有神话性诉求的古典之文。在实际的革命文艺实践中，"革命现实主义""工农兵方向""人民性""民族形式""革命浪漫主义""二结合"是不同阶段对于这种古典型神话文本的转喻。

换言之，现实主义所构建的文学符号是他律性的，这为神话学的修辞运作提供了天然的有利空间。和古典型写作相类似，现实主义作品预设了符号与现实的一致性、文本与世界的一致性。透过这种模仿论的观念桥梁，文本世界的构建的革命神话也便理所当然地获取合法性，反过来向现实世界的人们索取认同和欢呼。正是因为革命文艺深刻依赖于神话学修辞，革命文艺便缔结它跟现实主义的深刻亲缘性；同样是因为其神话性，革命文艺便不得不在现实主义之外再添一把浪漫主义的利刃，这正发展为后来的"二结合"。"二结合"的符号学实质便是在模仿论之文基础上进行的神话学建构。

明白了古典之文的"模仿说"在把"革命现实"自明化过程中所起的作用，我们便会明白，"现代诗"是为何不适宜于革命的神话需求。如罗兰·巴特所言，现代诗具有某种程度抵抗神话的能力："现代诗是一种逆行性符号系统。而神话旨在超意指作用（ultra-signification），旨在初生系统的扩展，诗则相反，力图发现底层意指作用（infra-signification），发现语言的前符号状态；""神话是自信能超越自身从而成为事物系统的符号学系统；诗则是自信能收缩自身从而成为本质系统的符号学系统。"①

40年代革命文学的神话文本属性必须在古典的表征范式中获得支撑。现实主义与神话建构的内在关系，解释了革命跟现实主义的亲缘性，跟现代派诗学的离心性。革命何以特别钟情"现实主义"，最重要的秘密无意间被巴特道出："我们的'现实主义'文学常常具有神话性（只不过是作为现实主义的粗糙神话），而我们的'非现实主义'文学至少具有神话性稀少这一长处。"②

以自律性为基础的现代诗学就其符号特性而言具有能指的膨胀性，这大大压缩了各种意识形态进行意指实践的神话性空间。现代诗作为逆行性符号，不遵循从能指到所指的"正行性"规范，而遵循从所指到能指，从能指到能指的逆行路径。内容与形式成了凝结在现代诗中不可分割的一体两面，因此，现代诗极端不适合成为承载革命内容，建构革命神话的工具。

以《漳河水》为例，作为以模仿说为基础的"古典之文"，它预设了文本呈现世界的真实性，因此，荷荷、苓苓、紫金英便获得了对妇女的透明代表性。它虽在技巧上堪称精致，但在所指霸权的笼罩下，能指由于严格地服从于革命视域中的"现实"，因而并不具有独立性。在这种古典之文中，能指因为严格地对应于现实世界，因此，能指和所指又是可以轻松地进行二分切割的。换言之，文艺的形式跟内容之间并不具有不可切割性，歌谣体形式可以轻易地用于装载任何意识形态内容。而在现代之文那里，由于能指性的膨胀，文艺的内容即是文艺的形式，这种形式即内容的自我指涉性导致"现代之文"较难成为革命合目的性的形式。

---

① ［法］罗兰·巴特：《神话修辞术·批评与真实》，屠友祥、温晋仪译，上海人民出版社2009年版，第194—195页。但是，巴特并未对现代诗对神话的抵抗作用绝对化，他写道："就像数学语言中的情形一样，正是诗所作出的抗拒本身，使其再度成为神话的理想捕掠物：诗歌面貌的根本秩序就是符号的明显无序，恰是这点被神话捕获，并被转换成空洞的能指，这一空洞的能指用以指谓诗意。这就明白地解释了现代诗的似乎不大可能的特性：诗顽强地抗拒神话，凭借此举，它反而束手缚脚地听凭神话的支配。与之相反，古典诗的规则构成了一个已被赞同的神话，其显著的任意性形成了某种完美，因为符号学系统的均衡、协调就源自其中的符号的任意性。"见本书第195页。

② ［法］罗兰·巴特：《神话修辞术·批评与真实》，屠友祥、温晋仪译，上海人民出版社2009年版，第198—199页。

此番辨析也许有助于我们触及革命诗歌的特殊性：从表征范式看，它是古典的；从修辞手段看，它是神话学的；从文学功用观看，它是革命功利主义的。《漳河水》虽实现了革命期待中的精致和文学性，但这种古典型神话文本的功利性内蕴着粗糙化、定型化倾向。作为新诗中的一种类型，它无疑是某种"现代性"的产物，问题在于如何辨析这种"现代性"。

第四节　革命民歌诗：作为一种特殊的"现代"诗

将《漳河水》置于"现代诗歌"的命题之下，必将面临以下问题：其一，革命诗歌是否属于现代诗歌？如果是的话它究竟是何种意义上的"现代"？这很快就引出了第二个问题，已有很多人用"反现代的现代性"① 分析解放区大众文艺的现代性品质。那么，所谓的"反现代的现代性"在构成革命诗歌的历史可理解性之余，是否足以构成某种审美经典性？②

在 20 世纪文学史上，"左翼革命文艺"和"现代派"一开始就是以相互抵牾的方式登场的。30 年代末，中国诗歌会成员和"新月派""现代派"的论争拉开了左翼和现代的第一轮攻防。③ 及至 50 年代，革命文艺借助着革命政权成为绝对的中心，革命文艺体制中"现代派"成为和"（小）资产阶级"一样的负面价值。④ 然而，80 年代的新启蒙思潮中，现代主义、纯文学话语通过对极左文学的反思而获得先锋性的文学身份。现代主义自律性与先锋性合二为一，在 80 年代以来的文学

---

① "反现代的现代性"这个概念汪晖在论述中国 80 年代以后的思想状况时使用了，直接用于分析解放区文学的是唐小兵在《再解读》一书的讨论中，用这样概念描述解放区文学的先锋特质。

② 经典性往往便意味着跟当代共享的可能性。

③ 具体可参见刘继业《大众化与纯诗化》，北京大学出版社 2008 年版。

④ 茅盾写于 1958 年的《夜读偶记》中认为"超现实主义"这个术语，"可以大体上概括了'现代派'的精神实质"，这就是在"极端歪曲"事物的外形的方式下，来"发泄了作者个人的幻想或幻觉"，"反映了没落中的资产阶级的狂乱精神状态和不敢面对现实的主观心理"。充分说明"现代派"在社会主义文学中的负面性。

体制中，① 告别革命、反思革命成了主调。90年代中后期以来，当代文学史的格局发生重大改变，大批十七年时代曾居中心地位的作品遭遇文学史下架。而当代的诗歌研究格局中"现代诗学"体制日益形成，姜涛如是描述这种现代诗学的诗歌想象：

> （现代诗教）在与社会、历史的对抗性关系中，发展出一整套有关诗歌的完整认识：在诗人形象上，诗人被看作是未被承认的立法者，在世俗生活中应享有治外法权；在功能上，诗歌效忠的不是公共秩序，而是想象力的逻辑，诗人的责任不在于提供清晰的理性认知，而是要不断开掘、抑或发明个体的情感、经验；在语言与现实的关系上，诗人更多信任语言的本体地位，相信现实之所以出现于诗行，不过是语言分泌出的风景；在诗歌传播与阅读上，诗人与少数的读者应维护一种艰深的共谋，诸如"献给无限的少数人"一类说法，由此显得如此动人。②

同样是基于对"现代诗学"自明性的反思，段从学对"诗学"概念的可通约性提出质疑，认为"把某一种特定的、有限的先验假定设置为不容置疑的起点，再据此演绎和推导出严密的理论体系，掩盖了大量的知识源于某个单一而有限的个人独断之事实"。③

"现代诗学"显然只是一种历史情势的结果，"左翼"与"现代"之间的区隔，与其说是本质性的，不如说是历史性的。在中国长期被归入现代派的布莱希特戏剧就是典型的欧洲文化左翼。首先必须看到的是，如果我们承认现代性的异质性的话，那么"革命"和"现代"之间的对立就不是截然的，"左翼革命"确乎就是"现代性"背景下才能

---

① 对于80年代文学环境的描述，洪子诚先生认为是一个一元环境解体的过程。李杨则对此提出疑问，认为80年代以来的当代文学同样是各种话语及隐形意识形态操控的体制。因此，80年代文学同样存在于某种"文学体制"塑形的结果。见李杨、洪子诚《当代文学史写作及相关问题的通信》，另见洪子诚《当代文学的概念》，北京大学出版社2010年版。
② 姜涛：《当代诗歌情景中的学院习气》，《江汉大学学报》2010年第6期。
③ 段从学：《中国现代诗学的可能及其限度》，《西南大学学报》2009年第4期。

够出现的现象。具体到中国 40 年代左翼革命民歌诗①的话，那么作为歌谣体新诗，它截然不同于传统歌谣在于，这种个人仿作的歌谣具有鲜明的政治功利性，它所承载的阶级民族主义话语正是中国作为一个深陷民族危机的后发现代性国家的典型症候。那种政治功利主义的文学功用观也截然有别于古典的载道言志缘情传统。就此而言，"革命"恰恰是"现代"的。只是这种现代，既有别于启蒙现代性的"现代"（精英），也有别于审美现代性的"现代"（自律性）。

在"反思现代性"的背景下，很多学者以为，革命之"现代"作为一种"东方现代性"，"独特现代性"或者"反现代的现代性"获得了自身的可解释性和审美合法性。竹内好在阐释赵树理的现代性时，以为赵树理提供了一种有别于"个人英雄"的东方现代性文学景观。贺桂梅则循着竹内好的思路，进一步阐发赵树理说书式小说的东方现代性。②循此思路，我们似乎不难从《王贵与李香香》《漳河水》等作品中提取跟现代主义有别的另类现代性。然而，现在在"现代诗歌"的论述框架中谈左翼革命诗歌《漳河水》，我希望能够超越"辩护/攻击"的二元对立。

笔者不愿从日渐体制化的"现代诗学"的合目的性出发，简单地处理这类诗歌，因此其诗法的复杂性并非不值得认真对待；但笔者也并非以为，这种所谓的"另类现代性"是一种理想诗歌的模型。事实上，革命诗歌关于"民族形式"的探寻并未真正开放诗歌的想象和语言空间，持续解放作者和读者的感性，反而陷入一种难以避免的悖论：

> 新诗的诞生本来是为了将"旧形式"挤出诗歌领域，但"大众化"的需要又使新诗不得不重新征用"旧形式"。这样，一种以建立"民族形式"为由而回复"民间形式"（"旧形式"）的理论范式，终于置换了"五四"之初以创立新语言、新形式为宗旨汲收

---

① 堪为代表的有袁水拍的《马凡陀的山歌》、李季的《王贵与李香香》、张志民的《死不着》、李冰的《赵巧儿》、阮章竞的《漳河水》等。
② 竹内好在论述赵树理小说时，用"东方现代性"来区别赵树理小说跟西方小说以心理刻画为特征的叙述特点的所谓"西欧现代性"。贺桂梅继续运用"东方现代性"概念论述赵树理小说的现代性，以期引发人们对于现代性内在复杂性的思考。参见贺桂梅《赵树理小说的现代性》，《再解读——大众文艺与意识形态》，北京大学出版社 2007 年版。

方言俗语和"旧形式"的努力取向。①

诗歌"民族形式"的悖论事实上可推衍至20世纪中国左翼文艺实践：将审美感性的解放能量提升到激进政治的现实批判框架中，而美的解放性却悖论地导向了美的工具化。马尔库塞在对传统马克思主义美学的反思中提出了对"革命"理解：

> 艺术可以在几种意义上被称为革命的。从狭义上说，艺术要是表示了一种风格和技巧上的根本变革，它可能就是革命的。这种变革可能是一个真正先锋派的成就，它预示了或反映了整个社会的实际变革。
> 进而言之，一件艺术品借助于美学改造，在个人的典型命运中表现了普遍的不自由和反抗力量，从而突破被蒙蔽的（和硬化的）社会现实，打开变革（解放）的前景，这件艺术品也可以称为革命的。②

艺术的政治性是通过美学变革间接呈现的，所以，各种"直接性"的政治化艺术，在马尔库塞看来显然是伪革命的：

> 文学并不因为它为工人阶级或为"革命"而写，便是革命的。文学只有从它本身来说，作为已经变成形式的内容，才能在深远的意义上被称为革命的。艺术的政治潜能仅在于它的美学方面。它和实践的关系断然是间接的，不能存指望的。艺术品越带有直接的政治性，便越削弱了疏隔的力量，缩小了根本的、超越的变革目标。在这个意义上说，波特莱尔和韩波的诗，比起布莱希特的说教剧，可能更富于破坏性的潜能。③

---

① 张桃洲：《"新民歌运动"的现代来源》，《现代汉语的诗性空间》，北京大学出版社2005年版，第65页。
② [美] 马尔库塞：《现代美学析疑》，绿原译，文化艺术出版社1987年版，第2页。
③ 同上书，第3页。

马尔库塞直接点中了包括中国左翼革命文学在内马克思主义文艺实践的命脉——过于直接的政治投射反而削弱其革命性。以《漳河水》为例，我们当然需要看到其内在的诗法复杂性。但是如果迅速地从这种复杂性中提取出"独特现代性""东方现代性""反现代的现代性"之类判断未免太过简陋。借助马尔库塞的视野的话，我们会发现它确实带有"直接的政治性"的问题；其形式诚然是精致的，但如果借助罗兰·巴特的眼睛，我们又会发现它事实上是一种政治神话学的修辞术。在这部作品中，可以提取出无数在其他同时代作品中充满回声效应的主题、意义单元和情节模型，而它们都直接服务于、服从于时代的政治表达，它们都自觉地笼罩于一种政治声音的覆盖中。如果从文本的表征范式看，《漳河水》事实上体现了典型的古典之文的特征。

透过对革命文艺神话性的分析，我们接着可以来辨识其所谓的"另类现代性"了。正如巴特所说，"现代诗"有着抵抗神话的属性，虽然它依然会被神话所捕获，但却是以其作为自律性的纯粹语言而被建构为另一个神话。革命文艺显然并非此种"自律性"意义上的现代性。巴特显然也并不衷心认同此种"自律性"现代性，他以为真正可以反抗神话的"零度写作"乃是一种把神话再度神话化的写作：

> 很难从内部还原、简化神话，因为为了摆脱神话而作出的举动，转而变成为神话的掠获物：神话最终总是能够意指那原本用以反对它的抵抗。实际上，抵御神话的最佳武器，或许就是转而将神话神话化，就是制造人工的神话：这种重新构织的神话就成为真正的神话修辞术。神话既然劫夺了（某物的）语言，那么，为什么不劫夺神话呢？只需使神话本身成为第三符号学链的起端，拿神话的意指作用充当次生（第二）神话的第一项，就可以了。①

可以认为，在此巴特祭出了走向解构的"反现代"；有趣的是，解放区革命文艺之"反现代"，却并非反神话，而是拥抱神话；更不是走向解构，而是返回"古典之文"的文学属性。

---

① [法]罗兰·巴特：《神话修辞术·批评与真实》，屠友祥、温晋仪译，上海人民出版社2009年版，第196页。

革命大众文艺，如果说是"反现代的现代性"的话，其"现代性"部分体现为革命神话的意识内容——前现代阶段，从没有一种相似的革命意识形态；其"反现代"并非走向现代之后，而是返回现代之前，本质上是一种前现代的古典之文。所以，革命文艺的"反现代的现代性"的实质，正是上面所说的用古典的表征形态建构现代的革命神话。至此，我们回答了革命文艺的"现代性"究竟是何种意义的现代性问题。某种意义上，我们说它是纯然的现代之物，因为古代从来不曾有过此种形态的革命文艺。可是，如果从文学类型属性分析，它却是被牢固地钉在反映论土地上的神话学材料，属于典型的古典之文，只是具有更加充分的革命功利性。因此，它虽反对自律性的现代性，却也并不因此就是后现代的现代性。它的"反现代"，更多体现为"返古典"。它最终导向的不是感性的解放，而是感性的压缩。这种所谓的反现代的文学症候，虽有历史的可理解性，却缺乏成为经典的可分享性。

革命民歌诗作为"古典之文"并非对"古典"原原本本的因袭和复制，也不是对"古典主义"艺术精神的恪守。它是在建构革命神话的要求下，对古典以模仿论为基础的表征范式的征用。它始终内在化于中国文学现代转型过程中的现实功用化和文学本体化的抗辩张力中。王光明先生将现代经验、现代汉语和诗歌文类三个要素视为"现代汉诗"复杂运作的三个基本变量。革命诗歌作为现代汉诗的一种特殊类型，无疑表征了一种极具中国特色的"现代乌托邦经验"；但这种经验迅速宰制了诗歌的表达，并将现代汉语和诗歌文类选择这两个极其变动不居、不可定型的现代汉诗本体问题予以古典化的解决。事实证明，革命民歌诗作为革命构件参与了阶级民族国家的话语建构，却无法作为有活力的艺术样式参与到现代感性、现代诗歌语言的开放进程中。将革命民歌诗以至于革命诗歌视为一种值得反思的现代汉诗类型，王光明先生关于现代汉诗内在矛盾的论述依然值得不断回味：

> 现代汉语诗歌是一种在诸多矛盾与问题中生长，在变化、流动中凝聚质素和寻找秩序的诗歌。它面临的最大考验，是如何以新的语言形式凝聚矛盾分裂的现代经验，如何在变动的时代和复杂的现代语境中坚持诗的美学要求，如何面对不稳定的现代汉语，完成现

代中国经验的诗歌"转译",建设自己的象征体系和文类秩序。它始终绕不开的矛盾是:现代性要求割断历史,让渡过去,行色匆匆奔赴未来;诗却要求挽留、停驻,让精神和想像有更多回旋的余地。现代时间在不断地伸延、加速、扩张,诗歌的美学建构却要求回望自己的历史,反刍美好的记忆,在经验与语言的互动中得到美学的宁静。①

小结

《漳河水》具有自身内在的诗法复杂性,它并非那种简陋的革命民歌诗,诗法内在化于某种诗歌功能想象,某种意义上说,《漳河水》是解放区文学体制所召唤的政治化和艺术化结合的文学。然而,止步于为革命文学的"另类现代性"张目是不够的。深入《漳河水》的文本内部,可以解读出大量跟解放区文学的互文性,它体现了这类作品的时代和政治规约性。这类作品既是政治化文本,也是神话文本。它的艺术触须只能伸展于合政治目的性的空间中。因此,革命把民歌体叙事诗重新循唤为"古典之文",一种可以进行内容和形式两分,不同内容可以通过稳定的形式去承载的文体。正是在这个意义上,1942 年以后的解放区文学如果有所谓"反现代的现代性"的话,它也是在重返古典的意义上的"反现代"。正如马尔库塞所说,文学的政治性只体现于美学变革的方面。把政治化的内容直接等同于文学革命的核心,是 20 世纪中国左翼文学陷入的重大误区。这种庸俗的文学政治化曾经跟"民族形式"等时代话语相遇,即使召唤出《漳河水》这样甚至可以称之为精致的作品,却必然滑向 50 年代"新民歌运动"那种既政治又粗糙的泥潭。今天的研究,"另类现代性""东方现代性""反现代的现代性"等名目在历史的同情名义下,事实上混淆了历史的教训。

---

① 王光明:《现代汉诗的百年演变》,河北人民出版社 2003 年版,第 639—640 页。

第八章

歌谣：作为新诗的资源难题

20世纪的不同时代，歌谣作为新诗资源从理论和实践上得到不同程度的倡导和落实。这些尝试基于不同的文化立场，也收获了不同的成果和教训。取法的文化立场按其主要倾向可以分为政治的和文艺的两种；取法过程中又呈现出"设限"和"去限"两种阈限意识。所谓"设限"是指由于意识到歌谣作为新诗资源的条件而强调两种文类间诗学传承的限度；"去限"则是一种有意抹平两种文体之间差异和审美转换困难的意识。如此，二种文化立场和二种阈限意识构成了四种不同情形，分别是：（1）基于政治立场，强调"去限"意识的；（2）基于政治立场，强调"设限"意识的；（3）基于文艺立场，强调"去限"意识的；（4）基于文艺立场，强调"设限"意识的。这四种情形都有其代表者，第一种可谓代有传人，从1920年代的刘大白、沈玄庐到1930年代的中国诗歌会、老舍、柯仲平到1940年代的萧三、袁水拍等人。这种"取法"倾向往往模糊歌谣跟新诗的文体界限，直接借用歌谣稳定的体式，有着明显以"歌谣"为"新诗"，或将"歌谣体"作为新诗最主要体式来使用的"旧瓶装新酒"特征。这种写作倾向在1950年代的新民歌运动中到达了扭曲的巅峰。第二种倾向是秉持政治功利立场又较能注意到文类阈限的，以50年代的何其芳、卞之琳、李季、阮章竞等人为代表。彼时的他们写作本身并不为了"诗"本身，然而由于切身的写作体会和严肃的思考，他们质疑了"民歌体"的普适性。后面两种倾向分享着相近的文艺立场，第三种倾向者并未意识到，或有意否认歌谣/新诗的文类差异，写作过程中同样有仿作歌谣为新诗、照搬歌谣体式的倾向。以俞平伯、刘半农为代表。第四种倾向则由于文艺的和设限的双重趋向,强调新诗与歌谣的差异,有的否认新诗有从歌谣借鉴营养的必要,如何植三、朱自清、施蛰存、苏雪林等人。持此类立场者,即使并不否认歌谣作为新诗资源,在取法过程中也努力进行以新诗为出发点的创造性转化,而非止步于体式、句法和修辞的袭用。如朱湘、穆旦等人。

本书将对政治功用/文艺审美的两种文化立场和设限/去限的两种资源意识进行讨论,并试图总结新诗激活、启用"歌谣资源"过程中的启示,探讨新诗转化歌谣资源所应秉持的立场。

第一节 "可歌性"与"去音乐化":政治与文艺两种立场的争辩

1930年代,左翼诗歌阵营跟自由派诗人之间发生过一场关于诗歌"音乐性"和"去音乐性"的论辩。两种不同的文化立场在他们的观念中清晰可辨,颇可以作为我们讨论的起点。

由于某种现实化、工具化的文学功用观,"新诗歌"运动及其"新诗歌谣化"对"歌谣"的使用表现出透明化、直接化的套用倾向。因此,诗形中的"音乐性"乃至于"歌唱性"便是他们所重视并且强化的要素。在《新诗歌》创刊号带有宣言性质的《关于写作新诗歌的一点意见》中,他们便认为"要紧的使人听得懂,最好能够歌唱。"出于现实传播考虑,他们特别愿意"接受歌谣、小调、鼓词、儿歌等的长处,甚至采用歌谣等形式,从摸索中,创造新的诗歌形式。""事实上旧形式的诗歌在支配着大众,为着教育和引导大众,我们有利用时调的必要,只要大众熟悉的调子,就可以利用来当作我们的暂时的形式。所以不妨是'泗州调''五更叹''孟姜女寻夫'……等等"。"歌谣在大众方面的努力,和时调歌曲一样厉害,所以我们也可以采用这些形式"。"企求尚未定性的未来诗歌的不断尝试中,借着普遍的歌、谣、时调诸类的形态,接受它们普及、通俗、朗读、讽诵的长处,引渡到未来的诗歌。"①

---

① 《关于写作新诗歌的一点意见》,《新诗歌》(旬刊) 1933 年 2 月第 1 卷第 1 期。

"音乐性"乃至"可歌性"跟左翼的文学大众化有密切关联,在彼时也得到左翼文坛领袖鲁迅的确认。面对中国诗歌会成员、新诗歌运动干将窦隐章(杜谈)、白曙关于新诗路向问题的请教,鲁迅在《致窦隐夫》中便着重强调了诗的"可歌性":"新诗先要有节调,押大致相近的韵,给大家容易记,又顺口,唱得出来"。① 鲁迅的观点无疑大大鼓励了左翼"新诗歌"的诗人们,"音乐性"和"可歌性"成了他们取法歌谣资源乃至于创制自由诗过程中特别强调的立场。为论证"歌唱性"的合法性,叶流动用了历史人类学的视角,论证"歌"作为诗歌的生理基础而存在,② 这种"历史透视法",不但五四被使用,30 年代被使用,1940 年代也将继续使用。而穆木天则使用了一种"世界视野":"提起歌谣的重要性,不禁令我想起法兰西大革命时代来。在一七八九年之后,歌谣在法国完成了一种如何的任务,是非常值得我们注意的。《马塞曲》《卡尔马纽尔》诸作,在当时是如何被民众所爱唱呢?那些歌谣作成了革命民众的血。那些歌谣是成为革命的推动力的。又如贝德内宜的歌谣体的寓言诗,是如何给他的国家里的民众以深厚的陶养啊!这是好多人所知道的。"③

早在鲁迅回信窦隐夫之前,"新诗歌"在写作内容、资源路径上都有清晰的定位,但是鲁迅的鼓励,无疑大大增强了他们的"道路自信"。鲁迅还向北方的学生、朋友推荐蒲风的诗集《六月流火》,并成批寄给他们。他在 1936 年 4 月 1 日致曹靖华的信中曾写道:"《六月流火》看的人既多,当再寄上一。"《六月流火》为鲁迅看重,也许跟它以左翼视角表现大时代下的农村动乱有关,但是也一定跟其歌唱性形式有关:"诗人创造性地采用了自己故乡流行的客家山歌的表现形式,广泛采集了农民群众中的口语,以'对唱'、'轮唱'、'合唱'等民间歌谣的传统手法,并创造了'大众合唱诗'这一旨在抒发'大众心声'的新形式"。④

对"歌唱性"的强调是新诗歌的核心观点之一。穆木天便说:"新

---

① 鲁迅:《致窦隐夫》,《新诗歌》1934 年 12 月第 2 卷第 4 期。
② 叶流:《略谈歌谣小调》,《新诗歌》"歌谣专号",1934 年 6 月。
③ 木天:《关于歌谣之制作》,《新诗歌》"歌谣专号",1934 年。
④ 胡从经:《鲁迅与中国新诗运动》,《文艺论丛》第 6 期,上海文艺出版社 1979 年版。

的诗歌应当是大众的娱乐,应当是大众的糙粮。诗歌是应当同音乐结合一起,而成为民众所歌唱的东西。是应当使民众在歌着新的歌曲之际,不知不觉地,得到了新的情感的熏陶。这样,才得以完成它的教育的意义。"① 不难发现,对诗之教育和思想功能的强调,启动了对歌唱性的强化程序。由是透露了左翼诗歌资源观背后的政治功用观。所以,新诗歌强调的不仅是音乐性、歌唱性,而且是一种左翼立场上的音乐性、歌唱性:

> 我们过去的诗歌,是不是同音乐相结合着呢?自然不是绝对没有。沫若的《湘累》中的歌不是被一般青年所歌唱着么?可是,那是被限制于小的范围的。它的势力范围是比《毛毛雨》还要小些。在我们的象征诗人之中,也曾尝试过诗歌之音乐化,可是,他们所希望的,是自己陶醉的旋律(Melodie),而离开民众有十万八千里。那种旋律的音乐,是与民众无缘的。②

"音乐性"和"可歌性"在"新诗歌"的诗学主张中成了一体两面,成了相互表述、内涵重叠的主张,也成了新诗歌运动者念兹在兹的标准,"歌唱是力量!""诗人的任务是表现与歌唱。而愤恨现实,毁灭现实;或是鼓荡现实,推动现实;最要紧的为具体的表现与热情的歌唱。歌唱为唯一的武器。"③ 他以诗被谱成曲为乐事,"……在目今,作歌更是最迫切的需要。因为所谓自由诗决不能没有音律,而最能抓住大众的心情的,又必是最适合于大众生活,大众口味的歌唱。"④ 蒲风也明确表示希望"能够多产生一些可作曲的歌词,也希望着大家来一致为此而努力的";他自己的《摇篮歌》的首二节曾由孙慎作曲,刊于3卷1期《妇女生活》上。

新诗歌运动者在大众化诗学坐标中把歌谣化、音乐性、歌唱性等视为新诗出路,但代表着30年代新诗现代主义探索的"现代派"⑤ 对同

---

① 木天:《关于歌谣之制作》,《新诗歌》"歌谣专号",1934年。
② 同上。
③ 蒲风:《摇篮歌·写在后面的话》,诗歌出版社1937年版。
④ 同上。
⑤ 以施蛰存、戴望舒及其《现代》杂志为中心。

一问题却有着截然不同的看法。"现代派"诗人戴望舒的《望舒诗话》第一条便说："诗不能借重音乐，它应该去了音乐的成分。"① 第五条说："诗的韵律不在字的抑扬顿挫上，而在诗的情绪的抑扬顿挫上，即诗情的程度上。"第七条又说："韵和整齐的字句会妨碍诗情，或使诗情成为畸形的。倘把诗的情绪去适应呆滞的、表面的旧规律，就和把自己的足去穿别人的鞋子一样。愚劣的人们削足适履，比较聪明一点的人选择较合脚的鞋子，但是智者却为自己制最合自己的脚的鞋子。"②

戴望舒早期诗歌《雨巷》不乏某种婉转动人的音乐性，然而1930年代初刚刚从法国求学归来的他对诗歌有着截然不同于中国诗歌会同仁的新理解。他强调"诗情"的内在性，强调诗歌形式与诗情之间的随物赋形关系。强调新诗这种文体的最独特部分，因而拒绝像传统艺术那样去制订定于一尊的形式，也拒绝让诗歌去分享属于"音乐"和"绘画"的特性。因此，便不难理解他所谓诗"应该去了音乐的成分"，"韵和整齐的字句会妨碍诗情"。

戴望舒等人的诗论及实践，无疑启动了1930年代新诗现代诗质的建构。这种诗歌观跟施蛰存"没有韵"，却有"完美的肌理"的诗歌观相互契合。但在彼时，却马上引来新诗歌运动者的批驳。《望舒诗话》发表于1932年11月，柳倩马上有《望舒诗论的商榷》回应之，文章写于12月21日，发表于《新诗歌》第1卷第5期。在柳倩看来，戴望舒所谓诗应"去了"音乐成分根本没有可行性。因为既然强调情绪的抑扬顿挫，"然而情绪之抑扬顿挫用什么表现出来的呢？是否不用字呢？如果不用适当的字（字音和字义）来表现的他情绪，则诗的韵律又如何能表示呢？其次，既然承认有韵律（自然的韵律），有的他'抑扬顿挫'的和谐的韵律，则无形中变有音乐的成分的。但何又'去了'音乐的成分呢？进言之，诗之缘起，是在劳动的时候产生。当时劳动的人们用以调节其劳役的。这时显然的借重于音乐。其次再说到由诗而演进的词曲，当时却能够和着纸器演奏的，这更足以证明诗不必一定要离去

---

① 戴望舒：《望舒诗话》，《现代》1932年11月第2卷第1期，收入1933年8月出版之《望舒草》。

② 同上。

音乐的了。"①

对于戴望舒"韵和整齐的字句会妨碍诗情",诗应抛了"表面的旧规律"之说,柳倩也予以重点反驳。戴望舒此处的意思是新诗应该从对固定形式的依赖中摆脱出来,转而重视以诗情为核心的诗质建构。戴望舒思考的无疑正是何谓"新诗之新"的问题,柳倩则反问道:

> 形式者,必有"形"有"式",非"超感官"之物。考诸"形"则"表面上"必有字的堆积,考诸"式"必有字的排列。然而望舒先生所谓"形式"者,亦若诗之"超感官"的么?②

中国诗歌会及《新诗歌》同人对于以《现代》杂志为阵营的"现代派"颇多攻击,③ 主编《现代》的施蛰存也有低调的回应。1933年11月,正是新诗歌运动声势甚炙之时,施蛰存借阐述《现代》的诗观表达了对新诗歌谣化轻描淡写却立场鲜明的否定:

> 现代中的诗,大多是没有韵的,句子也很不整齐,但他们都有相当完美的"肌理"(texture),它们是现代的诗形,是诗!(有一部分诗人主张利用"小放牛""五更调"之类的民间小曲作新诗,以期大众化,这乃是民间小曲的革新,并不是诗的进步。)④

施蛰存强调新诗完美的"肌理",现代的"诗形",反对"民间小曲作新诗"⑤。这番攻防,彼此都在自己的话语空间和诗歌想象中发言,

---

① 柳倩:《望舒诗论的商榷》,《新诗歌》1933年第1卷第5期。
② 同上。
③ 除了在自家阵地《新诗歌》上攻击"现代派"之外,中国诗歌会成员也会在同情左翼的刊物上发表此类文章,如蒲风的《评〈现代〉四卷一至三期的诗》便刊于当时的一份介绍沪上出版情况的刊物《出版消息》1934年第29期。
④ 施蛰存:《又关于本刊的诗》,《现代》1933年11月1日第4卷第1期。
⑤ 施蛰存反对"民间小曲作新诗",却并非简单地排斥民间山歌,1935年,他还在报上刊登了一篇《山歌中的松江方言》,《书报展望》,1935年第1卷第1期。应该说,他对于山歌的趣味是知识分子化的,不同于左翼革命援引山歌以作政治动员,知识分子欣赏的往往是山歌中民俗及趣味。因此,左翼可能批评知识分子将山歌趣味化,独立知识分子则反感左翼革命将山歌政治化。

自然难有相互信服的对话。戴望舒、施蛰存强调的是新诗的审美现代性及现代背景下新诗新的美学生成;而柳倩们则在其大众化、实用化的文学想象中,强化诗的现实功能,自然遮蔽了现代性跟无以定型的形式之间的复杂互动。

由于涉及不同的文化立场及文学功用观,不同价值坐标派生出来的诗学观念缺乏相互说服的可能。质言之,"可歌性"和"去音乐化"论辩的背后,其实是文学的政治功用观和审美自足观之间的较量。前者强调文学的政治属性,对新诗歌倡导者而言,文学是为大众、为民族、为阶级的。文学通过为"政治"(这个"政治"是一个可以填充的变量)服务而获得价值。值得注意的是,从政治功用出发征用文学者,虽强调"政治第一,文学第二",但并不排斥"文学形式"或技术上的改良和完善。只是,其出发点既然是"政治的",其形式观便往往是急功近利并求立竿见影的。而后者则是一种审美自足立场,强调文艺具有独立的意义。文艺可以在大众、阶级、民族、人民等巨型话语之外谋得自身的立身之地。因而,其出发点是"文艺的",其形式观便更关注本体。这种政治功用与审美自足的立场差异,在中国新诗史上演化成一场漫长的"大众化"和"纯诗化"的争论。① 在取法歌谣过程中,也不时闪过这两种差异化立场的身影。比如,戴望舒显然对于洛尔加谣曲化诗歌充满好感,但非功利的立场让他无法接受中国诗歌会那种直接套用歌谣的做法;而由于着眼点在于"大众""教育"等现实目标,曾经服膺象征主义的穆木天却开始反思、否定以往的"纯诗"思路,转而认同直接使用歌谣形式的"新诗歌"路径。因为这在当时背景下是更有利于政治动员任务的达成。

反观刘半农的取法歌谣立场,它虽也表现出某种泛政治化倾向,但总体上依然表现为"增多诗体"的"文艺的"目标。刘半农是早期白话诗创制的急先锋,而白话诗与文学革命,文学革命跟社会革命之间有着极为密切的关联。因此,白话诗写作也投射着社会文化革命的宏大诉求。从具体方面说,文学革命跟国语运动的重叠中,胡适乃有"国语的文学,文学的国语"的设想;而刘半农作为语言学家,对于"国语"

---

① 刘继业:《大众化和纯诗化》,北京大学出版社2008年版。

创制同样有着具体观点与努力。"破坏旧韵""重造新韵"便是将文学与国语相联系的设计;"增多诗体"也不仅是个人探索,还包含着为后代探求新路的意思。但是,这种泛政治化的文化倾向,跟从政治目标出发对文学的功利化使用并不相同。刘半农的写作有其更大文化诉求,但出发点终究在诗歌建设内部。他《瓦釜集》中仿作的江阴船歌,《扬鞭集》中的拟儿歌、拟拟曲等即或有针砭现实指向,却没有以诗歌服务于现实政治势力的立场。因此,他之采集民歌、仿作歌谣便跟服务政治、服务阶级的歌谣诗写作类型在趣味上迥然不同。前面已经指出,刘半农的歌谣趣味是知识分子化的,所以并不避讳其中涉性、猥亵的内容。他对歌谣的观测点在于节奏、意趣,殊不同于后来李季写作中对歌谣涉性部分的刻意剔除。刘半农与左翼诗人歌谣趣味的差异,也被沈从文敏感地指出,沈从文激赏刘半农的山歌诗,却认为左翼诗人杨骚"用中国弹词的格式与调子,写成的诗歌,却得到一个失败的证据"。①

刘半农的后辈诗人朱湘、穆旦等人,在取法歌谣资源上有所尝试,但只是偶一为之。他们所秉持的同样是基于文艺自足的立场。朱湘《古代的民歌》一文对民歌的讨论,全在文学内部。他认为民歌具有"题材不限,抒写真实,比喻自由,句法错落,字眼游戏"②五种特点,却并未有借民歌以为"大众化"服务之类的功用念头。1940年代初,穆旦有过自由诗镶嵌民歌的尝试,但终究只是偶一为之。与同有此尝试的袁水拍日后完全走向山歌诗写作不同,他始终坚持深蕴现代张力的自由体。这意味着,即使在抗战"大众化"合法性获得极大扩张背景下,穆旦依然无法认可为政治而诗歌及简单"旧瓶装新酒"的诗学路径。

相比之下,新诗取法歌谣的四次大规模实践中,秉持"政治功用"立场者显然声势更炽,并且呈现了日益激进化的倾向。虽然也产生了较为"艺术化"的作品,如《马凡陀山歌》和《漳河水》,并且某种意义上也触及了诗歌如何重建公共性的话题。但功利化的文学观,令这些诗歌走向背书式写作。同时也体现了某种写作观上的重返古典之文的倾向,很难垂范后世,成为以后的写作资源。

---

① 沈从文:《论刘半农的〈扬鞭集〉》《文艺月刊》1931年2月第2卷第2期。
② 朱湘:《古代的民歌》(1925年),《中书集》,生活书店1934年版。

第二节 "设限"或"去限":两种限度意识的对峙

1936年胡适主持复刊的《歌谣》上发生了一场关于歌谣性质的争论,双方由歌谣是个人创作的还是集团创作而及"歌谣"与"新诗"的文类界限进行激烈论辩。这场讨论并未得出什么有意义的具体答案,却显示了复杂文化背景下人们关于"歌谣"观念的分化。更重要的是,它内在勾连着新诗取法歌谣过程中某种"设限"与"去限"意识的对峙。因此重返当年的讨论,依然不乏意义。

两种限度意识

1936年《歌谣》复刊不久,李长之发表了《什么是歌谣》(1936年第6期)、《歌谣还是个人的创作》(1936年第12期)两篇文章,核心观点是:一、歌谣和诗歌一样都应视为个人的创作:"在创作方面看,歌谣和知名的诗人的东西是一样的,同是个人的产品同是天才的产品。多少有一个程度之差的,就是文化的教养。我们可以这样说,作'天上的星,颗颗黄,地下小姑无爷娘'的人,就是那些教养差些的作'黄河之水天上来'之类的人,反之,后者也不过是前者受了文化教养而已,其为天才则一,其作品是个人的成绩则一。"二、歌谣和诗歌的差别不在作者,而在传播:"与其说歌谣与诗的分别是在作者,毋宁说是在流传,与其说那分别是在一为集团所创造,一为个人所创造,不过一为在文化教养上所受的深些的个人,一为在文化教养上所受的浅些的个人而已。"①

由"歌谣是什么"而及歌谣究竟是"个人"还是"集团"的创作,引发了不小的争议。复刊后的《歌谣》周刊第九、第十期分别发表寿生《莫把活人抬进死人坑》和卓循《写给歌谣是什么的作者》,对李长之提出反驳。

卓循围绕"个人"或"集团"这个焦点进行反驳:

---

① 李长之:《什么是歌谣》,《歌谣》1936年5月9日第2卷第6期。

长之先生举以证明歌谣是个人的产品，而非集团的，是歌谣中常有之"你"、"我"，等字，即个人意识的表现，如果这话属实，那末，复数人称的字，岂不是可以证明歌谣之属于集团的了吗？

我们要了解歌谣之民间创造的特征在那里，便应先要了解诗歌之个人创造的特征。

诗歌是受了文化素养的个人创造的，而且以个人的名义出现的，因为它始终是个人的，形式便固定化了，甲的诗纵然不好，也用不着乙给他改正，纵改正了，仍是个人的，不属于甲乙二人共有。

至于歌谣的情形就不大同了。

歌谣的创始可以是个人的，但它一经作成了之后，就被交给了大众了，一首歌谣不管它是好是坏，总以适合一地域的大众的口味为止。①

从学术意义上确实很难确证歌谣个人创作论，李长之的"歌谣观"似乎也不为歌谣研究界所承认。《歌谣》周刊虽然开放争鸣，但在争论不久之后，该刊第二十一、第二十二期刊登了于道源翻译的理论文章《歌谣论》，该文对"个人"或"集团"问题有所涉及，可以视为编者对不久前争论的一点回应。文章认为：

歌谣虽然是像一切带集体性的作品一样，是整个民族的产业，然而在开头的时候永远是独自一个人由灵感而结出的果子，这一个人在一种特别的恩惠情形之下把这歌曲记录下来。假若他晓得怎样可以藉了它使得民众底灵魂的弦发生颤动，假若他明白如何可以把民众的共同情感宣扬出来，那么第一个听到这首歌谣的人就把它记住而变成他自己的；他重复歌唱它，但是他并不是完全忠实的重复背诵它，因为歌曲有一些是出乎他底灵魂之外了。而且因为我们各人有各自的灵魂，每个人都不自觉的把所唱的歌谣加以修改使它适合于各单个灵魂。两个绝对相同的灵魂既是不会找到的，所以歌谣

---

① 卓循：《写给歌谣是什么的作者》，《歌谣》1936年6月6日第2卷第10期。

经过两个不同的口中歌唱以后也不能完全相同。每个人都依照他各自的感觉而加以润饰和改变。所以这件伟大的作品是被民众全体不自觉的创造出来的。假若有一个人记录下一首歌,找到一个题目,但是不能够照着民众的口味和情调很适宜的去传布它,不久民众就以更合适的衣被把它遮掩了,把它所缺少的东西给它加上,把那对于它不合适的东西去掉。①

这里的核心观点是歌谣创作是个人性和集体性的融合,歌谣创作原初的个人性必须服从于传播过程中的集体趣味。可以说,这种观点是李长之和反对者卓循、寿生观点的综合,对歌谣性质有更客观准确的描述。关于歌谣的人称及个人性,朱自清在《中国歌谣》中事实上也有所分析,他更强调歌谣"无个性"的集体艺术性质:"歌谣原是流行民间的,它不能有个性;第三身,第一身,只是形式上的变换,其不应表现个性是一样——即使本有一些个性,流行之后,也渐渐消磨掉了。所以可以说,第一身,第三身,都是歌谣随便采用的形式,无甚轻重可言。"② 歌谣多采用第一人称,这是李长之用以证明歌谣"个人性"的论据,朱自清这里的分析虽在李长之文章之前,却显得更加严谨。

值得注意的是,李长之对歌谣"个人"性质的论述虽然缺乏学术客观性,他的问题意识却值得认真对待。事实上,李长之并非单纯出于对歌谣的学术兴趣而对"歌谣是什么"进行创新之论断。他的歌谣个人论更多投射了他对所处时代"集体主义"思潮日益强势的不满:"现在这个时代,是一个唯物主义,集团主义,实用主义的时代,换言之,是玄学的,个人主义的,艺术至上主义的思潮被压抑的时代。"③ 李长之显然是对 1930 年代的左翼文学运动不满,潜台词是歌谣的兴盛受了集团主义时代思潮的影响。基于一种文化精英主义立场,他对新文化运动崇奉"民间"也是颇多不屑:"因为所谓唯物的,集团的,实用的思潮,实在是属于平民的,反之,形上的,个人的,艺术的思潮,却是属

---

① [西]卡塔鲁尼亚:《歌谣论》,于道源译,《歌谣》1936 年 10 月 24 日第 2 卷第 21 期。
② 朱自清:《中国歌谣》,金城出版社 2005 年版,第 37 页。
③ 李长之:《什么是歌谣》,《歌谣》1936 年 5 月 9 日第 2 卷第 6 期。

于贵族的。国语运动不是在抛弃少数人的贵族的汉字吗？新文学运动不是在恢复大多数的平民的表现能力吗？注意歌谣也就是要以民间的东西作范本呀。"① 李长之是尊奉精英、个人、教养和天才的，因此，他对于以民间性、集团性而掩盖文学的个人天才创造便极为不满："在现在流行的艺术论中，颇有把天才抹杀，以集团派作是艺术的创造者的论调，这是我所最不同意的。"他举例说磨砖递瓦的工作虽是集体的，但建筑艺术的部分却是设计，这部分是由少数天才完成的。如果过分崇拜民间，"因此而认为有了教养的诗人的作品反而是差些，那就根本走入魔道"。②

李长之提出"集团性""民间性"话语挤压"个人性""精英性"话语空间的问题事实上是值得重视的中国现代文化症候。就新诗史而言，左翼大众诗观与纯诗之间的对峙，很大程度上正是围绕"集团"与"个人"诗学而展开。1930年代中国诗歌会成员对"新月派""现代派"的攻击，也是以咄咄逼人的"民族主义""阶级主义"等集团话语为支撑。1940年代"大众化""民族化"和"工农兵方向"等强势话语中文学与政治力量的结合更趋强势，其实质是倡导集体、张扬政治工具性的"党文学"话语严重挤压文学中"个人"话语的空间，"个人"在"集体"攻势之下在文学领域的全面撤退在五六十年代达到极致，文学表达的个性化和个人情感、体悟部分被归入"（小）资产阶级艺术""现代派艺术"等术语予以围剿。③ 因而，李长之在1930年代提出的"集团"话语过分强势问题，其实既有时代意义，也有历史前瞻性。可惜这份问题意识投射在"歌谣"写作属性的判断上确实很难引发广泛共鸣。然而，他的观点并非毫无同调，在《歌谣是什么》发表后不久撰文回应的林庚，某种意义上正是李长之的知音。

林庚文章是对李长之明确的回应，但他另辟蹊径，绕开李长之的"歌谣是什么"问题，开篇即说"歌谣是什么我先不想说它。但歌谣一

---

① 李长之：《什么是歌谣》，《歌谣》1936年5月9日第2卷第6期。
② 同上。
③ 譬如冯至在50年代对之前的作品就自我忏悔道：20年代的作品，"基本的调子只表达了小资产阶级知识青年的一些稀薄的、廉价的哀愁"，冯至：《西郊集·后记》，作家出版社1958年版；1941年写的27首"十四行诗"，"受西方资产阶级文艺影响很深，内容与形式都矫揉造作"。《冯至诗文选集·序》，人民文学出版社1955年版。

定不是乐府也不是诗。"① "不是什么"其实是对"是什么"进行的反向界定,林庚的论述实质上触及了"歌谣""乐府""诗"之间的文类界限问题。换言之,李长之的"个人"/"集团"分隔问题,被林庚过渡到歌谣/诗的文类界限问题。林庚的观点很有趣,他认为诗和歌谣的分别在于:"诗使我们生活的范围扩大,歌谣使我们实际的生活中情趣增加","对歌谣抱太大的希望以为新诗可以从这里面找出路,这仍由于把歌谣看作低级的未完成的诗,对于歌谣既太小看,对于新诗亦两无好处。"② 在他看来,歌谣与生活的关系是反映的、写实的,歌谣形象地使现实变得趣味化;而诗歌与生活的关系是重构的,创造增益的,诗歌创造了一个非现实的世界,使"生活的范围扩大"了。

林庚无疑是个诗歌/歌谣设限论者,他并未在歌谣和诗歌之间进行价值判断,他甚至也没有在旧诗和新诗之间进行区分,他为歌谣和诗歌区别所进行的界定与其说是客观真实,毋宁说是有趣的洞见。③ 然而,林庚与李长之心有戚戚焉者在于,他们对诗其实都抱着相当文人化的期待,而他们也都抱持着文人化的精英立场。李长之认为歌谣是"个人的",他其实是将"歌谣"文人化;林庚则从文体角度将歌谣和诗歌予以区分,真实目的其实是彰显诗歌扩大生活范围,再造精神世界的功能。我们不难在林庚的观点中辨认出强调诗歌想象性思维及构造区别于现实精神空间的现代性诗学观。传统诗学,无论是强调诗言志、诗缘情,都并未充分强调"诗本于想象"的思维特征。古典诗歌当然存在着浓厚的重想象、感觉的一脉,但只有在 30 年代现代诗质的建构中,诗本于想象,诗建构有别于现实的精神世界的诗学观点才被如此清晰地表述。

必须指出的是,李长之的问题意识没有化为坚实的学术论证,林庚的观点有趣却并非不可证伪。这启示了两点:其一,人们关于"歌谣"或"新诗"的认知,常常不可避免地受着时代话语的正向或逆向渗透。

---

① 林庚:《歌谣不是乐府也不是诗》,《歌谣》1936 年 6 月 13 日第 2 卷第 11 期。
② 同上。
③ 歌谣并非纯写实,如潮汕颠倒歌《老鼠拖猫上竹竿》,内容是:"老鼠拖猫上竹篙,/和尚相拍相挽毛。/担梯上厝沽虾仔,/点火烧山掠田螺。/老鼠拖猫上竹枝,/和尚相拍相挽辫,/担梯上厝沽虾仔,/点火烧山掠磨蜞。"(磨蜞:一种河里小动物) 颠倒歌在各地民歌中非常常见,很难说它与描写的生活内容之间是反映的、写实的。

李长之的歌谣"个人创造论"显然是反集团主义的精英话语推动的产物;其二,林庚观点中透露的歌谣及其他文类之间的设限意识,同样是某种新诗本体建构渐趋成型之后的产物。

限度之争的历史谱系

如果说林庚是一个坚定的歌谣/诗设限论者,新诗早期的俞平伯则是典型的歌谣/诗去限论者。在《诗底进化的还原论》中,他一再否认歌谣与诗功能、形式、修辞上的差异,强调"若按文学底质素看,并找不着诗和歌谣有什么区别,不同的只在形貌,真真只在形貌啊"。① 歌谣与新诗的两种"阈限"意识,事实上真切地贯穿了四次新诗取法歌谣的运动中,彼此都可谓代有传人。

一般来说,白话诗时代的第一批新诗人在新诗之"新"的形式边界和现代想象方式尚未确立,新诗热切渴求审美资源的背景下,比较缺乏诗/谣的"设限"意识,甚至不乏俞平伯这样在某种"文学史透视法"助力下发出的"去限"呼声。所以,无论胡适、刘半农、俞平伯,还是刘大白、沈玄庐等人从未意识到新诗转化歌谣资源过程中"体式"的摩擦问题。倒是周作人,虽也认同从歌谣可以引出未来"民族的诗"的可能,但却把"取法"的范围有意识地限定为具体的"节调",而非泛化的体式。相比之下,第二代新诗人对于新诗取法歌谣的有效性便谨慎得多,譬如朱自清、苏雪林、林庚、梁实秋以至后来的何其芳、卞之琳对歌谣的诗学意义多有反思,其中呈现的便是一种新诗本体"正统以立"之后日浓的设限意识。

然而并非没有例外。早在《歌谣》创刊之初,新诗与歌谣的关系问题便是讨论热点。何植三虽热心歌谣采集,却坚持认为:新诗是一种高强度情绪压力下的产物,而不是借用西方古代诗歌格式或是中国词调格式。作者认为,这都是"一样的迷恋遗骸","现在做新诗的人,不能因歌谣有韵而主有韵,应该知道歌谣有韵,新诗正应不必计较有韵与否;且要是以韵的方面,而为做新诗的根据,恐是舍本逐末,缘木求鱼罢"。② 何植三在现代"分化"背景下看新诗与歌谣,认识时代与文体

---

① 俞平伯:《诗底进化的还原论》,《诗》第 1 卷第 1 号,1922 年 1 月。
② 何植三:《歌谣与新诗》,《歌谣增刊》1923 年 12 月 17 日。

的互动,并以"新"的观念要求"新诗",这在当时殊为难得。

即使是同一个诗人也可能在时代作用下出现观念调整和变化。以朱自清为例,早在1920年代,由于自身的诗歌写作和歌谣研究经验,他是较为突出设限论者。而且,他的判断是以诗学分析为支撑的:

> 歌谣的音乐太简单,词句也不免幼稚,拿它们做新诗的参考则可,拿它们做新诗的源头,或模范,我以为是不够的。①
>
> 歌谣以声音的表现为主,意义的表现是不大重要的。所以除了曾经文人润色的以外,真正的民歌,字句大致很单调,描写也极简略、直致,若不用耳朵去听而用眼睛去看,有些竟是浅薄无聊之至。固然,用耳朵听,也只是那一套靡靡的调子,但究竟是一件完成(整)的东西;从文字上看,却有时竟粗糙得不成东西。②

即使是在1937年这样民族矛盾严峻的时代,朱自清也说:

> 在现代,歌谣的文艺的价值在作为一种诗,供人作文学史的研究;供人欣赏,也供人模仿——止于偶然模仿,当作玩艺儿,却不能发展为新体,所以与创作新诗是无关的。③

但随着抗战背景下"民族形式"讨论的展开,他的观点却发生了微调,虽然继续强调"新诗本身接受歌谣的影响很少",刘半农的《瓦釜集》和俞平伯的《吴声恋歌十首》在他看来也"只是仿作歌谣,不是在作新诗"。④ 但却又主张"新诗虽然不必取法于歌谣,却也不妨取法于歌谣,山歌长于譬喻,并且巧于复沓,都可学";"我们主张新诗不妨取法歌谣,为的是使它多带我们本土的色彩;这似乎也可以说是利用

---

① 朱自清:《唱新诗等等》,《朱自清全集》第4卷,江苏教育出版社1990年版,第222页。
② 朱自清:《罗香林编〈粤东之风〉序》,《民俗》1928年11月28日第36期。
③ 朱自清:《歌谣与诗》,《朱自清全集》第8卷,江苏教育出版社1993年版,第276页。
④ 朱自清:《真诗》,作于1943年,《新诗杂话》,生活·读书·新知三联书店1984年版,第79、81页。

民族形式，也可以说是在创作一种新的'民族的诗'。"①

观点发生更鲜明转折的是梁实秋。1920年代梁实秋对于新诗取法歌谣问题表达了直接的质疑："歌谣因有一种特殊的风格，所以在文学里可以自成一体，若必谓歌谣胜之于诗，则是把文学完全当作自然流露的产物，否认艺术的价值了。我们若把文学当作艺术，歌谣在文学里并不占最高的位置。中国现今有人极热心的搜集歌谣，这是对中国历来因袭的文学一个反抗……歌谣的采集，其自身的文学价值甚小，其影响及于文艺思潮则甚大。"②

此处他较强调歌谣和新诗的相互独立性，然而，1930年代他的观点却有所改变，在《歌谣》上撰文，指出歌谣采集是一件很新的事，"在文学品位没有改变的时候，一定没有人肯理会这街巷俚辞的歌谣"。并以英国文学史为例指出："歌谣使得一部分英国诗人脱下贵族气的人工的炫丽的衣裳，以平民气的朴素活泼的面目而出现。"他强调的是"我现在仍然觉得歌谣与新诗是可以有关系的"，"歌谣的影响在新诗方面至今还不曾充分的暴露出来，我希望采集歌谣的人和作新诗的人特别留意这一点"。"我们的新诗与其模仿外国的'无韵诗''十四行诗'之类，还不如回过头来就教于民间的歌谣。"③ 他显然已经认同了歌谣对新诗的启发性。

即使是朱自清、梁实秋这样的严谨、具有较高理论修养的学者，诗学观念依然不免受到主流时代话语的影响（事实上，1943年，当朱自清说出诗歌"也不妨取法于歌谣"的时候，显然是对抗战背景下的诗歌大众化合法性表示部分认同）。更不用说袁水拍等在时代转折下诗观发生巨大变化，把歌谣认同为诗歌唯一正确方向的左翼诗人了。因此，所谓的第一代/第二代新诗人这样的代际尺度之外，文艺的/政治的文化立场尺度，同样对诗/谣的限度意识产生影响。

同样是一般而言，站在新诗本体的文艺立场的诗人，更容易产生关

---

① 朱自清：《真诗》，作于1943年，《新诗杂话》，生活·读书·新知三联书店1984年版，第87—88页。

② 梁实秋：《现代中国文学之浪漫的趋势》，《浪漫的与古典的》，新月书店1927年版，第37页。

③ 梁实秋：《歌谣与新诗》，《歌谣》第2卷第9号，1936年5月30日。

于诗/谣的限度意识。而站在政治立场主张整合歌谣资源者，更具模糊两者文类边界的倾向。1930年代左翼文学团体中国诗歌会同样体现了热烈的民歌爱好，王亚平的长文《中国民间歌谣与新诗》从"民间歌谣是新诗的摇篮""歌谣的音节美""民间歌谣的创作形式""中国歌谣与西洋歌谣之特色""中国新诗与歌谣的合流"五方面论述新诗与歌谣的关系，① 昭示了对新诗取法歌谣限度意识的阙如。1940年代，萧三曾经撰文认为"发展诗歌的民族形式应根据两个泉源：一是中国几千年来文化里许多珍贵的遗产……二是广大民间所流行的民歌、山歌、歌谣、小调、弹词、大鼓词、戏曲。"② 古典、民歌二源泉论在1958年新民歌运动中得到官方文件的确认，呈现出新诗对歌谣过度开采的症候。

值得注意的是，左翼革命阵营并非无人注意到新诗取法歌谣的限度问题。1939年，当新诗"民族形式"问题讨论方兴未艾之际，何其芳即提出了"既大众又艺术"的努力方向。③ 然而，他显然并未把此跟"民间形式"之间进行直接联结。即使在民间形式、歌谣作为新诗资源已经获得巨大合法性的50年代，他依然撰文认为：

用民歌体和其他类似的民间形式来表现今天的复杂的生活仍然是限制很多的，一个职业的创作家绝不可能主要依靠它们来反映我们这个时代。④

1958年，当新民歌运动如火如荼之际，他再次表达了冷静的看法：

民歌体虽然可能成为新诗的一种重要形式，未必就可以用它来统一新诗的形式，也不一定就会成为支配的形式，因为民歌体有限制。

民歌体有限制，首先是指它的句法和现代口语有矛盾……其

---

① 王亚平：《中国民间歌谣与新诗》，收入王亚平等《新诗源》，中华正气出版社1943年版。
② 萧三：《论诗歌的民族形式》，《文艺突击》1939年6月25日第1卷第2期。
③ 何其芳：《论文学上的民族形式》，《文艺战线》1939年11月16日第1卷第5期。
④ 何其芳：《关于现代格律诗》，《中国青年》1954年第10期。

次,民歌体的体裁是很有限的。①

进入 1940 年代以后卞之琳放弃了他 30 年代所创造的现代诗方向,50 年代以后他更是躬亲实践了一些歌谣体新诗。然而,实践显然让他感到了歌谣体的限制。1958 年新民歌运动兴起之后,关于民歌体的局限性问题还引发一场不大不小的争论。② 在一篇文章中,卞之琳引用一个工人的话"你要用民歌的调子来写我们工人的劳动,我看也没有力量。意思是如何把民歌和我们新的内容创造性地结合起来,变成一种既继承传统又新颖的新形式"。③ 在一篇辩解文章中他说:"我在《几点看法》一文中没有说过民歌体'有限制'这类话,只是说法里的确也包含了'有限制'的意思。"他的提法是"诗歌的民族形式不应了解为只是民歌的形式"。④

事实上,在民歌体诗歌上广获认可的革命诗人李季和阮章竞,同样表达了民歌体诗歌在进入社会主义时代之后的局限性。李季曾这样写道:

> 过去三边远盐大道上成百成千头毛驴,变成了成队的汽车,变成了拖拉机……一句话,过去个体农民的汪洋大海,变成了合作化的新农村。这时候,你要用
> 五谷里数不过豌豆圆,
> 人群里数不过咱俩可怜;
> 庄稼里数不过糜子光,
> 人群里数不过咱俩凄惶。
> 的调子,来描写这些正在形成中的社会主义新型农民那会是多么不

---

① 何其芳:《关于新诗的百花齐放问题》,《处女地》1958 年第 7 期。
② 参见余树森《民歌体有限制吗?》(《前哨》1959 年 1 月号)、陆若水《民歌体有无限制?》(《前哨》1959 年 3 月号)、唐弢《民歌体的局限性》(《文汇报》1959 年 1 月 3 日)等文章。
③ 卞之琳:《对于新诗发展问题的几点看法》,《处女地》1958 年 7 月号。
④ 卞之琳:《关于诗歌的发展问题》,《人民日报》1959 年 1 月 13 日,卞之琳吞吞吐吐的论辩侧面暗示了当年持民歌体限制论所可能面对的压力。

协调啊！①

曾经写出民歌体叙事诗代表作《漳河水》的诗人阮章竞在进入50年代之后，同样对民歌体的适用范围表达疑虑，在跟一个友人通信中，他说：

> 工业不同农村那样到处有柔媚的山树林泉，它是爆破隆隆、电火闪闪、烟雾腾腾、钢压轧轧的场面，"一根扁担软溜溜"和"一铺滩滩杨柳树"，是压不住转轮的声响的。②

有必要指出，左翼诗人的新诗/歌谣限度意识其实探讨的是"民歌体"局限性问题，即他们虽然承认"民歌体"作为一种诗歌体式不能胜任对所有生活内容的表现，但并未意识到"民歌体"作为一种体式跟新诗格格不入之处。而朱自清等人所强调的"限度"，则是从文类意义上反思：歌谣是否具备被新诗借鉴的可能性和必要性。

第三节 "资源"的难题：新诗与歌谣的纠葛与迷思

歌谣作为新诗的潜在资源既为新诗提供了可能性，也为新诗的自我建构带来待解的难题。这种难题体现在新诗取法歌谣始终不能摆脱"政治的"与"文艺的"两种偏向以及"设限""去限"两种阈限意识的影响。民族、阶级等巨型政治话语也在寻求着在歌谣中发声的缝隙，并把新诗和歌谣一并循唤成合目的性的对象。不断激进化的政治功利立场对歌谣的使用是20世纪新诗取法歌谣过程中最值得反思的症候。对于今天的研究而言，探讨作为新诗的资源难题的歌谣必须关注：（1）政治的与文艺的、设限和去限的写作偏向构成的迷思；（2）歌谣在不同时代被新诗激活的话语条件。这些构成了我们反思的出发点。

---

① 李季：《热爱生活大胆创造》，《文艺学习》1956年第3期。
② 阮章竞：《阮章竞与友人论诗的信》，《长江学术》2007年2期。

诗之本体性与社会性的张力

从文类意义上，歌谣和新诗是两种距离较远的文学体式。正如王光明先生所指出那样，它们有着不同的文化功能和象征权力：

> 在比较纯粹的意义上，民歌是不依赖文字流传而只是在人们"口里活着"的一种民间表意形式，很少书面文化的历史、使命和象征权力，主流文化一般也不对它作价值规范上的强求，因而也往往没有社会规范和意识形态过程的压力。民歌作为一种即兴表达的"歌"，要求的是满足。①

在他看来，新民歌运动的"形成不源于诗歌创作的内部要求"，"完全是意识形态的推动"。② 它"不过是一份当代意识形态收编改造民间文化的历史档案，一个现代性寻求中的文化悲剧，反映的是特定时代的盲目性和当代意识形态的矛盾性"。③ "新民歌最大的问题是失去了民歌质朴自然的本性，让最本真的东西成了最虚假的东西。它不是人民大众自我满足的一种表意形式，而是当代造神的颂歌形式，一种被利用来压抑五四新文学形式的工具。"④

这些都是非常准确的见解，也成为我们继续思考本论题值得信赖的出发点。值得关注的是20世纪新诗取法歌谣的历程内在呈现了诗歌本体性和社会性的矛盾张力问题。

一方面，新诗的本体性诉求是诗歌"如何在变动的时代和复杂的现代语境中坚持诗的美学要求，如何面对不稳定的现代汉语，完成现代中国经验的诗歌'转译'，建设自己的象征体系和文类秩序"⑤ 的问题。对于中国文学而言，享有尊崇地位的诗歌在从传统向现代转型过程中虽然在文化功能、表意策略乃至于诗歌体式等方面发生深刻变化，然而"现代"在促成诗趋于"新"的同时，更强烈地促成诗的本体建构。从

---

① 王光明：《现代汉诗的百年演变》，河北人民出版社2003年版，第353页。
② 同上书，第352—353页。
③ 同上书，第353页。
④ 同上书，第354页。
⑤ 同上书，第639页。

文学场域角度看，一个独立的诗歌场，具有从历史、政治、文化等场域中分化出来的强大动力。但是，新诗又不断面临着被阶级、民族等巨型话语裹挟进时政中心，面临着介入时代、改变时代等社会性诉求施加的压力。相较而言，胡适、周作人、俞平伯、刘半农、朱湘、穆旦等人是站在新诗的本体性诉求一侧来倡导和实践取法歌谣的资源策略；而刘大白、沈玄庐、蒲风、任钧、袁水拍、李季、阮章竞以至于日后"新民歌运动"中的民歌诗人们，则是在社会性、意识形态性乃至于盲目政治性的推动下选择和启用歌谣资源。

值得注意的是，诗歌的社会性、政治性诉求作为对诗歌的一种功能设置，常常在各种话语的复杂加持下装扮成诗歌的本体性规律。这在1930年代的中国诗歌会、1940年代的袁水拍和1950年代的新民歌运动中体现得淋漓尽致。袁水拍的《重建人的道路》颇有学理分析的架势，通过把人民性作为诗歌的起源和前景，把人民性跟民歌无缝对接而论证了民歌作为新诗唯一方向的合理性。在此，我们看到诗的社会性、政治性诉求如何借助"历史透视法"改变人们对诗歌本体的认知。在某种意义上说，1940年代袁水拍的马凡陀山歌确实重建了诗歌跟现实、时代对话的公共性面相。在很多新诗反对者那里，公共性的匮乏是新诗的重要罪状。客观地说，新诗也不能逃脱它应负的时代责任。然而，当诗的公共性被社会性、政治性无限放大以至于完全被霸权话语劫持而不断空洞化的时候，其抗争的文化功能，反而不如坚守诗的本体性的诗歌。显然不能一味地反对诗的公共性和社会性，而是该如何为诗的本体性和社会性找到平衡的方式。

对于那些在现实政治推动下进行新诗取法歌谣的尝试者而言，他们最好的时代出现在1945—1949年。此时，酷烈的民族战争转变成国共战争。战争性质的变化深刻地影响着写作。跟民族战争相比，阶级战争的合法性对文学索求更丰富、复杂的故事性和更强的艺术性。简言之，战争中的民族价值不需要论证，阶级价值却需要文学"背书"。

另一方面，身处战争环境，袁水拍、李季、阮章竞虽然都内在于革命文艺体制，但跟进入50年代的社会主义写作相比，他们依然具有相当程度的写作自由。一个明显的例子是阮章竞的《漳河水》在1950年的《人民文学》发表时，被周扬要求删去一些1949年在《太行文艺》

上发表上的"不合适"内容。这意味着，虽只是一年之隔，革命文学体制在传承中已经产生了某种新规定性。同时，无论是袁水拍、李季还是阮章竞，他们1940年代的写作都具有"深入生活"的特点。长期在解放区基层生活，跟老百姓有广泛而密切的接触，甚至也便是百姓中的一员。这是李季、阮章竞何以能用好民歌体的重要原因。而1946年前后的袁水拍，作为一个共产党员报刊编辑在重庆、上海等大城市工作，马凡陀山歌所书写的市民、文员、一般知识分子阶层的现实积怨同样是作者所亲身体验的。进入1950年代之后，为社会主义背书的诉求更加迫切，但写作者们大部分走上各层级领导岗位，逐渐疏离热火朝天的生活，写作素材靠"下基层体验生活"；写作自由空间又大大压缩。"政治化"和"艺术化"脆弱的平衡很容易被打破。

不能发现，政治维度的取法歌谣在1945年以前和1949年以后，都缺乏经典作品。1945年以前，民族动力推动下的取法歌谣，强调的是"大众化"；1949年以后，社会主义意识形态动力推动下的取法歌谣，强调的是政治正确的意识形态性和全民参与的"人民性"。恰恰是在1945—1949年期间，社会性、政治性的诗歌诉求并未完全走向取消诗歌本体性的极端，① 诸多条件促成了政治维度新诗取法歌谣的某个高潮。

然而，这种政治导向的写作，依然是值得反思的。此处，有必要区分诗歌的社会性诉求和诗歌的政治意识形态规约。某种意义上说，作为人类文明成果的诗歌永远无法摆脱某种程度的社会性或政治性。它是由于诗歌总是处于复杂的社会文化场域，跟时代思潮有着密切的互动而产生。更兼中国传统一直便有的文学载道传统，"文章合为时而著，歌诗合为事而作"的观念深入人心。因而，写作者通过诗歌对深重的民族灾难、峻急的时代危机和复杂的社会问题做出回应，既是必然的，也是必需的。问题是这种诗歌的社会性诉求必须置于作者自由选择和尊重写作本体诉求的前提下。把社会性诉求无限扩大，并进行一种合政治目的性的建构，必然产生"唯政治性"倾向。这种倾向在延安文艺讲话中被清晰地表述为"政治第一，艺术第二"。就这种倾向的思想实质而言，它体现的不仅是社会性，而是政治对于诗歌发出的意识形态规约。即使

---

① 以阮章竞《漳河水》为例，其中融合的戏剧结构和精致的叙事剪裁，都要求着打破单纯的"旧瓶装新酒"模式，而吁求着作者对民歌体和生活材料更全面的融合和再造能力。

在某种特殊条件下，这种规约同时向诗歌发出"艺术化"的指令，这种"艺术化"也是脆弱而"反现代"的。所谓"脆弱"是指其缺乏"可传承性"。40年代"新诗歌谣化"的经典在50年代异化为遍地开花的怪胎，很大的原因便在于政治意识形态规约下的写作"唯政治性"倾向的内生性困境：意识形态规约性是绝对的，但其具体内涵却不断变化。由此不断向诗歌要求"媚政"的姿势。诚然，"民歌不追求个性化的东西，形式技巧比较单纯，似乎也比较容易被利用"，① 然而即使是这样因为简单而富有可塑性的民歌也无法应对政治意识形态花样翻新的功利索取。民歌资源的异化和枯竭几乎是政治维度取法歌谣的新诗写作必然面临的问题。从另一个层面说，这种利用歌谣形式对不同内容的强大粘附性进行的写作，也是"反现代"的。它背离了诗歌的"现代"轨迹，把内容—形式可分的"古典"形式律重新召唤回"新诗"中。那种以固定体式装载合目的性内容的写作，其实是对现代政治和现代诗歌的双重伤害。必须说，完全去社会性、政治性的文艺立场是不存在的，但"艺术的政治潜能仅在于它的美学方面。""艺术品越带有直接的政治性，便越削弱了疏隔的力量，缩小了根本的、超越的变革目标。"② 直接以政治立场为诗歌立场的写作，一定是写作的危机。

难以突破的文体壁垒

新诗取法歌谣的历程中，"设限"和"去限"构成了另一对必须辨析的写作参数。把歌谣的营养搬运到新诗中，要跨越的不但有"文类"，还有"传统"与"现代"。因而，在"歌谣"中熠熠生辉的元素移到新诗中，很可能完全失效。一贯主张新诗不必取法歌谣的朱自清，1940年代也有过"新诗不妨取法歌谣"的表述。"不妨取法"便涉及如何取法问题，朱自清说"山歌长于譬喻，并且巧于复沓，都可学"。③然而，山歌的譬喻固然形象生动，却未必适合新诗。我们可以刘半农的《灵魂》和他收集的《江阴船歌》第十首《门前大树石根青》进行

---

① 王光明：《现代汉诗的百年演变》，河北人民出版社2003年版，第354页。
② [美] 马尔库塞：《现代美学析疑》，绿原译，文化艺术出版社1987年版，第3页。
③ 朱自清：《真诗》，《新诗杂话》，生活·读书·新知三联书店1984年版，第87—88页。

对比：

> 一
> 灵魂像飞鸟，世界像树枝；
> 魂在世界中，鸟啼枝上时。
> 二
> 一旦起罡风，毁却这世界；
> 枝断鸟还飞，半点无牵挂！
>
> ——《灵魂》

> 门前大树石根青，
> 对门姐儿为舍勿嫁人？
> 你活笃笃鲜鱼摆在屋里零碎卖，
> 卖穿肚皮送上门！
>
> ——《门前大树石根青》

第一首虽是五言体式，却明显是新诗的譬喻。这是一个复合式比喻，灵魂／飞鸟，世界／树枝是具有意义相关性的两个比喻。正是这二个关联比喻构成全诗的逻辑基础。因此，这种比喻不但是复合的，还是叠加式的："鸟啼枝上时""枝断鸟还飞"是上述两个比喻的叠加递进。或许可以说，这是一种适合印刷出来用眼睛看的比喻。相比之下，船歌的比喻生动形象，耳闻可解，但却不是《灵魂》这类新诗所能够借鉴和转化的。因为这涉及新诗与歌谣所依赖的传播方式对文学表意方式的影响。虽然同是比喻，但口头传播的歌谣不可能强化修辞的逻辑性和意义深度，所以总是依据一般的经验范围创造形象鲜明但不需假以思索的声音化修辞；主要通过书面传播的新诗不可能复制歌谣口语性和方言性的优胜，便更加着力开拓一种跟"书面"传播相匹配的意义化修辞。新诗自产生之时起，便有着跟印刷媒体深刻的相关性，也显现了从"耳闻"向"眼看"的转化趋势。虽然这种趋势受到鲁迅及后来众多"大众化"诗人的攻击，然而，印刷现代性却始终不能被排斥于新诗崭新表意策略之外。

必须看到，即使是具体到"比喻"这样的诗歌修辞本身依然难以对新诗/歌谣的优劣进行通约性比较。很难说《灵魂》的比喻比《门前大树石根青》的比喻优秀，反之亦然。因此，要在两种不同的诗歌修辞间进行审美移植，常常只流于美好的期待。由修辞而扩大至体式、节奏，这些文学要素在新诗与歌谣间同样难以简单复制。歌谣可以作为新诗资源，但这种资源意义的有效性是有着诸多前提的。王光明先生在谈到歌谣与文人诗的差异时就说：

> 与文人诗歌相比，其基本的特点是因物起兴、直觉显示，不执意追求创新，而追求大众的感受。因此，在修辞方法和展开格式上，文人作诗是立意求新，诗法讲奇，格式以繁代简，而民歌对经验的处理则追求普遍的效果，朴素、自然、口语化，展开的方法也主要是重复（包括重叠、复沓、连环等）。①

歌谣与文人诗表意方式有差异，事实上，社会制度、传播方式等因素都在深刻地规划着新诗的走向，使新诗与歌谣在打破了雅/俗区隔的现代依然颇难真正有效互动。

就文学形式跟社会制度的关系而言，歌谣是传统社会的民间文学形式，而新诗则是现代社会的个人作品。传统社会向现代社会的转型，打破了传统文学样式（包括歌谣）广泛存在的土壤。托克维尔在《论美国的民主》中注意到民主制/贵族制这样的社会政治制度对诗歌的影响。在他看来，古典的诗歌格律跟贵族制有着内在相关性。② 社会制度性质的变化改变了文人诗的形态，推进了从古典诗向现代自由诗的转化。现

---

① 王光明：《现代汉诗的百年演变》，河北人民出版社2003年版，第353页。
② 托克维尔论述道："假如有一个文学繁荣的贵族制国家的智力劳动跟政务工作一样，全被一个统治阶级所掌握；它的文学活动跟政治活动一样，也几乎全被集中于这个阶级或与它最密切的几个阶级之手。这样，我就足以得到解决其余一切问题的钥匙。" "当少数几个人，而且总是这几个人，同时进行同样的工作的时候，容易彼此了解，共同定出每个人都必须遵守的若干准则。如果这几人所从事的是文学，则这种精神劳动不久就会被他们置于一些明确规定的守则之下，谁也不得违背。" "如果这些人在国内占有世袭的地位，那末，他们自然要不仅为自己定出一定数量的固定规则，而且要遵守祖先给他们留下的规章。他们的规章制度既是严格的，又是世代相传的。"（[法]托克维尔：《论美国的民主》下卷《民主时代文学的特征》）。

代不断城市化、阅读化①的社会生活也瓦解了民间歌谣存在、传播的社会基础。

歌谣形式的稳定性跟"口传"属性有很大关联，正如耿占春所说："（口传知识中的人文方面）它们的兴趣在于传播对一个社会群体具有公共性的那些经验，而很少触及、更少挖掘属于个人性的那些经验范畴。"② 与之相反，"（阅读社会）文学性的作品发展完善了个人的内心经验，它们广泛而深入地发掘了个人经验和个人内心世界，在文学中，个人的情感、感觉、想象、欲望、梦幻、意识与无意识领域都得到了极端的和充分的表达。个人的经验，包括心理的和肉身的经验，被赋予了丰富的文学形式。……文学形成了对个人经验的深度和广度的开发，并且无与伦比的细致、充沛和活跃。文学构成了关于自我的知识形式，构成了关于个人内在经验的知识类型。它提供了关于个人的情感世界、人生历程、内心探索的知识范式。"③

"口传"要求以稳定的体式、有韵的口语来回应耳朵对信息整理的局限性。而进入阅读社会之后，"书传"成了主流的传播范式，现代的个人内心经验显然不是歌谣体式所能够承载。朱自清也认为："印刷术发明以后，口传的力量小得多；歌唱的人也渐渐比从前少。从前的诗人，必须能歌；现在的诗人，大抵都不会歌了。这样，歌谣的需要与制造，便减少了。"④ 书面化能够建构起一种深度的读写交流模式，因为借着阅读，读者"能够与书本及文字建立一种不受拘束的关系。文字不再需要占用发出声音的时间。他们可以存在于内心的空间，汹涌而出或欲言又止，完整解读或有所保留，而读者可以用其思想从容地检视它们，从中汲取新观念"⑤。而印刷术的流行和便利则使这种深度交流模式获得了现代优势。

---

① 所谓阅读化是指现代社会的重要特征，阅读不再是少数贵族享有的权利。普通人的受教育程度越来越高，印刷文本或文字化读物（网络化时代阅读虽不诉诸印刷，但依然诉诸文字）成了人们接受文学的主流方式。眼睛阅读代替了传统社会的"口传"。
② 耿占春：《阅读的社会学》，《叙事与抒情》，中国社会科学出版社 2005 年版，第 38 页。
③ 同上第 41 页。
④ 朱自清：《中国歌谣》，复旦大学出版社 2004 版，第 37 页。
⑤ ［加］阿尔维托·曼古埃尔：《阅读史》，吴昌杰译，商务印书馆 2004 年版，第 61 页。

进入 20 世纪以后，只有在非常个别的状况下，社会才重新回复到某种口传占优势的环境。譬如抗战时代的解放区。① 因此，有必要看到，20 世纪中国，歌谣被大规模引入新诗都是在较为特别的背景下发生的。五四之初是由于新诗发生期的资源饥渴，之后的三次则是由于在受教育程度极低的群众中进行革命，政治目标跟大众化有了"一拍即合"的重叠。为了让大众接受而不惜无限制启用民间形式，并通过文艺批评体制强力建构歌谣与新诗的同一性。在正常并且越来越现代化的社会生活中，新诗的建设终究要正视自身在印刷现代性背景下的文类位置。"歌谣化"并不可能，"化歌谣"也只能是建构新诗可能性偶一为之的方式。

化歌谣：作为一种资源发生学

新诗取法歌谣让我们追问这样的问题：既然两者之间有着巨大鸿沟，何以它们的相遇又会在 20 世纪新诗史上不断重现？这启示我们，新诗的发展始终无法自外于时代、社会、民族、政治构成的混杂场域。而新诗歌谣资源的选择和启用，显然无法进行脱社会的纯审美分析。在歌谣作为一种资源被激活、改装、化用的背后，显然内在化于一个更大的时代认知范式。一种诗歌资源显然也不可能自明地发挥作用，在文学社会学背景下考察歌谣资源进入新诗的大语境——"文化动力机制"，并探究一种资源发生学，或许是一件值得认真对待的事情。

对于 1920 年代的胡适、刘半农等人而言，歌谣被援引进新诗中，新诗立身未稳的资源饥渴固然重要，但歌谣文化身份在五四时代的改变，五四知识分子在现代转型背景下借助民间话语确立现代的歌谣观、建构中国歌谣谱系，赋予歌谣"学术的"和"文艺的"双重价值则是更为内在相关的知识型构。因此，在传统社会诗/谣的雅/俗文化想象中，诗歌取法歌谣是主流文化不可想象之事。正是在新诗的新/旧、白

---

① 汪晖就指出口传文化环境对解放区文学的影响："在进行广泛的抗战动员过程中，抗战时期的文学形式已经不仅仅是书面文学形式，而且还大量地包括了各种戏剧、戏曲、说唱、朗诵等表演形式。在广大的乡村，印刷文化不再是唯一的主导文化。方言土语和地方曲调问题所以成为一个突出的问题，显然与文学体裁及其表现方式的变化有关。"汪晖：《地方形式、方言土语与抗日战争时期"民族形式"的论争》，《现代中国思想的兴起》，生活·读书·新知三联书店 2008 年版，第 1503 页。

话/文言、民间/贵族的多重二元话语基础上，诗歌文化身份之"新"被建构为与白话、民间的亲缘性，此时长期被贬抑的歌谣才获得在现代背景下登堂入室的机缘。相比之下，由刘大白、沈玄庐开启，在中国诗歌会处得到推广，40年代"新诗歌谣化"倾向中催生了经典，50年代在新民歌运动中在政治维度取法歌谣倾向，则有着不同的话语动力。它们继承了五四民间高于贵族的价值标准，因此歌谣的文化价值被进一步自明化。但是，他们是站在现实政治立场上强化对诗的"利用"。在这种功利化视野中，歌谣以其对政治的有用性获得了进入新诗的资格。虽然政治功利立场相同，但不同时代新诗取法歌谣的实际政治动机和文化动力依然迥异：1920年代刘大白、沈玄庐的歌谣诗的政治功利性跟五四人道主义有着历史性重叠；1930年代中国诗歌会的新诗歌谣化则包含了左翼社团建构无产阶级主体想象的政治诉求；1937年抗战之后，老舍等人"旧瓶装新酒"的歌谣化新诗显然由阶级动力而转化为民族主义动力；抗战背景下的解放区左翼诗歌写作同样在文化策略上做出了调整，阶级化的诉求更多被包裹在"民族形式"的民族话语中。新诗的"民族形式"也更多停留在"大众化"的政治动员层面，显见了此时民族主义动力相对于阶级动力历史势能的上扬；1945年抗战胜利之后，新诗歌谣化实践主要被阶级动力所推动。《王贵与李香香》《漳河水》等作品当然是用"歌谣化"形式包裹、论证阶级化内容；就是袁水拍的马凡陀山歌，虽然并未以颂歌形式确认阶级主体性，但作为国共文化攻防中共产党投向国民党诸多武器之一的马凡陀山歌，同样内在于"阶级的"文化博弈。进入社会主义阶段的新民歌运动，其文化动力则来自于意识形态激进化及其现实政治纲领——"大跃进"。

显然，"新诗取法歌谣"并不是一个单纯的审美命题。如果舍弃时代风潮，将歌谣作为新诗合审美目的性的资源动机，很可能在1920年代、1930年代新诗现代诗形、诗质建构有所创制时衰竭。然而事实是，一方面新诗"正统以立"和场域自主性日益增强；另一方面将歌谣作为新诗合政治目的性的资源动机却不断被强化。因此，探讨"新诗"和"歌谣"，便唯有进入一种资源发生学才能辨清"历史的可理解性"。它给予我们的启示在于：不仅歌谣，任何审美资源被启用的过程，都无法脱离复杂的政治、文化因素交织而成的社会学情境。文学资源研究，吁求着审美尺度之外社会学尺度的进入。

小结

歌谣作为一种资源诱惑,促成了新诗四次大规模的取法歌谣运动;作为一个资源难题,却需要更审慎的辨认。基于政治立场的新诗写作,简单借用歌谣的传播效果,忽视新诗与歌谣的文类阈限。虽然在某些个案中存在着政治化与艺术化趋同的可能,但终究于新诗和健康政治两无收益。站在文艺立场上取法歌谣的诗人,也可能因为欠缺设限意识而难以有真正创制。刘半农的仿作民歌虽是新诗史经典,但对当代诗歌写作却缺乏启示。回眸这段新诗的歌谣资源史,既要对文化话语作用于倾斜的诗歌场域有足够认识,对探索者有历史的同情;更要在新诗的文类位置上辨认历史曾有的迷思。

结　　语

　　新诗取法歌谣在20世纪的不同时代留下了清晰的轨辙。五四现代转型之际，它主要是作为新诗自我建构、合审美目的性的民间文艺资源来使用。无论是胡适、周作人、俞平伯、刘半农，还是朱湘、沈从文，他们都立足于文艺基点来思考歌谣对于新诗的启示和营养。新诗和歌谣本为两种现代与传统社会中性质极为不同的文类，新诗取法歌谣的有效性便需要诸多的限定和前提。从文艺维度对歌谣之于新诗资源意义的探索本来很可能随着1930年代新诗本体建设的深入而中止。然而，历史为新诗取法歌谣提供了另一个合政治目的性的维度。无论是1930年代中国诗歌会的"新诗歌谣化"倡导、抗战背景下"旧瓶装新酒"的"大众化"文艺、1940年代以诗歌"民族形式"为话语中介的歌谣体叙事诗还是1958年政治主导、全民参与的新民歌运动，都是某种直接政治意图对歌谣资源的使用。此间，歌谣由于形式技巧简单，容易被改装并承载政治意识形态内涵而被看重。歌谣也由"人民大众自我满足的一种表意形式"被改造成"当代造神的颂歌形式"。①

　　新诗取法歌谣的这段历程提醒我们以一种社会学的眼光来看待新诗审美资源的激活和使用。每个时代"歌谣"被"新诗"发现、采纳，都是在复杂话语场的博弈、对垒的缝隙中发生的。歌谣被五四知识分子所看重，离不开现代"学术的"和"审美的"话语对"民间"的重构和对歌谣崭新文化身份的赋予。《歌谣》周刊创办之初，尚有人讥讽蔡元培居然放任教员这般胡闹，把歌谣这等不入流的东西弄到大学中来。

---

　　① 王光明：《现代汉诗的百年演变》，河北人民出版社2003年版，第354页。

《歌谣》主办者设想的通过官厅通道搜集歌谣的办法也被证明此路不通。① 可是，进入1930年代，从教育部到多省教育官厅，却都明令各地方教育单位搜集歌谣。歌谣合法性的积累，正是其现代新文化身份得到官方承认的结果。有趣的是，日后中国诗歌会众诗人对歌谣的兴趣，却是源于阶级话语对大众化、便利传播形式的期待。1930年代，在识字率低下的中国民众中构建无产阶级文学，"阶级化"和"大众化"便不可避免地重叠。"阶级"所看重"歌谣"的，是简单轻便的形式装载意识形态内容的便利性，更是可歌可诵的口传形式在民众中传播的便利性。同样，进入抗战以后，不同时期兴起的歌谣诗看似同质，却有着不同的文化动力。抗战初期以老舍为代表的"旧瓶装新酒"式歌谣诗，其文化动力来自于国族危难之际空前强大的民族主义话语；而1945年之后的马凡陀山歌、《王贵与李香香》及《漳河水》等，却主要来自于共产党的阶级民族主义话语。如果说前者是一种直接的政治语言的话，后者则具有了某种向文学化的释言之言转化的需求。前者的动力来自于民族，所以并不惮于假以口号式的行动语言；后者的动力来自阶级，因而需要文学化的释言之言的装饰。

　　1940年代的新诗歌谣化倾向在整个新诗取法歌谣谱系中承上启下，它上承1920年代刘大白、沈玄庐的歌谣作诗，1930年代中国诗歌会的"新诗歌谣化"；下启1958年的新民歌运动。然而，由于战争和地理区域的差异，1940年的新诗歌谣化为歌谣体新诗提供了更多异质性和艺术化空间。国统区/解放区的政治区隔，形塑了歌谣诗"刺"（以讽刺诗形式出现的"马凡陀山歌"）和"美"（以革命颂歌形式出现的《王贵与李香香》《漳河水》等作品）的功能分化。这是同一革命文艺体制在不同区域的不同规划。同时，无论是"马凡陀山歌"还是《漳河水》都不同程度地打破了简单的"旧瓶装新酒"而在艺术上有所新创。在政治利用歌谣尚没有走向极端化的1940年代，它以开创和局限为我们留下了诸多值得重视的个案，诸多值得反思的议题。

　　透过何其芳，我们发现了"新诗"写作在自身轨道上所面临的诱惑和压力。已经在自由体抒情诗写作中生成独特而稳定风格的诗人何其

---

① 参见常惠《一年的回顾》，《歌谣》增刊1923年12月17日。

芳，在转折的大时代加入革命阵营。起初，他坚持认为"我们写着自由诗。这不但是中国的，而且是全世界的诗目前所达到的最高级的形式"。① 可是随着话语气候的剧变，他不但面临着写作立场、写作目标的改变，而且不得不面临着随之而来写作资源和写作体式的调整。在"民族形式"成为强势话语的背景下，歌谣等民间资源成了某种"政治正确"的方向，给他带来了巨大的压力。1940年代何其芳写作的挣扎和搁置，很大部分原因来自于歌谣资源的格式诗法跟新诗"自我抒情"机制的内在冲突。何其芳不是写作歌谣诗的代表者，他以"缺席"的方式呈现了"资源"被内化为文学规范所产生的压抑性，他以沉默的内伤诠释着现代汉诗面临的最大考验是"如何在变动的时代和复杂的现代语境中坚持诗的美学要求"。②

透过袁水拍，我们窥见以"进化论"为基础的"历史透视法"如何将"人民性"跟"歌谣诗"无缝对接，进而完成袁水拍的诗观转换。"历史"很多时候并不呈现为"真相"，而呈现为有关"真相"的叙述。历史叙述中的"透视法"始终发挥着过滤杂质、逻辑拼接、提纯现实的作用。胡适为论证白话作诗的可能，而诉诸历史，并得出中国历史上诗歌的三次大解放，都是语言从不自然向"自然"转变的过程。③ 因而，白话作为最近口语"自然"的言说方式，便是诗的崭新方向。这种经过移花接木、逻辑拼接的历史叙述，创造的便是"透视法"，它使特定的结论在"历史"的加持下出场，获得客观真实的面目。在常惠尊歌谣而贬李杜的论述中，④ 我们看到了"透视法"；在俞平伯模糊"歌谣"跟新诗界限的"进化的还原论"⑤ 中，我们看到了"透视法"；在袁水拍把中国诗歌传统二分为"人的道路"和"文的道路"的分裂，在其论述中，"歌谣"代表了"人的道路"，文人诗代表了"文的道路"对"人的道路"的异化和背叛。因而，回归歌谣才是回归"人的道路"。这番论述中我们更是看到了"历史透视法"淋漓尽致的发挥。历史研究，唯有对这种"透视法"进行话语还原，才能透视"透视法"

---

① 何其芳：《论文学上的民族形式》，《文艺战线》1939年11月16日第1卷第5期。
② 王光明：《现代汉诗的百年演变》，河北人民出版社2003年版，第639页。
③ 胡适：《谈新诗——八年来的一件大事》，《星期评论》"双十节纪念号"，1919年。
④ 常惠：《我们为什么要研究歌谣》，《歌谣》1922年12月24日第2号。
⑤ 俞平伯：《诗底进化的还原论》，《诗》1922年1月第1卷第1号。

的运作机制。

透过阮章竞，我们发现革命歌谣诗作为神话文本的属性。进入1945年之后，战争性质发生变化，革命向诗歌索取的不再是口号的、直接的政治语言，而是文学化、具有神话性质的释言之言。在左翼"历史透视法"中，歌谣诗被作为一种全新诗歌来想象，"艺术化"的歌谣诗成了1945年之后左翼阵营的内在渴求。然而，这种"艺术化"只是使它走向了形式与内容两分的古典文本属性，并强化了稳定的形式装载革命内容的格式诗法。在罗兰·巴特看来，"专门的革命语言不可能是神话语言"，①"神话具有右翼属性"②，所谓左翼神话是"简陋、枯瘠的神话，本质上贫薄的神话。它不懂繁殖；它按照指令（订单）生产，只具有短暂而有限的视野（观点），创造力不足。"③这同样可以作为对《王贵与李香香》《漳河水》等民歌诗构建的阶级神话之绝佳诠释。

"神话纯化事实，使之简单、纯粹，使之以自然和永恒为基石"，"神话以简省的方式操作：它消除了人类行为的复杂性，赋予其本质的简单性，它排除一切辩证法，一切对越出直接可见物之外的回溯，它构织了一个因没有深度从而没有矛盾的世界，一个一目了然的敞开的世界。"④显然，歌谣诗建构的阶级神话具有了神话的效应，然而问题是，简陋的神话何以被认同？透过李季《王贵与李香香》的经典化和革命文学体制的内在联系，我们得以窥视革命神话的压抑和补偿。

在李季的《我的写作经历》⑤中，我们看到了革命观念如何植入写作者的运思过程，使其自觉地进行自我过滤，以符合建构阶级神话的期待。在《王贵与李香香》对民歌的使用中，我们清晰地看到"阶级意识"对"民间意识"的更替。革命体制建构了写作者的阶级意识，写作者再把这种阶级意识投射到作品中。和其他体制一样，作为体制的革命文学，其"体制性"便体现为"罚与奖"。在1941年针对解放区

---

① ［法］罗兰·巴特：《神话修辞术 批评与真实》，屠友祥、温晋仪译，上海人民出版社2009年版，第207页。
② 同上书，第209页。
③ 同上书，第208页。
④ 同上书，第204页。
⑤ 李季：《我的写作经历》，《李季文集》第4卷，上海文艺出版社1986年版，第508—509页。文章写于1968年，是作者被剥夺政治自由后的思想交代材料。

"大戏风波"的批评和1942年针对解放区杂文运动的拔刺中,体制之罚建构了革命文学的边界。"文学体制在一个完整的社会系统中具有一些特殊的目标;它发展形成了一种审美的符号,起到反对其他文学实践的边界功能;它宣称某种无限的有效性(这就是一种体制,它决定了在特定时期什么才被视为文学)。这种规范的水平正是这里所限定的体制概念的核心,因为它既决定了生产者的行为模式,又决定了接受者的行为模式。"① 革命文学体制之罚宣示了"在特定时期什么不可以被视为文学",革命文学体制之"奖"则颁布了"什么才被视为真正的文学"的典律。因而,革命体制之"奖"便体现为对合目的性作品的经典化塑造。奖励体现着革命对文学方向的想象和引导:革命文学体制不但将李季的"民间故事"引导成"新诗",将《王贵与李香香》塑造成"今天和明天的文艺"②,同时也将"通讯作者"李季,塑造成"新诗人"李季。必须指出的是,革命的奖励绝不仅是现实的名声,更是创造全新文艺的想象。革命文学批评为革命作品提供的意义承诺、意义补偿才是维持革命写作再生产的能量供给站。

20世纪新诗取法歌谣所催生的诗歌,虽然不乏经典,但作为新诗"面对新语言,发现新世界"旅程中一段独特景观,也暴露了新诗现代性追寻过程中的诸多迷思:对于将歌谣视为合审美目的性资源的诗人来说,他们显然缺乏对新诗之"新"文类内涵的认知。对于1930年代以后愈演愈烈,将歌谣视为新诗合政治目的性资源的论者来说,由于过分追求诗歌反映现实、改变现实的工具化功能,诗歌作为一种想象的语言被改造成一种行动的语言,并直接植入中国革命的历史进程。由于服膺政治意识形态立场,把美学创造纳入社会承担的体系,这类诗歌很难摆脱"粗糙的大众化"和"精致的政治化"两种弊端。前者是政治诉求对艺术诉求的直接搁置,后者同样是借助诗歌为政治背书。政治功利性视野中的歌谣入诗,激活的是以"格式诗法"为主的古典诗观,这既偏离了新诗人独立的精神立场,又偏离了新诗的现代文类位置。一旦意识形态压力加剧,则"精致的政治化"之"精致"迅速不保,仅剩图

---

① [德]彼得·比格尔:《文学体制与现代化》,周宪译,《国外社会科学》1998年第4期。

② 郭沫若:《序〈王贵与李香香〉》,香港《华商报》1947年3月12日。

解式的政治化。回溯这段历史，对于诗歌的社会承担不能简单排斥，但对于诗歌在政治话语作用下被取消本体的写作机制，反思依然不能停止。

　　新诗如何取法歌谣，它激发的问题包括：站在现代性一侧的新诗如何面对本土"传统"，民间资源之于新诗在传统/现代的区隔间如何被创造性地转化？在现代性诸种面孔的压力和诱惑下，新诗面对传统应基于什么样的语言和文化立场？新诗如何在现代经验、现代汉语和诗歌文类错综复杂、变动不居的张力体系中开放对包括歌谣在内的各种资源的审美触觉，这依然有待探索。

参考文献

主要报刊：

歌谣（周刊）.北大歌谣研究会 1922—1925，1936—1937

新诗歌.中国诗歌社编辑 1932—1935

《解放日报》文艺副刊 1941—1947

《新华日报》1938—1947

《中央日报》1938—1949

《新民晚报》（上海）1946—1949

主要著作：

作品（全集·文集）

鲁迅：《鲁迅全集》第12卷，人民文学出版社1981年版。

胡适：《胡适文集》，北京大学出版社1998年版。

俞平伯：《俞平伯全集》第1卷，花山文艺出版社1997年版。

瞿秋白：《瞿秋白文集》，人民文学出版社1989年版。

艾青：《艾青全集》，花山文艺出版社1991年版。

何其芳：《何其芳文集》（1—6卷），人民文学出版社1982—1984年版。

卞之琳：《卞之琳文集》，安徽教育出版社2002年版。

朱自清：《朱自清全集》第4、8卷，江苏教育出版社1990年版。

老舍：《老舍文集》，人民文学出版社1988年版。

萧军：《萧军全集》，华夏出版社2008年版。

李季：《李季文集》，上海文艺出版社1986年版。

作品（选集）

袁水拍：《袁水拍诗选》，人民文学出版社1985年版。

李季：《李季诗选》，人民文学出版社1980年版。

阮章竞：《阮章竞诗选》，人民文学出版社1985年版。

阮章竞：《异乡岁月——阮章竞回忆录》，文化艺术出版社2014年版。

阮章竞主编：《解放区文学大系·诗歌卷》，重庆出版社1992年版。

爱泼斯坦、高梁主编：《解放区文学书系·外国人士作品》，重庆出版社1992年版。

茅盾：《中国现当代文学茅盾眉批本文库·诗歌卷4》，中国国际广播出版社2007年版。

穆旦：《穆旦作品新编》，李怡编，人民文学出版社2011年版。

谢冕总主编：《中国新诗总系》（1—8卷），人民文学出版社2010年版。

作品（单行本）

胡适：《尝试集》，亚东图书馆，1920年版。

胡适：《白话文学史》，上海古籍出版社1999年版。

郭沫若、宗白华等：《三叶集》，亚东图书馆1920年版。

刘半农：《瓦釜集》，北新书局1926年版。

刘半农：《扬鞭集》，北新书局1926年版。

朱湘译：《路曼尼亚民歌一斑》，上海商务印书，1924年版。

朱湘：《草莽集》，开明书店1927年版。

朱湘：《中书集》，生活书店1934年版。

梁实秋：《浪漫的与古典的》，新月书店1927年版。

蒲风：《摇篮歌》，诗歌出版社1937年版。

柯仲平：《边区自卫军》，读书生活出版社1938年版。

袁水拍：《冬天，冬天》，桂林远方书店1943年版。

李季：《王贵与李香香》，香港海洋书屋1947年版。

冯至：《西郊集》，作家出版社1958年版。

冯至：《冯至诗文选集》，人民文学出版社1955年版。

歌谣（选集·研究）

（明）冯梦龙：《山歌》，明崇祯刻本。

（清）杜文澜辑：《古谣俗》，中华书局，1958年版。

李季辑录：《顺天游二千首》，上海杂志公司，1950年版。

钟敬文（主编）：《歌谣论集》，北新书局，1928年版。

朱自清：《中国歌谣》，金城出版社2005年版。

[美]阿兰·鲍尔德：《民谣》，高丙中译，昆仑出版社1993年版。

钟敬文：《二十世纪中国民俗学经典·学术史卷》，社会科学文献出版社2002年版。

顾颉刚等：《孟姜女故事研究集》，上海古籍出版社1984年版。

丘玉麟选注：《潮汕歌谣集》，香江出版公司，2003年版。

顾颉刚等辑：《吴歌·吴歌小史》，江苏古籍出版社1999年版。

贾克非编：《中国历代歌谣精选》，北岳文艺出版社1987年版。

中国民间文艺研究会上海分会：《中国民间文学论文选（1949—1979）》上册，上海文艺出版社1980年版。

洪长泰：《到民间去——1918—1937年的中国知识分子与民间文学运动》，董晓萍译，上海文艺出版社1993年版。

研究资料集（资料·日记·传记）

毛泽东：《毛泽东论文艺》，人民文学出版社1992年版。

茅盾：《茅盾日记》，山西教育出版社1997年版。

龙泉明：《国统区抗战文学研究丛书·诗歌研究史料选》，1989年版。

韩丽梅编著：《袁水拍研究资料》，中国国际广播出版社2003年版。

徐迺翔编：《文学的"民族形式"讨论资料》，知识产权出版社2010年版。

刘增杰等编：《抗日战争时期延安及各抗日民主根据地文学运动资料》（上、中、下），知识产权出版社2010年版。

赵明等编：《李季研究资料》，知识产权出版社2010年版。

刘福春等编：《中国现代文学总书目·诗歌卷》，知识产权出版社2010年版。

文振庭编：《文艺大众化问题讨论资料》，上海文艺出版社1987年版。

李小为编:《李季作品评论集》,时代文艺出版社1986年版。

赵为、王文金、李小为编:《李季研究资料》,知识产权出版社2009年版。

刘增杰编:《抗日战争时期延安及各抗日民主根据地文学运动资料》,知识产权出版社2010年版。

中国社会科学院文学研究所《左联回忆录》编辑组编:《左联回忆录》,中国社会科学出版社1982年版。

吉少甫主编:《郭沫若与群益出版社》,百家出版社2005年版。

程光炜:《艾青传》,北京十月文艺出版社1999年版。

文学史·文学理论

王瑶:《新文学诗稿》,上海新文艺出版社1954年版。

钱理群、温儒敏、吴福辉:《中国现代文学三十年》,北京大学出版社1998年版。

王光明:《现代汉诗的百年演变》,河北人民出版社2003年版。

王光明主编:《中国诗歌通史·现代卷》,人民文学出版社2012年版。

张桃洲:《现代汉语的诗性空间——新诗话语研究》,北京大学出版社2005年版。

姜涛:《新诗集与中国新诗的发生》,北京大学出版社2005年版。

刘继业:《新诗的大众化和纯诗化》,北京大学出版社2008年版。

陈泳超:《中国民间文学研究的现代轨辙》,北京大学出版社2005年版。

唐小兵编:《再解读:大众文艺与意识形态》,北京大学出版社2007年版。

吕聚周等:《中国现代诗歌文体的多维透视》,山东人民出版社2009年版。

汪晖:《现代中国思想的兴起》,生活·读书·新知三联书店2008年版。

刘禾:《语际书写——现代思想史写作批判纲要》,上海三联书店,1999年版。

周宪：《现代性的张力》，首都师范大学出版社 2001 年版。

耿占春：《叙事与抒情》，中国社会科学出版社 2005 年版。

［法］皮埃尔·布尔迪厄：《艺术的法则：文学场的生成与结构》，刘晖译，中央编译出版社 2011 年版。

［法］罗兰·巴特《神话修辞术·批评与真实》第 176 页，屠友祥、温晋仪译，上海人民出版社 2009 年版。

［美］赫伯特·马尔库塞：《现代美学析疑》，绿原译，文化艺术出版社 1987 年版。

［加拿大］阿尔维托·曼古埃尔《阅读史》，吴昌杰译，商务印书馆 2004 年 5 月版。

［法］托克维尔：《论美国的民主》，董果亮译，商务印书馆 1989 年版。

重要论文：

胡适：《北京的平民文学》，《胡适文集》第 3 卷，人民文学出版社 1998 年版。

胡适：《〈歌谣周刊〉复刊词》，《歌谣》第 2 卷第 1 号。

周作人：《中国民歌的价值》，《歌谣周刊》第 6 号。

周作人：《歌谣》，《自己的园地》，北新书局 1923 年版。

钟敬文：《诗和歌谣》，《兰窗诗论集》，北京师范大学出版社 1993 年版。

钟敬文：《江苏歌谣集·序》，《民众教育》第 2 卷第 1 号。

顾颉刚：《我和歌谣》，《民间文学》1962 年第 6 期。

朱自清：《民间文学谈》，《时事新报．文学旬刊》，1921 年 10 月 10 日。

朱自清：《歌谣与诗》，《朱自清全集》第 8 卷，江苏教育出版社 1993 年版。

朱自清：《歌谣里的重叠》，《华北日报·俗文学》周刊 1948 年第 27 期。

萧三：《论诗歌的民族形式》，《文艺突击》1939 年 6 月第 1 卷第 7 期。

向林冰：《论"民族形式"的中心源泉》，《大公报》（重庆）副刊《战线》，1940年3月24日。

王亚平：《中国民间歌谣与新诗》，《新诗源》，中华正气出版社1943年版。

钟敬文：《谈〈王贵与李香香〉——从民谣角度的考察》，《兰窗诗论集》，北京师范大学出版社1993年版。

刘禾：《一场难断的"山歌"案：民俗学与现代通俗文艺》，《语际书写——现代思想史写作批判纲要》，上海三联书店1999年版。

张桃洲：《"新民歌运动"的现代来源——一个关于新诗命运的症结性难题》，《社会科学研究》2001年第4期。

贺仲明：《论民歌和新诗发展的复杂关系——以三次民歌潮流为中心》，《中国现代文学研究丛刊》2008年第4期。

张桃洲：《论歌谣作为新诗自我建构的资源：谱系、形态与难题》，《文学评论》2010年第5期。

王荣：《论四十年代"解放区"叙事诗创作及其形式的"谣曲化"》，《陕西师范大学学报》2004年第3期。

王荣：《论〈王贵与李香香〉的版本变迁与文本修改》，《复旦学报》2007年第6期。

王荣：《宣示与规定：1949年前后延安文艺丛书的编纂刊行》，陕西师范大学学报（社科版）2012年第3期。

后 记

"歌谣与中国新诗"是始于我博士求学阶段的研究课题，如今方作为著作面世，一晃已近八年，不禁感慨系之。

2011年春天，当我带着期待和兴奋前来首师大参加博士考试时，我对于时间的加速度并没有太多意识。同门师兄李文钢不止一次以他特有的稳重语重心长地对我说，要好好把握，三年一下就过去了。当他即将毕业时，我的博士第一年尚未结束。我以为这是所有临近毕业者的感慨，现在却真切地感到了这份感慨的复杂况味。

时间像燃尽的烟灰，飘散在再也找不到的角落。可是回忆却顽强地保留下来，回首时那些时光的碎片便在记忆的天幕如烟花绽放。在这个信息大爆炸的时代，不变的似乎只有改变。可是依然有美好的纯真拒绝改变。2011年，初见导师王光明先生时他灿烂率真的笑容宛在眼前；此后三年，他脸上笑容的率真度如酒弥浓。相由心生，先生的内心是充实而从容的。曾经我以为这份率真从容是岁月的自然馈赠，如今想来，实是人生历练之后的修为和境界啊。

初次见面，先生问我对博士生活有何想法。我说希望随先生学习诗歌史研究的方法，我佩服先生论著中批评的激情和学术的严谨。在我看来，批评在于个人的天分才情，属于无师自通的才华；研究则更关乎材料、路径、方法论，属于能够习得的能力。那时，我迫切地向先生请教诗歌史的研究方法。先生答以一贯率真的微笑，说，来了，好好呆上三年，自然就懂得了。那时内心不免稍为失望，以为先生是无时间回答。日后无数次浸泡图书馆时才发现，材料、方法、问题意识并非三言两语便能说清，而是无数次试图重返历史现场所打捞起的琐屑心得结晶。先生当时的答案难道不是最真切的回答?

　　到首师后,有了更多机会向先生请教。受益至深的还是先生开的课及带我们举行的读诗会。京城名师如云,各有特点。先生并非雄辩滔滔、大江大海、纵横千里的类型,他并不以强大的词语场将你裹挟进他的论述中心,而是立在高处,开一话题,然后如絮语,絮絮然娓娓道来。这种氛围允许你若即若离,你始终在他开启的话题中游荡,却又可以遐思千里。我以为,这同样是诗的感觉。先生的絮语中充满着真诚的见解,他说年轻时喜欢鲁迅,因为鲁迅喜欢在没有路的地方走出路来;年龄渐大却喜欢周作人,因为周作人懂得"知其不可为而不为"。先生是带着真诚和智慧来授课的,他的观点都是深思熟虑的结果,极为精审中肯。我的论文关注的是歌谣与新诗的话题,每每重翻先生关于歌谣的论述,才深刻感到那些扼要的论断如此鞭辟入里,才更深感受到学问谨严、"少即是多"的道理。

　　先生传授我们的不仅是学问,更有立身的人品,令我印象深刻的是先生的君子气。先生极讲道理,授业解惑从不强加;生活中对我们更多有令人感动的包容和体贴。有一回读诗会讨论整理成文章发表,刊物寄来稿费,先生亲自取了稿费后却坚持把稿费发给我们这些参加讨论的学生。而且,那段时间临近期末并未上课,先生为了把稿费拿给我,跑了三回校本部。前两次是早上,到了之后打我电话,我却由于晚睡晚起,尚未开机。于是,第三次先生选了傍晚来校,终于心满意足地把稿费交给我。听说先生为此事跑了三次,我顿感愧怍。先生却满不在乎地说:"没事,我知道你们读书晚,早上一般起不来。"如今想来,我们师门同学多恬淡友爱,自持自律,离不开先生君子人格营造的气场。

　　博士论文的完成,离不开先生宏观指导和细处点拨,只是由于天资愚钝,论文率尔成篇,留下不少遗憾。先生包容,并未苛责,只是淡淡说:"论文嘛,你自己满意就可以了!"我深知,先生包容中的提醒,人文学术之事,如今已经极为边缘,然而这种边缘中依然要有恪守!文章千古事,得失寸心知。先生的包容,愈令弟子不敢造次,只愿日后点滴努力,有所补益。

　　如今匆匆毕业又四年有余,越来越感到无论从事研究还是批评,考验的都是内在的毅力和定力。浮世喧嚣,总有一种力量要把你变成泡沫。年少轻狂时曾不以为然的很多书很多人，如今回首才发现那未必惊天动地的成绩竟需要那么多坚持，而我们，一不小心就会活成热热闹闹而一事无成的人。书将出版，太开始领悟了一点：活下去，不惮于失去……

《歌谣与中国新诗》是一部充满遗憾的著作，多年前的局限依然是当下的局限，想来可悲，但依然愿意告诉自己，还有机会，用未来弥补此时。感谢所有遇见，走过来，走开去，还在走来的人事。